모산 마을

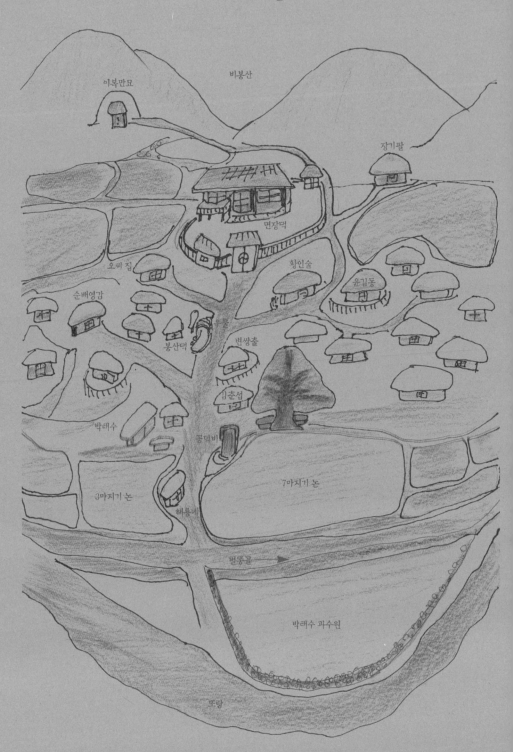

이복만묘
비봉산
장기팔
면장댁
오씨 집
황인술
윤길동
순배영감
우물
봉산댁
번쌍출
김춘섭
박태수
공덕비
해룡네
3마지기 논
7마지기 논
벌똥골
박태수 과수원
또랑

금강

⑤

| 일러두기 |

1. **언어** : 충청북도 영동은 남으로는 경상북도 김천, 남서쪽으로는 전라북도 무주와 접해있다. 그래서 이 지역의 언어는 경북 사투리와 전라도 사투리가 혼용되어 있는 특징을 갖고 있다. 세월이 흐르면서 이 지역의 언어도 요즈음은 표준어에 가깝게 변화되어 가고 있지만, 리얼리즘을 살리기 위해 50~60년대는 토속적 사투리를 그대로 살렸다.

2. **시대사** : 한국 근·현대사를 사실 그대로 재현하여 주요 사건과 주요 인물을 그려냈다.

3. **물가** : 당시의 물가를 고증하여 실제적으로 적용했다.

4. **지리** : 지역과 지명은 있는 그대로 드러냈다.

5. **문화 및 풍속** : 시대적 흐름에 따라 변화하는 문화 및 풍속을 사실대로 묘사했다.

차
례

제2부

청맹과니의 노래

등잔 밑 그림자

몰래 사람을 영동으로 보내서 알아보니까
승철은 서울에서 학교에 다니고 있다는 소문이다.
이동하가 국회의원이 됐으니까 승철의 미래는 걱정할 필요도 없다.
승철에 대한 걱정이 줄어들면서 상대적으로 잊은 듯이 잊고 지내던
손기문이 그리워지기 시작했다.

사월 하순으로 접어들어서는 머위며, 엄나무새순, 옻나무, 두릅 등 채취해서 먹을 수 있는 범위가 늘어갔다. 소나무속 껍질인 송기를 벗겨 내어 삶고 물에 씻어서 떫은맛을 우려낸 후에 수수 가루, 옥수수 가루, 좁쌀 가루 등을 섞어서 떡을 만들어 먹었다. 그냥 먹으면 변비에 걸리기 쉬우므로 느릅나무 껍질을 우려낸 즙과 함께 먹거나 설사약인 피마자기름을 많이 발라서 먹기도 했다.

그중에서 쑥은 조선 시대부터 밀가루를 묻혀 찐 쑥버무리를 해서 끼니 대용으로 먹거나, 된장을 풀어서 쑥국을 끓여 먹어도 좋고, 전을 부쳐 먹어도 한 끼는 때울 수 있는 나물이어서 인기가 좋았다. 그런 연유로 한낮의 온도가 남정네들의 저고리고름을 풀어 제치도록 따뜻해져도

과수원에는 쑥을 뜯는 처자들이 두세 명씩은 쪼그리고 앉아서 부지런히 소쿠리를 채웠다.

"에미야, 올개는 낭구들이 왜 이 모냥이냐?"

박평래는 초봄부터 부지런히 풋나무를 해다가 과수원에 까는 중이었다. 원래 땅이 자갈밭이라서 일반 땅과 다르게 거름을 풍족하게 줘서 토질을 바꿔야 하기 때문에 과수원을 개간한 해부터 해오는 일이다. 풋나무 한 짐을 해다가 나무 밑에 깔아 놓고 조끼주머니에서 담배쌈지를 꺼냈다. 곰방대 대통에 담배를 재서 성냥으로 불을 붙이고 묘목 앞에 쪼그려 앉았다.

학산이나 양산에 있는 과수원에 일부러 가 봤더니 꽃망울이 밥풀만하게 붙어 있었다. 그런데 나무들이 하나같이 생기가 없어 보였다. 꽃은 며칠 늦게 필 수 있어도, 꽃이 피어날 징후로 나뭇가지가 푸릇한 생기를 머금고 있어야 한다. 뿌리를 내리지 않은 울타리 나무처럼 뚝뚝 부러졌다. 거, 참 이상하네, 라고 중얼거리며 상규네를 불렀다.

박평래가 상규네를 부르는 목소리에 근처에서 쑥이며 봄나물을 뜯던 봉산댁과 철용네가 동시에 상규네를 쳐다봤다.

"암만해도 이상해유. 그래서 즘심 먹고 학산 좀 갔다 올 생각이유."

상규네는 해마다 과수원에 보리를 심었었다. 하지만 밭에 모래가 많이 섞여 있어서 작황이 늘 안 좋았다. 올해는 옥수수를 심을 생각이다. 장마가 진다해도 옥수수는 키가 커서 장마 지난 후에 수확을 하는데 지장이 없을 것이라는 판단에서였다. 옥수수 씨를 가리다 말고 심각한 얼굴로 잔가지를 툭 꺾어 본다. 정지에서 불을 땔 때 불쏘시개로 사용하는 삭도가지처럼 맥아리 없이 툭 부러진다.

암만해도 이상햐!

좀 더 굵은 가지를 분질러 봐도 물기라고는 찾을 수가 없었다. 날카로운 자갈을 주워서 허리를 긁어 보았다. 겨울을 이겨낸 허연 껍질 안으로 푸른색의 물기를 머금은 푸른 속껍질이 나와야 하는데 허옇다.

얼어 죽었구먼, 얼어 죽지 않았으믄 속껍데기가 이렇게 말라 비틀어질 수는 읎능 겨.

상규네는 쪼그려 앉아 있던 다리의 힘이 쭉 빠져 나가는 것을 느끼며 자신도 모르게 엉덩이를 땅에 대며 털썩 주저앉았다.

아녀, 그럴 리는 읎어.

순식간에 입 안이 바짝 말라붙었다. 침을 삼키는 목구멍이 따가울 정도로 입 안이 말라붙어서 억지로 입술을 핥으며 혹시나 하는 기대감을 안고 다른 나무 가지를 분질러 보았으나 결과는 같았다.

"형님 왜 그래유? 얼굴이 하얗네?"

봉산댁이 혼이 빠진 사람처럼 앉아 있는 상규네를 바라보며 물었다.

"글씨 말여, 아침 먹은 기 맥혔남?"

봉산댁 곁에서 쑥을 뜯던 철용네가 놀란 얼굴로 일어서서 상규네 옆으로 갔다.

"왜 그랴?"

멀찌감치 앉아서 곰방대의 대통을 돌멩이에 톡톡 털고 있던 박평래도 놀란 얼굴로 일어섰다.

"암것도 아녀유. 암것도 아닝께 걱정하지 마셔유. 철용네 나 괜찮아. 머 좀 생각하느라……"

상규네는 억지웃음을 지으며 과수원을 천천히 돌아다보았다. 아지랑이가 아물아물거리는지 과수원에 서 있는 사과나무들이 희미하게 보인다. 이 낭구들이 죄다 죽었단 말여! 사과나무는 무려 오백 주다. 옥천군 이원에 있는 묘목장까지 트럭을 대절시켜서 사 온 묘목들이다. 돈을 떠나서 자식처럼 키운 묘목이 죄다 얼어 죽었다고 생각하니 기가 막혔다.

아녀, 몇 낭구만 죽었겠지.

봉산댁과 철용네가 걱정스러운 얼굴로 상규네를 바라봤다. 상규네는 엉덩이를 털며 힘겹게 일어섰다. 몇 미터 정도 걸어가서 사과나무 가지를 분질러 보았다. 허연 껍질이 드러났으나 믿어지지 않는다는 얼굴로 잘근잘근 씹었다. 버드나무처럼 습기가 배어 나오지는 않더라도 축축한 감촉은 있어야 하지만 마른 나무 가지를 씹는 기분만 들었다.

"아여, 상규 어머 괜찮여?"

"암만해도 형님이 이상혀."

철용네와 봉산댁은 나물 소쿠리를 내려놓고 상규네를 따라 나섰다. 박평래도 놀란 얼굴로 사과나무 잔가지를 분질러서 씹었다. 낭구가 죄다 죽었구먼. 얼어 죽었능개벼. 이걸 워쩐다. 며느리 저러다 실성이라도 한다믄 우리 집안 워쩐다. 서너 걸음 걷고 나서 걸음을 멈추고 나무를 분질러 맛을 봐도 물기가 배어나는 나무는 없었다.

"아버님, 즘심 준비를 해야겄구만유."

상규네는 옆에 철용네와 봉산댁이 서 있는데도 바라보지도 않았다. 뒤에 서 있는 박평래에게 시선을 돌리지도 않았다. 아지랑이가 아물아물거리는 또랑을 멍한 눈빛으로 바라보다가 옥수수 씨앗이 들어 있는 소쿠리를 챙기지도 않고 방천 쪽으로 그림자처럼 걸어갔다.

"혀……형님……"

봉산댁이 떨리는 목소리로 상규네를 바라보다 철용네에게 시선을 돌렸다.

"더……더위를 먹을 때는 아니잖어……"

"도……돌은 거 아녀?"

"마……말이 씨가 된다는 말 몰라?"

철용네도 봉산댁과 같은 생각을 하고 있었다. 그러나 눈만 뜨면 마주 바라보는 한집안 식구 같은 상규네. 봉산댁에게 주먹을 흔들어 보이고 나서 뛰는 걸음으로 상규네를 따라갔다.

"괘……괜찮지?"

철용네가 숨찬 목소리로 상규네에게 물었다.

"뭐가?"

상규네가 방천으로 올라서서 둥구나무를 바라보며 물었다.

"내가 볼 때는 상규 어머가 시방 이상해 보여."

"이……이상하기는 내가 왜 이상햐. 지……집에 가서 수제비라도 끓여야 아버님하고 진규가 먹을 거잖여."

상규네는 옥수수를 마저 심기 전에 사과나무부터 뽑아 버려야겠다고 생각했다. 그려, 세상에 내 맘대로 되는 거시 워디 있었어. 내 뜻대로만 된다믄 세상에 못 사는 사람이 워디 있었어. 사과나무가 모두 얼어 죽었다고 해서 당장 살림이 거덜이 나는 것은 아니다. 내년에 다시 묘목을 사다 심으면 그만이다. 그런데도 자꾸 눈물이 나려고 했다. 아무도 없는 산속으로 들어가서 펑펑 울고 싶어서 목소리가 떨려 나왔다.

"그려, 난도 즘심때 수제비나 끓여야겠구먼. 내 정신 좀 봐, 쑥 소쿠리를 과수원에 그냥 두고 왔구먼."

철용네는 점심을 하려면 아직 두어 시간 남았다는 생각에 걸음을 멈췄다.

"안 가?"

상규네가 고개만 돌리고 물었다.

"응, 과수원에서 소쿠리를 안 갖고 왔구먼."

철용네는 어색하게 웃으며 과수원으로 되돌아가기 위해 몸을 돌렸다. 박평래가 빈 지게를 지고 휘청휘청 걸어오고 있었다. 그 뒤로 봉산댁이 자신의 소쿠리를 들고 오는 모습이 보였다.

상규네는 안방 문을 열고 방문턱에 무너지듯 걸터앉았다. 순배 영감과 변쌍출이 비봉산을 바라보며 너럭바위에 앉아서 한가롭게 담배를 피우고 있다. 올해는 부쩍 덩치가 커 보이는 둥구나무의 가지는 푸릇한 기운을 머금고 있다.

"어머 왜 그랴?"

윗방에서 검정고시 공부를 하고 있던 진규가 물었다.

"진규야!"

"응."

"사과낭구가 죄다 얼어 죽었다. 워턱하믄 좋냐?"

상규네가 혼잣말로 중얼거리는 목소리에 울음이 섞여 있었다.

"워턱하긴 다시 심구면 되지. 엄마답지 않게 왜 그랴?"

진규는 상규네의 얼굴 표정을 보지 않았다. 목소리만 들어도 상규네가 감당할 수 없을 정도의 절망에 휩싸여 있다는 걸 알 수 있었다. 상규네의 등 뒤에서 양손으로 목을 껴안으며 응석을 부리는 목소리로 말했다.

"그려, 다시 심으면 되겄지. 암만, 다시 심으면 되고 말고……"

상규네는 콧등이 시큰거리는 것을 느끼며 진규의 손을 힘주어 잡았다.

"대근할 때는 좀 셨다 하는 거시 좋아."

박평래가 휘청거리는 걸음으로 마당에 들어섰다. 박평래는 상규네에게 무언가 말을 하려다 사랑방을 쳐다봤다. 댓돌에 청산댁의 고무신이 있는 걸로 보아서 오전부터 잠을 자는 모양이다.

아녀, 푼수데기한테 말해 봐야 동네 소문만 나겄지. 그라지 말고 저녁에 조용할 때 물어보는 거이 낫지.

박평래는 지게를 헛간 앞에 세워 놓고 주머니에서 곰방대를 꺼냈다. 곰방대에 담배를 재며 순배 영감과 변쌍출이 있는 곳으로 걸어갔다.

"진규야, 너 즘심 먹고 학산 좀 댕겨 와야겄다."

상규네는 힘없이 걸어가는 박평래의 뒷모습을 바라보며 크게 잘못했다는 걸 깨달았다. 젊은 자신도 하늘이 무너져 내리는 것 같은 슬픔에 휩싸였는데 박평래는 얼마나 가슴이 아플까 하는 생각에 마음을 돌려 먹고 말했다.

"왜?"

"학산 괴깃집에 가서 돼지고기 두어 근 끊어 가지고 와야겠다."

"누구 생일여?"

"내년에 사과낭구 새로 심을라믄 괴기 먹고 심을 내야 할 거 아녀."

"그려, 역시 우리 어머랑께. 내가 즘심 먹고 빨리 가서 괴기 끊어 올 팅께 우리 저녁에 맛있게 먹고 힘내기여. 자 깽끼."

진규가 웃는 얼굴로 새끼손가락을 내밀었다. 상규네는 참으려고 해도 자꾸 눈물이 나올 것 같아서 애써 웃으며 진규의 머리를 쓰다듬으며 새끼손가락을 내밀었다.

대전 목척시장 안에 있는 전주식당은 다섯 평 남짓한 선술집이다. 홀의 절반은 앉은상이 있는 온돌방이다. 송판으로 짜 맞춘 식탁이 두 개와 긴 의자가 있는 홀의 한쪽 구석에는 역시 송판으로 짜 맞춰서 비닐을 입힌 술청이 있었다. 거리 쪽에는 문을 닫을 때까지 선짓국이 설설 끓고 있는 가마솥이 걸려있었다. 가랑비가 부슬부슬 내리는 소슬한 날이나, 낙엽이 휘날리는 가을, 싸락눈이 흩날리는 날 전주식당 앞을 지나가노라면, 가마솥에서 뿜어 나오는 허연 김과, 선짓국의 구수한 냄새가 입맛을 다시게 만들었다.

전주식당은 등잔 밑이 어둡다는 말처럼 영동을 턱 밑에 둔 대전에 둥지를 튼 들례의 선술집이다. 들례가 콩나물해장국을 끓이는 방법을 배운 것은 이필수로부터이다. 이필수로부터 전주식 콩나물해장국 끓이는 방법을 배워서 자신의 생각을 더해 끓여내는 콩나물해장국은 목척시장에서 맛이 있다고 소문이 났다. 방법도 비교적 단순하다. 이미 끓여진 선짓국을 손님한테 내놓을 때마다 콩나물을 듬뿍 얹어서 연탄불에 다시 끓여 내는 식이다. 그런데도 깊은 맛이 나는 것은 소의 잡뼈를 진종일 우려 낸 진국을 육수로 사용해서 설렁탕 못지않기 때문이다.

비가 부슬부슬 내리는 날 점심때는 좁은 홀 안의 빈자리가 나기 무섭게 손님이 찬다. 들례가 부지런히 해장국을 끓여 내면, 봉급쟁이로 허드렛일을 하는 순길이 엄마가 갖다 나른다. 혼자 오는 손님들은 거의가 반주로 잔 막걸리를 찾거나 잔 소주를 찾았다. 두세 명이 어울려 오는 손님들도 술을 찾는 경우가 많았다.

"어따, 잘 먹었다."

"비 오는 날 이 집 해장국 안 먹으면, 꼭 벤소간에 갔다가 밑 안 닦고 나온 것처럼 께름칙하당께."

"이 사람은 갖다 대도 꼭 드러운데 갖다 대는 데는 도가 텄당께."

뜨거운 콩나물해장국에 반주를 마신 손님들은 시뻘게진 얼굴로 실없는 농담을 주고받으며 나가자마자 다른 손님들이 들어온다. 순길이 엄마는 미처 치우지 못한 빈 그릇을 쟁반에 주워 담기 무섭게 다른 식탁으로 해장국을 나르느라 정신이 없을 지경이다.

점심 시간이 지나고 나면 바빠서 설거지를 하지 못한 빈 뚝배기들이 술청 바닥에 있는 물동이나 양동이에 넘치도록 쌓여 있기 마련이다. 그것들을 모두 씻어서 제자리에 엎어 놓고 나면 3시가 훌쩍 지나있기 일쑤다.

"사장님은 또 언지 오신데유?"

들례는 온돌방에 편하게 앉아서 담배를 피우며 거리를 내다보고 있었다. 술청 뒤에 쪼그려 앉아서 설거지를 하고 있던 순길이 엄마가 그냥 입 다물고 있기가 심심하다는 얼굴로 물었다.

"그 양반이 언제 날짜 정해 놓고 오는 거 봤남? 언제는 통금시간이 깔딱깔딱 할 때 오기도 하고, 또 언제는 신새벽에 도둑처럼 기어 들어오기도 하고, 벌건 대낮에 손님처럼 오기도 하는 양반인데……"

들례는 한숨 섞인 목소리로 중얼거리듯 말을 하며 거리를 바라본다. 비는 쉽게 그칠 것 같지가 않다. 오늘 같은 날은 저녁 장사도 잘된다. 콩나물해장국은 한 그릇에 10원씩이다. 짜장면이나 우동 가격의 절반도 안 되는 가격인데다 손님들이 제법 드는 편이다.

"인제 일본으로 보내줘유. 일본 가는데 돈이 얼매나 필요한지는 몰라도, 이 정도면 충분할 거 가튜."

일본으로 가야 한다는 목적이 있었기에 1원도 쓰지 않고 버는 족족 통장에 저금을 했다. 통장의 잔고가 30만원이 넘었을 때다. 이필수 앞에 통장을 보여주며 마른 침을 삼켰다.

"자네는 아직까지 그 다나까리는 놈을 생각하는가?"

"내 첫사랑유. 날 여자로 만들어 준 사람이고, 날 사랑해 준 남자를 워티게 잊겄슈?"

"허! 내가 목포에서는 자네가 안 돼서 말을 안했는데 시방은 이만큼 자리를 잡았응게 말을 해 줄 수 있겄네. 내 말 좀 명심해 들어 보게. 그 다나깐가, 게단가 하는 사람이, 자네를 사랑했으면 왜 일본으로 갈 때 데리고 가지 않았는가?"

"그야, 그때는 정신이 읎었잖유."

"이 사람아! 남자는 사랑하는 여자를 자기 목숨처럼 여기는 법이라는 걸 모르나? 자네는 그렇다 치세. 기문인가 하는 그 자식은 핏줄이 아닌가? 세상에 사랑하는 여자 몸에서 낳은 핏줄을 버리고 가는 놈을 봤는가?"

"그람, 그 머셔. 그 사람도 나를 데리고 놀았다는 말유?"

들례는 마른 웃음이 나왔다. 그려 내 팔자에 뭔 놈의 남자, 라는 생각이 들어서 담배를 입에 물었다.

"인제 알겄는가? 아까도 말했지만 자네가 목포에 있을 때는 하도 딱해 보여서 말을 안 했지만 말여. 다나깐가 하는 그 인간은 이동하보다 백배 천배 나쁜 인간 말종이여. 세상에 지 새끼를 버리고 가는 놈이 워디 있겠나? 짐승만큼도 못한 놈이지. 고슴도치도 지 새끼는 귀여워하잖은가.”

이필수가 자기 일처럼 씹어 뱉는 목소리로 하는 말을 듣고 화를 내야 한다고 생각했다. 하지만 이상하게 화가 나지 않고 늦가을 갈대 숲 사이에서 맴도는 허망한 웃음이 나왔다. 처음에는 허! 하고 웃다가 나중에는 배가 아프도록 웃음이 나와서 배꼽을 움켜잡아야 할 정도로 웃음이 나왔다.

“잊어버리소. 잊어버리고 콩나물국밥 장사나 열심히 하소, 그게 현실일세.”

배가 아프도록 웃고 나니까 눈물이 났다. 슬퍼서 눈물이 흐르는 것은 아니었다. 그냥 눈물이 나서 소리 없이 울고 있을 때 이필수가 어깨를 부드럽게 껴안으며 한숨 섞인 목소리로 말했다. 일본에 가야 할 목적을 잃어버린 후에도 돈 쓸 곳이 없어서 버는 대로 저금을 했다.

한 달에 두어 번씩 들려서 어느 때는 하루, 어느 때는 사흘씩 머물다 가는 이필수는 돈에 대해서는 별 욕심이 없는 편이다. 단 한 번도 돈을 얼마나 저금했는지 물어본 적도 없다. 오히려 나이가 한 살이라도 젊을 때 해장국을 한 그릇이라도 더 팔아야 나중에 나이 들어 추하게 살지 않을 거라며 격려를 해 주고 있는 편이다.

‘돈 많이 벌면 뭐 햐.’

들례는 지금까지 돈에 대한 구애를 받으며 살아 본 적이 없었다. 다나까가 넘쳐나도록 돈을 주었는가 하면 이동하도 돈이 떨어지기 전에 먼저 주는 편이다. 표재철도 생활비를 주는 일은 드물지만 사다 달라는 것

하며, 먹고 싶은 것은 잊지 않고 사다줬다. 돈 궁한지 모르고 살아서 그런지 돈은 가만히 있어도 생기는 것이고, 돈이 생기면 쓰면 된다는 것뿐이지 재산으로서의 가치를 생각해 본 적은 없었다.

돈을 벌기만 하고 쓰지 않는다고 해서 저절로 모아지는 것이 아니다. 돈이 어느 정도 모아지면 그 돈을 써야 한다. 그래야 최소한도로 돈을 모아야 하는 목적이라도 생기기 때문이다. 그래서 생각해 낸 것이 통장에 어느 정도 돈이 모아지면 땅을 사는 방법이다.

땅 가격이 싸면 싼 대로, 비싸면 비싼 대로 여기저기 땅을 사기 시작한 것이 일 년이 넘는다. 땅을 사두는 목적은 충남 갑부 김갑수처럼 나중에 엄청난 부자가 되기 위해서는 아니다. 선화동에 혼자 살기에는 부족함이 없을 정도의 집도 한 채 마련했겠다, 공부를 시켜야 할 자식이 있는 것도 아니고, 부양해야 할 부모가 있는 것도 아니고, 부잣집 마나님들처럼 보석에 관심이 있는 것도 아니고, 여기저기 다니며 여행하기를 즐겨하는 성격도 아니어서 돈 쓸 곳이 없었다. 가만히 생각을 해 보니까 땅은 썩거나 도망을 가거나 줄어드는 것이 아니다. 사두면 언젠가 필요할 때가 있겠지 하는 막연한 생각으로 사두는 것에 불과했다. 그러다 보니 어느 때는 내가 왜 이 고생을 하며 돈을 모아야 하는지 하는 회의감이 들 때도 있었다.

손님 두 명이 들어 왔다. 한 명은 목척시장에서 기름집을 하는 오 사장이라는 사람이고, 다른 이는 처음 보는 이다. 늦은 점심을 먹고 있던 순길이 엄마가 얼른 보리차를 따른 물 컵을 손님들에게 갖다 준다.

들례는 담배를 끄고 홀로 내려갔다. 해장국을 끓여서 쟁반에 얹어 주고 다시 온돌방에 앉았다. 비는 여전히 내리고 있다. 오 사장과 같이 온 손님은 친구 사이로 보였다. 소주를 반주삼아 옛날이야기를 주고받으며 해장국을 먹고 있는 모습을 물끄러미 바라보고 있으니까 승철이와 손기문의 얼굴이 떠오른다. 몰래 사람을 영동으로 보내서 알아보니까 승철은 서울에서 학교에 다니고 있다는 소문이다. 이동하가 민의원이 됐으니까 승철의 미래는 걱정할 필요도 없다. 승철에 대한 걱정이 줄어들면서 상대적으로 잊은 듯이 잊고 지내던 손기문이 그리워지기 시작했다.

'그려, 안직 살아 있다고 했응게 굶지는 않겄지.'

손기문의 생사가 궁금해서 시간이 날 때마다 점을 치러 다니다 예산보살을 만났다. 예산보살은 목척시장 끄트머리에서 점집을 하고 있다. 그녀의 말에 의하면 올해 스무 살이 되는 손기문은 아직 살아 있으며, 장사 계통에서 일을 하고 있다고 한다.

'날도 궂고 항께 예산보살 한테나 갔다 와야겄구먼.'

저녁때까지 손님은 뜸 할 것이다. 순길이 엄마 혼자 장사를 해도 충분할 것이라는 생각에 손지갑을 챙겨 들었다.

"아줌씨, 워딜가. 내 옆에 앉아서 한 잔 하고 가지."

오 사장의 친구가 들례의 손을 잡아끌며 취한 목소리로 말했다.

"이 친구 취했구먼. 그쪽은 번지수가 틀려. 이 친구가 몇 잔 마시지 않았는데도 취한 모양이구먼. 어서 가유."

오 사장이 기겁을 한 얼굴로 친구를 뜯어 말라고 들례를 향해 히죽 웃어 보였다.

"내가 볼 때는 과부 같은데 뭐 그렇게 벌벌 떠냐?"

"과부가 아녀. 남편이 목포에서 배를 몰고 있는 이 선장이라는 작잔데, 승질이 났다 하면 물 컵을 자근자근 씹어서 뱉어 낸당게. 시장에서 장사를 하는 사람들 중에 괜히 잘못 건드렸다가 눈깔에 시퍼렇게 멍이 들도록 얻어터진 사람도 있단 말여."

들례는 이필수가 목척시장 사람들에게 인상하나는 확실하게 심어줬다고 생각하며 우산을 챙겨 들었다.

이필수는 오 사장이 말하는 것처럼 대책 없이 폭력을 휘두르는 성격은 아니다. 다분히 바람기가 있는 남자들 대부분 그런 것처럼 마음 씀씀이는 선량이고, 자기 일은 열심히 하며 사는 사람이다.

이필수가 목척시장 상인들에게 깡패 같은 남자로 인식이 된 것은 순전히 들례를 지키기 위해서이다. 그는 대전에 방을 얻어서 들례를 살게 하기는 했지만 매달 생활비를 줘야 할 정도로 재산이 풍족하지는 않았다. 들례 혼자 호구를 해결하게 할 방법을 궁리하다가 생각해 낸 것이 식당이다. 막상 혼자 먹고살 수 있을 규모의 식당을 얻어주고 나니까 앞으로가 걱정이 됐다. 들례는 남자들이 원하면 별 생각 없이 치마를 걷어 올릴 것이다.

"내가 대전서 눌러 살 수는 없는 노릇이네. 그렇다고 자네를 떨쳐 버릴 생각이 있는 것도 아녀. 그라니 어떻게 하면 좋겠는가. 원래 장사를 하는 사람들이 오지랖이 넓잖은가. 뭔가 수를 쓰는 것이 좋겠네."

"선장님, 지를 선장님의 여자로 생각하며 큰 오해유. 나는 원래 임자가 읎는 몸유. 지가 먼저 남정네를 안방으로 불러들이는 일은 없을 거이지만, 지를 원하는 남정네가 있으면 마다하는 승질도 아뉴. 누구든 지를 차지하는 남자가 임자란 말유."

"야, 이 사람아. 바로 그 점 때문에 내 발길이 떨어지지 않는 걸세."

"그람, 여기서 저를 지켜주면 되잖유."

"그럴 형편이 되면 내가 왜 뭇놈들이 넘실거리는 식당을 하라고 하겠나? 내가 대전역전에 나가서 지게꾼을 하는 한이 있드래도 밖으로는 내보내지는 않지."

"그렇다고 지가 선장님을 따라서 목포로 내려갈 수는 읎잖유."

"그래서 하는 말이 아닌가? 시방은 몸뚱아리가 젊으니까 남자들의 귀여움을 받겠지. 하지만 설에 떡국 안 먹는다고 나이가 안 먹나? 자네도 인제 나이를 생각할 때여. 이삼 년 있으면 마흔이잖여. 그 담부터는 내리막길이란 말일씨. 시방부터라도 정신 차리고 세상 살아가는 법을 배워 두는 것이 좋을 걸세."

"선장님 말씀을 듣고 봉께 틀린 말은 아니구만유. 그라믄 지가 워티게 하면 되겠슈."

"원래 시장통에서 장사하는 것들한테는 주먹이 최고여. 법보다 가까운 것이 주먹이라는 걸 너무 잘 알고 있는 사람들이 시장 상인들이란 말일세. 그랑께 내 말대로 하면 장사하는데 딴 신경 안 써도 될 걸세."

이필수는 선원들 중에서 주먹깨나 쓰는 작자들한테 소주병이며 유리로 된 소주 컵을 자근자근 씹는 법을 배워왔다. 시장 상인들에게 들례가 쉬운 여자가 아니라는 점을 확실하게 심어 두어야 한다는 생각에 작전을 짰다. 우선 이필수는 들례에게 손님들에게 추파를 던지라고 주문했다. 대상은 말은 많고 몸은 약해 보이는 상인이다.

"원래 이런 장사를 할라면 손님 옆자리에 앉아서 술 동무도 해 주고 해야, 장사가 잘 되는 법여."

시장 안에서 아내와 함께 옷 장사를 하는 남자였다. 들례 혼자 장사한다는 걸 알고 일부러 손님이 없는 시간에 찾아와서 소주 한 병을 찔끔거리다가 들례의 손목을 덥석 잡아끌었다.

"너 이놈, 여자 손목을 잡고 싶으면 집구석에서 마누라 손목이나 잡을 일이지, 어디 와서 개잡놈 같은 수작여. 너 오늘 맛 좀 봐야쓰겠다.

때를 맞춰 식당으로 들어 온 이필수는 다짜고짜 소주병을 깨트렸다. 남자가 기겁을 할 사이도 없이 깨진 소주병을 와작와작 씹어서 상인의 얼굴에 뱉어버렸다. 이필수의 기세에 눌린 남자는 새파랗게 질려서 오줌을 지릴 것처럼 떨었다. 이필수는 남자의 기선을 완전히 눌렀다는 생각에 마음속으로 회심의 미소를 지으며 눈두덩에 시퍼렇게 멍이 들도록 내질러 버렸다. 눈두덩에 멍이 든 사내의 말은 하루가 지나기 전에 목척시장에 퍼져 버렸다. 그 다음날 목척시장을 주름 잡는다는 상인이 독한 마음을 먹고 찾아왔다.

"이 집에 사는 목포 이 선장이라는 사람이 쌈을 그렇게 잘 한다면서?"

"여기는 장사하는 데고 살림집은 저쪽에 따로 있구만. 그라고 쌈을 잘 하는 것도 아니고, 왜정 때 가라데 선수로 일본에 좀 들락거렸지."

"가……가라데 선수를 했단 말유?"

목척시장을 주름잡는다는 상인은 가라데 선수였다는 말에 고양이 앞에 쥐가 되고 말았다. 이필수는 멈추지 않았다. 소주병의 대가리를 잡고 술청의 모서리를 냅다 휘갈겼다. 칼날로 변한 깨진 소주병을 보는 순간 상인은 자신의 호기가 얼마나 무모했다는 걸 깨달았으나 이미 때는 늦었다.

"돈 벌라고 이 가게를 하는 거는 아뉴. 배가 고프면 먹을 것이 얼마든지 있으니까."

이필수는 일부러 깨진 소주병의 끝 부분을 자근자근 씹었다. 가루가 되고 물이 될 때까지 자근자근 씹어서 꿀꺽 삼켰다. 목척시장을 주름잡는다는 상인은 체면이고 자존심이고 다 팽개쳐 버리고 도망을 쳤다. 그 후로는 꼭지가 돌도록 취해도 행여 들례에게 신소리라도 엉덩이가 이쁘니, 얼굴이 양귀비를 닮았니 하는 상인들이 없었다.

예산보살의 집은 원래 가게를 하던 집이다. 가게를 하던 자리에 마루를 들이고 돗자리를 깔았다. 미닫이문은 커튼으로 가려 신당을 차려 놓았다. 그러다 보니 신당은 손님맞이 방 역할도 하고 있다.

오십대 초반의 예산보살은 정화수를 갈고 초에 불을 붙이고 향을 살랐다. 제단 앞에 앉아서 손바닥을 쓱쓱 비비며 산신할아버지를 찾는 동안 들례는 십 원짜리 다섯 장을 제단에 올려놓고 삼배를 했다.

"비도 오고 항께 맘이 안 편해서 찾아 왔구먼."

다른 손님 같았으면 부채를 들고 점을 쳐야 한다. 예산댁은 점사를 줄 생각은 안 하고 안방에서 잘 익은 사과 몇 개를 들고 나왔다. 며칠 전에 제를 지낸 사과를 깎으면서 이웃집 아낙네 접대하는 목소리로 말했다.

"왜 아녀."

"아들내미는 비 안 맞고 있응께 걱정 할 필요가 없어. 할아버지가 그라시는데 열심히 공을 들이면 반드시 만나게 될 팅께 너무 조급해 하지 말라고 하시드만."

"살아 있다면 언젠가 만나는 날이 오겠지."

들례도 큰 기대를 걸고 예산보살을 찾아온 것은 아니다. 학산에 살 때 답답하고 가슴이 타 버릴 것처럼 외로울 때는 꼬막네를 불렀던 것처럼 오늘처럼 마음이 허전하거나, 까닭모를 외로움이 온몸을 적시는 날은 예산보살을 찾았다. 예산보살이 깎아주는 사과 한 조각을 맛도 모르는 채 씹으면서 한숨을 내쉬었다.

"계룡산에 천리를 한눈에 보는 도사가 나왔다는데 한번 가 볼 텨?"

"이번에는 계룡산여? 지난번에는 보문산에 유명한 도사가 왔다고 하드니."

들레는 요즘 들어서 통 입맛이 없었다. 담뱃불을 붙이면서 심드렁한 목소리로 말했다.

"이번에는 진짜여, 그 도사님은 사람만 찾아 주는 전문이랴. 그래서 육이오 때 식구들과 헤어진 사람들이 줄을 선다는 구면. 그 도사님을 만나뵐라면 며칠 전에 예약을 해야 한다능 겨."

"그렇게 유명한 도사님이 왜 계룡산에서 사신다. 서울로 올라가면 더 많은 손님들을 받을 수 있을 텐데……"

들레는 학산에서 꼬막네만 상대할 때는 점쟁이들은 세상사를 모두 읽어 내는 줄만 알고 있었다. 대전에 와서 여러 곳의 점집을 다니다 보니 점쟁이들도 전문 분야라는 것이 있다는 걸 알게 되었다. 어떤 점쟁이는 억울하게 죽은 영혼을 귀신같이 찾아내고, 역전통의 법사는 부부금술, 또 어떤 보살은 재산 운에 대해서, 다른 점쟁이는 잃어버린 사람을 찾아내는 신통력만 발휘를 한다는 것이다. 계룡산 도사가 사람 찾아내는데 전문이라면 한번 가볼만 하다고 생각하면서도 뜸을 들였다.

"운이 올라면 우습게 운이 오는 법여, 언지 날 잡아서 계룡산에 바람 쐬로 가는 셈치고 한번 가 볼텨? 그람 내가 그쪽에 가는 사람한테 예약 좀 잡아 달라고 할 팅게."

"초하루하고 보름날은 식당 문 닫는 날잉게 그날로 정해서 날을 잡아

보든지."

들례는 저녁 장사 준비를 할 때가 됐다는 걸 알고 일어서면서 지나가는 말처럼 말했다. 하지만 마음은 벌써 계룡산 도사를 향해 달려가고 있었다.

저녁 동냥은 사람들이 저녁을 다 먹었을 즈음에 나가서 한 시간 이내에 돌아온다. 가장 좋은 시간은 막 저녁을 먹었을 때이다. 남은 음식을 보관해야 하나 버려야 하나 갈등을 하고 있을 때, 작년에 왔던 각설이 죽지도 않고 또 왔네, 밥 좀 줍쇼, 점심도 굶었습니다, 라고 구걸을 하면 십중팔구 동냥을 얻을 수가 있다. 하지만 이미 설거지를 다 끝낸 후에 가족끼리 앉아서 도란도란 이야기를 주고받고 있거나, 라디오 연속극에 심취해 있는 기미가 보이면 그냥 지나쳐야 한다. 자칫 도둑으로 몰릴 수도 있고, 일진이 나쁘면 얻어맞을 수도 있기 때문이다.

"야, 콩새야! 종갑이하고 메뚜기 왜 안 오는 거야?"

해가 진지 벌써 한 시간이 지났다. 유월의 저녁 바람은 기분 좋을 만큼 얼굴을 스쳐가기는 하지만 배가 고픈 것은 참을 수가 없었다. 손기문은 부대장이 되고 난 후부터는 식사는 어떠한 일이 있더라도 모두 같은 시간에 모여서 같이 하는 걸로 결정을 했다. 벌써 돌아와야 할 시간인데도 모습을 보이지 않는 것이 이상해서 콩새에게 물었다.

"형……사실은, 대장이 뭔 일을 시켰구먼."

찰스박은 언제나 혼자 밥을 먹었기 때문에 지금도 먼저 밥을 먹는다. 찰스박에게 밥을 갖다 주고 온 콩새가 찰스박 막사 쪽을 흘깃거리며 손기문에게 가까이 다가갔다.

"뭐야? 또 뚜룩질 시킨 거야?"

"그런 거 같아. 아까 동냥을 나가면서 메뚜기 형이 오늘 일진도 안 좋은데 그냥 확 토껴 버릴까?, 그러니까 종갑이 형이 하는 말이, 야! 토껴 봐야 이 바닥을 우리가 벗어날 수 있나? 공장 같은 데 취직이나 할 수 있으면 당장 토끼겠다, 라고 하는 말을 들었거든."

"좋아. 일단 넌 모르는 척 하고 있어. 오늘은 내가 사생결단을 내고 말테니까."

손기문은 장딴지에 꽂고 다니는 칼이 잘 있는지 확인을 하고 일어섰다. 주먹을 쥐고 막사 밖으로 나갔다. 눈 아래로 펼쳐지는 판잣집들 중 삼분의 이는 불이 켜져 있었다. 가난하든 말든 가족들끼리 오순도순 앉아서 저녁을 먹은 집은 불이 켜져 있을 것이다. 이 시간까지 공사판에서 일을 하고 있거나, 거리에서 포장마차를 팔고 있거나 번데기나 소라를 파는 상인들의 집은 불이 꺼져 있을 것이다.

어디선가 개 짖는 소리가 들려온다. 한 마리가 짖자 이 골목 저 골목에서 여러 마리 개들이 한꺼번에 짖기 시작한다. 한낮 미물에 불과한 개도 끼니때면 잊지 않고 밥을 주는 주인이 있고 집이 있다. 그러나 나는 집도 절도 없고 토굴 같은 움막에 사는 걸어지라는 생각이 들면서 까마득하게 잊고 있었던 어머니의 얼굴이 떠올랐다. 어느 지역인지 정확히 기억이 나지 않지만, 어머니가 물동이를 이고 갈 때 등에 업혀 있었던 기억이 희미하게 떠올랐다. 부엌 아궁이 앞에 앉아서 어머니 어깨 너머로 활활 타오르는 아궁이의 장작불도 떠오르고, 가끔은 남자들이 왁자지껄 떠들며 술을 마시던 장면도 떠올랐다. 그뿐이었다. 어머니의 이름은 무엇이고, 낳아준 아버지가 무엇을 하던 분이었는지는 전혀 기억이 나지 않았다.

어머!

손기문은 하늘을 바라봤다. 까만 하늘에 은가루를 뿌려 놓은 것 같은 별들이 반짝인다. 고아원에서 어떤 누나한테 들은 말인데, 사람들은 태어나는 순간 모두 자기 별을 갖게 된다고 한다. 평생 동안 그 별이 그 사람을 지켜보고 있다가, 그 사람이 죽으면 별도 지구로 떨어지게 된다는 이야기를 해 주었다. 저 많은 별들 중에 내 별은 어디에 있을까? 하는 생각이 들면서 자신도 모르게 희미한 윤곽으로만 기억이 되는 어머니가 미치도록 그리워졌다.

"거기, 메뚜기냐? 아니면 종갑이여!"

산 아래에서 어두운 그림자 두 명이 걸어 올라오고 있는 모습이 보였다. 손기문은 엉덩이를 털며 일어서서 큰 소리로 물었다.

"형!"

"나, 종갑이여!"

그림자 두 명이 빠르게 올라오는데 목소리가 눈물에 젖어 있다.

"뭐야? 깡통은?"

손기문은 걱정이 돼서 아래로 뛰어 내려갔다. 종갑이와 메뚜기의 손에 들려 있어야 할 깡통이 보이지 않는다. 거지에게서 깡통은 군인의 총과 같다. 깡통 없이 동냥을 나가지는 않았을 것이라는 생각에 불길한 예감이 정수리를 때렸다.

"뚜룩질 하다 들켜서 맞아 죽는 줄 알았는데, 깡통이 대수여!"

"뚜룩질이라니?"

"대장이, 세탁소나 빨랫줄에 걸려 있는 양복을 뚜룩쳐 오라고 지시를 했잖여. 세탁소에 걸려 있는 양복을 벗겨내다 걸려서 주인한테 죽도록 은어 맞았구먼."

"세탁소 주인이 맘이 좋아서 이 정도로 끝냈지, 독한 사람이었다면 꼼짝없이 경찰서로 끌려가서 소년원으로 직행 했을 겨."

"알았구먼. 저녁은 먹었냐?"

"저녁은 뭔 저녁. 목숨이 붙어 있는 것만 해도 다행인데."

종갑이가 생각만 해도 너무 억울해서 눈물이 난다는 표정으로 어둠 속에서 눈물을 닦았다.

"그래, 일단 밥부터 먹자."

손기문은 종갑이의 손을 잡고 산 위로 올라갔다. 움막 앞에는 콩새가 혼자 나와 기다리고 있었다.

"다른 아들은?"

"닭대가리하고 오소리는 배고프다면서 밥 먹고 있구먼."

"즈덜끼리 먼저 밥을 먹는단 말여?"

닭대가리하고 오소리는 평소 찰스박을 잘 따르는 편이다. 더구나 닭대가리는 손기문이 오기 전에는 부대장이었다. 평소 보이지 않게 손기문에게 불만이 많았다. 손기문은 놈들이 무슨 흉계를 꾸미고 있을 것이라고 생각하며 움막 안으로 들어갔다.

"야, 너희들끼리 밥 먹으면 어떡하자는 거여?"

닭대가리하고 오소리는 다른 아이들이 저녁에 동냥을 해 가지고 온 돼지고기국물에 김치며, 콩나물, 두부 씨레기 등을 넣어서 모닥불 위에 얹어 놓고 맛있게 먹고 있었다. 손기문은 깡통에서 모락모락 김이 나는 개죽을 노려보면서 싸늘하게 말했다.

"배고프다고 함께 대장이 먹으라고 했단 말여."

닭대가리가 믿는 구석이 있다는 목소리로 콧방귀를 끼며 빈 그릇에 끓고 있는 개죽을 퍼 담았다.

"솔직히, 우리가 쫑갑이나 메뚜기 땜시 배고픈 걸 참으면서 기다린다는 것은 자존심 상하는 일이잖……"

상한 음식을 아무리 많이 먹어도 절대 탈이 나지 않는 체질이라서 오소리라는 별명이 붙은 태평이가 개죽을 그릇에 담으려고 닭대가리가 건네주는 국자를 받으려 할 때였다.

"내가 분명히 말했지. 우린 죽어도 같이 죽고, 굶어도 같이 죽는다고 말여!"

손기문이 모닥불 위에서 끓고 있는 깡통을 발로 확 차 버렸다. 깡통이 공중으로 날아올랐다가 떨어지면서 뜨거운 개죽이 파편처럼 튀어서 닭대가리와 오소리 몸으로 튀었다. 그들은 날씨가 후덥지근해서 모닥불 앞에 있느라 상체를 벗고 있었다. 앗! 뜨거워. 어매야! 라고 비명을 지르며 팔짝팔짝 뛰기 시작했다.

"뭐여!"

찰스박에 단검을 들고 자기 움막에서 뛰어 나왔다.

"대장, 지난번에 뭐라고 약속했어. 애들한테 절대로 뚜룩질 안 시키겠다고 약속했잖여. 근데 왜 약속을 어기는 거여!"

"야, 이 자식아, 내가 언제 약속했어? 난 기억이 없는데, 너 혹시 혼자 꿈을 꾼 거 아녀?"

찰스박이 술 냄새를 풍풍 풍기면서 손기문 앞으로 천천히 다가갔다. 가슴이며 얼굴에 뜨거운 개죽 세례를 받은 닭대가리와 오소리가 얼른 일어나서 찰스박 양 옆에 버티고 섰다.

"남자가 약속을 못 지키면 남자가 아녀. 지지바도 약속은 안 지키지만 절개를 지키는 법여. 약속을 안 지키는 남자는 지지바 만도 못한 놈이란 말여!"

"개소리는 그만 둬. 내가 약속을 안 했다면 약속을 안 한거고, 내가 약속을 했다면 약속을 한 거여. 왜 그런 줄 알아? 여기서는 내가 대통령이기 때문이지."

찰스박이 왼쪽으로 비스듬하게 섰다. 오른손에 든 칼로 금방이라도 손기문을 찌를 것처럼 앞으로 썩썩 내밀며 싸늘하게 웃었다.

"형!"

"혀엉!"

콩새는 너무 무서워서 훌쩍훌쩍 울었다. 종갑이와 메뚜기도 무서워서 벌벌 떨며 구석으로 뒷걸음 쳤다.

"대통령도 국민하고 지킨 약속은 지켜. 만약 못 지키게 될 경우에는 국민투표라는 걸 해야 하능 겨. 난, 약속 안 지키는 놈하고는 더 이상 못 살아. 내가 약속을 어긴 것이 아니고, 네놈이 약속을 어긴 것이니까 네 놈이 여길 나가는 것이 맞는 말여."

손기문인 찰스박과 닭대가리며 오소리가 한꺼번에 달려들면 승산이 없다고 판단했다. 그렇다고 물러나고 싶지도 않고 이제라도 잘못했다고 용서를 빌고 싶지는 않았다. 나중에 고물상에 팔려고 모아 둔 빈 병이 수북하게 쌓여 있는 것이 보였다. 얼른 사이다 병 한 개를 주워들었다.

"흐흐, 나이 어린 놈은 어디가 표가 나도 표가 나는군. 그 병으로 나를 찌르겠다는 거냐? 이 단검하고 대결하겠다는 거냐? 까불지 말고 지금이라도 무릎 꿇고 빌어. 그럼 적어도 목숨만은 살려 주지."

"대장, 저 새끼한테 당한 걸 생각하면 최소한도로 팔 한 개는 분질러 버릴 거여."

닭대가리가 독기 서린 목소리로 중얼거리며 미리 준비해 둔 것으로 보이는 각목을 들었다. 각목에는 못이 박혀 있었다. 기다렸다는 듯이 오소리도 닭대가리와 똑같은 크기에 못이 박혀 있는 각목을 들었다.

"그려! 죽여 볼라믄 죽여 봐. 만약 나를 못 죽이믄 느덜 세 명 중에 딱 한 놈은 나한테 죽을 거라고 생각하믄 틀림없을 껴. 죽여 봐!"

손기문은 사이다 병 대가리를 잡고 움막의 모서리에 탁 쳤다. 병이 금방 칼날처럼 깨졌다. 입고 있던 군복의 옷자락을 확 잡아 당겼다. 우두 득거리며 단추가 모두 떨어지고 알몸이 드러났다. 거의 동시에 깨진 병으로 가슴을 쭉 그어 버렸다. 사선이 그어진 살이 피가 방울방울 맺히는가 했더니 금방 피가 주르르 흘러내리기 시작했다.

"대……대장!"

"저, 저놈 미쳤어. 제정신이 아냐!"

닭대가리와 오소리가 파랗게 질린 얼굴로 각목을 떨어뜨리며 뒷걸음을 쳤다.

"도……도망가지마! 저 새끼 쏴 하는 거야. 쏴!"

졸지에 닭대가리와 오소리가 뒷걸음질치니까 찰스박은 당황했다. 자신도 모르게 뒷걸음질치는 닭대가리와 오소리를 바라보며 더듬거렸다. 거의 동시에 손기문이 바람처럼 달려들어서 단검을 들고 있는 팔을 오른발로 차 버렸다. 칼이 허공중으로 날아올랐다가 다른 쪽으로 떨어졌다.

"내가 뭐라고 했어. 날 죽이지 못하믄 딱 한 놈은 내 손에 죽는다고 했지?”

얼떨결이 단검을 놓친 찰스박이 떨어진 단검을 주우려고 허리를 숙였다. 손기문이 달려들어서 아랫배를 퍽! 소리가 나도록 차 올렸다. 찰스박이 만세를 부르며 뒤로 벌렁 나자빠졌다. 손기문은 기다리지 않고 옆구리며 사타구니며 얼굴 등을 가리지 않고 마구잡이로 짓밟기 시작했다.

삼세번

당신은 삼세번이라는 말도 몰라유?
뭔 일이던지 세 번은 해 봐야,
그 일이 잘된 일인지 잘못된 일인지 알 수 있는 법이잖유.
두 번 실패를 했응께 안직 한 번 더 남았잖유.
당신한테 사과나무 심어 달라고 안 할 팅게 기냥 귀경만 하셔유.

강원도에서 화전을 일구는 사람들은 옥수수나 감자를 많이 심는다. 옥수수와 감자는 자갈이 많은 척박한 땅에서도 쉽게 뿌리를 내리고 잘 자라기 때문이다. 강원도 이외 지역은 옥수수를 식량 삼아 심기보다는 간식거리로 심는다. 모산에서도 밭 가장자리나 고추밭과 채소밭 사이의 경계, 혹은 토질이 안 좋아서 적당하게 심을 종자가 없는 경우 옥수수를 심는다.

상규네는 지나간 봄에 냉해를 입은 사과나무를 뽑아내고 모두 옥수수를 심었다.

"난 도시 태수 처 생각을 알 수가 읎어. 암만 생각해도 과수원은 강냉이를 심기에는 아까운 땅이잖여."

"내 생각도 그려. 차라리 콩을 심는 것이 낳지. 왜 해필이면 강냉이여."

"꼬치를 심어도 강냉이보다 소득이 나을 겨."

"사람들이 왜 그리 생각이 읎어. 저런 땅에는 담배를 심어야 하능 겨."

"이 사람 말하는 것 좀 봐. 담배를 상추씨 뿌리듯 대나가나 심을 수 있나? 연초조합에 신고를 하고 허가를 받아야 하능 겨."

상규네가 삼천 평의 땅에 모두 옥수수를 심을 때만 해도 그녀를 옳게 보는 이들이 없었다. 어떤 이들은 상규네가 연이은 실패에 충격을 받은 나머지 정신이 약간 돈 것은 아니냐며 걱정스러운 눈으로 지켜보기도 했다. 그러나 삼천 평을 가득 채운 옥수수가 팽팽하게 익어서 팔월의 하늘을 찌르고 있는 광경은 상규네를 이상한 눈으로 보던 이들을 민망하게 만들었다.

"워녕 그려. 난 강냉이를 심을 때부터 태수 처가 뭔가 생각이 있을 줄 알았어."

"대관절 저 강냉이를 죄다 팔면 얼마나 될까?"

"아무리 적게 잡아도 열 가마니는 안 나오겄어? 내 평생 강냉이를 한두 말도 아니고 열 가마니나 소출했다는 사람을 보기는 첨이구면."

"젠장, 번성하는 집은 가만히 앉아 있어도 떡이 굴러들어 온다고 한다고 하더니 그짝이구면."

모산 사람들만 또랑가를 온통 푸른빛으로 물들여 놓은 옥수수 밭을 보고 탄성을 지르는 것만 아니었다. 어떻게 알고 왔는지 이번에도 소백일보 기자가 찾아와서 옥수수 밭 사진과 상규네하고 박평래가 옥수수 밭에서 일하는 모습을 취재해 갔다.

"신문에 날 때는 즈 시아버지만 살짝 데리고 가서 사진 찍고, 일 할 때는 몸살이 나서 굴신도 못한다는 걸 뻔히 알면서도 못 데리고 가서 주딩이가 십 리는 나오고……맘보를 그 지랄로 쓰니까 멀쩡하게 크던 사과나무가 얼어 죽지. 암, 자고로 사람 눈은 쇡일 수 있을지 모르지만 하늘 눈은 못 속인다고 했어. 그랑께……"

상규가 저녁에 퇴근을 하면서 박평래와 상규네가 옥수수 밭에서 일하는 모습의 사진이 실린 신문을 들고 왔다. 박평래는 신문에 난 사진을 보면서 이게 꿈이여 생시여 하는 얼굴로 감격한 나머지 눈물까지 글썽거렸다. 상규네는 대수롭지도 않다는 얼굴로 등잔불 앞에서 떨어진 양말을 꿰매고 있었다. 청산댁이 삶은 옥수수를 한 알씩 떼어서 옹골지게 씹으면서 이를 갈았다.

"저 지랄로 생각 없이 쥐끼니께 늙으면 북망산천으로 가야 한다는 말이 나오는 거여. 사과나무 얼어 죽은 것 땜시 온 동리 사람들이 과수원을 바라볼 때마다 혀를 차고 있는데, 시어미라는 늙은이는 악담이나 하고 앉아 있다는 것이 말이나 되는 거여. 동리 사람 누가 들을께비 챙피해서 못 앉아 있겠구먼."

박평래는 청산댁을 향해 주먹을 흔들어 보이고 일어섰다. 얼른 밖에 나가서 순배 영감이며 변쌍출에게 자랑을 해야겠다는 생각에 신문지를 슬쩍 챙겨 들었다.

둥구나무 밑에는 동네 사람들이 많이 나와 있었다. 박평래는 너럭바위에 순배 영감이며 변쌍출이 나왔는지 고개를 길게 빼고 바라보다 자기 앞으로 걸어오고 있는 박태수에게서 시선을 멈췄다.

"아부지 저 왔슈."

박태수도 박평래 앞에 멈춰서 자신도 모르게 둥구나무 밑을 두리번거렸다.

"날 쉬는 날이냐?"

"예, 근데 누굴 찾으시는 거유?"

"암것도 아니다. 어여 들어가 봐라."

"아부지한테 드릴 말씀이 있응게 같이 들어가시쥬."

너럭바위에는 순배 영감과 변쌍출이며 장기팔까지 앉아 있었다. 박평래는 마음은 너럭바위에 가 있지만 걸음을 돌렸다.

"저녁은 자셨슈?"

상규네가 방으로 들어서는 박태수를 보고 일어서면서 물었다.

"밥은 먹었고, 할 야기가 있응게 앉아 봐."

박태수의 목소리에 윗방에서 검정고시 공부를 하던 진규며, 숙제를 하던 인자와 인숙이가 아랫방으로 건너왔다. 작년 3월에 입학을 한 인숙이는 반에서 부급장이고 승우가 급장이다. 박태수에게 인사를 한 진규는 인자와 인숙이처럼 윗방으로 가지 않고 청산댁 옆에 앉았다. 윗방에서 일찌감치 잠자리에 들려던 상규가 심심한 얼굴로 건너왔다.

"애비는 신문 봤냐?"

상규네에게 계속 궁시랑거리고 있던 청산댁이 구원병을 만난 얼굴로 신문지를 찾았다. 조금 전에만 해도 등잔대 밑에 있던 신문이 보이지 않는다.

"방앗간 유 서기가 역부러 불러서 신문을 보여 주길래 읽어 봤슈."

"그래도 다시 한 번 큰 소리로 읽어 봐. 아까 진규가 큰 소리로 읽어 줬는데도 또 듣고 싶구먼."

박평래가 들고 있던 신문을 박태수 앞으로 내밀었다. 청산댁은 방에 있어야 할 신문이 박평래의 손에서 슬그머니 나오는 것을 보고 입술을 삐죽거리며 돌아앉았다.

"할아부지 제가 읽어 드릴까유?"

"그려, 어디 한번 읽어 봐라."

진규는 등잔불 앞으로 바짝 붙어 앉아서 신문을 읽기 시작했다. 박평래는 빙긋이 웃는 얼굴로 눈을 지그시 감았다. 상규네는 다시 양말을 꿰매기 시작했다. 청산댁은 차마 귀를 막지는 못하고 일부러 쩝쩝거리는 소리를 내며 옥수수 알갱이를 씹었다.

"할아부지, 여기 일면에 박정희 의장이 전역을 했다는 기사하고 사진도 나왔슈. 이것도 읽어 드릴까유?"

"박정희라면, 그 뭐여?"

눈을 지그시 감고 상규가 읽어주는 신문기사에 빠져 있던 박평래가 눈을 뜨며 박태수를 바라봤다.

"아부지두 참, 국가재건위원회 의장이잖유. 그 사람이 육군대장으로 전역을 하고 공화당에 입당을 했다고 하대유."

"아! 난 또 누구라고 대통령으로 나온다는 그 사람을 말하는 개비구먼. 어디 한번 읽어 봐라."

박평래는 이참에 순배 영감이며 변쌍출에게 아는 척 좀 해야겠다는 얼굴로 웃음을 참으며 진규를 바라봤다.

"박정희 대장은 팔월 삼십일 오전 강원도 철원군 제 오군단 비행장내에서 전역식을 가졌다. 박 의장은 전역사를 읽어가는 도중 목이 메어 울음을 참으려고 기침을 하기도 했다. 전역사의 시작은 "지난날 수십만 전우들의 선혈로써 겨레를 지켜 온 조국의 전선, 초연은 사라지고 오늘은 초목에 싸인 채 원한의 넋이 잠들은 이 산야, 이 전선에 본인은 군을 떠나는 마지막 고별의 인사를 드리려 찾아왔습니다. 여기 저 능선과 이 계곡에서 미처 피기도 전에 사라져간 전우들의 영전에 삼가 머리를 숙이고 십여 년을 포연의 전지에서 조국 방위를 위하여 젊은 청춘을 바쳤던 그날을 회상하면서 오늘 본인은 나의 무상한 반생을 함께 지녀온 군복을 벗을까 합니다."로 시작이 되었다. 마지막 부분은 "오늘 병영을 물러가는 이 군인을 그동안 키워주신 군의 선배, 전우 여러분 그리고 군사혁명의 이년 동안 '혁명하'라는 불편 속에서도 참고 편달 협조해 주신 우리 모든 국민들에게 뜨거운 감사를 드리며 다음의 한 구절을 남기고 전역의 인사로 대할까 합니다."로 끝이 났다……계속 읽을까유?"

"그만하면 됐다. 내가 무슨 정치를 할 것도 아니고 그 정도만 알고 있어도 나이 먹은 보람은 있다. 그랑께, 박정희 의장이 시방은 군인이 아니고 정치인이 됐다 그 말 아니냐?"

"할아버지는 참말로 핵심을 딱 찍어서 말씀을 하시네유? 인제 민주공화당 대통령 후보가 됐다는 바로 그 말이 핵심유."

"해……핵심이라는 말이 무슨 말이냐?"

청산댁이 진규와 박평래가 말을 주고받는 모습을 꼴사납다는 표정으로 지켜보다가 물었다.

"쯔쯔 손자한테 물어볼 말을 물어봐야지. 핵심이라는 말이 말의 골자라는 뜻이잖여. 그것도 모르는 늙은이가 시샘만 많아 가지고, 내 얼굴이 신문에 났네 안 났네 투정만 하고 있어? 좌우지간 나는 솔직히 오늘 밤

당장 죽어도 여한이 읎다. 소싯적에 학교 문턱에도 못 가 본 내가 신문에 대문짝만하게 얼굴이 나왔는데 또 뭘 바라겠냐? 내가 골백번을 더 해도 부족함이 없는 말이지만 너는 에미가 하는 말이라면 팥으로 메주를 쓴다고 해도 들어야 한다. 나는 이 세상에서 우리 며느리가 젤 똑똑한 사람이라고 생각한다. 한 가지 아쉬운 점이 있다면 며느리가 공부를 좀 했더라면 그 뉘여, 박순천 여사 같은 이는 저리가라 할 정도로 성공했을 것이라고 생각한다."

박평래는 한심하다는 표정으로 청산댁을 빈정거리고 나서 내가 언제 그랬냐는 얼굴로 상규네를 바라본다. 손바닥으로 무릎을 치고 나서 경탄해 마지않는 목소리로 말했다.

박태수는 박평래를 힐끗 바라보고 나서 이내 나하고는 아무런 상관이 없다는 생각에 뚱한 얼굴로 천장을 바라봤다. 상규는 윗목 벽에 기대고 앉아서 무릎을 세우고 약장사 구경 나온 사람처럼 물끄러미 지켜만 봤다.

"광일이 형이 그라는데 면서기들도 죄다 그랬데유. 저 아줌마 참말로 보통 여자가 아니다. 쪼꼼만 배웠다면 국회의원도 해 먹을 여자라구 말여유."

"야 가, 별말을 다 하는구면. 사람들은 땅만 보고 콩을 심어라, 꼬치를 심어라 하지만 하나는 알고 둘은 모르는 소리유. 난중에 뚝이 완전해지면 몰라도 시방은 장마를 피해 갈 수는 읎잖유. 그래서 강냉이를 심은 걸 갖고 신문에까지 나오고……암것도 아닌 일을 갖고……"

상규네가 진규를 바라보던 시선을 박평래에게 옮기며 내 말이 틀렸느냐는 얼굴로 말했다.

"당신 똑똑하다는 거 아부지 말씀대로 세상 사람들이 다 알고 있구먼. 그래서 하는 말인데 내년에도 그냥 보리나 심고 강냉이나 심어. 더 이상 사과나무 심을 생각은 하지 마."

박태수의 말에 박평래는 담뱃불을 붙이려다 말고 고개를 들었다. 청산댁도 옥수수 알갱이를 떼어내다 말고 박태수를 향해 돌아앉았다. 상규네만 박태수의 말을 못 들은 척한 얼굴로 양말이 잘 꿰매어 졌는지 뒤집었다. 진규는 박태수의 말을 이해할 수 없다는 얼굴로 상규네를 바라봤다.

"저도 아부지하고 생각이 같아유. 거기다 사과나무를 심는 거는 무조건 반대유."

말없이 앉아 있던 상규가 박태수의 말이 끝나자마자 꼬리를 물고 말했다.

"형은 어째 형 생각만 하능 겨. 어머 생각은 왜 안 햐?"

진규가 도저히 이해가 되지 않는다는 얼굴로 상규에게 물었다.

"진규, 상규는 가만히 있어 봐. 당신은 삼세번이라는 말도 몰라유? 뭔 일이던지 세 번은 해 봐야, 그 일이 잘된 일인지 잘못된 일인지 알 수 있는 법이잖유. 두 번 실패를 했응께 안직 한 번 더 남았잖유. 당신한테 사과나무 심어 달라고 안 할 팅께 기냥 귀경만 하셔유."

상규네는 꿰맨 양말 짝이 다른 양말과 섞이지 않도록 제 짝을 찾아서 한 짝을 만들었다. 양말만 집어넣은 박스 안에 집어넣으며 박태수는 바라보지 않았다.

"저……저, 말하는 꼬락서니 좀 보라지. 아, 애비가 무턱대고 사과낭귀를 심지 말라고 하겠어? 애비도 바깥에서 다 들은 말이 있고, 생각하는 것이 있어서 사과낭귀를 심지 말라고 하는 거잖여. 집 식구들 멕여 살린다고 방앗간에서 허리가 휘도록 가대기를 하고 온 남편이 요리조리 궁리를 해 본 끝에 깊게 생각해서 말을 하면 알겠습니다, 하고 받아들일 줄 알아야지, 뭐 삼세번?"

청산댁이 말꼬리 잡을 기회만 노리고 있었다는 얼굴로 상규네를 노려 봤다.

"당신은 할 일 없으면 귀신 씻나락 까먹는 소리만 지껄이지 말고 방에 가서 자빠져 자. 애비 너는 내가 내동 말 할 때는 딴생각하고 있었냐?"

박평래가 담뱃불을 붙이고 나서 본격적으로 따져 보자는 얼굴로 박태수를 향해 돌아앉았다.

"묘목 심는데 돈 들어가는 것이 아까워서 하는 말이 아뉴. 올개 또 사과나무 심어서 실패하지 말라는 보장이 있으면 지가 방앗간을 그만 두는 한이 있더래도 심으라고 하겠슈. 하지만 아니잖유. 아부지가 사신다면 얼매나 더 사신다고 그 고생을 하셔유. 인제 우리 집도 사과나무 안 심어도 먹고사는 데는 지장 읎잖유. 그람 아부지도 그동안 고생만 하시며 사셨응게 앞으로는 순배 영감이나 팔봉이 아부지처럼 둥구나무 밑에서 편하게 부채질이나 함서 세월 보내며 사시라 이거유. 솔직히 지가 잘하나 못하나 시방은 가장 노릇을 지대로 하고 있잖유. 앞으로는 아부지 어머 손가락에 흙 안 묻히고 편하게 모시고 싶어유. 그기 자식 도리 아뉴?"

박태수는 의식적으로 박평래는 바라보지 않고 감격에 겨워서 눈물을 글썽이고 있는 청산댁을 바라보며 말했다.

"그려, 애비 말이 구구절절 옳은 말이구먼. 내가 살면 얼매나 산다고 그까짓 사과낭구 땜시 비만 크게 와도 걱정, 바람만 크게 불어도 걱정, 싸리기눈만 몰아쳐도 걱정함서 애간장을 태우며 살겄냐? 세상에 내 맘을 알아주는 사람은 이 세상에 애비 밖에 없구먼."

청산댁은 치맛말기를 말아 쥐고 쭈글쭈글한 얼굴에 흘러내리는 눈물을 닦으며 코맹맹이 소리로 말했다.

"또, 또 헛소리 쥐낀다. 좌우지간 느 어머가 하는 야기는 밥 먹으라는 말 빼놓고는 단 한마디도 쓸데가 읎응게 한 귀로 흘려보내고 내 말 똑바로 새겨들어라. 이 나이에 내가 뭔 영광을 보겠다고 사과낭구를 심겄냐? 하지만 명색이 애비라는 사람이 자식 앞에서 그게 할 말이냐? 내가 오늘 사과낭구를 심고 당장 날 죽는 한이 있더라도, 여기 앉아 있는 진규나 상규가 있잖여. 내가 손자들을 생각해서 사과나무를 심을라고 하는 거지. 내 영화를 볼라고 심은 건 아니잖여."

청산댁을 향해 주먹을 흔들고 난 박평래는 한심하다는 얼굴로 박태수를 응시했다. 박태수는 잠깐 박평래를 바라보다 가물가물 타오르고 있는 등잔불을 바라봤다. 박평래는 마냥 고집만 피울 때가 아니라는 생각에 조곤조곤한 목소리로 말했다.

"할아부지, 풍차로 유명한 네덜란드라는 나라의 철학자 스피노자라는 사람도 할아부지하고 똑같은 말을 했슈. 나는 내일 지구가 멸망하더라도, 한 그루의 사과나무를 심겠다고 말유. 우리 할아부지 참말로 대단하구만유."

진규가 들뜬 표정으로 박평래를 바라보며 박수를 쳤다.

"난, 우리 진규 땜시 웃으며 산다. 할애비가 그릏게 훌륭하냐?"

"허! 곰보째보도 저 잘난 맛에 산다는 말은 들어 봤어도……"

청산댁은 흐물흐물 웃던 박평래가 정색을 한 얼굴로 주먹을 쥐어 보이는 걸 보고 말문을 닫았다.

"상규야 올 가실에 군대 갔다가 난중에 제대를 하고 나믄 광일이처럼 정식으로 면서기가 되어 월급 타 먹으며 살면 되고, 진규는 시방 본 것츠름 머리가 좋고 착실하니께 뭘 해서 못 먹고 살겄슈. 그랑게 아부지도 손자들 걱정은 놓으시고 앞으로는 편하게 사셔유. 사과나무 심는다고 고생은 고생대로 하시고, 그전처럼 나무가 잘못되면 우세는 우세대로 당하시지 말고"

박태수가 기특하다는 표정으로 진규를 바라보던 표정을 바꾸고 단호하게 말했다.

"아부지, 참말로 군대 갔다 와서도 급사질을 하라믄 서울로 도망갈 뀨."

"내가 아무렴 군대까지 갔다 온 놈을 급사질 시킬까. 방앗간에서 나하고 가대기를 하는 한이 있드래도 급사질은 안 시킬 모양잉께 시방부텀 엉뚱한 걱정 안 해도 된다."

박태수는 상규답지 않은 말에 놀란 얼굴로 바라보고 있다가 웃음을 참는 얼굴로 말했다.

"아부지는 지가 암 생각 읎이 세상을 사는 놈이라서 서울로 도망도 못 갈 놈이라고 생각하고 계실지는 몰라유, 하지만 저도 다 생각함서 세상을 살아가고 있슈."

"암만, 이 할애비도 우리 집 장손이 암 생각 읎이 세상을 살아가고 있다는 생각는 안 한다. 허지만, 그 머셔. 서울로 도망갈 생각은 애당초 하지마라. 서울이라는 데가 니가 생각하는 것츠름 그렇게 만만한 데는 절대 아닝께."

박평래가 사춘기 소년을 타이르는 표정으로 부드럽게 말했다.

"아부지, 제 생각에는 사과나무를 꼭 심어야 한다고 생각해유. 설령 요번 겨울에 또 얼어 죽는다 해도, 내년에 새로 심으면 되는 거유. 그동안 우리 집 식구들이 과수원을 개간하느라 얼마나 고생이 많았슈. 아부지 말씀처럼 할아부지도 겨울에 귀때기가 얼어붙을 것처럼 추워도 얼음 덩어리 같은 자갈을 줍고, 황토를 퍼다 붰잖아유. 그렇게 공들여서 맨든 과수원에 강냉이나 심고 보리나 심으면 사람들이 겉으로는 우리가 노력하는 걸 봤응께 말은 못하고, 속으로 얼매나 비웃겠슈. 그라고 사람들이 속으로 손가락질 하며 비웃는 것은 둘째로 쳐유. 우리가 그 사람들한테 밥 은어 먹고 사는 것도 아닌데, 비웃을라면 얼매든지 비웃으라쥬 머. 제 생각에는 우리가 잘 사는 길은 하루라도 빨리 사과나무를 키우는 길 뿜에 읎슈. 사과나무가 크면 얼어 죽지도 않고 태풍에도 끄떡 없잖유."

박평래와 박태수가 하는 말을 가만히 듣고 있던 진규가 끼어들었다.

"똑똑하다, 똑똑하다 비행기를 태워 중게 아주 올라탈라고 하네. 진규 너는 웃방에 가서 공부나 햐. 어른들 말씀하시는데 끼어들지 말고."

진규가 말을 하는 동안 못마땅하다는 얼굴로 입을 꾹 다물고 있던 박태수가 손을 내저었다.

"어떻게 된 양반이 소견이 자식보다 못햐. 긴말 필요 읎슈. 당신이 뭐라고 해도 지는 꼭 사과나무를 심을 팅게유."

"난도 심을란다."

박평래도 재떨이에 담뱃재를 톡톡 털면서 짤막하게 말했다.

"그람 맘대로 해유. 난 사과나무를 심든지, 배나무를 심든지, 살구나무를 심든지 상관 안 할 모냥잉께."

박태수는 청산댁을 제외한 온가족이 사과나무를 심겠다고 버티니까 더 이상 할 말이 없었다. 화가 나서 가만히 앉아 있을 수도 없었다. 김춘섭이나 불러내서 막걸리나 마셔야겠다며 벌떡 일어섰다.

"어머! 참말로 그렇게 고생을 하고도 안직 정신을 못 차린 겨?"

박태수가 밖으로 나가고 잠시 침묵이 흐르고 있을 때였다. 상규가 벌떡 일어나서 눈물이 그렁한 얼굴로 쏘아 붙이고 윗방으로 건너갔다.

이동하가 10월에 있을 대통령 선거 동향도 미리 살펴볼 겸, 오랜만에 모산에도 들러 볼 생각으로 영동에 내려오는 날이다. 이미 전날 이동하의 보좌관 차승태가 여도한에게 오전 11시쯤에 도착할 것이라는 전화를 해 놨다.

이동하가 영동에 도착 할 무렵이 되자 공화당영동지구당 사무실에는 군수를 비롯하여, 경찰서장, 우체국장, 농협조합장이며, 선거 때 공을 세운 각 동네의 모집책 등 오십여 명이 모였다.

그중에는 근무시간인데도 군청의 총무계장 임상천이며, 옥천중학교 선생인 정영일도 끼어 있었다. 그들은 다른 사람들과 다르게 군수와 경찰서장과 함께 이동하 사무실에 앉아서 차를 마시며 이동하가 도착하기를 기다렸다.

"총무계장 나 좀 봐."

오영택 군수가 임상천에게 눈짓을 하고 먼저 밖으로 나갔다. 소파에 앉아서 빈 커피 잔을 만지고 있던 임상천은 경찰서장에게 까닥 인사를 하고 밖으로 나갔다.

군수는 아무 말 없이 밖으로 나갔다. 임상천도 그를 따라서 이수천 둑이 있는 곳으로 슬슬 걸어갔다.

"아까, 올 때 내 사무실에서도 말했지만 말여. 나 요번 가실에는 반드시 도청으로 들어가야 햐. 그렇게 의원님 오시면 단단히 언질을 주란 말여. 내가 도청에 있어야 자네도 내년에 과장으로 승진하는데 도움을 줄 거잖여. 내가 암만 자네를 과장으로 승진을 시키고 싶어도, 도청의 다른 국장이 손을 쓰면 순번에서 밀려 날 수 있다는 점을 염두에 두란 말여. 내 말 무슨 말인지 알겠지?"

오영택은 임상천이 가까이 다가오자 먼저 담배부터 권했다. 오영택이 담뱃불을 붙이고 첫 번째 연기를 내뱉을 때서야 귓전에 대고 속삭였다.

"군수님, 걱정하시지 않아도 된다고 했잖유. 처남이 독신으로 살아서 제 말은 거절을 못하는 편유. 지가 만약 내년 일월 일일자로 승진 못하면 처남 탓으로 돌릴거라고 말을 할 모양잉께유."

"그려, 난 자네만 믿겠네. 이것이 바로 누이 좋고 매부 좋은 거 아닌가? 안 그려?"

오영택은 임상천의 손을 힘껏 잡아주고 피우던 담배를 땅바닥에 버렸다. 구둣발로 문질러 버리고 다정하게 오영택의 어깨를 툭툭 쳤다.

지구당 사무실에 도착한 이동하는 자기를 기다리고 있던 지지자들에게 활짝 웃는 얼굴로 일일이 악수를 했다. 이름을 알고 있는 지지자에게는 가족의 안부를 묻기도 하고, 자식이 결혼을 할 때 주례를 선 지지자들에게는 자식들의 안부도 물었다.

"태평관에는 몇 명이나 예약을 해 놨나?"

이동하는 지지자들에게 모두 인사를 마친 후에 사무실로 들어가서 맨 먼저 여도한을 불렀다.

"넉넉잡아서 칠십 명분 예약을 해 놨습니다."

"오늘 온 사람이 몇 명이여?"

"아까 의원님이 도착하시기 전에 최종 점검을 해 봤슈. 총 오십육 명유. 그라고 오늘 먹을 음식이며, 술값은 시장 안에서 철물점을 하는 김병수 사장이 죄다 부담을 하겠다고 하데유."

"그 사람이 왜?"

이동하는 얼른 계산을 해봤다. 명색이 국회의원이 내는 자리다. 쇠고기 불고기로 대접을 하려면, 요즘 쇠고기 한 근에 120원이니까 음식점 가격으로 200원은 받을 것이다. 거기다 술까지 포함하면 일인당 삼백 원씩은 잡아야 한다. 열 명이면 삼천 원, 칠십 명을 잡아도 이만천 원이면 충분하다. 그만한 돈을 부담하겠다는 데는 반드시 청탁이 있을 것이라는 생각에 반문했다.

"김 사장한테 말썽 피우는 자식이 있는 모양유. 술 마시고 누구를 뚜르패서 시방 경찰서 유치장에 있데유. 청주로 넘어가면 꼼짝 없이 호적에 빨간 줄이 올라간다면서, 의원님이 경찰서장한테 전화 좀 한 통 해달라고 했슈."

"청주로 넘어갈 정도면 죄가 크구먼. 그건 힘들겠는데?"

이동하는 의외로 간단한 청탁이라고 생각했다. 그러나 쉽게 청탁을 들어주면 고마운 걸 모를 것이라는 생각에 슬쩍 튕겨 보았다.

"아뉴, 유치장에서 나오게 되면 따로 보답을 하겠다고 했슈."

"원칙은 힘들겠지만 사무장의 부탁잉게 한 번 해 보지. 밖에 경찰서장

와 있지? 잠깐 들어오라고 햐. 그리고 정각 열두 시가 되면 한 명도 빠짐없이 글루 모시고 가게. 그리고 경찰서장 나가면 임 계장 좀 들어오라고 햐. 나한테 꼭 좀 할 말이 있다고 하든데……"

이동하는 만족한 미소를 지으며 책상 앞에 앉았다. 소파에 앉는 것보다는 책상 앞에 앉아서 상대방의 부탁을 들어주는 것이 훨씬 위엄이 있어 보인다는 생각 때문이다.

"의원님 부르셨습니까?"

이천수 경찰서장이 정중하게 거수경례를 하고 책상 앞에 부동자세로 섰다. 이동하는 담배를 권하면서 요새 어려운 점은 없느냐고 물었다.

"지난번에 의원님께 말씀을 드렸지만 제 고향은 원래 옥천입니다. 정년이 이 년 밖에 안 남았는데 옥천에서 마지막 봉사를 하고 싶습니다."

"내가 힘 한 번 써 보겠슈, 그리고 말유. 시장 안에서 철물점을 하는 김병수라는 사람 알쥬?"

"네, 알고 있습니다. 그 사람 아들이 지금 유치장에 있습니다. 술을 마시고 제 아버지뻘 되는 사람 이빨을 세 대나 부러트려서 구속영장을 신청할 생각입니다. 의원님께서도 김병수를 잘 아십니까?"

"나쁜 자식이구먼. 하지만 팔은 안으로 굽는다고, 워틱합니까? 김병수가 자식 때문에 앓아누웠다는데? 솔직히 그 애비는 잘못이 없잖유."

"알겠습니다. 제가 단단히 혼을 내고 저녁에 석방을 시키라고 하겠습니다."

"옥천에 가시더라도 종종 만나유."

이동하는 일어서서 이천수에게 손을 내밀었다. 이천수가 황송하다는 표정으로 악수를 하고 밖으로 나갔다.

"애들은 잘 있고?"

임상천이 두 손을 쓱쓱 비비며 들어왔다. 이동하는 임상천의 얼굴에 은근한 자부심이 깃들어 있는 것처럼 보여서 기분이 좋았다. 그려, 내가 잘 되어야 매제도 힘 피고 살지, 라고 생각하며 부드럽게 물었다.

"예, 핵교 잘 댕기고 있슈. 처남 얼굴도 엄청 좋아 보이네유. 얼굴이 더 하애진 거 가튜. 암만해도 여기 물보다 서울 물이 좋응개뷰."

"왜? 매제도 서울시청 같은 데서 근무하고 싶나?"

"아뉴, 처남처럼 중앙무대에서 정치를 하는 것도 아닝께, 전 여기가 좋아유."

"그려, 생각 잘했어. 하지만 군수래도 해 먹을라믄 도청에서 근무를 해야잖여. 그래서 하는 말인데, 도청으로 가고 싶은 생각은 읎능 겨?"

"일단 여기서 과장 계급이라도 달아야 도청에 가면 계장자리를 을을 수 있잖유. 그래서 드리는 말씀인데유. 우리 군수님이 올 가실에 인사이동이 있구만유. 근데 눈치를 봉께 도청으로는 못 들어가고 보은군수로 갈 것 같데유. 보은군수로 가믄 동기들보다 진급이 한참 늦어질 수도 있다드만유. 또 군수님이 도청으로 가셔야 제가 내년 일월 일일자로 과장으로 진급하는데 도움이 될 수도 있기도 해유. 그랑께 처남이 심 좀 쓰셔서 꼭 도청으로 보내줘유."

"싸가지 읎는 놈 같으니라구?"

임상천이 하는 말을 가만히 듣고 있던 이동하가 담배를 빼 물면서 화를 냈다.

"왜유?"

이동하의 급한 성격을 잘 알고 있는 임상천이 바짝 긴장한 얼굴로 반문했다.

"제 놈이 아니면 내가 매제를 과장으로 진급 시킬 힘이 없능 겨?"

"아이고, 참 처남두. 아! 군수님이 도청에 계셔야, 제가 난중에 도청에 들어가면 좋은 자리로 보직을 받을 수 있잖유. 다, 그것이 누이 좋고 매부 좋자는 일 아니겄슈?"

임상천은 입 안이 바짝 마르는 것을 느끼면서도 필요 이상으로 웃으며 너스레를 떨었다.

"내가 우리 매제만 아니었다면 그놈 모가지를 자를 수도 있어. 하지만 매제를 봐서, 내가 이따 도지사한테 전화를 해서 단단히 부탁을 해 놓을 모양잉게, 그렇게 알고 있어. 그라고 모산은 자주 가나?"

"생각 같어서는 매주 들리고 싶지만, 그게 맘처럼 잘 안 돼유. 허지만 앞으로는 암만 못가도 한 달에 한 번씩은 의무적으로 들릴께유."

"어머가 그 산골에 혼자 계시잖여. 아부지가 계실 때는 몰라도, 요새는 엄청 외로우신 모냥여. 그랑께 자네라도 자주 들려. 사위도 따지고 보믄 자식이나 마찬가지잖여. 그라고 우리 형제나 많나? 자네하고 옥천 매제를 포함해도 다섯뻑에 안되잖여. 남들은 자식들만 해도 평균 오남매는 넘잖여. 내 말 무슨 뜻인지 잘 알겄지?"

이동하는 화를 낼 때와 다르게 동생을 타이르는 목소리로 부드럽게 말했다.

"예, 명심하겄슈. 그라고 옥천 동서도 꼭 좀 디릴 말씀이 있다고 하든데……"

"그랴, 어여 들어오라고 햐."

임상천은 꾸벅 인사하는 것도 잊어버리고 싱글벙글 웃는 얼굴로 밖으로 나갔다. 밖에는 순서를 기다리는 사람이 눈동자를 반질반질하게 빛내며 기다리고 있었다.

"동서, 어여 들어가 봐."

임상천은 군수가 가까이 오는 것을 보고 정영일의 옆구리를 쿡 찔렀다.

"어떻게 됐어?"

오영택이가 긴장한 목소리로 물었다.

"지가 뭐랬슈? 걱정하지 말라고 했잖유. 이따, 도지사한테 전화를 해서 단단히 부탁을 해 놓겠데유."

"고맙네, 고마워. 이따 태평관에 가서 찐하게 한잔 하자구."

오영택은 가슴을 쓰다듬고 나서 내가 언제 그랬냐는 얼굴로 시치미를 뚝 떼고 경찰서장 이철수가 있는 곳으로 슬슬 걸어갔다.

정영일은 집에서 놀고 있는 막내 동생을 옥천농협에 취직시켜 달라는 청탁을 했다. 이동하는 정영일이 보는 앞에서 옥천농협조합장에게 전화를 걸었다. 옥천농협조합장은 정영일의 동생이 당장 내일 이력서를 들고 오면 모레부터 출근을 시키겠다고 대답을 했다.

"자넨, 모산에 언제 가 본 겨?"

"맘은 늘 장모님을 뵈러 가야한다고 생각하고 있지만 그기 잘 안 되유. 하지만 앞으로는 자주 찾아뵙겠습니다."

정영일은 모산에 가려면 옥천에서 버스를 타고 영동으로 와서, 다시 버스를 타고 학산까지 가야 한다. 모산 사람들처럼 버스비를 아끼느라 10리 길을 걸어갈 수는 없다. 10리 길을 걸어가야 하는 고행길이다. 하지만 막내 동생을 취직시켜 준 마당에서 생각을 달리 할 수밖에 없었다.

이동하는 연이어 들어오는 청탁인들에게 들어줄 것은 들어주고, 미룰 것은 미루고, 거절할 것은 거절하다 보니 12시가 넘었다.

"의원님 태평관에서 모두들 기다리고 계십니다."

이동하가 소송에서 이기게 해달라는 청탁을 받고 있을 때였다. 대학에서 정치학을 전공한 보좌관 차승태가 청탁인의 눈치를 살피면서 작은 목소리로 말했다.

"좌우지간, 내가 직접 판사한테 전화를 하는 한이 있드래도, 이번 소송에서는 꼭 이기게 만들어 주겠슈. 그렇게 알고 즘심이나 먹으러 갑시다."

이동하는 뒤늦게 시계를 봤다. 12시 반이다. 오늘의 메뉴는 불고기다. 모두들 숯불 앞에서 침만 꼴깍꼴깍 삼키고 있을 것이라는 생각에 서둘러 일어났다.

"의원님 오십니다."

이동하보다 발 빠르게 태평관 안으로 들어간 차승태가 마당에서 큰 소리로 말했다. 여러 개의 방 안에서 앉아 있던 지지자들이 우르르 일어나서 대문 쪽을 바라봤다.

"어이구! 죄송해유, 빨리 온다는 게 이런저런 부탁하는 분들이 많아서 늦었구만유."

이동하가 대문 안으로 들어서자 누가 시키지 않는데도 일제히 박수를 쳤다. 이동하는 유세를 하는 것처럼 두 손을 흔들며 기관장들이 모여 있는 방으로 들어갔다.

입영전야

상규네는 눈물을 보이지 않았다.
상규의 손을 잡은 손에 힘을 지그시 주다가,
서운함에 눈물이 솟구칠 거 같아서 얼른 껴안았다. 벌써 으런이 다 됐구면,
등치만 크면 뭐햐, 이놈아! 지발 이 어머 살리는 셈치고 억시게 살아야 하능 겨.
알겄지. 마음속으로 다시 한 번 속삭여 주고 뒤로 물러섰다.

추석을 닷새 앞둔 날이다.

논이 없는 장기팔은 일찌감치 영동으로 갈 차비를 하고 집을 나섰다. 작년 같았으면 추석 즈음에 나락을 벨 수가 있어서 햅쌀이 흔했다. 하지만 올해는 추석이 빨라서 학산 면소재지에서는 햅쌀을 구할 수가 없었다. 그렇다고 묵은 쌀로 송편을 만들기는 뭐해서 일부러 영동 읍내까지 나가서 햅쌀 한 말을 사서 등에 지고 학산부터 십 리 길을 걸어 왔다.

"쇵편 만들 쌀 사 오능 겨?"

순배 영감이 너럭바위에 앉아서 장기팔이 등에 자루를 지고 들어오는 모습을 바라보며 물었다.

"암만, 며느리가 있는데 쇵편을 안 맨들 수가 있남, 요새 쌀금이 얼매

씩여?"

"묵은 쌀이나 가격이 같아유. 이왕이면 햅쌀로 쇵편을 만드는 것이 좋을 거 같아서 영동까지 나갔다 오는 질유."

장기팔은 변쌍출이 묻는 말에 대답을 하며 너럭바위에 쌀자루를 내려놓았다. 나이가 들면 어제 다르고 오늘 다르다고 하더니 겨우 십 리 길을 걸어 왔는데 등에 땀이 축축하다. 길게 숨을 내쉬며 주머니를 뒤져서 진달래 담배를 꺼내 입에 물며 너럭바위에 앉았다.

"그래도 그 집은 햅쌀을 사 오는 걸 봉께 추석 쇠는 기분이 들겄구면. 우리 팔봉이는 날 내려오기는 한다든데 내려 오믄 뭐햐. 먹고살라면 올라가기 바쁜데……"

"허허, 혼자 상 차리는 사람도 있을까?"

변쌍출이 탄식을 하는 말에 순배 영감이 수염 몇 가닥 있는 턱을 문지르며 곁눈질로 노려봤다.

"저기 자전거를 타고 오는 기 상규 아녀? 군대 간다고 면사무소에 그만 뒀다는 아가 워딜 댕겨 오는 걸까?"

장기팔이 담배 연기를 길게 내뿜다가 해룡네집 쪽을 바라보며 혼잣말로 중얼거렸다.

"이 동리서 군대 가는 아가 상규 하나뿐인가?"

순배 영감이 변쌍출에게 물었다.

"원래는 구장 아들 광성이하고, 춘섭이 아들 철용이하고 스이 가는 걸로 알고 있었잖유. 근데 철용이는 호적을 한 해 늦게 실어서 내년에나 간다고 하데."

"군대는 어채피 갔다 오기는 해야 하지만 해필이면 추석을 메칠 앞드고 간댜. 기분이 짠하겄구먼……오냐! 워딜 댕겨 오능 겨?"

순배 영감은 안됐다는 목소리로 중얼거리다가 상규가 자전거에 내려 꾸벅 인사를 하는 것을 보고 고개를 끄덕거렸다.

"학산 좀 댕겨 오는 질유. 모리 군대 간다고 학산에 사는 아부지 친구 분들한테 인사하고 오는 질이구먼유. 갔다가 오는 질에 양산면사무소에 들려서 면장님하고 부면장님이랑 직원들에게 인사도 드렸슈."

상규는 장기팔과 변쌍출에게도 번갈아 가며 인사를 했다.

"그려, 낼모리 군대 갈라믄 여기저기 인사 댕기랴, 바쁘겄구먼. 어여, 집에 들어가 봐라."

순배 영감은 죽은 자식들 얼굴이 눈앞을 아른거리는 것 같아서 고개를 얼른 돌렸다. 박평래가 면장 댁에서 내려오는 모습이 보인다.

박평래는 집으로 들어가려다 너럭바위 앞에 상규며 순배 영감 등이 있는 것을 보고 걸음을 돌렸다.

"할아부지 학산 갔다 오는 질에 양산면사무소에도 들렸슈."

"오냐, 수고 했다. 어여 집에 들어가라."

박평래는 인사를 하는 상규의 등을 토닥거려주고 너럭바위 장기팔 옆에 앉았다. 날이 저물어 가면서 바람이 제법 서늘해졌으나 견딜만했다.

"군대가 없던 옛날에는 어쨌는지 몰라?"

장기팔의 둘째 아들 경훈이도 해병대에 입대해서 근무를 하고 있는 중이다. 장기팔은 박평래도 경훈이를 군대 보낼 때처럼 마음이 싱숭생숭 할 거라고 생각하며 담배를 권했다.

"뭐가?"

박평래는 고개 숙여 담뱃불을 붙이느라 대답을 못했다. 변쌍출이 지

나가는 말처럼 물었다.

"요새 머스마들은 군대를 댕겨와야 남자 구실을 한다고 하잖여. 군대가 없었을 때는 그 기준이 언지냐 이거여?"

"우리가 클 때는 선돌을 들 정도 힘이 생기면 품삯을 으런 품삯 쳐 줬잖여. 으런 품삯 받으면 으런들 틈에 섞여서 탁주도 한 잔씩 하고 함서 총각 대접 받았지 뭐."

"경훈이는 언지 제대를 하능 겨?"

박평래가 우울한 목소리로 장기팔에게 물었다.

"내가 알기루는 길동이 딸내미 신내림을 받던 해에 경훈이가 군대를 갔을 겨. 그람 얼추 삼 년 안 되가능가?"

"내 참, 군대 가 있는 아는 일각이여삼추라고 하든데, 바깥에 있는 이들은 일 년을 하루로 보는 모양이구먼. 아, 육십년 팔월 초순에 갔다가 지난봄에 두 번째 휴가 왔다 갔잖유. 제대를 할라믄 올게 말이나, 내년 초가 되야 한데유."

"기팔이 유식한 말 쓰네? 형님 일각이여삼추라는 말이 무슨 말유?"

변쌍출이가 순배 영감에게 시선을 돌리고 물었다.

"일각이라는 말은 요새 말로 십오 분여, 여(如)는 같다는 말이고, 삼추는 석 삼(三)자에 가을 추(秋)자를 써서 세 번의 가을이라는 말일씨. 그랑게 십오 분이 삼 년처럼 길다는 뜻이라는 것두 모르나?"

"아! 형님이야 원체 그쪽 방면으로 도가 튀었응께 척하면 삼척이지만 우리 같은 이야, 원체 무식해서 낫 놓고 기억자도 모르잖유. 그라고 봉께 세월이 참말로 빠르기는 빠르구먼. 바로 어지 군대를 갔다는 아가 벌써 제대를 한다는 말을 듣고 봉께 세월이 추풍낙엽여. 추풍낙엽."

"또, 또 늙은이 앞에서 주책 떤다. 주책 떨어……맘도 싱숭생숭한데 탁주나 한 잔씩 햐."

박평래가 담배를 끄고 일어서면서 하는 말에 모두들 기다렸다는 얼굴로 마른 입맛을 다시며 일어섰다.

내일은 학산면 사무소 앞에서 집합하여 군대를 가는 날이다.

상규네는 밖이 어스름하게 어두워질 무렵에 밥상을 차렸다. 먼저 박평래와 청산댁의 상을 차려서 사랑방으로 들고 갔다. 박평래는 방 안이 컴컴한데도 등잔불을 밝히지 않고 뒷문 앞에서 담배를 피우고 있다. 청산댁이 일어나서 어둠을 더듬어 성냥을 찾아내 등잔불을 붙였다.

"낼, 군대 가는 아한테는 뭣 좀 해 줬남?"

추석이 사흘 앞으로 다가왔는데도 밥상의 반찬은 여느 날과 별로 다르지가 않다. 청산댁이 그 흔한 비린내 나는 생선 토막 하나 없는 것을 보고 상규네에게 물었다.

"군대를 혼자 가는 것도 아니고, 당장 이 동리에서도 광성이도 군대를 가잖유. 오늘 저녁은 대충 먹고 낼 아침에나 속 든든해지라고 닭이나 한 마리 삶아 줄 참유."

"시방 그게 무슨 말이냐? 딴 집 아들 군대가는 거 하고 우리하고 먼 상관이 있능 겨. 우리 집에서는 상규뿐에 읎잖여. 워티게 너는 생각하는 거시 꼭 남의 집 송사 보듯이 하는 거냐? 어디 한 번 입이 있으면 말해 봐라."

박평래는 말없이 담배를 끄고 밥상 앞에 앉아서 수저를 들었다. 청산댁이 수저도 들지 않고 어디 한번 따져 보자는 얼굴로 물었다.

"집에서 안 해줘도, 오늘 낮에는 면장 댁에 인사를 하러 갔더니 삼계탕을 해줘서 맛있게 먹고 왔다고 했잖여. 어지 저녁때는 춘셉이 처가 불러서 광성이하고 고깃국에 술까지 읃어 마시고 왔음 됐지, 뭐가 그렇게 불만여. 그렇지 않아도 아들 군대 보내는 며느리 맘이 맘이 아닐 건데 심사 돋구지 말구 어여 와서 밥이나 처먹어."

박평래가 된장찌개를 한 수저 뜨다 말고 청산댁을 노려보며 수저로 밥상을 탕! 소리가 나도록 두들겼다.

"요새는 군대 가도 밥 굶는 일이 읎데유. 배부를 만큼은 나오지 않아도 하루 세 끼 꼬박꼬박 나온다고 하드만유. 그랑께 너무 걱정하지 마시고, 어여 밥 드셔유, 된장찌개 다 식겄네유."

"모질기로 치자믄, 자식이 날 군대 간다는데 얼굴빽이도 안 뵈주는 애비나, 군대 가는 자식한테 그 흔한 꽁치토막도 아까워하는 에미나 어디 한쪽이 크지도 짝지도 않는 고무신짝하고 똑같구먼. 부창부수가 따로 읎어, 바로 우리 집에 있지."

청산댁이 말을 해봐야, 내 입만 아프다는 얼굴로 밥상을 향해 돌아앉으려고 할 때였다. 생닭이 들어 있는 자루를 든 박태수가 사랑방 문 앞에 불쑥 나타났다.

"저 왔슈?"

박태수는 방 안을 향해 꾸벅 인사를 하고 지금 왜 이러고 서 있느냐는 얼굴로 상규네를 바라보았다.

"날 쉬는 날도 아닌데 먼 일이데유?"

"먼 일이긴, 우리 집 장남이 군대 간다는데 애비라는 사람이 배웅은 못할망정 얼굴이나 보고 갈려고 일부로 시간 내서 왔지."

"어이구, 이래서 집집마다 피가 다르다는 말이 나오능 겨. 내가 말로는 상규 애비를 욕했지만, 맘속으로는 딴 사람은 몰라도 상규 애비는 오늘 늦게라도 방문을 두들길거구먼 이라고 생각했지. 종일 방앗간에서 가대기를 하느라 몸이 파김치가 되었을 애비는 자식 군대 가는 걸 잊지 않고 찾아오는데, 에미라는 여자는 남의 집 강아지 팔려 가는 거 구경하는 꼴로 서 있으니, 내가 누굴 믿고 눈을 감겄어. 아이고 내 팔자도 박복하기도 하지……"

"지가 좀 늦게 오기는 했지만 읍내에서 생닭을 시 마리 사 왔슈."

"이 양반이, 제정신이 아니구먼. 날 아침에 닭개장 끓여 줄라고 순배영감네 집에서 닭 한 마리 갖다 놓은 것이 있는데, 먼 돈이 많다고 한 마리도 아니고 시 마리씩이나 사 왔데유?"

"닭 한 마리에 제우 백삼십 원여. 시 마리 해도 오백 원도 안 되는 돈여. 우리 집 장남이 나라를 지킬라고 군대를 간다는데 그까짓 오백 원을 아끼면 되겄어?"

"한 마리로 닭개장을 끌이면 우리 집 식구 배부르도록 먹을 수 있는데, 왜 시 마리씩이나 사 왔나 이거유? 닭 시 마리를 살라믄 당신 어깨가 부서지도록 쌀가마니를 백 가마나 넘게 가대기를 해야 한다는 걸 모르는 것도 아닐 텐데……"

"송별회라는 것이 있잖여. 군대는 상규하고 광일이하고 둘이 간다지만, 당장 우리 집에도 진규도 있고 인자나 인숙이도 있잖여. 춘셉이네 자식, 철준이, 철재하고, 광일이도 같이 모여서 송별회를 해 줄라믄 최소한 시 마리는 있어야 한다는 생각에 시 마리를 사왔구먼. 그랑께 더 이상 잔소리 하지 말고 어여 닭이나 쌂아. 쌂아서 아부지 어머도 한 그릇씩 드리고"

"그려, 내 생각에는 애비 말대로 하는 거시 좋겠다. 가만히 들어 봉께, 송별횐지 그걸 해 주는 것이 군대 가는 아들 맘도 든든해지겠구먼. 으런들이 해 주는 거시 아니고 즈들 또래를 끼링께 맘이 맞을 거잖여."

박태수와 상규네가 주고받는 말을 가만히 듣고 있던 박평래가 밥 상 앞에서 뒤로 물러나 앉으며 조용한 목소리로 말했다.

"알았슈. 빨리 닭 앓힐테니께 아버님도 이따가 저녁을 드셔유."

상규네는 가만히 생각해 보니 박태수의 말도 일리가 있다는 생각이 들었다. 박태수가 건네주는 생닭 자루를 받아서 정지로 들어갔다.

이튿날이다.

상규는 어젯밤에 광성이와 철재며 철준이와 함께 밤이 늦도록 술을 마셨는데도 새벽같이 일어났다. 변소 가서 오줌을 갈기고 텁텁한 입맛을 다시며 벌겋게 단풍이 든 둥구나무를 바라봤다. 새벽바람에 둥구나무가 기지개를 켜면서 나뭇잎을 우수수 떨궈냈다. 군대 가면 아침이면 아침마다, 저녁이면 저녁마다 보는 둥구나무를 당분간 못 보겠구나, 라는 생각이 들면서 눈물이 찔끔 나왔다.

"일루 와 봐."

상규네가 아궁이 앞에 쪼그려 앉아서 부삽으로 불씨를 꺼내 반반하게 펴고 있다가 상규를 불렀다.

"어, 춥다."

상규는 아궁이 앞에 쪼그려 앉으며 양쪽 손바닥을 펴서 불을 쬤다.

"추어?"

"왜, 오늘은 유난히 추운가 했더니 머리를 홀딱 깎아서 그런 거 가 텨."

상규는 어제 오후 광성이와 양산에 가서 머리를 깎고 왔다. 맨숭맨숭한 머리를 쓰다듬으며 멋쩍게 웃었다.

"군인이 머리 기르는 거 봤남? 벌써부터 추우면 군대 가서 워티게 겨울을 보낸댜?"

상규네가 고등어자반이 들어 있는 냄비를 숯불 위에 얹으며 딱하다는 얼굴로 물었다.

"군대 가서는 군인잉게 참아야지. 하지만 시방은 춥구면."

"넌, 인제 아가 아녀. 군인이믄 어른여. 어른은 어른답게 행동을 하고 생각을 해야 하능 겨?"

"내가 언지는 어린아였나? 어머는 어린아가 면사무소 급사로 댕기는 거 봤남?"

"어이구, 넌 어쩌면 생각하는 것이 진규 꽁지도 못 따라 가냐. 내 말은 지금까지는 니가 바람이 불면 부는 대로, 비가 오면 오는 대로 유야무야 살았지만 군대 가서는 정신 똑바루 차리고 살아야 한다능 겨. 군대가 워떤 곳여?"

냄비에 물을 자작하게 넣어서 무를 큼직하게 썰어 놓고, 마늘이며 파를 고추장에 버무려 넣은 고등어자반이 금방 끓기 시작한다. 상규네는 냄비뚜껑을 열어서 김을 한소끔 빼고 다시 뚜껑을 닫으며 물었다.

"내 참, 군대가 워떤 곳이냐고 묻는 말은 첨 들어 보는구면. 군대가 워디긴 워디여. 군인들이 나라를 지킬라고 모여 있는 곳이지."

상규는 숯불 앞에 바짝 붙어 앉아 있으니까 넓적다리가 뜨거웠다. 한

발자국 넓이 정도 뒤로 물러나 앉으며 길게 하품을 하고 손을 비볐다.

"내 말은 조선팔도 천지서 별 사람이 다 오는 데가 군대라는 거여. 사람만 조선천지 사방팔방에서 모이는 거시 아니고 별의별 사람들이 다 모이는 데가 군대여. 너처럼 면사무소에 댕기던 사람이 있는가 하면, 농사만 짓다가 오는 사람도 있을 거고, 가게에서 점원을 하던 사람, 철용이처럼 철공소 댕기다 오는 사람, 일찌감치 장가를 들어서 아를 둔 사람도 있는가 하믄, 즈 아부지를 잘 만나서 대학을 댕기다 오는 사람도 있을 거고, 바다에서 배를 타다가 오는 사람도 있을 거란 말여. 그 사람들한테 등신 소리 안 들을라믄 술에 물 탄 듯, 물에 술 탄 듯 살면 안 된다는 거여. 내 말 무슨 뜻인지 잘 알겠지?"

상규네는 일어서서 행주를 찾아 들었다. 자신물에 행주를 대충 빨아서 솥뚜껑 위에 하얗게 내려앉은 솔잎 재를 닦았다. 솥 옆구리도 깨끗해지도록 닦으며 상규를 바라봤다. 금방 기가 죽어서 고개를 푹 숙이고 있는 모습이 한심하다 못해 가여워서 눈물이 난다.

"알았구먼. 정신 바짝 차리고 군대 생활 할 모양잉게 너무 걱정하지 마."

상규는 부엌 한쪽에 있는 나뭇가지 한 개를 꺾었다. 그것으로 숯덩어리를 안으로 밀어 넣으며 풀이 죽은 목소리로 대답했다.

"그라고, 훈련소에 들어가기 전에 수용연대라는 곳을 간다능 겨. 거기서 며칠 있으면서 신체검사를 새로 받는댜. 문제는 수용연대에서 암 생각 읎이 잠을 자다가는 집에서 갖고 간 돈을 백이면 백 도둑 맞는다는구먼. 사회에서 못된 짓을 하던 놈들이 낮에 어리숙해 보이는 놈을 점찍어 두었다가 잠에 곯아 떨어지믄 살금살금 기어가서 봉창을 뒤져 돈을 야지리 빼 간다. 그렇게 도둑맞은 돈은 조교가 아니라 하느님도 못 찾는다. 그래서 어머가 빤스 안에 봉창을 만들어 뒀구먼. 그 안에 돈을 숨겨 가지고 갔다가 훈련소에 배치를 받으면 저금을 해야 한다. 훈련 받는 동안 빵을 사먹고 싶거나, 편지지 같은 것을 살 필요가 있을 때는 돈표를 얼매씩 달라고 해서 쓰면 안전하다능 겨."

"돈은 얼매나 줄 건데?"

상규가 묵묵히 끓고 있는 고등어찌개 냄비만 응시하고 있다가 돈이라는 말에 귀가 번쩍 뜨인 얼굴로 물었다.

"얼매나 준비를 했는데?"

"먼 돈을 준비햐?"

"니가 군대를 가서 쓸 돈을 준비해 두었을 거 아녀?"

"어머, 내가 무슨 돈이 있다고 준비를 햐? 월급 타는 죽죽 야지리 한 푼도 안 쓰고 어머 갖다 줬잖여."

"면장 댁에 인사하러 갔드니 차비 하라고 한 푼도 안 주대? 학산 아부지 친구분들한테 인사 갔을 때두 다문 몇 십 원씩이라도 줬을 거 아녀?"

"어머는 그걸 워티게 알았댜?"

"내가 앉아서 백 리를 본다는 거 몰랐댜? 총 얼매여?"

"면장 댁에서 삼백 원 주고 아부지 친구 분들이 주신 것이 한 백오십 원 되나?"

"양산면사무소에서는 전별금 안 주대?"

"그건 어머 다 갖다 줬잖아!"

상규가 두고두고 보자 하니까 쓸개까지 빼먹으려 한다는 얼굴로 화를 냈다.

"맞아, 그 돈은 내가 받아서 보관하고 있구먼. 백오십 원은 너 휴가 나올 때 줄 팅게 어머 주고, 면장 댁에서 준 삼백 원만 들고 가믄 되겠네."

"어머는 참! 왜 삼백 원만 주능 겨. 양산면사무소에서 전별금으로 받은 오백 원도 줘야지."

"그럼, 니가 월급 타 온 거 죄다 달라는 야기여?"

"그건 아니지만……."

상규는 억울했지만 뭐라고 토를 달 수가 없어서 나뭇가지로 정지바닥만 긁었다.

"훈련소 벤소에는 지붕이 없댜. 앉아서 아무 생각 읎이 볼일을 보고 있으면 못된 군인들이 살금살금 와서 모자를 홱 뺏어서 도망을 친다는 겨. 볼일을 보느라 바지를 내리고 있는 상황에서 워턱하겄어? 꼼짝 없이 모자를 뺏기고 말기 십상이지. 그렁게 벤소에 가서는 반드시 모자를 벗어서 가슴에 품고 볼일을 봐야 한다능 겨."

"어머가 군대도 안 갔다 왔음서 그런 걸 워치게 다 안댜? 별걸 다 아는 구먼."

"일전에 경훈이 휴가 나왔잖여. 니 생각하고 내가 역부러 날망집에 찾아가서 군대라는 데가 대관절 어떤 곳인지 세세하게 물어 봤응께 알고 있지. 어머가 워치게 알았겄어……."

"어머, 내가 막상 군대 갈라고 항께. 어머한테 젤 미안한 것이 뭔지 알아?"

"그걸 내가 워티게 알아?"

상규네가 작은 솥에서 설설 끓고 있는 닭개장 간을 보다말고 상규를 바라봤다.

"첫 번째로 미안한 거는 어머 사과나무 심을 때 진규처럼 앞장서서 도와주지 못하고 꾀만 판 것이 젤 미안하구먼. 내가 꾀를 안파고 진규처럼 열심히 일을 했으면 어머가 들 힘들었을 거잖여."

"참말여?"

상규가 쑥스럽다는 얼굴로 고개를 들지 못하고 하는 말에 상규네는 가슴이 뭉클했다.

"참말이지, 내가 어머한테 왜 그짓말을 하겄어, 군대를 가는 마당에……두 번째로 미안한 거는……"

상규는 갑자기 목이 메어서 말이 나오지 않았다.

"뭔데?"

상규네가 일부러 닭개장의 간을 보는 척 하며 물었다.

"사과나무가 다 얼어 죽었을 때 나 얼매나 부애가 났는지 어머는 모를 껴. 어머한테 내색은 안 했지만 내가 얼매나 부애가 났는 줄 모르지? 너무 부애가 나가지고 혼자 비봉산에 올라가서 혼자 큰 소리로 어린아처름 막 울었어. 참말여……"

"별걸 다 가지고 눈물을 짜고 있었구먼. 올개는 형편이 안 됭께, 그냥 넘어가고 내년 가실에 다시 사과나무를 심을 모양잉께, 앞으로는 걱정하지마……"

상규네는 마냥 어린애만 같았던 상규가 말은 안 하고 있었지만 속정 깊게 자신을 생각하고 있었다는 것을 아니까 가슴이 뿌듯했다. 그러면서도 눈물이 날 것 같아서 간장종지를 들고 뒤안으로 나갔다.

광일네는 평소보다 한 시간 정도 일찍 아침상을 안방으로 들여보냈다. 이런저런 반찬이며 밥을 모두 들여보내고 돼지갈비찜이 들어 있는 냄비는 직접 들고 들어갔다.

　"난 생각 없구먼. 그냥 된장찌개에 밥을 비벼 먹었으면 좋겠는데."

　광일네가 돼지갈비찜이 들어 있는 냄비를 광성이 앞에 놓았다. 광성이 냄비를 들어서 황인술 앞으로 옮겨 놓으며 말했다.

　"내가 엊저녁에 내동 뭐라고 했남? 늦게까지 술 마시믄 아침에 밥맛 없을테니게 작작 마시고 오라고 하지 않어?"

　광일네가 갈비찜 냄비를 다시 광성이 앞으로 옮겨 놓으며 슬픔을 억누르느라 목이 잠긴 목소리로 말했다.

　"억지로라도 먹어 둬. 군대 가면 금세 후회 할 팅게."

　황인술이 갈비찜 한 개를 젓가락으로 집어서 광성이 밥 위에 올려놓으며 무겁게 말했다.

　"아뉴, 요새 맨날 괴기를 먹었더니 안 땡기네유."

　광성이는 밥 위에 있는 갈비찜을 광배 밥 위에 올려놓았다. 다시 돌려주지 못하도록 젓가락으로 꾹 눌러 밥 속에 파묻어 버렸다.

　"난 괜찮구먼."

　광배가 이럴 수도 없고 저럴 수도 없다는 얼굴로 광일네를 바라봤다.

　"어이구, 지 동생이 군대를 간다는데 금순이 야는 시방 워디서 뭘 하고 있는 거여⋯⋯."

　광일네가 다시 갈비찜 한 덩어리를 들어서 광성이 밥 위에 올려놓으며 눈물을 떨어트렸다.

　"오늘 같은 날은 금순이 야기 좀 안 하면 안 되는 거여. 제발 나 좀 살려주는 셈치고 오늘은 얌전히 밥 좀 먹자."

황인술이 평소처럼 벌컥 화를 내지 않고 점잖게 말하며 김치 한 조각을 가져와 밥 위에 얹었다.

"어머, 내가 추석 지나고 나서 다시 서울 한번 가 볼 팅게 너무 걱정하지 마."

지은 죄가 있는 광일은 돼지갈비찜이 있는 곳을 젓가락을 옮기다 말고 그냥 김치를 먹었다.

"짝은형, 짝은형도 큰형처럼 군대 안 갔으면 좋겠지? 솔직하게 말해봐."

광배의 갑작스러운 질문에 광성은 자신도 모르게 광일의 엄지손가락이 없는 손을 바라본다.

"야, 임마. 너 시방 그걸 말이라고 하는 거여?"

광일이 화가 난 얼굴로 금방이라도 수저로 광배의 머리를 때릴 것처럼 노려봤다.

"난 솔직히 형이 부러워. 엄지손가락 하나 읎다고, 낫질을 못하는 것도 아니고, 지게질을 못하는 것도 아니고, 글씨를 못 쓰는 것도 아니고, 재봉질이나 다리미질을 못하는 것도 아니잖여."

"그럼, 넌도 작두로 엄지손가락 하나 짤라! 그럼 군대 안 갈 거 아녀?"

"저……저! 저놈 봐라. 형이라고 하는 놈이 군대 가는 동생한테 시방 그 말을 말이라고 하는 거여?"

광일네가 너무 기가 막혀서 말도 안 나온다는 표정으로 광일이를 노려봤다.

"광성이 너는 집 걱정은 일체 하지 말고 니 몸 걱정이나 햐. 요새 군대는 옛날보다 많이 좋아졌다고 하지만 어리벙벙하게 굴면 어디서나 당하게 되어 있는 것이 인간 세상여. 너나 광일이는 다 좋은데 심지가 굳지 못한 거시 탈여. 광배처름 좀 야무져봐, 군대 아니라 군대 할애비에 갖다 놓아도 끔쩍 없이 살아 갈 수 있을 겨."

황인술은 밥맛이 없었다. 광일네에게 탁주 받아 놓은 것이 있으면 한 대접 가져오라고 말하며 뒤로 물러나 앉았다.

"시간만 있으면 면사무소 볼일 봅네, 구장단 회의네 하고 학산 가서 술타령으로 세월 보내는 이가 무슨 염치로 탁주를 달랴?"

광일네는 말과 다르게 힘없이 일어나서 밖으로 나갔다.

"자대에 배치 받으면 편지 햐. 내가 광배하고 맛있는 거 싸가지고 면회를 갈 모냥잉께."

"누가 그라는데 자대 위치를 알켜 주면 보안대에 끌려가서 영창 간다고 하든데?"

광일의 말에 광성이가 모래알을 씹는 표정으로 밥알을 씹다가 말했다.

"형, 자대 배치 받으면 사제 편지를 쓰면 된다. 편지를 써서 고참들한테 부탁을 하면, 고참들이 외출 나가서 우체통에 넣는 방법도 있고, 부대 근처에 있는 가겟집에 부탁을 해도 된다능 겨."

광배가 돼지갈비찜을 맛있게 먹다가 급하게 꿀떡 삼키고 나서 끼어들었다.

"넌 그걸 워티게 알았냐?"

"암만해도 중핵교를 댕기는 아가 국민핵교만 졸업한 즈 성들하고 똑같겄슈? 누구한테 들어도 들은 귀가 있겄지."

광일네가 막걸리 반 되가 들어 있는 주전자를 들고 방으로 들어와 앉으면서 대견하다는 얼굴로 광배를 바라봤다.

"면회는 좀 생각해 보고, 편지는 자주 쓸 겨. 일단 훈련소에서도 이 주만 지나면 편지를 쓸 수 있다고 항께 바로 편지를 쓸게."

"그려, 시간 있을 때마다 편지를 햐. 금순이 그년은 워디서 뭘 해 처먹고 있길래 즈 동생이 군대를 간다는데 편지 한 장도 읎냐. 나처럼 글씨가 까막눈도 아닝께 살았으면 살았다고 편지를 쓰고, 죽었으믄 죽었다고 편지를 쓰면 속이나 시원하지."

광일네가 또 다시 돌아앉으며 치맛말기를 눈앞으로 가져갔다.

"아침부터 초칠래? 죽은 사람이 워티게 편지를 쓴다능 겨?"

황인술은 막걸리 한 잔을 단숨에 들이켰다. 젓가락을 들어 손바닥에 탁탁 쳐서 끝을 똑같이 한 다음에 김치 한 조각을 씹다 말고 이가 갈리는 목소리로 물었다.

"말이 그렇다는 말이지, 죽은 사람이 워티게 편지를 쓴댜. 니 아부지는 이 마당에서 꼭 그런 식으로 말을 해야 되는 거냐? 내가 설령 말을 잘못했기로서니, 군대 가는 너를 앞에 두고 죽은 년이 편지를 쓰니 마니 하믄 되겠냐? 만약 금순이가 시방 이 말을 들었으면 미치고 환장하다 못해 느 아부지를 두 번 다시 안 볼라고 할끼다. 어여 괴기 좀 먹어 봐. 장날 누구한테 들어 보니께. 군대 가면 괴기는 부대장들이 다 빼먹고 군인들한테는 멀건 괴깃국물만 준다고 하드라. 니가 맛있게 먹고 가야 이 어머도 들 서운 할 거 아녀. 그랑께 어여 많이 먹어."

광성은 돼지갈비찜은커녕 밥을 먹는 둥 마는 둥 시간만 보내고 있었다. 광일네가 눈물을 훔치며 돼지갈비찜을 광성이 밥 위에 연거푸 서너

덩어리를 올려놓았다.

"밥 그만 먹을텨. 션한 찬물 한 그릇 먹었으면 좋겠구먼."

그렇지 않아도 입맛이 없던 광일은 밥 위에 수북하게 얹혀 있는 돼지 갈비찜을 보니까 어제 먹은 술이 넘어 오려고 했다. 자신도 모르게 손바닥으로 입을 막으며 뒤로 물러나 앉았다가 다시 밥상 앞으로 당겨 앉았다. 밥그릇을 광배 앞으로 옮겨 주고 뒤로 물러났다.

"내가 볼 때 션한 물 갖고는 안 되고, 짐칫국물 한 대접 떠 와. 술 마시고 속 안 좋을 때는 그것이 최공께."

황인술이 안됐다는 얼굴로 광성이를 바라보고 있다가 빈 잔에 술을 채우면서 조용히 말했다.

"어머, 작은형 돈은 얼마나 줄 겨. 원칙으로 돈은 오백 원 이상은 못 가지고 간댜. 돈을 안 가지고 가믄 훈련소에서 육 주 동안 훈련을 받을 때는 별로 모르는데, 후반기 사 주 동안은 맘대로 사 먹고 싶은 거 사 먹을 수 있고, 사고 싶은 거는 모자며 계급장 같은 거를 얼매든지 살 수 있응께 돈이 필요하다능 겨."

"내가 광성이 군대 갈 때 줄라고 삼백 원 맨들어 놨구먼."

광일이 밥을 먹다가 말고 윗방으로 건너갔다.

"당신이 이백 원 내믄 되겠구먼."

광일네가 뒤늦게 수저를 들고 황인술을 바라봤다.

"난 겟주머니를 통틀어 봐도 백이십 원 벳에 읎어. 이십 원은 이따 면사무소 갈 때 써야 항께 이 돈 백 원하고, 느 형이 주는 돈 삼백 원하고 합해서 사백 원 가지고 가면 되겠네."

황인술이 이 주머니 저 주머니에서 꺼낸 돈을 헤아려 백 원을 광성이 앞으로 내밀었다.

"딴 데 가는 것도 아니고 군대 가는 아한테 해필이면 죽을 사자가 섞인 사백 원이랴. 이럴 줄 알고 내가 상규네한테 가서 백 원 꿔다 놨구면."

광일네는 상규네에게서 삼백 원을 빌려왔다. 그중에 백 원만 내주고, 이백 원은 광배 운동화나 사 주어야겠다고 생각했다. 요즘 백오십 원이면 운동화를 살 수 있으니까 그래도 오십 원이 남는다.

둥구나무 밑에는 동네 사람들이 모두 나왔다. 선거 날 단체로 트럭을 타고 가기 위해 모였을 때는 어른들만 모였는데, 오늘은 아이들은 물론이고 강아지들까지 나와서 꼬리를 흔들며 이리저리 뛰어 다녔다.

너럭바위에는 일찌감치 아침을 먹고 나온 순배 영감이며 변쌍출과 장기팔이 앉아 있었다. 장기팔의 손자 영호는 장기팔의 무릎에 기대어 둥구나무 거리를 가득 채우고 있는 사람들을 신기하다는 얼굴로 바라보고 있었다.

"상규 나오는구면."

변쌍출이 중얼거리는 말에 면장 댁을 응시하고 있던 순배 영감은 박태수의 집 쪽으로 시선을 돌렸다.

언제 왔는지 박태수는 이미 마당에 나와 서 있었다. 상규의 빡빡 깎은 머리가 아침햇살에 반짝반짝 빛을 내고 있다. 진규와 딸내미 인자에 이어서 인숙이까지 마당으로 내려온다. 상규네는 보이지 않고 사랑채에서 박평래와 청산댁이 나왔다.

"어이구 상규야!"

청산댁이 고무신을 꿰신자마자 잰걸음으로 상규에게 달려들어서 꽉 껴안고 눈물을 터트린다. 동네 아낙네들이 여기저기서 저고리고름이나 치맛말기로 눈물을 찍어내며 그 광경을 지켜본다.

"군대도 사회하고 똑가텨, 웃사람들이 시키는 대로 한눈팔지 않고 착 실히 하기만 하면, 매를 맞는 일도 읎고, 그 머셔, 기합을 받을 일도 읎 댜. 거긴 집하고 다릉께 정신 똑바로 차리고 행동을 해야 몸 성히 제대 를 할 수 있는 겨. 알겄지?"

상규네는 눈물을 보이지 않았다. 상규의 손을 잡은 손에 힘을 지그시 주다가, 서운함에 눈물이 솟구칠 거 같아서 얼른 껴안았다. 벌써 으런이 다 됐구먼, 등치만 크면 뭐햐, 이놈아! 지발 이 어머 살리는 셈치고 억시 게 살아야 하능 겨. 알겄지. 마음속으로 다시 한 번 속삭여 주고 뒤로 물 러섰다.

상규네는 상규가 동네 사람들 앞으로 가서 꾸벅꾸벅 인사를 하는 모 습을 지켜보고 있으려니까 또 눈물이 나오려고 했다. 얼른 돌아서서 방 으로 들어갔다. 방문을 닫고 벽에 걸려 있는 수건을 벗겨 입을 막고 헉! 숨을 토해 내며 꺽꺽 울기 시작했다.

모자를 푹 눌러쓴 광성이가 황인술을 앞세우고 골목에서 걸어 나왔 다. 그 뒤를 광일이와 광배도 따라 나왔다. 동네 어른들에게 인사를 마 친 상규는 멀뚱한 표정으로 가깝게 다가오는 광성이를 바라봤다.

"아침 많이 먹었냐?"

상규가 가깝게 다가 온 광성이에게 물었다.

"어제 늦게까지 술을 마셔서 암만 밥을 먹으라고 해도 안 넘어 가더

라. 그냥 짐칫국물만 한 대접 마시고 왔어."

"난도 밥을 별로 못 먹었구먼."

"광성아, 어여 어른들께 인사 드려야지. 군대 잘 갔다가 건강한 모습으로 돌아오겠슈. 이렇게 인사를 햐."

황인술이 광성을 불러서 귓속말로 속삭였다.

"군대 잘 갔다 오겠슈."

광성은 순배 영감에게 먼저 인사를 했다. 이어서 변쌍출, 박평래며 장기팔 순으로 일일이 인사를 했다.

"잘 댕겨와. 응?"

"어이구, 얼굴이 서울사람처럼 뽀얗네, 그런 손으로 군대 생활 할 수 있겠어?"

"그려, 심들더라도 꾹 참고 있어야 하능 겨."

"오야! 광성이 홀딱 벗고 둥구나무에서 놀 때가 어지 갔더니 벌써 군대를 가는구먼."

"추석이나 쇠고 갔으면 얼마나 좋았을까?"

"거기 가서도 추석 쇨 겨. 그지?"

묵직한 미소로 인사를 받는 남정네들과 다르게 아낙네들은 한마디씩 하며 광성의 어깨며 얼굴이며, 등을 쓰다듬었다. 어떤 이는 자기 자식이 군대를 가는 것처럼 눈물을 글썽이거나 울기도 했다.

"어이구, 우리 철용이도 느덜하고 같이 군대를 갔어야 하는데……우리 철용이는 즈 아부지를 잘 만나서, 나이가 동갑인데도 군대를 늦게 가는구먼."

철용네는 상규와 광성이의 손을 잡고 눈물을 흘렸다.

"아여! 군대 가는 아들 붙잡고 시방 머 하능 겨! 그렇지 않아도 발이 떨어지지 못하는 아들에게 잘 갔다 오라고 인사는 못할망정 자꾸 헛소리 지껄일 껴?"

김춘섭이 보다 못해 철용네의 뒷덜미를 잡아 당겼다. 그래도 철용네는 쉽게 손을 놓지 않고, 철용이가 군대를 가는 것처럼 울었다.

황인술은 광일이가 어차피 면사무소에 출근을 하는 날이어서 동행을 하지 않았다. 자전거를 탄 광일이와 박태수와 상규는 둥구나무 밑을 벗어나서 다시 한 번 허리를 깊숙이 숙여 인사를 하고 출발을 했다.

면사무소 앞에는 이미 각 동네에서 온 장정들 삼십여 명이 모여 있었다. 하나 같이 모두 머리를 빡빡 깎은 모습으로 어미 잃은 병아리 마냥 한테 모여서 웅성웅성하며 면장이 나타나기를 기다렸다. 그 주변에는 배웅을 나온 부모며 형제들이 눈물을 훌쩍이거나, 연신 헛기침을 하며 그들을 지켜봤다.

면사무소 앞에는 긴 광목천에 '학산면 입영장정 환송식'이라는 먹물 글씨가 써져 있는 플래카드가 바람에 펄럭이고 있었다. 대기하고 있는 트럭의 옆구리에도 똑같은 글씨가 써진 플래카드가 붙어 있었다.

그 밑에는 여러 개의 의자가 나와 있었다. 의자에는 면장을 비롯하여 지서장, 우체국장, 농협조합장, 의용소방대장, 연초조합장, 수리조합장, 초등학교, 중학교 교장 등 학산면 기관장들이 점잖게 앉아서 식이 열리기를 기다리고 있었다.

"자! 자! 환송식을 시작할 모양잉게 여기로 모여 봐유."

면사무소 총무계장이 손뼉을 치며 시선을 집중시켰다. 장정들은 누가 시키지 않았는데도 이열 종대로 줄을 맞춰 섰다. 면장이 큼큼 잔기침을 하며 연단 앞에 섰다.

"에, 이번에 우리 학산면에서 입영을 하는 장정들은 모두 삼십오 명입니다. 여기 서 있는 우리의 용감하고 자랑스러운 장정 삼십오 명, 각 개인 개인은 나라의 훌륭한 재산이기 전에 각 가정의 귀한 자식들입니다.

여러분은 시방 삼 년 동안 고생을 하러 군대를 간다고 생각하실지 모르겠지만, 지 생각에는 사실 그것이 아니라고 봅니다. 왜냐! 여러분은 고생을 하러 군대에 가는 것이 아니고, 신성한 국방의 의무를 이행하러 가는 것이기 때문입니다. 여기 서 있는 면장은 신성한 국방의 의무를 이행하러 가기 위해 경향 각지에서 일을 하다 고향으로 오신 여러분들에게 진심으로 경하의 박수를 보내는 바입니다……"

면장이 연설 도중 손뼉을 쳤다. 장정들은 물론 기관장이며 유지나 배웅객들은 멀뚱히 면장을 바라봤다. 곁에 서 있던 총무계장이 나를 따라 하라는 표정으로 박수를 쳤다. 그때서야 기관장들과 배웅객들이 요란하게 박수를 치기 시작했다.

"에! 더불어서 우리 대한민국의 건아들이 국방의 의무에 수행하러 가는 길을 열렬히 환영해 주러 오신 여러 내빈, 그리고 기관장님과 면민 여러분들에게 이 면장이 간곡하게 드릴 말씀이 있습니다. 다름이 아니라 오는 시월에는 제 삼공화국 들어서 첫 번째 대통령 선거가 있습니다. 이 자리에서 이 면장이 자신 있게 말씀을 드릴 수 있는 점은, 과거 썩은 또랑 같은 자유당 정권이나, 서로 권력을 잡아먹겠다며 집안 싸움하다 볼일 다 본 민주당 정권하고 민주공화당은 확실하게 차이가 있다는 점입니다. 여러분들도 잘 아시고 계시는 것처럼 민주공화당은……"

"잠깐만유! 공무원이 시방 장정 환송식에서 선거 운동을 하는 거유? 이라믄 안 되지. 아무리 민주공화당이⋯⋯."

자유당 때부터 소금배급소를 하다가, 4·19로 자유당이 무너진 후에 민주당 학산 면책을 하는 곽기영이 손을 번쩍 들고 면장의 말을 막았다.

"어이! 거기 소금배급소 하는 곽 사장 아녀. 딱 거기까지만 하지. 거기서 진도가 더 넘어가믄, 여기는 공개된 자리라서 난도 못 봐줘유. 당장 민주공화당 비방죄로 수갑 채워서 본 서로 넘길 수벆에 읎응깨 딱 거기까지만 해유."

파출소장이 면장 뒤에 앉아 있다가 곽기영의 말이 심상치 않게 흘러가고 있다는 것을 감지하고 벌떡 일어나서 말했다.

"옘병! 나원참! 면장이 하면 공지사항이고, 내가 하면 선거법 위반이구먼 드러워서 못 서 있겠구먼."

곽기영은 당장 수갑을 채우겠다는 파출소장의 엄포에 질려서 침을 퉤 뱉어 버리며 돌아섰다.

"에! 잠깐 말을 끊어서 원치 않게 맥이 빠진 기분이 들겄지만 금방 끝날 모양잉께 쬐끔만 더 들어 주시기 바랍니다. 면민 여러분들도 잘 알고 계시겠지만, 우리 민주공화당의 심벌이 뭐냐 하면, 황숩니다. 황소! 황소처럼 열심히 일을 해서 우리나라도 미국이나 일본처럼 선진국으로 가야 한다는 것이 우리 박정희 후보님의 제 일 공약이라는 것쯤만 알아 두시면 누구를 찍어야 하는 고민이 필요 읎을 것이라고 생각합니다.

또한, 여러분들이 당당하게 군에 입대를 해서 삼팔선을 철통같이 지켜주기 땜시, 여기 서 있는 면장이나, 뒤에 계신 기관장 여러분, 그리고 배웅을 나오신 부모형제분들이 두 다리 뻗고 잠을 잘 수 있는 것입니다.

그러한 의미에서 여러분들은 진정한 이 나라의 용사요, 훌륭한 군인이
될 것을 저는 요구하는 바입니다.

　무엇보다도 군대 삼 년 동안 몸과 마음을 건강하게 닦아서 제대를 하
고 나서는 훌륭한 사회의 일꾼으로 거듭나길 바랍니다. 생각 같아서는
이 면장이 여러분들을 영동역 앞의 집결지까지 배웅하고 싶지만, 여러
가지 업무가 밀려서 그러하지 못한 점을 송구스럽게 생각하며 이만 환
송사에 갈음하고자 합니다."

　"박수!"

　면장이 꾸벅 인사를 마치자마자 총무계장이 박수를 유도했다. 장정들
은 몇몇이 박수를 치는 둥 마는 둥 끝냈고, 배웅객들은 눈물을 참으며
박수를 쳤다.

　"에……다음은 지서장님의 축사에 이어서 여러분들에게 공지사항을
알려드리겠슈. 오늘까지는 면사무소 앞에 집결을 하여 영동역 집결지까
지 단체로 이동을 했슈. 하지만 올 연말부터는 단독입영제가 시행이 됩
니다. 무슨 말이냐 하면, 혼자 차를 타고 논산훈련소에 입영을 해야 한
다 이겁니다. 무슨 말인지 아셨쥬?"

　"혼자 군대를 보냈다가, 군대 간다고 해 놓고 중간에서 새 버리면 워
틱한데유?"

　배웅 나온 사람들 중에 나이 지긋한 남자가 불쑥 물었다.

　"그 점은 걱정하지 않아도 됩니다. 시범적으로 광주하고 대구하고 창
원에서 단독입영제를 실시했는데 구십칠 프로가 입영을 했다는 조사가
나왔슈. 즉, 백 명 중에 아흔일곱 명은 입대를 하고 세 명만 중간에서 새
거나, 무슨 일이 있어서 입대를 안 했다는 거쥬. 그렇게 아시기 바라며

다음은 지서장님의 축사가 있겠슈."

지서장의 축사에 이어서, 우체국장, 농협조합장, 학교 교장들, 의용소
방대장 등의 축사가 길거나 짤막하게 끝이 난 후에 장정들은 눈물을 뿌
리며 대기하고 있는 트럭에 올라탔다.

음모의 계절

조선 왕조 오백 년을 통틀어서
정권을 쥔 쪽에서 스스로 권력을 내놓은 적은 단 한 번도 없지.
노론이 권력을 쥐면 서론이 죽고,
서론이 권력을 쥐면 노론이 죽어야 하는 것이
이 나라 정치 역사니까.

10월 19일 새벽에 일어난 고재봉의 도끼 살인 사건은 전 국민의 간담을 서늘하게 만들었다. 전방 3군단 소속 1109야전포단 소속의 상병 고재봉은 군대에서 근무를 할 때 박 중령의 당번병이었다.

그는 박 중령의 서재에서 물건을 들고 나오다 식모에게 들켰다. 그 사건으로 인해 박 중령은 고재봉을 CID에 신고했다. 그 일로 7개월 간 복역 후에 부대에서 탈영하여 박 중령을 죽여 버리기로 결심했다.

박 중령이 살고 있는 동네에서 일주일 정도 숨어 지내다가 19일 새벽 1시 반경에 뒷문으로 침입, 옷방문을 열고 들어가 만년필형 손전등으로 박 중령의 위치를 확인, 들고 간 도끼로 내려쳐 즉사를 시켰다.

그러나 즉사한 사람은 박 중령이 아니고 이 중령이었다. 이 중령의 서

랍을 뒤져 권총을 찾고 있는데 부인이 나왔다. 부인을 죽인 후에 비명소리를 듣고 나온 장녀, 차녀, 2남, 식모 등 6명을 도끼로 살해를 하고 도주를 했다.

전국 경찰은 27살의 고재봉을 잡기 위하여 24시간 비상근무에 돌입을 했다. 전국 검문소에는 바리게이트가 쳐지고 고재봉을 잡기 위해 혈안이 되었다. 국민들은 두세 명만 모여도 고재봉의 끔찍한 살인 사건을 떠올리며 진저리를 쳤다.

윤상배와 유진표는 고재봉 사건 따위는 안중에 없었다. 다음달 11월 26일에 있을 6대 국회의원 선거에 어떻게 하면 당선을 할 수 있을까 하는 문제로 몇 시간 동안이나 머리를 맞대고 상의를 하다 잠시 소강상태에 접어들었다.

창문 밖으로 보이는 하늘은 흐렸다. 바람이 불면서 낙엽 몇 잎이 한점 점으로 보일 때까지 높이 치솟아 올랐다가 맥없이 팔랑팔랑 떨어져 내리고 있었다. 창문 앞으로 머리카락이 긴 이십대 여자가 지나가다가 걸음을 멈췄다. 유리창에 자신의 얼굴을 비추다가 유진표와 시선이 마주치는 순간 깜짝 놀라서 얼굴을 가리며 도망을 간다.

"선거 분위기가 무슨 평생 골골하던 홀애비 죽은 날처럼 영 싱겁기가 짝이 없네요"

유진표는 창문을 바라보던 시선을 거두고 맞은편에 앉아 있는 윤상배를 바라봤다. 세상 참 희한하다는 생각이 들었다. 어제의 적이 오늘이 동지라니, 이래서 정치판은 영원한 적도 없고 영원한 동지도 없는가 하는 생각도 들었다.

"싱거울 수밖에……"

윤상배는 다 식어서 쓴맛만 나는 커피 잔을 들었다. 국회의원 선거철이라고 하지만 10월 중순의 성가신 바람만 불어댈 뿐 예전처럼 흥청망청 마시고 노는 분위기는 없어졌다. 그럴 수밖에 없는 것이 지난 15일에 있었던 제 5대 대통령 선거가 선거 진을 모두 빼버려서 파장 분위기가 되어 버렸기 때문이다.

"공화당에서는 갖은 모략을 다 써서라도 국회의석 과반수를 차지하려고 할 텐데, 이건 뭐, 선거는 해보나마나다, 이런 식으로 흘러가고 있는 거 같아서……"

"내 나이가 올해로 딱 육십일세, 이 나이가 되도록 살아오면서 구관이 명관이라는 말은 수없이 들어 봤네만, 요즘처럼 그 말이 뼈에 사무치도록 맞는 말이라는 걸 느껴본 적이 없네."

윤상배는 커피 한 모금을 마시고 커피 잔을 천천히 내려놓으며 유진표를 바라본다.

유진표는 자유당 시절 영동경찰서 정보과장으로 근무를 했었다. 동반 퇴진을 한 경찰서장 서문탁과 함께 이동하를 감쪽같이 속여서 윤상배를 자유당에 입당시킨 장본인이다. 윤상배 입장에서 본다면 유진표는 잘 나가는 정치인을 나락(奈落)으로 떨어트린 장본인이다. 그때를 생각하면 같은 자리에 앉아서 커피를 마시기는커녕, 저만큼에서 다가오는 기색이 보이면 길을 돌아가고 싶을 정도로 원수와 같은 놈이다. 하지만 정치에서는 영원한 적도 없고, 영원한 동지도 없는 법이다. 당장 이동하를 선거에서 이기려면 유진표만한 정보통도 없다는 생각에 사무장에 임명을 했다.

"제가 정보 계통에서 오랫동안 근무를 해서 드리는 말씀은 아닙니다만, 요즘 정치 상황이 안 좋아도 너무 안 좋습니다. 국가재건최고의회의 장이던 박정희가 대통령이 됐으니까, 뭐가 두렵겠습니까?"

유진표는 4·19의 민주당 강은 무사히 건넜다. 5·16의 국가재건최고위원회 강은 건널 준비를 하기도 전에 퇴직을 했다. 젊은 나이에 퇴직을 한 터라 취직을 해야 하는데, 정보과 시절에는 형님 아우하며 친형제처럼 지내던 이들이 내가 언제 당신을 봤느냐는 얼굴로 문전박대하기 일쑤였다. 별수 없이 영동시장 안에서 이불가게를 하는 아내만 믿고 낚시로 한세월 보내다 윤상배의 부름을 받고 사무장으로 일을 하게 됐다. 정보과장 시절만 해도 척하면 삼척이라고 경찰서장이 하는 말을 즉시즉시 알아들었었다. 그러던 것이 낚시로 세월을 보내다 보니 동물적인 감각까지 둔해졌는지 윤상배가 무슨 뜻으로 하는 말인지 얼른 알아들을 수가 없었다. 맹꽁이처럼 네, 네, 하고 대답만 하고 있을 수다 없어서 슬쩍 맞받아쳤다.

"지난 삼월에 있었던 사대 의혹 사건만 해도 그렇지. 국민에게 모범을 보이고 법과 질서를 지켜나가야 할 정부에서 그런 식으로 장난을 치면 되겠나. 자유당 시절에도 현 정권처럼 무지막지하게 국민들을 우롱하며 돈을 뜯어내지는 않았잖은가?"

"제가 잘 알고 있는 친구 중에 고등학교 선생이 한 명 있습니다. 서울에서 유명한 사립고등학교 선생인데, 이 친구가 한전 주식을 사 두면 돈이 된다는 생각에 한 주당 육만 원씩을 주고 천 주를 샀다지 뭡니까. 육만 원에 천 주면 육천 만원 돈 아닙니까. 고등학교 선생이 그렇게 큰돈이 어디 있었겠습니까. 이 친구가 패가망신할 운이 있었던지, 마침 종손이라서 종가 땅이 이 친구 앞으로 등기가 되어있던 모양입니다. 그래서 종산을 은행에 저당 잡혀서 한전 주식을 샀던 모양입니다. 근데, 그것이 어느 날 갑자기 만 원대로 뚝 떨어지는 머리 종산이 날아갔다지 뭡니까. 이 친구 지금은 종가에서 쫓겨나고 마누라한테 이혼 당하고 오갈 데가 없어서 경기도에 있는 어느 절에서 마당 쓸어주고, 장작 패 주면서 겨우 목구멍에 풀칠을 하고 있다지 뭡니까."

유진표는 윤상배가 지난 3월에 신문을 떠들썩하게 만든 중앙정보부 4대 의혹사건을 언급하고 있다는 것을 알았다. 지난 3월 6일 중앙정보부 4대 의혹사건이라는 제목으로 전 국민을 떠들썩하게 만들었던 사건이 있었다. 증권 파동 사건과 새나라 자동차 사건, 워커힐 사건, 빠찡코 사건인데, 모두 배후에 중앙정보부가 개입이 되었다고 보도가 되었다. 이 사건의 배후 인물로 지목이 된 유원식, 천병규, 서재식 등 15명은 구속이 되었지만 사건의 핵심에 있었던 김종필은 순회대사 자격으로 외국에 나가 있어서 구속이 되지 않았다. 그 사건이라면 친구를 통해서 몸으로 느끼고 있었던 터라 생각만 해도 분통이 터진다는 얼굴로 말했다.

"한전 주식은 워낙 주당 가격이 비싸니까 돈깨나 있는 집에서만 타격을 당했지. 한 주 가격이 팔 전 밖에 안하는 주식을 증권사에서 공짜로 빌려다가 일원 이십 전까지 올려놓은 다음에 다 팔아 치운 후에, 도로 팔 전으로 떨어트려 놓고 뒤로 빠진 사건도 있었잖은가. 그 정도면 대동강 물을 팔아먹은 김선달도 혀를 내두를 정도 아닌가?"

"지당하신 말씀입니다. 주 당 팔전이라면 돈 있는 갑부들보다 서민들이 개미처럼 달려들었을 것 아닙니까? 바로 그 점을 노렸을 겁니다. 돈 있고 빽 있는 작자들은 신문사를 들썩거리려도 들썩거릴 것이고, 검찰을 동원시켜도 동원 시켰을 것 아닙니까? 하지만 돈 없는 서민들은 누구한테 하소연 할 곳도 없고 벙어리 냉가슴 앓듯 끙끙 앓다가 화병에 죽은 사람도 많을 겁니다."

"내 말이 바로 그 말일세. 워커힐 사건만 해도 난 이렇게 생각하네. 본론을 말하기 전에 나는 그놈의 워커힐이라는 이름 자체부터가 실망스럽네. 워커 장군이 육이오 때 전쟁영웅으로 활약을 한 것은 사실이네. 그렇지만 우리나라 역사에 워커 장군보다 백배 천배 훌륭한 장군이 어디 한두 명인가? 그런데도 워커 장군을 기념한다는 핑계로 미군들을 위한 위락시설을 더구나 국가가 앞장세워서 만든다는 것이 말이나 된다고 생각하나?"

"그런 문제 때문에 작년 봄에 일본 주간지에서는 난리가 났답니다. 한국 정부가 미국장병들을 끌어 들이기 위해서 술과 여자와 도박판이 있는 위락시설을 만든다고 말입니다."

"워커 장군의 모국인 미국에서도 작년 시월에 반대를 했지 않는가? 창녀촌에 카지노에 미인 호스티스들이 넘치는 시설이라고 말일세. 오죽했으면 미국 부인단체가 유엔군 사령부와 한국 정부에 강력하게 항의를 했겠는가. 더 심각한 문제는 워커힐 건립자금을 산업은행에서 강제로 융자를 받았다는 걸세. 전선을 지키고 있어야 할 군인들 삼만 명을 불법으로 동원해서 워커힐을 만들지 않았는가. 그런데도 이 정부가 건재하고 있는 이유는 도대체 뭔가? 난 환갑 나이가 돼서 그런지 아무리 생각해도 그 이유를 모르겠네. 어디 사무장이 한번 생각해 보게."

윤상배는 몇 모금 남지 않은 미지근한 커피를 홀짝거리고 나서 일어섰다. 뒷짐을 지고 창문 앞으로 갔다. 길 건너편으로 병원 건물이 보인다. 붉은색 벽돌 건물을 덮고 있는 담장이 넝쿨이 노랗고 빨갛게 단풍으로 물들고 있다. 여름에만 해도 생고무처럼 단단해 보이고 눈이 시리도록 푸르던 잎새들이다.

"의원님, 제가 감히 이런 말씀을 드리기는 송구스럽지만 의원님이 너무 진실하고 정의롭게만 사서서 세상이 의원님의 하늘과 같은 뜻을 몰라주고 있는 것 같습니다. 그리고 우리나라에서 정의는 항상 역사에서만 승리를 했지 현실에서는 늘 패배자였습니다. 왜 그런 줄 아십니까? 우리나라에서 민주주의 투표 방식이 도입이 된 이래 여당은 항상 대놓고 부정선거를 했습니다. 그러나 야당은 유사 이래 페어플레이를 할 수밖에 없는 것이 현실입니다. 그러니 현실에서는 늘 패하고 역사에서만 승리 할 수밖에 없는 것입니다."

"틀린 말은 아니지. 십일월 선거도 분명히 흙탕물 선거가 될 걸세. 아니, 지난 역대 선거보다 더 심하면 심했지 덜 하지는 않을 걸세. 박정희 씨가 대통령이 됐으니까 하늘이 두 쪽 나는 한이 있더라도 민주공화당 위원들을 과반수 이상으로 채울라고 기를 쓸 걸세. 하지만 유권자들의 민주의식은 예전하고 달라."

"맞습니다. 캄캄한 밤이 오면 반드시 새벽이 오고, 추운 겨울이 오면 언젠가 꽃이 피는 봄이 옵니다. 저도 이번 국회의원 선거에서는 민주당이 새바람을 일으킬 수 있다고 판단합니다. 하지만 돌다리도 두들겨가라는 영국 속담처럼, 의원님께서는 신중을 기해야 합니다."

"나도 이번 선거가 쉽지는 않다고 생각은 하고 있네만, 신중을 기하라는 말은 무슨 뜻인가?"

"아까 말씀드리지 않았습니까?"

유진표에게 이어서 윤상배는 캄캄한 밤의 등대와 같은 존재였다. 윤상배가 행여 정치를 포기한다면 또 다시 아내의 이불가게에서 짜장면이나 시켜 먹는 신세로 전락하게 된다는 생각에 자신도 모르고 벌떡 일어섰다. 윤상배의 뒤통수를 바라보며 두 손을 맞잡고 절실하게 기도를 하는 목소리로 말했다.

"사무장의 말은 내가 현실과 야합을 하라는 말인가?"

"현실과 야합을 하시라는 말씀이 아닙니다. 이동하가 칼을 들고 나오면 의원님도 칼을 들고 맞붙지 않으시면……"

"사무장이 하고 싶은 말이 무슨 말인지 잘 알겠네. 나도 예전의 윤상배가 아니네. 내 인생의 가장 치명적인 오류가 될 실수를 했다는 점은 이미 지난 선거 때 영동군민들에게 유세장에서 큰절을 하며 백배사죄를 하지 않았는가. 두 번 다시는 그런 실수를 하지 않기 위해서 자네를 사무장으로 영입한 것이 아닌가?"

윤상배는 유진표의 말에 회심의 미소를 지으며 주먹을 불끈 쥐고 흔들었다. 유진표를 향해 돌아설 때는 슬그머니 주먹을 풀고 소파 상석에 앉았다.

"의원님, 이동하는 지금 너무 멀리 나가 있습니다. 이동하를 따라 잡으려면 우리도 이동하를 따라잡을 몇 배의 힘을 가질 필요가 있다고 봅니다."

"난들 그 생각을 못했겠는가. 하지만 이미 민주공화당 쪽에 선을 넣기에는 너무 늦었네. 무엇보다 내 체질상 불의와는 타협을 하기 싫은 걸 어떡하나?"

"불의와 타협을 하시라는 말씀이 아닙니다. 의원님의 정치철학을 펼치시려면 일차적으로 다음 선거에서는 어떤 일이 있더라도 승리를 하셔야 된다는 말씀입니다. 그래야 국회에 들어가셔서 영동의 발전을 위해 예산도 따오시고, 그 뭡니까, 영동군을 우리 한국에서 가장 살기 좋은 군으로 만들 수 있다는 겁니다.”

“나도 그렇게 생각하네. 자고로 음지가 있으면 양지가 있는 법이지. 내리막이 있으면 오르막도 있는 법이고……”

윤상배는 유진표의 계획이 기대가 된다는 얼굴로 고개를 끄덕거렸다.

“지금쯤 의원님을 도울 사람이 도착할 시간입니다.”

유진표는 벽시계로 시계를 바라보며 전화기 앞으로 갔다. 태평관 사장인 문기출은 오후 3시까지 도착하기로 약속이 되어 있었다. 약속 시간을 10분 이상 지체할리는 없다는 생각에 수화기를 들고 교환을 불렀다.

“어이구, 많이 기다렸쥬? 약속 시간보다 일찍 출발은 했는데 도중에 아는 사람을 만나서 늦었슈.”

문기출은 유진표가 자신을 찾을 때는 분명 은밀한 부탁이 있을 것이라고 믿었다. 이럴 때는 약속시간을 지키는 것보다는 십분 정도 늦게 도착하는 것이 몸 가치를 올리는 길이라고 판단했다. 일부러 늦게 도착했으면서도 머리가 땅에 닿을 정도로 인사를 하면서 황송하다는 얼굴로 두 손을 싹싹 비볐다.

“아닙니다. 어서 이쪽으로 오시죠.”

윤상배는 일어서서 부드럽게 웃어 보이는 것으로 인사를 대신했다. 유진표는 수화기를 얼른 내려놓고 문기출을 반갑게 맞이하며 소파로 안내했다.

“의원님도 태평관 사장인 문기출 씨를 잘 아시리라 믿습니다.”

“옛날 자유당 학산면책 아니신가?”

윤상배는 자유당이라면 소름이 끼치도록 싫었다. 하지만 이동하를 몰아낼 수 있는 방법이라면 자유당 면책이 아니라, 아버지의 원수와도 손을 잡을 수도 있어야 된다고 생각하며 부드럽게 물었다.

"자유당 면책이기 전에 학산 사람입니다. 즉, 이동하에 대해서는 이 사무실에 앉아 있는 사람들 중에서 가장 많이 알고 있다는 뜻으로 해석할 수 있다는 점입니다."

"지피지기면 백전불패라는 말인가?"

윤상배는 어렴풋이 그림이 보이는 것 같은 기분 속에 손가락으로 소파 팔걸이를 툭툭 쳤다.

"그렇습니다. 상대를 알고 나를 알면 패할 이유가 없습니다."

"나만큼 나에 대해서 잘 알고 있는 사람은 세상에 없지. 그게 바로 문제이기도 하고……난 도저히 내 자신을 속일 수가 없단 말일세."

윤상배는 슬슬 본론을 말 할 때가 되지 않았느냐는 얼굴로 유진표에게 눈짓을 보냈다.

문기출은 급할 것이 없다고 생각했다. 장사는 어차피 해가 지고 나서부터 본격적으로 시작이 되는 것이다. 소인배처럼 나불거리기보다는 무게를 잡고 있어야 한다는 생각에 어색한 웃음만 지으면서 가만히 앉아 있었다.

"문 사장님은 엄밀하게 말씀 드려서 저의 선배분이시기도 합니다. 일제 때부터 쭉 정보계통에 근무를 하셔서 제가 본받을 점이 많으신 분입니다."

"별말씀을 다 하시느만유."

문기출은 유진표가 잊고 싶은 경력을 불쑥 거론하는 통에 민망하다는 얼굴로 뒤통수를 긁었다.

"아닙니다. 솔직히 우리 경찰이 현대적인 정보기법은 모두 일제 때 전수받는 것이 아닙니까? 그런 의미에서 볼 때도 문 사장님한테는 앞으로도 배울 점이 많을 것으로 생각이 됩니다. 더구나 선거라는 것이 정보전 아닙니까?"

"그 말은 사무장 말이 맞는 말이네. 선거는 정보전일세, 내가 상대방의 선거 전략에 대한 정보를 얼마나 많이 갖고 있느냐에 따라서 승패가 갈리고도 남을 만하지."

문기출이 일제 때 정보계통에 근무를 했다면 일본 경찰의 정보원으로 일했을 것이다. 윤상배는 문기출의 전력을 알고 있는 유권자들은 안 좋게 생각할 수도 있을 것이라고 판단했다. 그러나 당선에 도움이 된다면 받아들일 수밖에 없다는 생각에 고개를 끄덕거렸다.

"문 사장님 제가 알고 있기로는 이동하가 정치를 하기 전에 첩질을 했다는 것으로 알고 있는데, 그것이 사실 입니까? 더구나 학산면 부면장이라는 공무원 신분으로 말입니다."

유진표는 문기출을 띄워 줄 때와 다르게 심문을 하는 목소리로 물었다.

"그거야 모르는 사람이 워디있슈. 학산뿐만 아니라 영동군청 직원들도 죄다 알고 있는 사실인데……"

문기출은 문득 들례가 보고 싶었다. 목포에서 들례와 보낸 날들은 지금도 가끔 꿈을 꿀 정도로 신혼부부 못지않게 깨가 말로 쏟아지던 날들이었다. 유진표가 하는 말을 한마디도 빠트리지 않고 듣기 위해 허리를 숙이고 긴장한 얼굴로 듣고 있다가 싱겁다는 표정을 지으며 허리를 폈다.

"나도 그 사실을 알고 있네만, 처음부터 첩으로 들어앉힌 것이 아니고 씨받이로 들인 걸로 알고 있는데……그 둘 사이에 아들도 하나 있는 걸로 알고 있는데 그게 선거에 큰 이슈가 될 수 있을까?"

윤상배가 탐탐치 않다는 표정으로 물었다.

"의원님 세상은 변했습니다. 이동하가 첩질을 할 때만 해도 자유당 시절 아니었습니까? 그때는 통했는지 모르지만 지금은 원칙을 제일로 삼고 있는 군인들이 정치를 하고 있는 시대입니다. 공화당을 창당한 주요 인물들은 물론이고, 지난 시월 십오일 선거에서 대통령으로 당선된 박정희 씨도 군인 출신 아닙니까? 더 이상 첩질이나 하는 그런 인간을 용서하지 않을 것이라 이겁니다."

"사무장이 무슨 말을 하려는지 짐작이 가는구먼."

윤상배가 입술을 꾹 다문 얼굴을 끄덕이며 담뱃갑을 끌어 당겼다.

"제 짐작이 틀림없다면 앞으로 사일구나 오일육 같은 변수가 없다면 공화당 정권이 계속될 것입니다. 중요한 것은 초기에 국회로 입성을 하지 않으시면 점점 가시밭길이 될 것이라는 점입니다."

윤상배가 담배를 입에 물었다. 문기출이 얼른 주머니에서 성냥을 꺼냈다. 유진표가 문기출보다 빠르게 라이터 불을 내밀었다.

"조선 왕조 오백 년을 통틀어서 정권을 쥔 쪽에서 스스로 권력을 내놓은 적은 단 한 번도 없지. 노론이 권력을 쥐면 서론이 죽고, 서론이 권력을 쥐면 노론이 죽어야 하는 것이 이 나라 정치 역사니까. 아! 해방이 되고도 자유당이 스스로 정권을 내놓았습니까? 민주당도 오일육이 아니었다면 아직도 정권을 쥐고 있었을 거라 이거요 그런 쪽으로 분석해 보면 박정희는 절대로 그냥 물러서지는 않을 거라. 이거요."

윤상배가 장황하게 역사 운운하며 유진표의 말을 거들었다.

"의원님 말씀대로 공화당정권이 앞으로 쭉 이어진다고 해도 사무장의
판단은 좀 문제가 있다고 생각되느만유. 왜냐? 세상이 바뀌어서 설령 그
것이 큰 문제가 되는 세상이라고 하지만 어디까지나 과거잖유. 그것도
어제오늘의 일이 아니고 벌써 육칠 년의 세월이 지났잖유. 다 지나간 일
을 가지고 떠든다고 해서 영동군민들한테 씨가 멕힐 거 같지는 않다고
봐유. 지 생각은 그런데 의원님은 워티게 생각하셔유?"

"나도 문 사장 생각하고 같은 생각을 하고 있네. 그리고 세상이 바뀌
었다고 하지만 정치판에서 첩질 한 걸 가지고 떠들면 오히려 유권자들
이 지저분하게 논다고 거부 할 것 같은데……"

"의원님 선거는 앞으로 한 달도 남지 않았습니다. 그런데다 이동하는
칼자루를 쥐고 있는 민주공화당으로 출마를 합니다. 그렇지만 우리 쪽
에는 아무것도 없습니다. 저 쪽에서 돈 봉투를 돌리는 건 인사치례지만
우리가 돈 봉투를 돌리는 건 부정선거라는 겁니다. 이 상황에서 표를 단
한 표라도 깎을 수 있는 꺼리가 있다면 무언들 못하겠습니까?"

"그 점은 내가 인정하네. 사무장 계획은 무엇인지 듣고 싶군."

"제가 가지고 있는 정보에 의하면 이동하의 첩이었던 여자의 이름은
들례라는 여자입니다. 자유당으로 국회의원 선거에 나오기 전에 들례를
내친 걸로 알고 있습니다……"

"잠깐만 사무장이 시방 먼 말을 하고 있는 줄 알겠구먼. 하지만 내가
알기로는 첩이 아니고 씨받이로 알고 있는데……씨받이를 그런 식으로
몰아가도 되는 건지 모르겠구먼"

유상배가 유진표의 말을 끊고 말했다.

"씨받이라도 십 년 넘게 데리고 살았으면 첩이라고 해도 무방합니다. 중요한 것은 소문에 의하면 말입니다. 물론 정확한 소문입니다만, 이동하의 첩은 학산에 사는 누군가에 의해 한밤중에 끌려 나갔다고 합니다. 문 사장님은 학산이 고향이니까 잘 알고 계실 것으로 믿습니다만……"

유진표는 경찰서 정보과장으로 근무를 할 때 자유당 충북도당 위원장이던 최형근으로부터 직접 지시를 받은 적이 있었다. 이동하가 영동군에서 출마를 원하고 있으니 뒷조사를 해달라는 부탁이었다. 그래서 이동하의 근본부터 주변 사생활까지 조사를 하여 보고서를 만들었다. 그 과정에서 들례의 식모로 있던 춘임을 협박하여, 문기출이 들례를 데리고 나간 사실까지 파악했다. 그런데도 문기출에게 직접적으로 언급하지 않고, 암시만 한 것은 부담을 주지 않기 위해서였다.

"정확한 소문이라면 정확한 정보를 알고 있다 이 말이구먼"

문기출도 정보원으로 뼈가 굵었다. 유진표가 모든 사실을 알고 있을 것이라고 믿으면서도 끝까지 들어 볼 필요가 있다는 생각에 시치미를 떼고 물었다.

"들례라는 여자를 이동하가 직접 내치지 않고, 학산에 살고 있는 어떤 남자를 시켜서 데리고 나간 것이 정확하다는 겁니다. 그래서 드리는 말씀인데 문 사장님께서 들례라는 여자를 찾아주셨으면 해서요"

유진표는 문기출이 생각하고 있던 것보다 눈치가 빠르다는 점에 놀랐으나 내색은 하지 않고 점잖게 말했다.

"사무장 말처럼 나도 정보계통에 오랫동안 근무를 해서 사람 찾는 것은 그렇게 어렵지는 않을 거 같구만유. 하지만 들례를 찾다 뭣에 쓰게

유?"

윤상배도 그 점이 궁금하다는 얼굴로 유진표를 바라본다.

"일단 들례를 찾아다가 대전이나 어디 가까운 곳에 숨겨두는 겁니다. 선거가 막바지로 치닫는 때 비장의 무기로 사용을 하겠다는 겁니다."

"먼 말인지 대충 짐작이 가느만유. 그랗게 들례를 불러다 선거 연설회장에서 나는 이동하의 첩이었다. 십 년이 넘게 살았지만 돈 한 푼 주지 않고 나를 쫓아 버렸다. 뭐, 그런 식으로 떠들게 하겄다. 그 말 이유?"

문기출은 심각한 얼굴로 고개를 끄덕거렸지만 마음으로는 혼란스러웠다. 지금의 실세는 군인들이다. 눈에서 벗어났다 하면 타협의 여지가 없이 가차 없이 사형을 시켜 버리는 무시무시한 권력자들이다. 이동하는 그 무시무시한 정치군인이라는 든든한 연줄을 쥐고 있다. 영동 경찰서장이나 군수 따위는 오늘 당장이라도 전화 한 통으로 잘라 버릴 수 있는 힘을 가지고 있다. 윤상배야 그렇다 치고 정보과장까지 해먹던 유진표의 계획이 고작 이것 밖에 안 되나, 하는 생각에 박수를 쳐야 할지, 코웃음을 쳐다 할지 혼란스럽기만 했다.

"역시, 문 사장님은 정보계통에 오래 근무를 하셔서 그런지 눈치가 빠르십니다. 바로 그 겁니다. 들례라는 여자를 데려 올 수만 있다면 충분히 그렇게 만들 자신이 있습니다."

"만약 이동하가 명예훼손죄로 고발이라도 한다면?"

"의원님, 저도 다각도로 문제점을 분석해 두었습니다. 명예훼손 문제라든지, 돈을 줘서 들례의 마음을 돌리는 문제, 최악의 경우 흑색선전으로 몰아붙여서 들례를 유치장에 가두게 될 경우까지 대비책을 마련해 두었습니다. 문제는 들례라는 여자를 과연 찾아 낼 수 있느냐 없느냐 일

뿐입니다."

윤상배가 묻는 말에 유진표는 망설이지도 않고 거침없이 대답을 했다.

"문 사장님 경비는 얼마든지 청구를 해도 모두 드리겠습니다. 그러니 당장 내일이라도 선거 일주일 전까지는 들례라는 여자를 찾아 주십시오 혼자 찾아다니시기 뭐 하면 믿을 만한 사람을 붙여 줄 수도 있습니다."

문기출은 들례를 영동 밖으로 내친 인물이다. 최소한도로 들례가 어느 지역에 살고 있을 것이라는 계산이 나온다. 유진표는 문기출이 들례를 찾아내는 것은 어렵지가 않을 것이라고 믿었다. 들례를 찾아내는 일이 쉽지 않다는 점을 부각시켜야 윤상배가 나중에 자신의 공로를 크게 인정할 것이라는 계산에서 심각하게 말했다.

"제가 이런 말씀을 드리기는 머 하지만 말유. 확실하게 짚고 넘어가야 난중에 서로 얼굴 붉히는 일이 읎을 거 가텨서 한 말씀을 올려야 겄구만유. 만약, 제가 들례라는 여자를 찾아서 데리고 오게 되면 이동하가 가만히 귀경만 하고 있지는 않을 거라 이거유. 당장 세무서장한테 전화를 넣어서 태평관 영업정지를 시키는 건 식후에 이빨 쑤시는 것보다 쉬운 일이고, 경찰서장한테 전화를 넣어설랑 제 뒷조사를 해서 콩밥 먹이는 일은 숭늉마시는 일보다 쉬울 거잖유. 뭣한 말로 해서 그만한 뒷감당을 해서까지 내가 나라와 민족을 위해 이 한 몸……"

"역시 문 사장님은 프로이십니다. 그리고 솔직하게 말씀을 해 주셔서 고맙습니다. 저도 세상에 공짜가 없다는 것 정도는 알고 있습니다. 딱 끊어서 말씀을 드린다면 얼마를 원하십니까?"

문기출이 일단 흥정이나 해 보자는 얼굴로 주절주절 하는 말을 듣고 있던 유진표가 굳은 얼굴로 물었다.

"사무장도 화끈해서 좋구만. 내 입으로 얼매를 달라고 그런 말씀을 드릴 자격도 읎거니와, 이기 물건 팔고 돈 받는 일도 아니라서 직접 대고 말씀을 드리기는 좀 뭐 하구먼유."

"그래도 마음속으로 선을 그어 놓은 금액이 있을 것 아닙니까?"

유진표는 문기출이 생각하고 있었던 것보다 만만치 않는 인물이라는 생각에 입술을 깨물며 지그시 응시했다.

"솔직히 그려유. 의원님은 한때는 제가 모시고 계시던 분이라서 그냥 도와드리는 거시 도리라고 생각해유. 하지만 목구녁이 포도청이라고 당장 태평관 문을 닫게 되면 손해가 이만저만 아녀유. 게다가 만약 일이 잘못 돼서 감옥소라도 가게 되는 날이면 집에 남아 있는 마누라나 자식들 생계가 막막한 실정유. 그라도 봉께 맘만 앞섰지 그냥 헌신적으로 도와 드릴 수가 없는……."

"이런 일은 길게 끌다 보면 깨지기 쉬운 법입니다. 태평관 문을 닫게 되면 손해가 얼마나 됩니까?"

"그기 우습게 보여도 지난 오십팔 년 시작할 때 한옥집을 사서 술집으로 개조를 하고, 대구에서 색시들을 데리고 오는 비용하며 이것저것 해서 그때 돈으로 백만 환 들었슈. 단순하게 금액으로만 따지면 요새 돈으로 십만 원 밖에 안 되는 돈이지만, 돈 가치로 치자면 그 당시 백만 환 가치가 요새 삼백만 원은 안 되겠슈?"

"좋습니다. 문 사장님이 원하시는 금액이 어느 정도쯤 된다는 걸 감 잡았으니까 오늘은 이만 회의를 끝내기로 하는 것이 좋을 것 같군요."

유진표는 문기출의 말을 액면 그대로 믿고 싶지 않았다. 그 당시에 백만 환이라는 거금을 투자 할 여력이 있었다면, 더구나 이동하를 등에 업고 있는 상황이었다면 굳이 술장사를 하지 않았더라도 주류 배급소나, 건설회사나, 큰 도매상을 했을 것이다. 태평관 정도의 규모에 투자 할 금액이라면 오십만 환 정도 였을 것이다. 그 돈도 이동하의 수중에서 나왔을 것이다. 중요한 것은 현재 태평관의 가치는 삼십만 원 정도가 될 것이라는 점이다. 문기출은 그 금액보다 많은 금액을 원할 것이라는 생각에 일단 고민해 볼 필요가 있을 것 같아서 일어섰다.

'느덜 임자를 잘못 만났다고 생각하면 틀림없을 끼다.'

문기출은 윤상배의 사무실을 나와서 미친놈처럼 실실 웃었다. 유진표나 윤상배는 이왕 이렇게 만났으니 어디 가서 저녁이나 먹자는 말을 하지 않고 악수만 했다. 문기출은 그 점이 조금은 기분 나빴지만 이내 잊어 버렸다. 들례를 찾아오면 몇 십만 원이 굴러 들어올 것이고, 들례를 못 찾게 되도 이동하한테 고자질을 해도 돈 십만 원은 우습게 들어올 것이라고 계산하니까 발걸음이 가볍기만 하다.

이동하는 영동으로 내려와서 지역구 사무실에 매일 출근을 하고 있었다.

대통령 선거 운동이 끝나자마자 국회의원 선거 운동으로 이어지니까, 맑은 정신에 집으로 들어간 날이 단 하루도 없었다. 어느 날은 점심때부터 마시기 시작한 술을 밤늦게까지 마시는 날도 있었다. 그래도 아침이면 어김없이 지역구 사무실로 출근을 해서 하루 일정을 점검하는 것으로 선거운동을 했다.

"의원님, 선거 운동을 해보나마나 우리가 이깁니다."

사무장 여도환이 깊은 수심에 잠겨 있는 이동하에게 인삼차를 직접 끓여다 주며 장담을 했다.

"길고 짧은 것은 대 봐야지."

이동하도 여도환의 말을 믿고 싶었다. 여론은 민주공화당 쪽이 7대 3 정도로 우세했다. 그건 이미 대통령 선거에서 증명이 된 사실이기도 했다. 하지만 경험으로 볼 때 선거는 뚜껑을 열어 보기 전에는 안심을 할 수 없었다.

"의원님, 문기출이라는 사람이 전화 좀 꼭 해달라는 연락이 왔습니다."

송미향이 노크 소리와 함께 이동하의 사무실로 들어와서 긴장한 목소리로 말했다.

"문기출?"

이동하는 문기출이라는 말에 자신도 모르게 눈꼬리가 치켜 올라가는 것을 느꼈다.

"그냥 안 계신다고 하고 끊을까요?"

"아냐, 돌려 봐."

이동하는 문기출이 꼭 통화를 하고 싶어 할 때는 그만한 이유가 있을 것이라는 생각에 내키지는 않지만 전화를 받았다.

"내일 대전에서 꼭 만나 뵙고 급하게 드릴 말씀이 있슈."

문기출이 은밀한 목소리로 말했다.

"사무실로 찾아오면 되지 않는가?"

"아녀유. 보는 눈이 많아서 꼭 대전에서 만나 뵈야 해유."

"좋네, 그럼 내일 저녁나절에 대전 선화동에 있는 횟집 울릉도에서 만나자구."

이동하는 문기출이 자신을 이유 없이 대전까지 끌어내지는 않을 것이라는 생각에 만사를 제쳐놓고 약속을 했다.

이튿날이다. 선화동에 있는 횟집 울릉도 앞에 가니까 문기출이 미리 와서 기다리고 있었다. 이동하는 형식적으로 악수를 하고 절간에 들어선 것처럼 바깥 세계와 단절된 방으로 데리고 들어갔다.

"정보과장을 하다 쫓겨난 유진표 그놈이 민주당 윤상배한테 붙었슈."

종업원이 주문을 받고 방을 나가자마자 문기출이 귓속말로 속삭이며 눈을 번뜩거렸다.

"유진표도 먹고살아야 하니까 도둑질이라고 못 할까? 도둑질이 아니라면 뭔 짓이라도 해야겠지."

유진표라면 윤상배를 자유당으로 끌어 들여서 민주당원들로부터 배신자 소리를 듣게 한 장본인이다. 병 주고 약 주는 것도 어느 정도가 있다. 함정에 빠트려서 정치인생에 치명타를 입혀 놓고 세상이 바뀌니까 재기를 도와주겠다고 설치고 있다고 생각하니까 코웃음이 나왔다.

"문제는 그놈이 하룻강아지 범 무서운 줄 모른다고 의원님한테 도전장을 내밀었다는 점유."

문기출은 마음속으로 싸늘하게 웃으면서도 걱정스러운 눈빛으로 이동하를 바라봤다.

"시방 그 말이 무슨 말여? 난 안직 술도 한 잔 안 마셨는데 통 무슨 말인지 알아들을 수가 없구면."

이동하는 문기출의 말이 너무 가소로워서 갈갈거리며 소리 내어 웃고 싶었다.

'놈이 아주 뒈지려고 빽을 쓰는구먼, 감히 나한테 도전장을 던져?'

마음속으로는 시퍼런 칼을 갈았지만 겉으로는 가당치도 않다는 목소리로 말했다.

"의원님한테 감히 이런 말씀을 드리기는 뭐 하지만, 워낙 중요한 건이라 말씀을 드리지 않을 수가 없구만유. 그놈이 겁대가리를 상실했는지 요번 선거 때 들례를 선거 연설하는 날 연단에 세우겠다는 흉계를 꾸미고 있슈."

"들례를?"

이동하는 까마득하게 잊고 지내던 들례의 얼굴이 생각났다. 들례를 사랑한다고 생각해 본 적은 단 한 번도 없었다. 그렇다고 단순한 성노리개로만 여기지는 않았다. 그냥 보고 싶을 때는 언제든 보고, 보기 싫으면 당초부터 없었던 여자처럼 여기며 데리고 살던 여자다. 어찌 보면 세상 물정을 모르는 맹한 구석이 묘한 매력을 풍기기도 하던 여자다. 막판에 제 분수를 모르고 깨춤을 추지 않았더라면 좋은 추억으로 간직했을 여자이기도 하다. 이제 와서 그녀를 세상 밖으로 끌어내리는 유진표의 술수를 용서 할 수 없다는 생각에 문기출을 노려보았다.

"글쎄, 저한테 들례를 찾아오면……"

정종과 생선회가 들어왔다. 종업원이 상 위에 그것들을 내려놓는 모습을 지켜보며 문기출이 말꼬리를 흐렸다.

"그 작자가 왜 문 사장한테 그런 부탁을 했는지 모르겠구먼."

이동하는 갑자기 목이 말랐다. 술 한 모금을 천천히 삼키고 나서 문기출을 노려봤다.

"들례를 흑산도로 보낸 후에 한동안 춘임이 집을 지키고 있었잖유. 제 생각에는 유진표 그 작자가 정보과장 시절에 의원님이 자유당 후보로 나오실 때 뒷조사를 하면서 춘임이를 만난 거 가튜. 그렇지 않으면 저를 딱 찍어서 들례를 찾아오기만 하면 칠십만 원을 주겠다고 할 리는 없잖유."

문기출은 목포에 가서 표재철을 수소문해서 어렵지 않게 찾았다. 표재철은 들례를 생각만 하면 도저히 이해가 안 된다고 말했다. 마누라한 테 닦달을 당하는 동안 하늘로 날아갔는지, 땅으로 꺼졌는지 아무리 찾아 헤매도 목포바닥에서 흔적을 찾을 수 없다고 혀를 찼다.

'도망가 봤자, 부처님 손바닥 안이지, 뭐.'

들례가 도망을 쳐봤자 멀리 가지는 못했을 것이라는 생각에 목포바닥을 이 잡듯이 뒤졌다. 더 나가서 군산이며 전주 광주까지 뒤졌지만 결국 찾지 못했다. 이동하를 찾아온 것도 들례를 찾지 못한데서 비롯되는 차 선책 중의 하나였다. 이왕 유진표와 윤상배와 거래를 끊을 바에는 확실하게 끊은 것이 좋다는 생각에, 유진표한테 제시한 금액에 삼십만 원을 덧붙여 말하고 나서 이동하의 눈치를 살폈다.

"들례를 찾아오면 칠십만 원을 준다고 했단 말일씨?"

"예, 분명히 그렇게 말했슈."

"다시 한 번 묻겠네. 유진표 그 작자가 하는 말이 문 사장이 들례를 찾아오기만 한다면 현금으로 칠십만 원을 주기로 했단 말이 틀림없는 참말이라는 거지?"

"그렇다니께유. 그 자리에 윤상배도 있었슈."

"그 말이 원지 나온 말여?"

"이……이달 초에 윤상배 사무실에서 나온 말유."

문기출은 상황이 이상하게 변해간다는 걸 느끼면서 더듬거렸다.

"잘됐구먼. 그렇지 않아도 요번 선거 때 윤상배를 워티게 요리를 해야 하나하고 걱정을 하고 있었는데 제 발로 제가 쳐 놓은 덫으로 걸어 들어 왔구먼. 당장 충청북도 도경국장한테 전화를 해서 놈들을 부정선거법으로 집어 쳐 넣어야 겄구먼. 그라고 문 사장한테 미안한 야긴데 같이 들어가서 고생 좀 해 줘야겄네."

이동하는 이병호가 황인술을 닦달 하던 때가 생각났다. 모름지기 하늘 높은 줄 모르고 깨춤을 추는 놈들은 두 번 다시 허튼 생각을 못하도록 확실하게 본때를 보여주는 것이 좋다는 생각에 차갑게 웃었다.

"왜? 제……제가 고생을 한데유?"

문기출이 끄덕끄덕 졸고 있다가 냅다 뒤통수를 얻어맞은 얼굴로 물었다.

"유진표한테 들례를 찾아오라는 지시를 받았다면 당장 나한테 달려와서 보고를 했어야지. 인제서 찾아온 이유는 뭐여? 그동안 들례를 찾아 댕겼다는 야기 아녀? 흑산도에 가 봉께 들례가 죽었던지, 들례가 흑산도를 떠났던지 해서 못 찾았응께 나한테 온거잖여. 그람 문 사장도 공범으로 볼 수밖에 없잖여."

한복을 곱게 차려 입은 종업원이 노크를 하며 들어왔다. 이동하는 이따 말을 하면 기생들을 들여보내라며 종업원을 내보냈다. 문기출의 눈을 노려보며 술을 마셨다.

"저……절대 그건 아녀유. 저는 흑산도 근처도 안 갔슈. 아니, 호남선 열차도 안 탔슈. 그냥……"

문기출은 토끼를 쫓아 왔다가 호랑이 굴에 들어왔다는 걸 알았다. 말을 돌리기에는 너무 늦었다는 생각에 자신도 모르게 무릎을 꿇고 앉으며 손을 내저었다.

"그냥 뭐여? 문 사장은 안직도 이동하를 옛날 학산면 부면장으로 알고 있는 모냥인데, 나 민주공화당 민의원이여. 옛날의 이동하가 아니란 말여. 내 말 한 마디면 없는 법도 맨들어 낼 수 있단 말여. 내 말 무슨 뜻인지 알겄남?"

"주……죽여주십쇼. 제가 의원님을 몰라 뵙고 죽을죄를 졌슈. 한 번만 용서해 주시면 죽는 그날까지 충성을 받치겠슈. 하오니, 제발 하늘같이 넓은 아량으로 이 학산 촌놈을 용서해 주서유."

안 좋은 상황에서는 판단이 빠를수록 좋다. 문기출은 대세는 글렀다고 판단했다. 얼른 일어나서 이동하 옆으로 가서 넙죽 엎드려 빌었다.

"인제라도 뼛골깊이 반성을 한다면 용서를 해 줄 수밖에 읎겠지. 하지만 그 대신 한 가지 수고를 해 줘야겠구먼."

"며……명령만 내리시면 화약을 쥐고 불속에라도 뛰어 들어갈 준비가 되어있습니다유."

문기출은 아무 생각도 없었다. 깡패 졸개가 두목에게 충성을 맹세하는 것처럼 양 손바닥으로 바닥을 짚고 고개를 조아렸다.

"유진표한테 돈 한 푼 안 받고 일을 시작하지는 않았겄지?"

이동하는 고개를 조아리고 있는 문기출을 차갑게 내려다보며 담배를 입에 물었다. 오늘 따라 담배 맛이 유난하게 달다고 생각하며 물었다.

"이십만 원을 선금으로 받았슈."

"들례를 암만 찾아도 못 찾겠다고 하고 그 돈을 유진표한테 도로 갖다 줘. 그 대신 돈을 돌려줬다는 증표를 받으란 말여. 유진표가 그동안 경비로 생각하고 그냥 넣어 두라고 해도 받으면 안 되아. 만약 일 원짜리 한 장이라도 받았다는 것이 경찰조사에서 발각이 되는 날이면 문 사장이 수갑을 차야 할 일이 생길 겨."

"아이고! 지가 이 판에 돈 이십만 원이 문제유. 의원님이 명령하신 대로 어떤 일이 있더래도 증표를 받아오겄슈."

"그려, 그람 들례 일은 이쯤에서 마무리 짓고 술이나 마시자구. 이 집 음식은 옛날 임금님이 먹는 식으로 나오는 데라 영동 같은 데서는 귀경도 못할 껴."

이동하는 회심의 미소를 지으며 손뼉을 쳤다. 문기출이 유진표에게 받은 증표는 움직일 수 없는 증거가 될 것이다. 11월 26일이 선거일이다. 앞으로 한 달도 남지 않았다. 지금 고발을 해 버리면 다른 사무장을 뽑을 것이다. 선거를 일주일 정도 남겨두고 유진표를 고발하게 되면 조직은 와해가 될 것이다. 윤상배는 닭 쫓던 개 지붕 쳐다보는 꼴이 될 것이라고 생각하며 느긋하게 담배를 피웠다.

제9장

1
9
6
4
년

전보

배철식은 내가 할 말은 다 했다는 얼굴로 일어섰다.
김춘섭도 엉겁결에 따라 일어섰다.
배철식이 나한테 할 말이 있느냐는 얼굴로 바라봤다.
김춘섭은 무슨 말인가 하려고 입술을 달싹거리다가
이내 고개를 푹 숙였다.

김춘섭은 박태수가 방앗간에 취직을 한 이후로는 나무를 하러 다니지
않았다. 그 대신 배 목수를 따라 다니는 일이 많아졌다. 새벽이슬을 맞
으며 학산에 가서 배 목수가 헛간 만드는 일 뒷모도를 해 주고 저녁까
지 얻어먹었다.

술기운에 귀때기를 흔드는 찬바람은 견딜만 했다. 혼자 걷는 십 리 길
은 외로웠다. 하지만 서울에 있는 철용이 걱정이며, 철준이가 언제부터
머리감아 주는 일을 면하고 바리깡을 들게 될런지, 만약 이발사 자격증
을 따면 양산에 이발소를 내주느냐, 온 식구가 영동으로 나가서 이발소
를 차리느냐, 철재를 나중에라도 최소한 고등학교라도 졸업시켜서 손에
흙 안 묻히고 사는 월급쟁이로 만들어야 하는데 어떡하면 돈을 벌 수

있을지, 영숙이는 좋은 데 시집보내려면 중학교 졸업장은 안겨 줘야 하는데 돈을 떠나서 공부하고는 거리가 멀어 보여서 걱정이라는 등, 이런저런 생각을 하다 보니 어느 사이에 해룡네 집 앞에까지 왔다.

해룡네의 술청에는 어둠이 고여 있었고 등잔불이 희미하게 창호지문을 밝히고 있었다. 이 동네서 제일 행복한 집은 바로 해룡네 일 것이라는 생각이 들면서 허튼 한숨 소리가 바람에 날려간다.

"길동이 형 아녀?"

너럭바위에 웬 남자가 앉아서 담배 연기를 날리고 있었다. 여름이라면 몰라도 겨울에 누가 저렇게 앉아서 담배를 피우고 있는가, 하는 생각에 가만히 다가가서 보니까 윤길동이다. 의외라는 목소리로 물었다.

"학산 일 다녀오는 일 인개비지?"

윤길동이 김춘섭을 알아보고 기운이 없는 목소리로 물었다.

"날도 찬데 누굴 기다리는 거여?"

김춘섭은 윤길동 옆에 앉았다. 엉덩이에 미끄럽게 와 닿는 너럭바위가 얼음장처럼 차가웠다. 담배 한 가치를 권하며 대충 감이 잡힌다는 얼굴로 물었다.

"방구석에 앉아 있응게 오늘 따라 자꾸 향숙이가 보고 싶어서 견딜 수가 있어야지."

"향숙이는 대전에서 잘 살고 있담서? 왜 이리 청승이여."

"잘 살고 있음 뭐햐. 못 먹고 못 살아도 저 먹고 싶을 때 먹고, 자고 싶을 때 자고, 놀러 댕기고 싶으면 놀러 댕기고, 공부하고 싶으면 공부하는 것이 사람 사는 거이지."

"내가 형 맘을 모르는 건 아니지만, 시방은 참고 지달려 보는 수뻭에 없을 거 가텨. 꼬막네도 그랬담서, 무당으로 살다가도 신기가 떨어져서 본 정신으로 돌아오는 수도 있다고……걱정은 우리 철용이가 걱정여. 이 추운 겨울에 동상은 안 걸렸는지, 밥은 지대로 먹고 있는지……"

"겨울이 가믄 봄이 온다는 이치를 안직도 모르능 겨? 철용이야 언진 가는 기술자가 될 테지. 하지만 향숙이는 워낙 똑똑해서 어렵댜."

바람이 불면서 나뭇잎이 우수수 떨어진다. 윤길동은 머리 위에 내려 앉는 나뭇잎을 털어 내며 말꼬리를 흐렸다. 향숙이도 걱정이지만 퇴원을 앞두고 있는 철용이 신세도 막막하다는 생각이 들었다.

"탁주 한잔 할까?"

"내가 한잔 사지."

"술은 누가 사든."

"이놈의 세월은 왜 이리 질긴 겨?"

"고래심줄이 얼매나 질긴지는 모르지만, 세월은 백배 이상은 질긴 거 가텨."

둘은 맥없는 목소리로 두런두런 말을 주고받으며 해룡네 집으로 갔다.

해룡네는 등잔불 아래서 두부를 만들 콩을 가리고 있었다. 어둠을 뚫고 들어오는 그들을 보고 말없이 일어서서 콩이 들어 있는 소쿠리와 자반을 옆으로 밀어 놓고 술청으로 나왔다. 천장에 매달린 철사고리에서 남포등을 벗겨서 불을 붙여서 다시 걸었다.

"작년 국회의원 선거는 머 그렇게 술에 물탄 듯 물에 술탄 듯 싱겁게 지나간 겨?"

의자에 앉기 전에 남포등의 등유를 싸구려로 쓰고 있는지 불꽃에서 그으름이 피어오르는 것을 바라보고 있던 윤길동이 김춘섭에게 뜬금없이 물었다.

"먼 말여?"

"금방 생각이 나서 한 말인데, 가만히 생각해 봉께 작년 국회의원 선거 때는 이 자리에 앉아서 탁배기 한 잔 읃어 먹지 않은 거 가터서 묻는 말여."

"싱겁기는……"

김춘섭은 윤길동이 뭔 말을 하려는지 알겠다는 얼굴로 웃으며 의자에 앉았다. 술청 안은 바람이 불지 않아서 한결 아늑했다.

"어이그, 지난 선거는 부면장이 당선된 것이나 마찬가진데 미쳤다고 옛날처럼 돈을 풀었어?"

해룡네는 땅에 묻은 술단지를 휘휘 저었다. 막걸리에 물이 섞여 있었던지 얼음덩어리가 동동 떠 있다. 표주박으로 막걸리를 퍼서 주전자에 막걸리를 담았다. 술 주전자를 술청 위에 올려놓고 접시를 챙겨 들었다. 김장때 담가 놓은 총각김치를 깍두기처럼 썰어서 접시에 담아 술청에 내놓았다.

"암만 당선은 따 놓은 거나 마찬가지라고 하지만, 선거철이 무싯날처럼 싱거울 수가 있었을까?"

"내 참! 전에 민의원에 당선 됐다고 집집마다 찍어줘서 고맙다며 인사 댕기는 거 봤어? 그거나 마찬가지여. 정치인들이 이뻐서 유권자들한테 술잔을 돌리겠어? 표 땜시 돌리는 거잖여."

"학산서 들은 소문 읎어?"

"먼 소문?"

김춘섭이 젓가락으로 깍두기 한 조각을 집어 먹으려다 그냥 내려놓으며 반문했다.

"지난 선거는 옛날에 영동경찰서에서 정보과장을 했던 사람 땜시 날로 먹었다는 소문이 돌았잖여."

윤길동이 김춘섭의 잔에 막걸리를 따르다 말고 주전자 뚜껑을 열어봤다. 얼음 깨진 것이 떠 있는 것을 보고 해룡네에게 주전자를 주며 술 좀 따뜻하게 데워 달라고 말했다.

"나도 자시한 거는 잘 모르고, 학산 사람들이 그라는데, 옛날 학산 자유당 면책을 했던 문기출인가 하는 사람 말여. 그 사람 벼락부자가 돼서 시방은 영동에서 태평관이라는 큰 술집을 하잖여. 전 정보과장인 유진푠가 하는 사람이 그 사람한테 이십만 원을 줬다능 겨"

"허어, 이십만 원이면 화폐개혁 전에는 이백만 환 아녀. 땅 열 마지기를 살 돈이구먼. 그 큰돈을 왜 줬댜?"

윤길동이 해룡네가 정지로 들어가서 부지깽이로 괭이로 아궁이 안에 있는 불씨를 긁어내서 술 주전자를 올려놓는 모습을 지켜보며 물었다.

"웨줬긴, 선거 기간에 돈을 왜 줬겠어? 막걸리 사주고, 고무신 사주고, 표 좀 끌어 모아 달라고 준 돈이겄지."

"근데, 그걸 워티게 알았을까. 공화당이라면 몰라도 윤상배는 대놓고 선거 운동을 할 수가 없는 민주당이잖여. 당연히 쥐도 새도 모르게 줬을 건데 말여."

"척 하믄 삼척이지. 쥐도 새도 모른다믄 경찰이 워티게 알았겄어? 문기출 그 사람이 원래 왜놈 순사들 정보원 출신이잖여. 돈을 준다고 해서 덥석 받아 놓고 가만히 생각해 봉께, 부면장이 선거에서 이길 것 같은 낌새가 보잉께 맘을 바꿔 먹었겄지."

해룡네가 숯불에 데운 술 주전자를 들고 왔다. 김춘섭이 받아서 윤길동의 잔에 따르면서 쓰게 웃었다.

"유진표 그 사람, 명색이 정보과장 출신이라는 사람이 문기출의 인간성에 대해서 그렇게 몰랐을까? 왜정 때 밀정을 했다믄 인간성에 대해서는 말종으로 본 틀림읎을 낀데"

윤길동은 김춘섭이 들고 있는 주전자를 받았다. 김춘섭의 잔을 채우면서 혼잣말로 중얼거렸다.

"두말하믄 잔소리고, 세말하믄 개소리지."

"그란데 대관절 지난 국회의원 선거에는 당이 몇 개나 된댜, 내가 얼추 알기로는 민주공화당부텀 시작해서, 민주당, 국민의 당, 민정당 해서 한 열 개는 되는 거 가텨."

"학산 배 목수가 이발소에서 신문을 보다 맘먹고 세어 봤다능 겨. 총 열두 개랴. 자유당도 있다고 하드만. 하지만 정당이 열두 개가 아니라 백이십 개라도 상관이 읎어. 굿이나 보고 떡이나 먹는다고, 찍어 달라는 사람 찍어주고, 찍어주길 싫으면 안 찍어 주면 그만이지 머."

춘섭은 해가 바뀌면서 부쩍 철용이에 대한 걱정이 늘었다. 철용네는 철용이가 시다 신세를 면했으니 동상에 걸리거나 이유 없이 얻어맞는 일은 없다고 말을 해도 꿈자리가 사납도록 자주 철용이가 꿈에서 안 좋은 얼굴로 나타났다.

오늘은 영동초등학교 개학식 날이다.

하루 전날 모산에서 올라온 옥천댁은 학교를 가기에는 이른 시간이지만 승우를 깨웠다. 전학을 온 첫날이라서 교장이며 담임선생에게 인사를 하려면 일찍 등교를 해야 한다는 생각에 삼십 분 정도 일찍 학교에 도착할 생각이었다.

"어머, 내년에는 인숙이도 영동으로 오는 거지?"

옥천댁의 친정에서 데리고 온 사십대 초반의 안남댁이 세수 할 물을 알맞게 데워서 마당에 내놓았다. 푸다닥거리며 빠르게 세수를 하고 방으로 들어간 승우가 옥천댁에게 물었다.

"승우야, 너 학산에서도 처음에는 친구들이 없었잖여. 하지만 자꾸 댕기다 봉께 친구들이 많이 생겼잖여. 여기도 마찬가지여. 츰에는 아는 친구들이 읎지만, 하루 이틀 댕기다 보면 학산핵교처름 친구들이 많이 생길 겨. 그랑께 그런 걱정은 하지 말고 어여 밥이나 먹자."

안남댁이 아침상을 차렸다. 옥천댁은 수저와 젓가락을 챙겨서 승우 밥 옆에 놓으며 부드럽게 말했다.

"그람, 어머가 나한테 그짓말을 한 거여? 내가 인숙이하고 같이 가지 않으면 혼자서는 안 간다고 항께?"

"할머니도 그랬잖여. 인제 우리 승우도 이학년이 됐응께 머스마들하고 같이 놀아야 된다고 말여."

"언지는, 인숙이가 여자가 아니고 친구라고 했잖여?"

"그⋯⋯그렇지. 인숙이는 친구지."

"그란데, 왜 친구하고 같이 학교를 못 댕기게 하는 거여?"

"우선 밥 먹자. 밥 먹고 나믄 어머가 잘 애기를 해 줄 모양잉께."

옥천댁은 승우의 애어른 같은 질문에 할 말이 없었다. 숟가락을 승우 손에 쥐어 주고 나서 자신도 숟가락을 들었다.

"어머가, 맨날 그랬잖여. 사람은 어뜬 일이 있드래도 절대로 그짓말을 하믄 안 된다고 말여."

옥천댁이 조기 구이를 젓가락으로 찢어서 승우 밥 위에 올려놓았다. 승우는 옥천댁에게 확약을 받는 후에 밥을 먹겠다는 얼굴로 숟가락을 든 채 밥은 바라보지도 않았다.

"알았어. 승우가 사학년 되면 인숙이도 가들 아부지나 어머한테 말을 잘해서 영동국민핵교로 전학을 시켜 달라고 할게, 어여 밥 먹자. 오늘은 담임 선생님하고 교장 선생님에게 인사를 드릴라믄 빨리 가야 햐."

"인숙이 어머가 안 된다고 하믄 어쩔라고?"

"허! 승우야 너 인숙이가 그릏게도 좋냐?"

옥천댁이 된장찌개를 떠먹으려다 말고 기가 막힌다는 얼굴로 물었다.

"어머가 그랬잖여. 친구하고는 절대로 싸우지도 말고, 동무찌리는 그짓말도 하지 말고, 콩 한 쪼가리도 같이 노놔 먹으며 평생 동안 맘이 변하믄 안 된다고?"

"그거는 맞는 말이지만, 서로 사는 데가 다르잖여. 너는 영동에서 핵교를 댕기고, 인숙이는 학산에서 핵교를 댕겨도 모산에 가면 만날 수 있잖여. 그람 그때 만나서 인숙이하고 옛날처럼 우리 집에 데리고 와서 재미있게 놀면 되잖여. 안 그려?"

"내, 이럴 줄 알았당게. 나 밥 안 먹어. 그라고 학산학교로 다시 갈텨!"

승우가 숟가락을 밥상 위에 던지며 뒤로 물러나 앉았다. 금방이라도 울음을 터트릴 얼굴로 옥천댁을 바라봤다.

"승우야! 너 참말로 인숙이가 그릏게도 좋은 겨?"

옥천댁은 가슴이 철렁 내려앉았다. 승우가 핏줄이라서 서로 땡기는 건가? 아녀! 내가 시방 무슨 생각을 하고 있는 거여! 그건 절대 아녀. 똑같은 핏줄이라도 북한에서 자라믄 빨갱이가 되는 법이잖어. 어렸을 때부텀 친하게 지냈응께, 그 정을 못 잊어서 그라능 겨. 승우가 이럴수록 내가 대범하게 생각해야 햐. 그래야 승우가 제 갈 길로 제대로 갈 수 있어. 그려, 그게 맞는 거여. 이럴수록 크게 생각해야 하능 겨. 승우의 눈가에 그예 눈물이 그렁하게 차올랐다. 그려, 너츠름 착한 아가 먼 죄가 있겄어. 그냥 인숙이는 동무여. 동무, 라고 생각하면서 조용히 승우의 수저를 들고 다시 말하기 시작했다.

"승우야, 은제 어머가 거짓말 하는 거 봤어?"

"안 봤응께 승질나는 거잖여."

승우가 수저를 받으면서도 미심쩍다는 얼굴로 옥천댁을 바라봤다.

"그람 어여 밥 먹자. 인숙이가 삼학년이 되믄 틀림없이 영동핵교로 전학을 시킬 팅께."

"그냥 승우 놀라게 할라고 그냥 한번 해 본 말이구먼. 나 빨리 밥 먹고 학교 갈텨."

"그래야지……"

옥천댁은 갑자기 밥맛을 잃어 버렸다. 그렇다고 빈속으로 학교에 갈 수는 없었다. 안남댁에게 찬물을 떠오라고 해서 몇 수저 말았다.

옥천댁이 영동초등학교 교문 앞에 도착하니까 교장이며 교감과 교무주임에 담임선생까지 나와서 기다리고 있었다.

"어이구, 사모님 어서 오셔유."

3월의 햇살은 좋았지만 바람은 찼다. 검정색 교복을 입고 이른 등교를 하는 아이들 대부분 목도리를 하고 있거나, 3월인데도 토끼털 귀마개를 하고 있는 학생도 종종 보였다. 교장이 옥색 한복을 입고 걸어오는 옥천댁 앞으로 다가가서 황송하다는 얼굴로 인사를 했다.

"아이구, 이렇게 나오시면 지가 죄송해서 얼굴을 들 수가 읎잖유. 참말로 죄송해서 워쩐대유."

옥천댁은 너무 황송해서 고개를 들 수가 없었다. 손을 마주 비비면서 연신 고개를 숙여 인사를 했다.

"아녀유. 우리 영동의 자랑인 이동하 의원님의 자제분이 영광스럽게 저희 학교로 전학을 오는데 그냥 교무실에서 뻣뻣하게 앉아서 기다린다는 것은 예의가 아니쥬. 니가 이승우냐? 어이구, 아부지를 닮아서 그런지 참말로 똘똘하게 생겼구면."

교감이 교장 못지않게 웃는 얼굴로 승우 앞으로 다가가서 머리를 쓰다듬고 손을 잡아 준다. 어깨에 묻는 먼지를 털어 주며 알랑거렸다.

"박 선생님이 앞으로 일 년 동안 승우를 가리킬 선생유. 저는 교무주임 정용태라고 해유."

교무주임이 박 선생의 손을 잡아 옥천댁 앞으로 가서 인사를 시키면서 은근히 자신도 소개를 했다.

"교문 앞에서 이라고 있을 기 아니라, 어여 교장실로 들어가유."

교장이 직접 승우의 손을 잡고 옥천댁에게 허리를 굽신거렸다.

옥천댁은 교장이 승우 손을 잡고 가는 것이 너무 민망했다. 그렇다고 내가 데리고 갈테니까 손을 놓으라고 하는 것도 민망한 일이었다. 이러지도 못하고 저러지도 못하고 있는데 다행히 승우가 엄마! 라고 부르며 달려와서 손을 잡았다.

교무실 앞에는 일찍 출근한 선생들이 모두 나와서 교감의 지시에 따라 일제히 박수를 쳤다. 옥천댁은 얼굴이 빨갛게 달아올라서 시선을 어디다 둘지 몰라서 승우의 얼굴을 내려다보며 교장실로 들어갔다.

교장실 안에는 장작을 넣은 난로가 활활 타오르고 있어서 무더울 정도로 더웠다. 교문 앞에서 기다리고 있던 담임이며 교무주임까지 의자를 하나씩 차지하고 앉았다. 옥천댁이 채 한숨을 돌리기도 전에 여자 선생이 쌍화차를 각각의 컵에 담은 쟁반을 들고 들어왔다.

"학산에서 온 생활기록부를 봉께 승우가 공부를 계속 일등을 했더라구요. 그래서 드리는 말씀인데 영동에서도 학산에서처럼 급장을 시켜야겠슈. 그래야 기도 죽지 않고 학산에서처럼 공부를 잘할 것으로 믿고 있는데, 사모님 생각은 어떠신지……"

교장은 후후 불어가면서 뜨거운 쌍화차를 한 모금 마셨다. 컵을 정중하게 테이블 위에 내려놓고 옥천댁에게 공손하게 물었다.

"글쎄유, 승우가 학산에서도 급장을 해서, 급장질을 워티게 해야 한다는 건 잘 알고 있지만, 영동에도 똑똑한 학생들이 많을 거잖유. 그래서 디리는 말씀인데 급장은 다른 학생한테 맽기는 것이 좋을 거 같네유."

"사모님은 소문대로 현모양처네유. 물론 영동에도 똑똑한 학생들이 없는 것은 아뉴. 하지만 가정환경으로 치자면 승우네 반에서 뿐만 아니라 전교생들 중에서도 따라올 학생이 없잖유. 제가 담임선생이라고 해서 드리는 말씀은 아니고요. 교장 선생님하고 교감 선생님하고, 여기 교무 선생님하고 회의를 해서 결정을 한 겁니다. 그랑께 그 문제는 저희들한테 맡겨 두시면 됩니다."

교감이 승우의 담임을 맡을 박 선생에게 눈을 깜짝거려 보였다. 박 선생이 얼른 일어서서 황송하다는 목소리로 말했다.

"박 선생님, 그것도 말씀 드려유."

박 선생이 의자에 앉기도 전에 교감이 옥천댁에게는 환하게 웃어 보이고, 박 선생에게는 굳은 얼굴로 말했다.

"아참! 작년까지는 즈히 학교 기성회장님을 육학년 학부모가 맡았었거든요. 근데, 그 학생이 올 이월에 졸업을 하면서 기성회장님도 그만뒀슈. 그래서 드리는 말씀인데 사모님께서 기성회장님을 맡아 주셔야겠슈. 사모님이 회장직을 맡게 되시면 부회장을 비롯해서 임원직들도 시방보다 백배는 더 열심히 일을 할 것으로 사료가 됩니다. 그랑께 좀 어려우시겠지만 꼭 좀 부탁을 드려유."

"즈히 집 사정을 잘 모르시고 하시는 말씀인데 저는 영동에서 사는 것이 아니라, 학산에 있는 모산에서 살고 있슈. 모산에는 나이 드신 시어머님이 계셔유. 그래서 영동에는 사흘에 한 번씩, 바쁠 때는 한 달에 한 번 정도씩 벆에 못 와유. 기성회장을 하려면 암만해도 영동에 사시는 분이 하셔야 학교에 협조도 잘 될 것으로 생각해유. 그랑께 그 문제는 우리 승우 아부지가 등을 떠밀어도 안 돼유."

옥천댁은 승우가 급장을 맡는 일은 어쩔 수 없이 승낙을 하게 되더라도, 기성회장직 만큼은 맡아서는 안 된다는 생각에 단호하게 말했다.

"그건 기성회를 잘 모르시고 하시는 말씀유. 원래 회장님은 가만히 계시기만 하면 되시는 것이고, 실무적인 일은 부회장을 비롯해서 총무나 임원들이 죄다 하게 되어 있슈. 그랑께 이름 석 자만 얹혀 두면 됩니다."

교감은 난롯가에 앉아 있으니까 넓적다리가 너무 뜨거웠다. 의자를 뒤로 물려서 앉으며 두 손을 쓱쓱 비비며 말했다.

"그렇다믄 더욱 못해유. 명색이 국회의원 안사람이라는 사람이 모범을 보이지는 못할망정, 일도 별로 도와주지 못함서, 기성회장이라고 턱 버티고 있으면 딴 사람들이 뭐라고 하겠슈. 겉으로는 입을 다물고 있겠지만, 속으로는 얼매나 욕을 하겠슈."

옥천댁은 정성껏 준비한 쌍화차를 입도 안 대는 것은 실례라는 생각에 몇 모금 마시고 교장을 바라봤다.

"사모님 참말로 존경합니다. 지는 이 세상에서 태어나 사모님처럼 청렴하신 분을 첨 봤구만유. 사모님 생각이 정 그러시면 즈희들도 더 이상 권하지는 못하겠구만유. 그냥 학부형회 회장직만 맡아 주세유. 그건 기성회장보다 부담이 덜 가는 자링게, 한 달에 한 번씩 사모님 편한 날을 잡아서 회의만 하면 되는 자리유. 무엇보다 학교가 이렇게 하면 좋겠다. 저렇게 하면 발전이 있겠다는 식으로 조언을 많이 해 주시면 우리 학교도 많이 발전하게 될 것으로 믿어유."

"그 문제는 일단 승우 아부지를 통해 대답을 해 드릴께유."

옥천댁은 교장의 말까지 거절하는 것이 너무 미안했다. 이동하를 통해서 거절을 하면 더 이상 말이 없을 것이라는 생각에 얼굴을 붉히며 대답했다.

승철은 점심시간에는 둘도 없는 친구 재오와 함께 장난을 치거나, 매점에 가서 빵을 사 먹기도 하면서 재미있게 놀았다. 하지만 점심시간이 5분밖에 남지 않았다는 예비 종소리를 듣고 나니까 갑자기 졸렸다. 더구나 5교시는 따분한 역사 시간이다. 남은 6교시다 윤리 시간이다.

"재오야, 우리 오랜만에 당구 한 게임 치러 갈까?"

"승철아, 당구장 말고 만화 가게 가자. 너, 김종래의 '황금가면' 봤어? 그게 요새 나온 건데 엄청 재밌데?"

"내용이 뭔데?"

승철은 국민학교 때부터 만화라면 자다가도 벌떡 일어날 만큼 좋아했다. 김종래 만화라면 '엄마 찾아 삼만리', '흑두건', '울지마라 은철아', '앵무새 왕자', '곰보부자' 등 재미있는 만화를 냈다. 그중에서 국민학교 때 본 '엄마 찾아 삼만리'를 보면서 얼마나 울었는지 모른다. '엄마 찾아 삼만리'는 너무 감동 깊게 보아서 이동하를 졸라 그 만화책을 사달라고 했다. 그렇게 해서 학교에 가지고 가 예쁘고 착한 여학생들에게만 그 만화책을 빌려주었다. 만화책을 빌려 본 여학생들은 얼마나 울었는지 하나 같이 이튿날 눈이 퉁퉁 부어서 학교에 온 얼굴을 보는 것도 재미있었다. 황금가면은 지금까지 본 만화와 제목부터 다른 점이 가슴을 설레게 했다. 졸음이 확 달아나는 것을 느끼며 물었다.

"무슨 내용인가 하면……"

"아녀 니가 말해 주믄 재미 없응게. 얼른 가방 챙겨."

승철은 계속 재오의 말만 듣고 있을 수가 없었다. 만화 가게에 가면 직접 만화를 볼 수 있을 것이다. 재오한테 내용을 듣게 되면 그만큼 만화가 재미없을 것이라는 생각에 손사래를 치며 부지런히 가방을 챙겼다.

"야, 오……오교시에 담임 선생님 수업이잖아."

재오는 말과 다르게 책상 위에 펼쳐 놓았던 역사책이며 공책이며 필통을 한꺼번에 가방에 쓸어 담았다.

"괜찮아, 내가 책임질 테니까 빨리 따라 나와. 쪼끔 있으면 즘심 시간 끝나는 종친단 말여."

"야, 너희들 또 땡땡이 까는 거냐?"

반장이 승철과 재오가 가방을 챙겨 들고 일어서는 모습을 보고 물었다.

"반장이 책임지고 우리 양호실에 둔너 있다고 말햐."

"가서 데리고 오라면?"

"양호실에 가보니까 없다고 하면 되잖아. 일단은 양호실에 있다고 말하면 선생님이 알아서 해 주실 거야."

승철은 반장에게 주먹을 흔들어 보이고 재오의 등을 쳤다. 복도에는 장난을 치느라 뛰어 다니는 학생, 말타기를 하는 학생들, 창문 앞에 서서 운동장을 바라보며 두런두런 대화를 나누는 학생들이 한데 엉켜서 시끌벅적했다.

그들은 교사를 나와서 곧장 변소가 있는 곳으로 뛰어갔다. 변소 뒤에는 시멘트 블록으로 쌓은 담이 길게 늘어서 있다.

"가방 들고 있어."

승철이 먼저 가방을 재오에게 맡겨두고 재빠르게 담 위에 허리를 걸쳤다. 팔에 힘을 주어 담 위에 올라타서 재오에게 손을 뻗었다. 재오가 자기 가방하고 승철의 가방을 한꺼번에 올려 주었다.

"야, 뭐니 뭐니 해도 즘심 먹고 쨀 때가 기분이 젤 좋드라. 솔직히 오전에 한두 시간 끝나고 째면 하루가 너무 길잖아. 안 그러냐?"

승철은 가방을 등 뒤로 척 넘기고 침을 찍 내갈겼다. 모자를 뒤통수에 걸치고 팔자걸음으로 걸으며 하늘을 바라본다. 구름 몇 점이 떠 있는 하늘은 푸르다.

"낼 아침부터 담임한테 끌려가 기합 받는 거는 아니겠지?"

재오는 얼떨결에 승철을 따라서 학교 담을 넘기는 했지만 뒷맛은 영 개운하지가 않았다. 걱정스러운 얼굴로 승철을 바라봤다.

"야, 내일 걱정은 내일하고, 오늘은 일단 황금가면부터 보자. 그리고 나서 당구장 가서 한 게임 하는 거야. 그 다음에 중국집 가서 짜장 곱빼기 한 그릇씩 먹는 거야. 그게 우리가 할 일이라구."

"까짓것, 점심시간에 땡땡이 깠다고 정학이야 시키겠냐?"

"치, 만약 우리를 정학시킬라면 아부지한테 먼저 결재를 받아야 할걸."

"맞아! 내가 왜 그 생각을 깜박 잊어 버렸지. 천하의 이동하 국회의원님 자제 분이 골치가 아파서 일찍 하교를 하셨다는데 누가 건드려."

재오는 자기 이마를 손바닥으로 툭 치고 나서 어깨를 반듯하게 폈다. 세상에 겁날 것이 없다는 표정으로 승철이처럼 팔자걸음으로 걷기 시작했다.

그들은 일부러 학교 근처에 있는 만화 가게로 가지 않았다. 좀 더 멀리 있는 시장 입구에 있는 중앙만화대본소 안으로 들어갔다.

"아저씨, 황금가면 있어요?"

어느 학교든 화요일은 중고등학교 수업이 6교시까지다. 그런데도 다섯 평 남짓한 작은 가게 안에는 교복을 입은 학생 십여 명이 만화책에 보고 있었다. 명랑 만화를 보는 학생들은 킬킬 웃으며 페이지를 넘기고 있었고, 김산호의 라이파이 시리즈처럼 SF물을 보는 학생들은 잔뜩 긴장한 얼굴로 페이지를 넘겼다. 승철이 대뜸 묻는 말에 몇몇의 학생들이 고개를 들었다가 이내 관심 없다는 얼굴로 시선을 내렸다.

"어떡하지? 요즈음 황금가면이 젤 재미있잖아. 지금 다른 학생이 보고 있으니까 조금만 기다려."

오십대 초반의 주인이 시리즈로 된 만화책을 여러 권씩 철끈으로 묶고 있다가 구석에 있는 학생을 바라봤다.

"자가 보고 있슈?"

승철이 턱으로 구석에 있는 학생을 가리켰다. 얼른 봐서 고등학생 2, 3학년으로 보였다.

"그래, 다 봐가니까 우선 다른 거 보고 있어. 신간이 많이 나왔거든."

"우리 다섯 권씩 볼 거유."

승철은 주인의 말에 대꾸를 하지 않았다. 주머니에 돈을 꺼냈다. 십 원짜리며 오십 원짜리 틈에서 십 원짜리 한 장을 꺼내 주인에게 내밀었다.

"내가 다 보고 있으니까 나 모르게 슬쩍슬쩍 한두 권씩 더 보면 안 된다. 하지만 너희들은 오늘 첨 보는 애들이니까 이따 특별히 여섯시부터 텔레비전 보게 해 줄게."

"우릴 촌놈으로 아시나벼. 딴 데는 세 권만 보믄 신물이 나도록 텔레비전을 보게 해 주는데, 여긴 다섯 권을 봐야 하는 거유?"

"야! 그건 가게마다 쥔 맘여. 너는 엿장수 맘대로라는 말도 못 들어 봤냐?"

승철의 욱하는 성질을 잘 알고 있는 재오가 얼른 상황을 수습하며 주인에게 헤헤 웃어 보였다.

"너 어느 학교 댕기냐? 빼찌를 봉께 삼학년인데 대학교 갈라면 공부를 해야지. 황금가면은 내가 먼저 봐야겠다."

승철은 재오가 말리자 못이기는 척하는 얼굴로 구석에서 만화를 보고 있는 학생 앞으로 갔다. 덩치가 제법 큰 고등학생 교복 깃에 흰색의 그리스 숫자로 Ⅲ자가 붙어 있다. 학교 마크를 보면 어느 학교라는 걸 잘 알면서도 어깨를 툭 치며 말했다.

"너! 감히 이학년짜리가?"

덩치가 큰 삼학년이 만화책을 옆으로 던지며 벌떡 일어섰다.

"야, 여기 붙어 있는 이(Ⅱ) 자 안 보이냐? 이학년이니까 내년에는 열심히 공부하고 올해는 만화책을 보겠다잖여."

승철이 조금도 위축되지 않고 팔짱을 끼며 피식 웃었다.

"너, 나 따라 나와."

"못 따라 나가겠다면."

"그럼 여기서 좀 맞아 볼래?"

"이승철 아부지가 유명한 국회의원이라는 거 모르지? 전화만 하면 형사들이 재깍 달려올걸."

재오가 이쯤에서 내가 나설 때라는 얼굴로 침을 뭉쳐 방울을 톡 만들어 내고 말했다.

"구……국회의원? 아빠가?"

"그래, 못 믿겠다면 당장 전화를 걸어 볼까?"

승철이 책상 위에 있는 검은색 전화기를 손가락으로 가리키며 물었다.

"아냐, 난 다 봤으니까 네가 먼저 봐."

3학년 덩치는 재수 옴 붙었다는 얼굴로 옆으로 내던졌던 만화책을 들어서 두 손으로 승철이에게 건넸다.

영등포역에서 내린 김춘섭은 미친 사람처럼 정신없는 걸음으로 개찰구 앞으로 갔다. 역무원 앞에 표를 내밀고 내서 곧장 역 앞으로 갔다. 좁은 역 광장에는 발을 디딜 틈도 없이 많은 사람들이 엉켜 있었다. 그런데도 정신없이 걷느라 택시 정류장에까지 가는 동안 잠바 안의 와이셔츠가 흠뻑 젖어 버렸다.

"시립영등포종합병원 알쥬? 거기로 빨리 가 주세유."

김춘섭은 처음으로 택시를 탔으면서 차 안을 둘러 볼 여유가 없었다. 가방을 열고 손수건을 꺼내서 얼굴이며 목의 땀을 닦으며 정면을 응시했다.

"누가 병원에 입원을 했습니까?"

영등포역에서 시립영등포종합병원이 있는 중마루까지는 택시 기본요금 30원이면 갈 수 있는 거리다. 중마루(中村)라는 지명이 붙은 것은, 예전에 비가 오면 땅이 죽같이 질다고 하여 붙여진 이름이다. 중마루까지는 남자 걸음으로 빨리 가면 십오 분이면 갈 수 있는 거리다. 운전사는 그 짧은 거리를 몰라서 택시를 타는 김춘섭을 룸미러로 바라보며 느긋하게 물었다. 잠바 안에 걸친 낡은 흰색와이셔츠에 기지바지를 입고 운동화를 신은 차림이 영락없는 시골뜨기다. 허둥거리는 꼴로 보아서 병원에 중환자라도 입원했는지 제정신이 아닌 걸로 보였다. 서행 운전을 하면서 룸미러로 김춘섭을 노려봤다.

"큰아들 놈이 문래동에 있는 철공소 기술자로 일을 하다가……"

김춘섭은 가슴이 떨려서 말을 잇지 못하고 와이셔츠 윗주머니에 있는 전보용지를 꺼냈다. '철용부상서울시립영등포병원급래왕바람'이라며 펜글씨로 써 있는 전보용지는 철용네의 눈물로 잉크가 번져 있다.

"딱 보아 하니 철공소에서 일을 하다 다치셨나 보네. 내가 운전 기술을 배우기 전에 철공소에서 몇 년 근무를 해서 하는 말입니다만, 철공소에서 일을 하다 다쳤으면 마음의 각오를 단단히 하고 가는 것이 좋을 거우다."

운전사는 충청도에서 올라온 것으로 보이는 김춘섭에게 바가지 요금을 씌우기 위하려 슬슬 작전에 돌입했다.

"그기 먼 말이래유?"

김춘섭은 그렇지 않아도 부상이면 도대체 어느 정도의 부상이냐는 생각에 한달음에 정신없이 학산우체국에 가서 시립영등포종합병원으로 전화를 넣어 봤었다. 간호사는 별일 아니니까 일단 올라오시라는 말만 했다. 별일이 아니면 철용이 좀 바꿔달라고 했더니, 아직 마취가 깨어나서 바꾸어 줄 수 없다고 대답했다. 마취를 해서 수술 하는 환자를 본 적은 없다. 하지만 마취를 하고 수술을 할 정도면 맨 정신으로는 감당할 수 없는 상처라는 점 정도는 쉽게 짐작이 갔다. 마취를 했다는 말을 듣고 나니까 정신이 아득해져서 그다음 말부터는 간호사가 무슨 말을 했는지 정확히 기억이 나지 않았다. 운전사 말을 듣고 나니까 또 다시 정신이 아득해지면서 시야가 뿌옇게 변했다.

"별 뜻으로 하는 말은 아니우다. 쇠를 다루는 일이다 보니, 깨지고 절단되는 일이 흔하다는 뜻으로 한 말입니다."

"깨지다니? 사람이 달걀이나 사이다 병유? 깨지게."

김춘섭이 이건 또 무슨 변고냐며 놀란 얼굴로 물었다.

"쇠 밑에 깔리게 되면 다리나 손바닥이 으깨질 수밖에 없는 거 아뇨?"

"그……그만 하셔유."

김춘섭은 피범벅이 되어 있는 철용의 모습이 선명하게 그려지는 것 같아서 덜덜 떨면서 주머니를 뒤졌다. 영동역에서 산 담배를 기차를 타고 오는 동안 입 안이 쓰도록 피웠더니 반 갑도 안 남았다. 덜덜 떨리는 손가락으로 담배를 꺼내 입에 물었다. 성냥이 어디 있을 건데 주머니를 모두 뒤져도 나오지 않는다.

"불 여기 있습니다."

운전사가 피우고 있던 담배를 친절하게 어깨 뒤로 내밀었다. 김춘섭은 불을 빌려줘서 고맙다는 말도 잊어버린 채 덜덜 떨면서 담뱃불을 붙였다.

우체국에서 전화를 걸고 오는 길에 철용을 철공소에 소개 시켜 준 배 목수 집을 찾아 갔다. 배 목수는 쇠를 다루는 일이라는 것이 나무를 다루는 목수와 달라서 다쳤다 하면 크게 부상을 입을 수 있으니 마음의 각오를 해야 할 것이라고 어렵게 운을 뗐다.

"크게 다친다면? 팔목이라도 잘려 나가고, 다리라도 절단 당할 수 있다 이 말유?"

"철공소에서 다루는 쇳덩어리가 얼마나 큰지는 모르겠지만, 쉽게 말해서 저 지게가 나무가 아니고 쇳덩어리라고 생각해 봐. 지게 앞에 앉아 있다가……"

"그야……"

배 목수의 말이 너무 무서워서 일단 말을 끊기는 했지만 막상 말을 하려니까 머릿속이 캄캄해서 아무 생각도 나지 않았다.

배 목수의 말은 설령 팔 하나 잘려 나가도 저만 열심히 하면 살 수 있고, 발목 하나 잘려 나간다 해도 저만 착실하면 장가가서 아들딸 낳고 잘 살 수 있다. 우리 동네 엿장수 누구도 팔목 하나 없는데도 혼자 엿판을 지게에 지고 다니면서 장사만 잘하고 있다. 철공소에서는 염산이라는 것을 많이 사용하는데 그것을 뒤집어쓰면 실명을 할 수도 있다. 하지만 심청이 아버지 심봉사도 잘 살았지 않았느냐, 그러니 애당초 맘 단단히 먹고 서울로 올라가라고 당부를 했다.

배 목수 말을 듣고 나니까 철용네의 얼굴이 번뜩 떠올랐다. 전보를 받고 나서 당장 서울에 올라가서 내 눈으로 직접 확인을 해봐야겠다며 눈물 콧물이 범벅이 된 얼굴로 덜덜 떨었었다.

'그려, 일단 나 혼자만 알고 있어야겠구면.'

철용네의 얼굴이 사라지고 나니까 두 눈을 붕대로 칭칭 동여매고 있는 철용의 모습이 떠올랐다. 순간 눈앞이 아득해지면서 하늘이 빙빙 돌았다.

"이, 사람아! 정신 차려. 자네까지 이라면 자식은 워쩌겠다는 거여."

마당에서 걸음을 옮기지 못하고 비틀거리는 모습에 놀란 배 목수가 아내를 시켜 찬물을 떠와라, 약방에 가서 청심환을 사와라, 아들에게는 침쟁이를 불러와라, 배 목수가 찬물을 입에 머금어 얼굴에 푸푸 뿌리는 통에 정신을 차렸다. 놀라움이 가시지 않은 배 목수의 말을 듣고 보니까 틀린 말이 아니었다. 나까지 중심을 잃으면 올가을 농사도 끝나는 것이고, 철용네마저 병석에 누워 버릴지도 모른다는 생각에 어쨌든 내가 이를 악물고 참으며 서울에 올라가 봐야겠다고 결심했었다.

"어디서 올라오는 길입니까?"

운전사는 다른 방향으로 차를 몰면서 일부러 김춘섭에게 말을 걸었다.

"충북 영동에서 올라오는 길유."

"충북 영동이라면 대전 근천가요?"

"왜 아뉴. 대전 하고 대구 사이에 있는 데유. 아! 추풍령이 우리나라에서 젤 중간이잖유."

"영동 같은 데는 농촌이라서 쌀 배급은 안 하죠?"

운전사는 아침에 라디오 방송에서 보릿고개는 아직 까마득하게 먼데 입춘이 지나면서 전국에서 양식이 떨어져서 끼니를 잇지 못하는 농가수가 130만 가구가 넘다는 뉘우스를 들었다. 영동도 농촌이니까 별 수 없을 것이라는 생각에 김춘섭의 신경을 다른 곳으로 돌리기 위하여 말을 건넸다.

"우리가 사는 데는 쌀 배급을 한다고 해도 사 먹을 돈도 읎지만, 산골이라서 읎으면 굶고 있으면 먹고 하는 것이 몸에 배서 쌀 배급 같은 거하고는 거리가 멀어유. 하지만 읍내는 쌀 배급을 한다고 하데유."

"서울은 쌀 배급을 하고 있습니다. 시세는 한 가마니에 사천 원이 넘는데, 배급 쌀은 키로에 이십구 원 십구 전, 보리쌀이 이십일 원 삼십일 전에 배급합니다. 나도 어제 오후에 사십 킬로 배급 받았습니다."

"이십 킬로면 말로 몇 말이나 됩니까?"

"팔십 킬로가 한 가마니 아뉴? 한 가마니가 열 말이니까 닷말 폭은 되는 거죠 돈이 없어서 그만큼 산 것이 아니라, 일인 당 하루 삼 홉씩 쳐서 딱 보름치만 살 수 있도록 명시가 되어 있습니다."

"근데 대관절 왜 쌀값이 하늘 높은 줄 모르고 천정부지로 솟는 거유? 우린 산골에 살아서 그런지 왜 쌀값이 하루가 다르게 오르는지 당최 모르겠더라구유."

"이런 답답한 사람을 봤나? 지난 이월에 양곡보유량 신고제라는 것이 실시되었잖아요. 그게 무슨 제도냐 하면, 쌀이나 보리쌀은 오십 가마니, 밀가루는 이백 부대 이상 가지고 있으면 무조건 구청이나 군청에 신고를 해야 한다는 겁니다. 만약 신고를 안 하면 처벌을 받게 됩니다."

운전사는 슬쩍 김춘섭을 바라봤다. 창문 밖을 바라보며 연신 고개를 갸웃거리고 있다. 무언가 잘못 되어 가고 있다는 생각이 드는 모양이었다. 다른 곳에 신경을 못 쓰게 만들기 위하여 다시 입을 열었다.

"엄연히 정부 고시가 있는데도 쌀을 야매로 비싸게 파니까, 그런 문제를 근절시키기 위하여 만든 제도라고 합니다. 서울은 그래도 쌀 배급이라도 받지만, 지방은 굶어 죽는 사람들이 많다고 하는데 영동은 굶어 죽은 사람이 있다는 소문은 없죠?

"글쎄유, 전라도 쪽에는 굶는 사람들이 엄청 많다고 하든데, 지가 사는 학산에서는 안직 굶어 죽었다는 말은 못 들어 봤슈."

"그 동네는 살기가 좋은 동넨가 봅니다. 작년의 셜린가, 샐린가 하는 태풍으로 피해가 제일 컸던 경상도의 김해 어디 면은 모를 심지 못해도 밀시래기 죽으로 연명을 한다고 하든데……"

"우리 동리도 사라호 태풍이 왔을 때는 굉장했슈. 지 동무 중에 박태수라고 하는 사람이 있는데, 그 집 안사람이 보통 사람이 아뉴. 동리 앞 또랑가에 삼천 평의 과수원을 개간해서 사과나무를 오백 주나 심었잖유. 사라호 태풍 때 그것이 싹 날라 갔슈. 그래도 부황증 걸린 사람은 없슈."

"그 동네 사람은 하도 못 먹어서 부황증 걸린 사람들이 널려 있다고 합니다. 작년 십이월까지는 그나마 정부에서 구호대상으로 지정하여 죽지 않을 만큼 양식을 주기는 했지만, 올해 들어서 그것마저 뚝 끊어져서 땅을 파서 풀뿌리를 캐 밀가루 죽을 끓여 먹는 집이 많다고 하는데, 영동은 그런 소문이 안 돌죠?"

"우리 같은 촌사람이 평생 신문이나 한번 보남유. 집에 라디오가 있는 것도 아니고, 어쩌다 학산 이발소 같은 데나 가야 세상이 워티게 흘러가는지 알 수 있지. 동네에 처박혀서 농사만 짓다 보면 암것도 몰라유. 지가 살고 있는 동리는 원체 산골인데다 죄다 소작인들이라서 일제 때부터 굶기를 밥 먹듯이 해서 끼니 굶는 데는 단련이 되어 있는 사람들유. 그래서 그런지 모르지만 안직 굶어 죽은 사람은 읎슈. 근데 참말로 경상도 어디는 못 먹어서 부황증 걸린 사람이 그렇게 많은가유?"

김춘섭은 역시 서울 사람들은 하다못해 운전을 하는 사람도 시골 사람들 하고는 천지차이라고 생각하며 물었다.

"전라도 쪽은 더 하답니다. 양식이 없는 사람이 춘궁기를 넘기기 위해 부자들한테 양식을 빌려 먹는데 전라도 말로 그걸 '색가리'라고 하데요. 근데 한 가마니를 빌려 오면 갚을 때는 한 가마니 반을 갚아야 한다니, 그게 도둑놈이거나 인간의 탈을 쓴 백정이지, 한동네 사람한테 그럴 수가 있습니까?"

"우리 동리에서는 그걸 장리쌀이라고 해유. 그거야 일제 때부터 그렇게 해 왔잖유. 하지만 이자가 원금의 곱절이라고 해도 목구멍이 포도청이라고 할 수 없잖유. 외려, 지주한테 밉게 보여서 장리쌀이라도 못 을을깨비 살살 비는 편인데……."

김춘섭은 문득 죽은 이병호의 아버지 이복만이 생각났다. 모산 사람치고 이복만에게 장리쌀 안 얻어먹은 가호가 없다. 일제 때부터 후지모토 밑에서 모산 사람들의 피를 빨아 먹고살았지만, 이복만이 죽었을 때는 온 동네 사람들이 오일 동안이나 무료로 부역을 했다. 행여 이병호의 눈 밖으로 나서 몇 마지기 소작논을 빼앗길 것이 두려워서였다.

"그런데 왜 하필이면 시립병원에 입원을 했을까?

운전사는 몇 분 후면 시립병원에 도착한다는 점을 염두에 두고 슬그머니 화제를 바꾸었다.

"그기 먼 말이래유?"

"문래동에서 다쳤으면 그 근처에도 병원이 있을 텐데 왜 시립병원까지 갔나 이 말이오. 원래 시립병원은 병원비를 내지 못할 사정이 있는 극빈자들이 자주 찾는 병원이거든요"

"도시 먼 말인지 알아듣지를 못하겠구면유. 정부에서 운영하는 병원잉게 암만해도 개인병원보다는 커서, 거기로 갔을까유?"

"그런 면도 있지만 정부에서 운영하는 병원이니까, 돈 없는 가난한 사람이라든지 길바닥에서 죽은 행려병자들 시신을 보관하거나 그런 일도 하는 병원이라서 묻는 겁니다."

갈수록 태산이라고 했던가. 김춘섭은 운전사의 말에 대꾸를 하면 더 안 좋은 말을 듣게 될 것 같아서 입을 다물고 말았다.

'대관절 뭔 곡절이 있길래, 시립병원으로 간 겨. 이거, 철공소에서 다친 거시 아니고 질바닥에서 깡패 같은 놈들한테 다친 거는 아닌지 모르겠구먼. 그려, 그렇지 않으면 시립병원에 입원 할 리가 없지. 어이구! 이 놈아, 일 끝났으면 엉뚱한 데서 어정거리지 말고 집구석에 얌전히 틀어박혀 있을 일이지……'

이런 일이 일어날 줄 알았다면 애당초 영등포 역전 여인숙에서 눈물을 철철 흘리며 집에 내려가고 싶다고 했을 때 미련 없이 데리고 내려가야했었다는 후회가 뼈저리게 밀려왔다.

"다 왔습니다. 아무쪼록 자제분한테 큰일 일어나지 않기를 빕니다."

"고……고맙구만유, 근데 택시 요금은 얼매래유?"

"백 원 돈 나왔네요."

"얼매 안 온 거 같은데, 먼 놈의 택시비가 이렇게 비싸데유?"

김춘섭은 이럴 줄 알았으면 미리 택시 요금이 얼마인지 알아보고 탈 걸이라고 후회하며 돈을 내밀었다.

"사정이 딱해 보여서 십 원 깎아 주는 겁니다."

"아이구, 그렇구만유. 참말로 고맙습니다."

김춘섭은 택시비를 칠십 원씩이나 바가지를 쓰고 나서도 깊숙이 허리를 숙여 인사를 하고 허리를 폈다. 땀에 젖은 와이셔츠 옷깃 속으로 파고드는 바람이 시원하지가 않았다. 진땀까지 흘려서 덥기만 했다. 시립영등포종합병원이라는 간판은 한문으로 쓰여 있었다. 한문을 읽을 줄 모르지만 짐작만으로 시립영등포종합병원이라는 글자 한 자 한 자가 가슴을 도려내고 있는 것 같아서 병원 안으로 들어갈 수가 없었다.

'그려! 이날 이때까지 남의 집 숟가락 한 개 훔쳐 본 적이 읎고, 빈 말이래도 멀쩡히 걸어가고 있는 사람 자빠져서 코 깨지라고 빌어본 적이 읎잖여. 삼신할미가 계시다면 내가 얼매나 착하게 살아 왔는지 알고 계실 테지……'

김춘섭은 철용네를 세상에 내보내 주신 삼신할미가 진짜로 영험하시다면, 철용이가 소경이 되었거나 반신불수가 되지는 않았을 것이라고 믿었다. 손바닥으로 얼굴의 땀을 닦으며 아랫배에 힘을 단단히 주고 걸었다.

접수대에 있는 간호사가 알려준 대로 일층 구석에 있는 병실로 들어

갔다. 병실은 영동에 있는 의원 병실 두세 배를 합쳐 놓은 것만큼 넓었다. 환자들이 누워있는 침대도 열 개나 되는 큰 병실이다. 침대마다 보호자들이 적게는 한 명 많게는 서너 명씩 붙어 있어서 철용이 어디 누워 있는지 보이지가 않았다.

"혹시 영동에서 올라오신 분이십니까?"

김춘섭은 철용을 찾으려면 침대를 하나하나 확인하는 수밖에 없다고 생각했다. 다리가 후들후들 떨려 문 앞에서 마른 침만 꼴깍꼴깍 삼키고 있는데 누군가 옆에서 물었다. 고개를 돌려 보니까 복도 벤치에 혼자 앉아서 담배를 피우고 있던 오십대 남자다.

"저……절 아셔유?"

"처음봅니다만, 김철용의 부친처럼 보여서 묻는 것입니다."

"예, 제가 철용이 애비되는 김춘섭이라고 하는데유……"

김춘섭은 오십대 남자의 위아래를 훑어본다. 기름때가 묻은 작업복을 입지 않았지만, 서울사람 답지 않게 굵고 두툼한 손가락하며 손톱에 끼어 있는 까만 기름때가 철용과 비슷하다. 철용이를 데리고 있는 기술잔가 하는 생각이 번쩍 들어서 얼른 뒤로 물러서며 인사할 준비를 했다.

"그렇군요. 나는 배철식이라고 하는 사람인데 철공소 사장입니다. 철용이는 진통제를 맞고 지금 막 잠이 들었습니다. 그동안 저하고 잠깐 이야기 좀 할까요?"

"아이구, 그러셔유. 저는 김춘섭이라고 합니다. 근데 철용이는 시방 워디 있슈?"

김춘섭은 철용의 상태를 확인하는 것이 급했다. 문을 열고 밖으로 나가려는 배철식의 팔을 잡아당기며 물었다.

"그럼 철용이부터 보시죠. 그 대신 놀라지 마시기 바랍니다. 우리 같은 일을 하다 보면 자주 일어나는 사고지만, 처음 보는 분은 충격이 크실 겁니다."

김춘섭은 전보를 받은 이후로 오만 가지 불길한 생각을 다하고 있던 중이어서 배철식의 말에는 놀라지 않았다. 침을 꿀꺽 삼키고 나서 가방을 두 손으로 움켜잡고 배철식을 따라서 갔다.

배철식은 창문 반대편 벽에 붙어 있는 침대 앞으로 갔다. 김춘섭은 연신 침을 삼키다가 숨을 멈추고 철용이 누워 있는 침대 앞에서 멈췄다. 왼쪽 팔에 붕대가 칭칭 감겨져 있는데 얼른 보기에도 오른쪽 팔보다 짧아 보였다. 순간 정신이 아득해지는 것 같아서 비틀거리다가 침대 모서리를 붙잡으며 멈췄다.

"프레스에 왼쪽 팔목이 날아갔습니다. 잘라진 팔을 들고 오기는 했지만 의사 선생님 말씀으로는 너무 손상이 돼서 봉합이 불가능하다고 하시다군요……"

배철식은 감정이 없는 목소리로 말을 하며 팔짱을 끼고 벽에 기댔다.

"이! 야, 이놈아! 머 왼쪽 팔목이 날아갔어! 내 자식 팔이 화살이냐, 날아가게!"

김춘섭은 왼쪽 팔목이 날아갔다는 말에 눈앞에서 불이 번쩍거리는 것을 느꼈다. 사장이라는 놈이 직원이 다쳤는데도 강 건너 불구경하는 목소리로 말을 한다는 생각에 와락 달라 들어서 멱살을 움켜잡았다.

"이! 이거 놓으슈!"

"못 논다. 못 놔, 내 자식 팔 내놔, 내 자식 팔 내놓기 전에는 내 팔이 날아가는 한이 있더라도, 절대로 못 논다. 안직 장가도 안 간 놈을 팔 병신으로 만들어 놓고 엎드려 빌지는 못할망정. 머! 한쪽 팔이 날아갔어!
야, 이놈아! 당장 내 자식 팔 내놔! 내 자식 팔 내놓으란 말여!"

김춘섭은 농사일로 뼈가 굳은 사람이다. 느닷없이 멱살을 잡힌 배철
식은 김춘섭에게서 벗어나려고 몸부림을 쳤지만 당해 낼 수가 없었다.
근육이 팔뚝을 실뱀처럼 휘감아 오른팔을 풀려고 할수록 김춘섭은 더
힘을 줬다. 피가 얼굴에 뭉쳐서 시뻘게진 얼굴로 캑캑거리며 바둥바둥
거렸다.

"사……사람 죽이겠네."

"간호원! 어서 간호원을 불러!"

"누가 좀 말려 봐요!"

여자들이 겁에 질린 목소리로 고함을 지를 때서야 몇몇 남자들이 달
려들어서 김춘섭을 뜯어 말리려고 했다.

"놔! 느덜이! 먼 상관여! 느덜 자식도 팔이 날아가 보란 말여! 내가 참
을 수 있는지!"

병원 경비 두 명이 간호원들과 함께 뛰어 들어왔다. 경비들은 김춘섭
같은 경우를 많이 본 사람들처럼 익숙하게 멱살을 잡은 팔을 풀고 밖으
로 데리고 나갔다. 벤치에 억지로 앉혀 놓고 일어서지 못하도록 어깨를
찍어 눌렀다.

"아이구! 어머니! 나 워턱하면 좋데유! 우리 철용이 꼴 좀 보셔유! 우
리 철용이가 먼 잘못이 있길래, 장가도 안 간 아가 저 지경이 됐데유! 아
이구 어머! 나 너무 승질나고 억울해서 못 살겠슈! 차라리 내 팔을 가지
고 가시지, 부모 잘못 만나서 중핵교도 못 가고 손발이 동상이 걸리도록
고생만 하던 아를 저 지경으로 맨들어 놓으면 우린 워티게 살란 말유!"

김춘섭이 새끼를 잃은 곰이 포효를 하는 목소리로 울기 시작하자 삽시간에 많은 사람들이 벤치를 에워쌌다. 몇몇 여자들은 일부러 입원실로 들어가서 철용의 상태를 확인한 후에 내 일처럼 안됐다는 표정으로 혀를 찼다.

"자! 고정하시고, 물이나 한 잔 드슈, 뭔 사연으로 다쳤는지는 모르겠지만 두 다리 멀쩡하고 두 눈 멀쩡한 것만 해도 다행이라고 생각하면 맘이 좀 진정이 될 거우다."

늙은 경비 한 명이 물을 떠와서 김춘섭을 다독거렸다. 김춘섭은 늙은 경비의 말이 틀린 말은 아니라고 생각하며 눈물이 범벅이 된 얼굴로 단숨에 물을 비워버렸다. 담배를 찾아서 주머니를 뒤적거렸다.

"억울하기로 치자면 나도 할복을 하고 싶을 정도로 억울합니다. 내가 일을 시킨 것도 아니고, 근무시간 후에 저희들 멋대로 기계를 움직여서 도둑질을 하다가 저 지경이 되었는데……"

김춘섭이 멱살을 졸라대는 통에 한참 동안이나 캑캑거리며 숨을 몰아쉬었던 배철식이 담배를 권했다.

"도둑질이라니? 우리 철용이가 도둑질을 했단 말유?"

김춘섭이 이건 또 뭔 놈의 날벼락이냐는 얼굴로 담뱃불을 붙이다 말고 펄쩍 뛰었다.

"공장 물건을 나 모르게 빼돌리거나 도둑질을 했다는 말은 아닙니다. 내 공장에서, 내 기계로, 내가 돈을 내는 전기를 써 가면서, 철판을 가공해서 저희들끼리 돈을 나누어 쓰는 재미로 밤중에 몰래 일을 한 것이니 도둑하고 뭐가 틀립니까?"

"시방 먼 말을 하는지 도시 알아들을 수가 없구먼. 우리 철용이가 비록 배운 것은 없지만 남 물건을 훔치거나 그럴 아는 절대로 아뉴. 내가 비록 촌구석에서 농사만 짓고 사는 놈이지만, 눈이 십 리나 들어가도록 배가 고파서 땅바닥의 흙을 파먹더라도, 절대로 도둑질을 해서는 안 된다고 교육을 시켰단 말유."

김춘섭을 에워싸고 있던 구경꾼들이 심심한 얼굴로 뿔뿔이 흩어졌다. 김춘섭은 아직도 눈자위에 눈물이 그렁한 얼굴로 말했다.

"말 그대로입니다. 기술자들이 나 모르게 뺑땅을 쳤던 것 같습니다. 철용이도 거기 섞여서 밤중에 급하게 프레스로 철판을 자르다가 실수를 했다는 겁니다. 딴 기술자말로는 친구들은 모두 군대 가고 본인은 혼자 가야 하니까 우울하다면서 저녁을 먹으며 술도 한잔씩 했던 모양입니다. 술을 먹고 일을 하다 저렇게 되니까, 당장 돈은 없고 해서 시립병원에 입원을 시켜 놓고 아침에서야 나한테 보고를 한 것입니다. 상황이 이렇게 됐으니 나야말로 맑은 날 아무 생각 없이 걸어가다가 똥바가지 뒤집어 쓴 기분이 안 들겠냐 이 말이요."

"뭘 뺑땅 쳤다는 말인지, 철용이 친구들이 작년 팔월에 군대 간 것은 맞지만, 기분이 안 좋아서 술을 먹고 먼 일을 했다는 건지. 도대체 무슨 말을 하고 있는지 알아들을 수가 없구면."

"쉽게 말해서 철판 한 장을 오려주는데 백 원을 받는다고 칩시다. 그런데 기술자들이 한밤중에 업자 놈들하고 모의를 해설랑, 오십 원씩만 받기로 하고 철판을 오려 줬단 말입니다. 인제 무슨 말인지 알아듣겠습니까?"

"그람, 머셔. 쉽게 말해서 기술자들이 사장님 모르게 일을 해 주고 그 돈을 받아서 지 봉창에 집어넣었단 말유?"

김춘섭은 가슴이 두근두근거려서 담배를 피울 수가 없었다. 절반 정도 피우던 담배를 끄면서 두 눈을 동그랗게 떴다.

"이제야 말귀를 알아듣는 모양이구먼. 내 말귀를 알아들었으면 철용이가 다친 것 하고 나 하고는 아무런 상관이 없다는 것도 아시겠네. 내가 낮에 일을 시켰다가 다쳤으면 순전히 도의적인 측면으로다 치료는 해 줄 수 있습니다. 하지만 도둑질 하다 다친 사람까지 치료를 해 줄 정도로 내가 부처님도 아니고, 설령 부처님 마음으로 도와주고 싶어도 기술자들이 죄다 도망을 가서 당장 철공소 문을 닫게 된 판국입니다. 그러니 그렇게 알고 있으면 됩니다. 난 지금 당장 기술자들을 불러 모아야 해서 이만 가보겠습니다."

배철식은 내가 할 말은 다 했다는 얼굴로 일어섰다. 김춘섭도 엉겁결에 따라 일어섰다. 배철식이 나한테 할 말이 있느냐는 얼굴로 바라봤다. 김춘섭은 무슨 말인가 하려고 입술을 달싹거리다가 이내 고개를 푹 숙였다.

"이 돈, 천 원입니다. 그동안 기술자들이 나를 감쪽같이 속였던 것을 생각하면 일 원 한 푼도 아깝지만, 순전히 인간적인 측면으로다 드리는 것이니까 철용이 깨어나면 곰국이라도 사다 줘요."

배철식이 죄인처럼 고개를 늘어트리고 서 있는 김춘섭을 잠시 바라보고 있다가 안됐다는 얼굴로 지갑을 꺼냈다. 오백 원짜리 두 장을 내밀었다.

"고마워유. 염치없이 받을 수밖에 없구만유……"

김춘섭은 기어들어가는 목소리로 중얼거리며 돈을 받았다. 빗물처럼 뚝뚝 떨어진 눈물이 운동화에 떨어지는 것이 보인다.

사랑해서는 안 될 사람을

향숙은 또 눈물이 났다.
굳이 진규 앞에서 흐르는 눈물을 닦으려 하지 않았다.
어렸을 때부터 친동생처럼 자신을 따르던 진규다.
어려운 결정을 해 준 것이 고마워서 눈물이 났고,
진규의 순수한 사랑을 받아주지 못하는 처지가 서러워서 눈물이 났다.

한일여관의 내실은 서너 명이 누워서 자면 딱 좋을 만큼 좁았다. 좁은 내실 가운데는 밥상을 가운데 두고 여관의 실질적인 주인인 영등포아줌마와 그녀의 남편 양 사장과 몸을 파는 금순과 영미, 순미가 둘러 앉아 있었다.

"설탕 값이 또 올랐다는 거여. 앞으로는 설탕 값이 비싸서 커피도 못 사다 놓겠어. 먹고 싶은 년들이 사다 먹도록 해."

영등포아줌마가 주먹만한 상추쌈을 싸서 먹느라 눈알이 튀어 나올 만큼 우걱우걱 씹어 삼키고 나서 말했다.

"엄마, 도대체 설탕 한 근 가격이 얼마 한다고 그렇게 야박하게 굴어요"

금순이나 순미보다 나이가 세 살이나 많은 영미가 된장찌개를 떠먹으며 눈을 흘겼다.

"며칠 전에만 해도 한 근에 이백이십 원 하던 것이 이백삼십 원씩이나 하드라. 다른 집도 아니고 단골집에서 설탕 값이 하도 많이 올라서 본전에 주는 거라며, 사든지 말든지 배짱 장사를 하잖니."

"겨우 십 원 오른 거 갖고 너무 쩨쩨하게 구는 거 아니에요?"

금순은 순미가 너무 세게 나가는 것 같아서 밥을 먹다 말고 영등포아줌마를 바라본다. 영등포아줌마는 순미의 말에 콧방귀도 안 뀌고 상추에 밥을 얹고 있다. 양 사장은 달그락거리는 소리가 나도록 밥을 긁어먹고 나서 뒤로 물러나 앉는다.

"저년 말하는 싸가지 좀 보라지. 야, 이년아. 요새 쌀값이 올랐다고 하드래도 이백이십 원으로 쌀을 사면 반 말을 살 돈여. 춘궁기에 쌀 반 말만 있으면 한 식구가 일주일은 버텨."

"엄마 말 듣고 보니까 내가 벌기는 많이 버는구먼. 손님 한 명 받으면 내가 벌어들이는 돈이 작게 잡아도 일이백 원은 넘잖아."

"에이구. 내가 말을 말아야지, 저년하고 말을 하다 보면 내가 먼저 미쳐 버린다니까."

"우리 세 명이 하루에 커피 석 잔씩 마셔 봐야, 설탕을 오 원어치나 먹겠어요? 내 말이 틀렸어요? 아빠?"

"그려, 그건 영미 말이 맞는 말이다. 그러니까 커피는 공짜로 마셔도 된다."

저녁에 비가 오려는지 하늘에는 별 한 점 보이지가 않았다. 바람도 서늘했다. 영미하고 아내가 토닥거리는 말을 귓전으로 스쳐 듣고 있던 양 사장은 기분 좋게 말하며 요지로 이를 쑤셨다.

"내 말도 너희들이 먹는 설탕 값이 아깝다는 것이 아니라 좀 아껴 먹으라는 뜻으로 하는 말여."

"아껴 먹을 것이 따로 있지. 난 꼭 커피 두 숟가락에 설탕 세 숟가락을 넣어야 되는데, 설탕을 두 숟가락만 넣으면 써서 어떻게 먹어."

"좌우지간 저년은 단 한마디로 질라고 안 한다니까. 어른 말에는 좀 져주면 어디 몸살이라도 나냐?"

영등포아줌마가 참을 대로 참았다는 얼굴로 고개를 들고 영미를 노려본다. 영등포아줌마의 성질을 잘 알고 있는 영미도 더 이상 말을 안 하고 입을 다물었다.

저녁을 다 먹은 후에 금순과 순미는 설거지통에 빈 그릇을 담았다. 금순이 내실과 붙어 있는 부엌으로 가는 동안 순미는 행주로 밥상을 닦았다.

"라디오 틀어 봐라. 노래 실은 역마차 할 시간 됐다."

양 사장은 방문을 활짝 열어 놓고 벽에 편하게 기대어 앉았다.

"그림자와 유부녀 할 시간 안 됐냐?"

"꼴에 유부녀가 좋은 모양이지?"

영등포아줌마가 숭늉을 마시다 말고 흘겨봤으나 양 사장은 대꾸를 하지 않았다.

"나는 슬픈 미소와 미스 김의 이중생활이 더 재미있던데……"

순미가 명랑 잡지를 들척이고 있다가 말했다.

"우리도 텔레비죤 한 대 사요. 요새 새한티브이공업에서 국산텔레비죤을 판다고 하던데."

영미가 일어나기 싫다는 표정으로 억지로 일어나서 서랍장 위에 있는 금성라디오를 틀면서 말했다.

"야, 이년아 텔레비죤 한 대에 얼만 줄 알어? 십 개월 할부로 사도 이십만 원 돈여. 그뿐인 줄 알어? 라디오 마냥 공짜로 듣는 것도 아니고 시청료가 한 달에 백 원씩여."

양 사장은 담배를 피우지 않았다. 영등포아줌마가 담배를 입에 물고 재떨이를 찾으며 쏘아 붙였다.

"시청료는 내가 낼게."

"시청료 낼 생각하지 말고 빚이나 갚어 이년아. 니 빚이 얼만 줄이나 알어? 오십 만원이 넘었어."

"내가 이 생활 오 년 만에 확실하게 느낀 점이 뭔지 아세요? 내가 하루에 손님을 열 명씩 받지 않는 이상은 죽었다 깨나도 빚 청산은 못 한다는 거예요."

영미는 무릎걸음으로 영등포아줌마 옆으로 갔다. 담뱃갑에서 담배 한 가치를 빼서 입에 물며 허탈하게 말했다.

"미친년 지랄하고 자빠졌네. 하루에 열 명씩 받으면 숏타임으로 받는다고 해도 열 시간여. 니년이 무슨 무쇠여? 하루 이틀도 아니고 맨날 열 시간씩 그 지랄을 할 수 있게? 그라고 순미 절반만 따라해 봐. 돈 생기는 대로 아껴서 저금 할 생각은 하지 않고, 영화 구경이다, 옷 사 입는다, 화장품 사 바른다……"

"엄마 말 듣고 보니까 영화 보고 싶네. 요즘 명보극장에서 신영균이 주인공으로 나오는 빨간마후라 상영한다고 하든데……"

"어른이 하는 말을 들으면 자다가도 떡이 생기는 법여. 저 잘되라고 쓴소리 좀 하면 꼭 삼천포로 빠지니까 맨날 그 모양 그 지랄로 살지."

"엄마가 맨날 그런 눈으로 보니까 내가 딴소리 하는 거지. 막말로 순미는 헛돈 안 쓰는 줄 알어? 지가 무슨 인텔리라고 달마다 명랑 잡지는 사 봐. 명랑 한 권에 얼마여?"

"육십 원 아잉교?"

순미가 '내가 넘은 스무 살 고개'라는 제목을 읽으며 대답했다.

"하루 종일 땅을 파 봐라. 일 원짜리 한 장이 나오는지, 고시 공부하는 것도 아니고 그 비싼 명랑 잡지는 단 한 달을 빠트리지 않네. 그라고 순미 너는 뭐 잘났다고 방 안에 턱하니 앉아서 책만 들여다보고 있는 거니? 금순이 도와서 얼른 설거지 끝내고 장사 할 준비 안 하고"

영미는 화가 나면 손님도 받지 않고 취할 때까지 소주를 마신다. 기둥서방을 불러 들여서 몽둥이찜질을 해도 맞을 때 뿐이다. 영등포아줌마는 영미를 노려보는 것으로 끝내고 순미에게 시선을 돌렸다. 결혼을 하지 않고 명목만 서방인 기둥서방은 창녀들을 도망가지 못하게 붙여주는 건달이다. 기둥서방의 역할은 창녀가 돈을 가지고 있으면 서방이라는 명분으로 빼앗거나 돈을 쓰게 하는 일이다. 그보다 중요한 일은 도망을 치는지 감시를 하거나, 주인 말을 듣지 않으면 거침없이 폭력을 행사하여 길들이는 역할이다.

"금순이 약 챙겨 먹여. 이런 데서 제 몸은 제가 챙겨야지, 꼭 누가 챙겨야 약을 먹으니 이거야 원."

"알겠습니더."

순미는 읽던 부분을 반으로 접어놓고 일어섰다.

부엌은 가정집 부엌처럼 넓지가 않았다. 겨우 밥이나 해 먹고 쪼그려 앉아서 빨래나 할 수 있을 정도로 좁았다. 금순은 구석에 있는 수도꼭지 앞에서 설거지를 하고 있었다.

내실에 있는 라디오에서 갑자기 묵계월이며, 고백화, 안숙정, 지화자가 합창을 하는 권주가가 흘러나오기 시작한다.

부어라 마셔라. 없는 놈은 없는 놈끼리.

술 한 잔 돈이 없어 빌붙어 마셔도, 더러운 잔 아니 받는다.

삼천리 방방골골 외상술값 쫙 깔려도,

주모야 한잔만 다오

덜더리 더리더리 더리더리 덜덜

술 술이 술이 술, 술 술이 술이 술

전 국토의 술판화.

그 누가 우릴 보고, 주정뱅이라 개소리 하나.

안주만 집어 먹고 입 싹 씻는 놈, 네놈인가 하노라.

마실 때는 건전하게, 취할 때는 아름답게.

주모야 한잔만 다오

덜더리 더리더리 더리더리 덜덜

술 술이 술이 술, 술 술이 술이 술

전 술값의 외상화……

순미와 금순은 권주가가 끝나는 동안 묵묵히 설거지를 했다. 금순이 비누칠을 한 빈 그릇을 순미에게 주면, 순미는 말없이 받아서 헹궈서 살강에 엎었다.

"니는 오늘도 몸이 안 좋나?"

순미가 설거지를 다 끝내고 세수를 할 생각으로 세숫대야에 물을 받으며 물었다.

"비가 올랑가? 날이 후덥지근한 거 같지 않아?"

금순은 일어서서 창문 밖으로 하늘을 본다. 캄캄한 하늘이 금방이라도 비를 쏟아낼 것처럼 공기가 무겁다.

"니나 내나 몸이 장사 밑천이라는 거 모르나? 맨날 그렇게 아파서 우예 살겠노?"

"오늘 같은 날 감자 쪄 먹으면 참말로 맛있는데……"

순미는 푸닥거리며 세수를 하느라 더 이상 말을 안했다. 금순은 스웨터 주머니에서 성냥과 담배를 꺼냈다. 담뱃불을 붙이면서 캄캄한 밤하늘을 바라본다. 지금쯤이면 감자를 캐내고 모내기를 하고 있을 때이다. 논에 심은 봄 감자는 알도 굵고 분이 많아서 한 입 베어 물면 그 달콤하고 입 안에서 사르르 녹는 맛이 밤 맛과 비슷하다. 저녁을 먹고 나면 광일이 오빠는 멍석을 깔 것이다. 온 가족에 멍석에 누워서 하늘을 바라보면 장막처럼 펼쳐진 하늘에 떠 있는 수많은 별들이 저마다 반짝이며 전설 같은 이야기들을 속삭이고 있다.

"그래도, 요새는 피죽은 안 먹잖여."

"어머 피죽이 머여?"

"야 좀 봐, 논에서 자라는 피를 모른단 말여?"

"엄마도 참, 내 말은 논에서 뽑아서 버리는 피로 워티게 죽을 끓여 먹는단 말여?"

"딱 사흘만 굶어 봐라. 못 먹는 거시 워디 있는지. 보리쌀 한 톨 섞이지 않은 멀건 나물죽에 비하면 피죽은 양반이지……"

"그렇구먼. 아부지는 오늘도 학산에서 약주 드시고 계시는 모냥이지?"

"느 애비는 학산에서 술 한 말 어깨에 메고 가라면 못 가는 양반이지만, 마시고 가라면 마시고 갈 양반 아니냐. 보나마나 면서기들하고 퍼마시고 계시겠지."

어머니와 두런두런 이야기를 하다보면 바람은 선선해지고 배가 출출해진다. 그때쯤 쪄 먹는 감자 맛은 말 그대로 꿀맛이다.

'어머, 보고 싶단 말여. 어머는 내가 참말로 안 보고 싶은 모양이지?'

늘 그래왔던 것처럼 고향 생각 끝에는 눈물이 매달려 있다. 처음에는 울기도 많이 울었다. 여관에서 여자를 찾는 남자들은 하나같이 짐승처럼 덤벼든다. 저 혼자 욕심을 채우고 코를 골며 자는 옆에서 소리죽여 우는 것은 예사였다. 술 취한 손님이 무작정 따귀를 때리고 머리채를 흔들 때는 변소에서 목을 매어 죽고 싶을 때가 한두 번이 아니다. 매도 맞으면 는다고 하던가. 지금은 눈물도 메말랐는지 콧등만 시큰거릴 뿐 눈물이 나지 않는다. 그래도 비가 오거나 눈이 오거나 하늘이 흐를 때는 가슴 속에서 눈물덩어리가 묵직하게 치솟아 올라서 가슴을 때렸다.

"니 또 고향 생각하고 있는 거 아이가? 그카니까 내가 머라고 했노 하루라도 빨리 고향에 갈라카면 몸 추슬러서 빚을 빨리 갚으라고 말이다. 엄마가 니 약 꼭 챙겨 먹으라고 하더라."

금순은 순미가 동정어린 목소리로 던지는 말에 대꾸를 하지 않았다. 천천히 담배 한 가치를 다 피운 다음에야 수도 앞에 쪼그려 앉아서 세숫대야를 끌어 당겼다.

비가 내리기 시작했다. 비가 오는 날은 손님들이 별로 오지 않는다.

밤이 늦어서 통금시간이 다 되서야 긴 밤을 자러 오는 손님이 한두 명 있기 마련이다.

양 사장은 이웃 신흥여관에 술을 먹으러 간다고 나갔다. 라디오에서는 연속드라마 '슬픈 미소와 미스 김의 이중생활'이 흘러나오고 있었다. 영등포아줌마는 베개를 베고 누워서 잠을 자는 것처럼 눈을 감고 연속극을 들었다. 엷게 화장을 한 영미는 엎드려서 명랑잡지에 나온 여배우들의 사진을 보고 있었다.

여관 현관 앞에 켜 놓은 전등 불빛 안으로 철사토막을 잘게 끊어 뿌려대고 있는 것처럼 비가 내리고 있었다. 불빛 앞으로 지나가는 행인들은 빨갛고 파란 비닐우산을 쓴 이들이 많았다. 가끔은 검정색 우산을 쓴 신사, 한복차림에 화려한 그림이 그려져 있는 비단우산을 쓴 여인이 얌전하게 걸어가는 모습이 보이기도 했다.

중절모를 쓰고 바바리코트를 입은 사십대 남자가 들어왔다. 지방에서 올라오는 중인지 가방을 어깨에 멘 그는 우산을 들고 있지 않았다. 중절모는 비에 젖어 벙거지모자처럼 축 늘어져 있었고, 바바리코트 어깨는 빗물에 축축하게 젖어 있었다.

"에이, 이럴 줄 알았으면 우산을 하나 준비해 가지고 오는 건데."

중절모자는 내실 창문 앞에서 어깨에 메고 있던 가방부터 바닥에 내려놓았다. 중절모를 벗어 빨래를 짜듯 쥐어짜면서 투덜거렸다.

"어디서 오셨는데 예, 비닐우산 하나에 얼마나 한다고 이렇게 멋진 아재가 비를 쫄쫄 맞고 오셨어예?"

영미는 순미가 읽고 있던 명랑잡지를 건성으로 페이지를 넘기다 중절모를 바라본다. 순미나 금순을 원할 것이라는 생각에 이내 시선을 돌렸다. 영등포아줌마는 눈을 뜨지 않고 옆으로 돌아누웠다. 금순은 벽에 기대어 무릎을 세우고 앉아서 담배 연기를 풀풀 날리고 있었다. 순미가 얼른 창문 앞으로 가서 비음이 섞인 목소리로 물었다.

"내일 시청에서 회의가 있다고 해서 대전서 올라 왔구먼."

"그카모 시청 근처 여관에서 주무시지 우예 여기까지 오셨능교?"

"이 근처에서 친구를 만났다가 한잔 하다 보니 통금에 걸렸지 뭐여."

"어머, 지금 아홉 시 밖에 안 됐는데예?"

"너는 맨날 명랑잡지만 들여다 볼 줄 알았지. 라디오 방송 같은 건 안 듣냐? 어젯밤 열 시부터 서울 전체에 비상계엄령이 선포됐잖아, 그래서 오늘부터 통금시간이 밤 아홉 시로 당겨졌잖아."

영미가 순미 쪽으로 고개를 돌리지도 않고 한심하다는 목소리로 말했다.

"내도, 오늘 낮에 대학생한테서 오늘부터 대학교는 물론이고 초등학교까지 별도 조치가 있을 때까지 무기한 휴교 한다는 말 들었서예. 그래서 와, 비상계엄령이 선포 됐는데? 하고 물어 보니까, 한일회담 반대 데모로 시작했다가 요새는 구속학생 석방하고, 악덕재벌 처벌, 머, 그런 거 때문에 데모를 하다, 그제는 청와대 앞에서 단식투쟁까지 할라고 했다데, 예. 근데 금시초문이라예."

"순미 너는 아는 것이 많아서 먹고 싶은 것도 많아 좋겠다. 먹고 싶은 것이 많으면 빨리 돈을 벌어야지."

영등포아줌마가 옆으로 돌아누우며 강 건너 불구경하는 목소리로 중얼거렸다.

"이런 데 있는 아가씨가 별걸 다 아는구먼."

"근데, 아제는 계엄령이 선포됐는데 무슨 출장이라예?"

"내무부장관 지시로 공무원들은 다른 때 보다 더 열심히 봉사하는 정신으로 일을 하라고 했거든."

"그카모 아제는 공무원이라예?"

"내가, 이런 데 와서 별 얘기를 다 하는구먼."

"진짜 짜증나네. 아까부터 자꾸 이런 데, 이런 데 하는데 이런 데 있는 아가씨들은 인간도 아니라는 거예요? 그럼 이런 데 오는 아저씨도 인간 아니겠네요?"

영미가 더 이상 참을 수 없다는 얼굴로 발딱 앉아서 중절모를 노려봤다.

"영미야, 일절로 끝내자."

영등포아줌마가 영미의 허벅지를 아프도록 꼬집으면서도 목소리는 솜털처럼 부드럽게 말했다.

"방세가 얼매여? 아침만 먹는 걸로……"

중절모가 금방 벌겋게 달아 오른 얼굴로 물었다.

"식사는 한 끼를 드시던 두 끼를 드시던 여관비는 매한가지라예, 왜냐하면 세 끼를 드신다고 해서 따로 식사대를 더 받는 것은 아니거든요"

중절모는 의식적으로 영미의 시선을 피하고 있다. 순미는 중절모의 얼굴을 바라본다. 잘만 하면 저녁 먹고 첫 손님을 받을 수 있을 것이라는 생각에 젖가슴이 드러나도록 슬쩍 허리를 숙여 보였다.

"어떻게 보면 맞는 말 같고, 어떻게 보면 틀린 말 같고 헛갈리는구먼……"

대전시청 공무원인 중절모는 떡 본 김에 굿한다고 서울에 출장을 온 김에 여자를 품으려고 일부러 신설동까지 왔다. 말꼬리를 흐리며 내실 안을 살핀다. 카운터에 앉아 있는 아가씨는 경상도 사투리가 감칠 나기는 하다. 얼굴이나 몸매는 방 안에 앉아서 담배를 피우는 여자보다 못하다. 담배 피우는 모습이 싸가지 없어 보이기는 하지만 눈매가 깊은 걸 보니 어딘지 모르게 사연이 있어 보인다. 누워서 잡지를 읽고 있는 여자는 손님이 와 있는데도 다리를 까불며 책만 보고 있는 걸 보니 이불속에서 땀을 뻘뻘 흘리고 있을 때 껌을 씹고 있을 여자다.

"여관비는 삼백오십 원입니더, 우리 집만 그런 것이 아니고예. 요 옆에 있는 신흥여관에 가도 똑같이 받을 겁니더. 서울시 협정가격이거든요. 카지만 아가씨하고 같이 주무신다 카면, 긴 밤은 천 원이고요. 쪼매 즐기시는데는 오백 원입니더."

"뭘 계산이 그렇게 복잡햐. 오백 원에서 삼백오십 원을 빼면 숏타임은 백오십 원이라는 말이잖아. 롱타임은 여관비 빼고 육백오십 원이라는 말이잖아. 숏타임이 롱타임의 네 배라는 것이 말이나 되는 거야?"

중절모는 화대 계산은 정확하게 해야 여자들이 깔보지 않을 것이라고 생각했다. 빗물을 쥐어 짠 중절모를 머리에 쓰고 모자차양의 갓을 잡으며 이 바닥은 훤하다는 얼굴로 말했다.

"아재는 우예 하나만 알고 둘은 모르능교 숏타임은 한 번으로 끝나는 거 아입니꺼? 카지만 롱타임은 밤새도록 하능 거 아잉교? 그래서 네 배가 아니라 열 배를 받아도 아재는 할 말이 없는 거라예?"

"내가 무슨 변강쇠가? 밤새도록 그 짓을 하고 있게……"

중절모는 순미의 말에 할 말이 없었다. 바바리코트 안에 손을 집어넣으며 턱으로 금순을 찍었다.

"누굴 말하능교?"

순미가 죽 쒀서 개준다는 얼굴로 고개를 돌리며 물었다.

"일어나 앉아 봐."

잠을 자는 척 하며 연속극을 듣고 있던 영등포아줌마가 발로 영미를 차며 일어나 앉았다.

"금순이 나가 봐."

영미가 고개도 돌리지 않고 말했다.

"저유?"

금순이 담배를 재떨이에 눌러 끄며 어눌한 목소리로 말했다.

"그려."

중절모가 금순에게서 시선을 옮기지 않으며 오백 원짜리 두 장을 내밀었다.

"니 팁 받으면 나하고 반반이다. 알겠나?"

순미가 돈을 영등포아줌마에게 건네며 말했다. 금순은 고개만 끄덕이고 부엌으로 나갔다. 물주전자와, 컵, 재떨이가 든 쟁반에 깨끗하게 빤 수건을 챙겨 들었다.

"이백오호 실입니더. 그카고 숙박계 쓰시고 볼펜 갖고 가시면 안 됩니더. 그거 그래봬도 일제라예."

순미가 숙박계 철을 중절모 앞으로 내밀었다. 중절모는 일제라는 말에 볼펜을 한번 바라보고 나서 숙박계를 쓰기 시작했다.

연일 찜질 더위가 계속 되고 있었다.

6월 하순인 어제 서울의 온도는 33도 4분을 기록하여 올 들어 최고의 날씨를 기록했다. 일요일이어서 더위를 피해 피서를 하려는 시민들은 뚝섬 수영장에는 8만, 광나루 수영장에는 2만여 명이나 모여 북새통을 이뤘다. 우이동 계곡이며 창경원을 비롯한 고궁에도 8만여 명이 나무 그늘을 찾아서 준비해 간 음식을 먹으며 더위를 피했다.

대전의 날씨도 서울 날씨 못지않게 연일 30도를 웃돌고 있었다.

진규는 대입검정고시에 필요한 책을 구입하려고 대전에 갔다. 대전역사에서 서점까지 바쁘게 걸어갔다.

서점에서 나온 진규는 곧장 대전 시청이 있는 쪽으로 걸어갔다. 날씨가 더워서 부채를 들고 다니는 행인들이 많았다. 양장을 입은 여자들은 예외 없이 파라솔을 쓰고 걸었다. 하체가 꽉 조이는 맘보바지를 입은 대학생 풍의 여자들도 가끔 보였다.

"저, 영동에서 오신 박진규……"

진규가 시청 정문 쪽으로 가고 있을 때였다. 분홍색 나일론치마를 입은 진규보다 두세 살 아래로 보이는 여자가 부끄럽게 다가와서 조심스럽게 물었다.

"맞구만유, 근데……"

"내 생각이 딱 맞구먼유. 지는 선녀보살님이 보내서 왔슈. 여기서 기다리고 있으면 잘생긴 총각이 오신다고 하드니 딱 맞구만유. 저를 따라 오시면 선녀보살님한테 가실 수가 있슈. 책보는 이리 주셔유. 제가 들고 갈께유."

푸른색 나일론 치마를 입은 여자는 향숙의 집에서 기거를 하는 식모 영순이다. 영순은 손바닥으로 입을 가리고 웃으며 말했다.

"별로 안 무거워. 그냥 내가 들고 갈게. 근데 향숙이 누나 어머 말씀은 시청 앞에서 집에까지 걸어가고 된다고 하든데……”

“안 돼유. 보살님이 날씨도 덥고 항께 꼭 택시에 태워서 모시라고 했슈.”

진규는 택시를 타 본 적이 없었다. 아리랑이나 명랑 같은 잡지나 신문을 통해서 택시는 기본요금이 있으며, 오백 미터를 더 갈 때마다 추가요금을 내야 한다는 상식 정도만 알고 있었다.

“집에 점 보러 오는 손님이 있어?”

“아뉴, 우리 보살님은 하루에 딱 다섯 명씩만 봐유. 그것도 무조건 보시는 것이 아니라 최소한 열흘 전에 예약을 해야 해유. 어서 타셔유.”

새나라 택시가 영순 앞에 도착했다. 진규는 택시가 도착했는데 탈 생각은 안 하고 뒷걸음을 쳤다.

‘생긴 것은 멀쩡하게 생겼는데 하는 짓은 영락없는 촌사람이구먼.’

영순은 재미있다는 얼굴로 진규를 뒷자리에 태웠다. 자신은 운전사 옆자리에 척 앉으며 손바닥으로 입을 막고 웃었다.

“보문산 밑에 있는 대사동으로 가유.”

진규가 보기에 영순은 택시를 많이 타고 다닌 것처럼 보였다. 능숙하게 운전사 옆자리에 앉아서 머슴을 부리는 목소리로 말했다.

“얼래, 택시가 왜 일로 간데유?”

“아가씨가 몰라서 그러는 모양이구먼. 대전 지리는 나만큼 모를 겨.”

턱수염이 수북한 운전사가 룸미러로 촌놈처럼 보이는 진규를 슬쩍 바라보며 말했다.

“어어! 일로 가면 돌아서 가는 거 같은데. 저 쪽으로 가면 기본요금밖에 안 나온단 말유……”

영순은 처음 가는 길이라는 생각에 좌우를 두리번거리다가 양손으로 데시보드를 잡았다. 상체를 일으켜서 불안한 얼굴로 길 양쪽을 살폈다.

"좌로 가나 우로 가나 서울만 가면 된다고 했슈. 이짝으로 가도 기본 요금만 나오면 어디로 가든지 상관없슈."

진규는 영순이 당황해 하는 이유를 알 것 같았다. 학산에 있는 이발소에서 라디오 방송으로 들었는데 도시에는 택시기사들이 어리숙해 보이는 촌사람을 보면 바가지요금을 씌운다고 한다. 기본요금이면 갈 거리도 일부러 빙 돌아서 그 몇 배를 받는 못된 운전사들이 있다는 방송을 들은 적이 있었다.

'촌놈은 워딜 가도 티가 난다고 하드니만……'

쓴웃음이 나왔지만 당황해 하지 않았다. 일부러 의자에 등을 턱 기대고 팔짱을 끼면서 지그시 눈을 감았다.

'햐! 저놈 봐라.'

운전사는 룸미러를 통해 다시 진규를 바라본다. 찜통 같은 더위인데도 소매가 긴 겨울용 와이샤쓰를 입은 거 하며, 땡볕 밑에서 농사를 짓는지 시커멓게 그을린 얼굴하며, 대충 빗질을 한 터벅머리는 영락없는 촌놈이다. 그런데도 턱 버티고 있는 모습은 보통이 넘어 보였다.

"도시는 촌하고 틀려서 길이 복잡한 법여. 가다 보면 좀 늦게 가는 수도 있고, 그러다 보면 기본요금보다 훨씬 더 많이 온다는 걸 모르는 걸 보니 택시를 첨 타 보는 모양이구먼."

운전사는 말 잘해서 돈 들어가는 법이 없다는 생각에 슬쩍 진규의 속내를 떠 보았다.

"왜 택시를 첨 타본다고 그래유. 대전역에 갈 때 하며, 선화동 시장

갈 때도 맨날 택시를 타고 댕기는데……"

영순이 불안한 표정으로 진규를 바라보며 말했다.

"택시를 많이 타보지는 않았슈. 하지만 바가지요금을 받으면 삼십일
동안 영업정지를 당한다는 건 알고 있슈."

진규는 눈을 뜨지 않았다. 차분한 목소리로 말을 하고 나서 일부러 졸
린다는 것처럼 크게 하품을 했다.

'젠장, 한 건 올리나 했더니, 헛지랄만 했구먼.'

운전사는 30일 동안 영업정지라는 말에 더 이상 할 말이 없었다. 룸미
러로 진규의 눈치를 살피며 슬그머니 유턴을 했다.

"이 키로가 기본요금 거리인데, 이 키로가 더 나왔구만유."

택시가 대사동에 도착했다. 창문 밖 풍경을 감상하고 있던 진규가 택
시메타기를 바라보며 말했다.

"이 메타기가 자주 맛이 가는 수가 있슈. 그랗께 기본요금만 내고 내
리슈."

영순은 깨소금을 머금은 얼굴로 기본요금 30원만 내고 택시에서 내렸
다. 존경과 경이가 섞인 눈빛으로 진규를 바라보며 뛰는 걸음으로 보문
산 기슭 쪽으로 올라갔다. 아담한 기와집에는 여느 점집처럼 대나무깃
발이 서 있지도 않았다. 연주암, 천신도사, 족집게도사, 선녀보살이라는
등의 간판도 붙어 있지 않았다. 담장 밖에서도 보일 정도로 해바라기 십
여 그루가 서 있을 뿐이다.

"이 집이구만유."

아담한 크기의 파란색 대문은 잠겨있지 않았다. 영순은 대문을 열고
진규를 앞장 세웠다. 진규는 상상하고 있던 점(占)집이 아니라는 점이 너

무 고마워서 가슴이 뭉클했다. 입고 있는 와이셔츠는 좀 두껍기는 하지만 옥천댁이 지난 명절 때 선물로 준 것이다.

명절을 며칠 앞둔 날이었다. 상규네는 점순이로부터 옥천댁이 잠깐 올라오라는 말에 면장 댁에 올라갔더니, 옥천댁이 와이셔츠 두 벌을 내밀었다.

"승철이 아부지 국회의원 당선되었다고 선물로 들어 온 거유. 영동에 가서 봉께 많이 있길래, 상규 아부지 입을 만한 거 한 벌 하고, 진규거 하고 해서 두 벌 가져왔슈."

"아이고, 이거 한 벌이 쌀 한 말보다 비싸다는데 의원님 입게 두시지 왜 갖고 오셨슈?"

"아까도 말했지만 영동집에 여분이 너무 많아유. 옷이라는 것이 사람이 입으라고 만든 거잖유. 집에 쌓아두기만 하믄 유행 지나서 입지도 못해유. 그랑께 진규 어디 영동 같은 데 갈 때 입으라고 해유."

"난도 봤슈. 얼른 봐도 서른 벌도 넘어유. 그랑께 갖고 가도 괜찮아유."

상규네는 와이셔츠 한 벌 가격이 쌀 한 말 가격보다 비싸다는 점을 알고 있었다. 한 벌도 아니고 두 벌이나 내미는 통에 받을 수 없다며 손사래를 쳤다. 하지만 옥천댁이 끝까지 내미는 통에 못 이기는 척 받아왔다.

진규는 명절날부터 지금까지 날씨가 추울 때는 속옷으로, 더울 때는 외출복으로 입고 다녔던 까닭에 땀이 나기는 했지만 그런대로 견딜 만했다.

"보살님, 선녀보살님! 영순이 왔슈. 영순이가 영동 손님 뫼시고 왔슈."

"진규 왔구먼."

영순이 팔짝팔짝 뛰며 호들갑을 떠는 소리에 방문이 조용히 열렸다. 곱게 한복을 차려 있는 향숙이 반가운 얼굴로 일어섰다.

"누나!"

향숙은 결혼을 한 여자처럼 곱게 가르마를 타고 빗어 넘긴 머리카락에 은비녀를 꽂고 있었다. 머리에 비녀를 꽂았다는 것은 결혼을 했다는 것을 뜻한다. 진규는 가슴이 철렁 내려앉는 것을 느끼면서도 내색을 하지 않았다. 반가움 반, 놀라움 반이 섞인 목소리로 향숙을 불렀다.

"대입검정고시 책은 다 샀고?"

"여기 책보에 다 있구먼."

진규는 집 가격이 굉장히 비쌀 거라고 생각하며 책보를 들어 보였다.

"섬은 언제 본다?"

"서점 쥔이 그라는데 정확한 섬 일자는 구월에 발표를 한다. 섬은 십일월 중에 보게 된다고 하드만."

"그래도 진규는 대단햐. 딴 사람들은 검정고시 학원에 댕겨도 섬에 붙을까 말깐데, 집에서 낮에는 과수원 일을 하고, 밤에는 공부를 하고, 그머여. 주경야독으로 고입 검정에 합격한 걸 보믄……"

"일하는 거에 비하면 공부하는 거는 식은 죽 먹기나 마찬가지여."

"앞으로 두 해만 있으면 우리 진규도 대학생이 될꺼여."

"내년이믄 난도 스무 살이 되는 건가?"

"진규가 대학생 되면 누나가 대학생가방 한 개 사줘야겠구먼."

"누나가 가방을 사 준다고 하면 고맙습니다, 하고 얼른 받을 껴."

"내 정신 좀 봐. 귀한 손님을 마루에 앉혀 놓고 있었구먼. 즘심도 안 먹었지? 어여 들어와, 방 안도 시원햐."

"아……아녀. 짜장 한 그릇 사 먹었구먼……"

진규는 운동화를 벗고 향숙을 따라서 조심스럽게 안방으로 들어갔다. 엉거주춤 앉으면서 방 안을 둘러본다. 두 칸짜리 자개농이 있고, 삼단서랍장에 앉은뱅이 화장대도 있다. 한 대에 이십만 원이 넘는다는 텔레비전도 윗목에 턱 버티고 있다. 언젠가 옥천댁의 심부름을 하기 위해서 면장 댁 안방에 들어가 본 적도 있다. 방은 그 집 안방보다 작지만 살림살이는 훨씬 현대적이고 고급스러워 보였다. 미닫이문을 활짝 열어 놓은 윗방은 제단이 차려져 있다. 부처님과 산신령님이 있는 제단은 소박하지만 정결했다.

"땀 나는 것 좀 봐, 와이셔츠 벗고 등목 좀 할 겨?"

"아녀, 참을만하구먼. 텔레비전도 라디오처럼 공짜로 보능 겨?"

진규는 텔레비전이 한눈에 들어 왔다. 신혼살림일 것이라는 생각이 드는 순간 절망이 밀려왔으나 웃는 얼굴로 물었다.

"아녀, 한 달에 시청료가 백 원씩여."

"야! 백 원이면 학산서 짜장면을 다섯 그릇 먹을 수 있는 돈이구먼. 텔레비전이 있응게 뉘우스 같은 것도 자주 보겠구먼. 영동 주차장에 붙어 있는 신문을 봉게 요새, 인혁당 사건이 신문을 도배했더구먼. 텔레비에서는 더 자세하게 말해 주지?"

진규는 누가 보아도 신혼방처럼 꾸며 놓은 방 안의 가구들이 마음에 걸렸다. 그렇다고 대놓고 물어볼 수가 없어서 슬쩍 화제를 돌렸다.

"난, 뉘우스 같은 거는 안 봐. 얼른 들어 봉게, 북한 공산당의 지령을 받은 간첩조직이라고 하드만. 몇 십 명을 구속시켰다고 하든데, 그게 진짜여?"

"신문에서 간첩조직이라고 항께 그런 줄 알아야지. 하지만 내 생각에는 좀 수상한 점이 있어. 인혁당의 모체가 한일회담 반대투쟁을 주도했던 학생운동 서클인 서울대학교 문리대의 불꽃회와 고려대학교의 구국투쟁위원회라고 하잖아. 서울대하고 고려대학교면 우리나라 명문대학교들인데, 그 학교 대학생들이 뭐가 부족해서 간첩질을 했겠어?"

"진규 말을 들어 봉께 난도 그런 생각이 드는구먼. 상규도 대학교 가면 학생운동인가 뭔가 하는 그런 운동을 하겠지?"

"안직은 그런 생각이 없구먼. 하지만 대학교를 가면 생각이 달라질지도 몰라. 모산 같은 촌동네서 농사꾼으로 공부를 할 때하고, 대학교에서 정식으로 공부를 하다보면 세상을 보는 눈이 틀려질 거잖여. 누나는 뉘우스를 안 보면 뭘 보는데?"

"여덟 시 삼십 분에 하는 이 밤을 즐거이, 같은 거는 가끔 봐. 하지만 영순이는 티브이 극장 같은 걸 안 보면 잠을 못자는 아여. 그동안 안 본 사이에 장정 다되었구먼. 한참 먹어야 할 장정이 제우 짜장 한 그릇 먹고 견디었어? 영순아 삼계탕 끓여 놓은 거 있지. 그거 석유풍로에 뜨겁게 해서 갖고 와."

"서……석유풍로라는 거시 뭐여?"

"석유풍로가 뭔가 모르쥬? 이따 제가 직접 뵈드릴께유. 보살님, 보살님한테 드릴 말씀이 있구만유."

영순은 입이 간지러워 견딜 수가 없었다. 이제나 저제나 말을 할 기회를 찾고 있다가 촉새처럼 끼어들었다.

"뭔데?"

"아까 시청 앞에서 택시를 탔잖유. 근데 소문으로만 듣던 바가지 운전사가 모는 새나라택시를 탔슈, 글쎄 오거리 방향으로 오믄 금방 갈 수 있는데, 엉뚱한 데로 가잖아유. 그래서 제가 일로 가면 안 된다고 했쥬. 저쪽으로 가면 기본요금밖에 안 나온다고 말여유. 그래도 그 나쁜 운전사가 계속 지 맘대로 가잖아유. 그랑께 영동손님께서 이렇게 팔짱을 착 끼면서 하시는 말씀이, 좌로 가나 우로 가나 서울만 가면 된다, 어느 쪽으로 가도 기본요금만 나오면 됭게 갑시다. 그러잖아유. 그랑께 그 운전사가 택시를 첨 타보시는 분이라 잘 모르는 모양인데, 차가 늦게 가거나 길을 돌다 보면 기본요금보다 더 나올 수도 있다. 아! 이렇게 딱 협박을 하잖아유. 저는 솔직히 그 말을 듣고 가슴이 철렁했슈. 그란데도 뒷자리에 앉아 계시던 영동손님은 즘잖게 깜고 있던 눈을 뜨지도 않고, 택시를 많이 타보지는 않았슈, 하지만 바가지요금을 받으면 삼십일 동안 영업정지를 당한다는 건 알고 있슈, 라고 탁 말씀 하시잖유. 아이고! 요 대목에서는 말로 다 할 수가 읎응께 보살님이 계셔야 하는데. 아! 글쎄, 그 운전사가 말 한마디도 못하고 멍청하게 딴 데 보고 있다가, 느닷없이 귀싸대기를 은어 마신 사람처럼 얼굴이 시뻘겋게 달아올라서 택시를 돌리잖아유……"

"그래, 알았으니까 어여 삼계탕이나 끓여 와라."

향숙은 마루에 엉덩이만 걸치고 앉은 영순이 텔레비전 만담프로에 나오는 만담가처럼 손짓발짓 섞어가며 하는 말을 끊었다.

"아녀유! 시방부터가 젤 중요한 부분이 남았슈. 요 아래까지 기본요금이 더 나왔대유. 저는 택시기본요금 거리가 이 키로라는 걸 오늘 츰 알았당께유. 그런데 영동손님은 그걸 어떻게 아셨는지 기본요금 거리 보다 더 나왔구만유, 라고 운전사한테 묻는 거시 아니겠슈? 그랑께 그 운전사가 욕 한바가지를 입 안에 담아 놓고 내뱉지는 못한 얼굴로, 이 메타기는 자주 맛이 가는 수가 있슈. 그랑께 기본요금만 내슈, 라고 하드라고유. 야! 그때 보살님이 똥 씹은 얼굴을 하고 있는 그 운전사 얼굴을 봐야 하는데 참말로 혼자 보기는 아깝더라고유. 근데 영동 손님은 언제 그렇게 택시를 많이 타 보셨슈?"

영순이 저 혼자 박수를 치다 말고 갑자기 생각났다는 얼굴로 진규를 바라봤다.

"내가 알기로는 진규는 택시 안 타봤구먼. 하지만 그 정도는 능히 해낼 수가 있는 사람여. 그랑께 삼계탕 맛있게 끓여 와야 한다. 앞으로 크게 될 사람잉께"

"보살님은 앉아서 천리를 보시는 분이싱께 틀림 읎겠쥬. 시방도 워디가 틀려도 틀려유."

아무리 생각해 봐도 대단하다는 얼굴로 진규를 바라보고 있던 영순은 발걸음이 떨어지지 않는다는 얼굴루 부엌으로 갔다.

"누나는 별말을 다 하는구먼. 운전사가 공갈을 치는 것 같아서 그냥 한번 해 본 말을 가지고……"

"넌 어릴 때부터 기면 기고, 아니면 아닌 승질이잖여. 아부지가 그라는데 니가 언진가는 구장님 앞에서도 큰소리를 쳤다고 하드라. 민주주의나라에서 대통령이나 민의원을 뽑는 것은 죄다 비밀투표 방식으로 하는 것이다. 그라고 투표는 국민의 권리라며 구장님한테 훈계를 했다면서 앞으로 크게 될 놈은 머가 달라도 다르다고 하셨어."

"에이, 구장님을 훈계한 거시 아녀. 구장님이 뭔가 착각을 하고 계신 것 같아서 갈켜 드린 것 뿐여."

"그래도 그 나이에 어른들 앞에서 옳고 그름을 주장할 수 있는 배짱이 있다는 건 대단한 거여."

"나는 대단한 것이 아니고 당연히 그래야 한다고 생각할 뿐이여. 나는 앞으로도 여러 사람들이 옳다고 생각하는 것은 내가 앞장서서 그대로 밀고 나갈 셈여."

"진규는 틀림없이 이 담에 수백만 군사를 거느리는 사람이 될 껴."

"난 장군이 되고 싶은 생각은 털끝만큼도 없구면."

"내가 말하는 장군하고 군사를 그런 뜻이 아녀. 유명한 정치인이 돼도 국민들이 모이잖여. 또, 유명한 시인이나 소설가가 돼도 수백만의 독자들이 존경을 할 거잖여. 뭐든지 훌륭한 사람이 되면 국민들이 모인다는 말하고 같단 말여."

"근데, 저……누나한테 이런 말을 물어봐야 하는 건지, 물어봐서는 안 되는 말인지 모르겠구면."

진규는 향숙이 결혼을 했다는 말을 들어본 적이 없었다. 향숙이도 자기 입으로 결혼을 할 수 없는 처지가 됐다고 말했었다. 그런데도 비녀를 하고 있는 모습이 너무 마음에 걸렸다. 만약에 누군가와 결혼을 했다면 그 충격을 감당할 수 없을 것 같아서 뜸을 들였다.

"이 비녀 땜시 그러는구면."

향숙은 진규가 처음부터 자꾸 비녀를 바라보고 있었다는 걸 알고 있었다. 또아리를 튼 머리를 한 손으로 잡고 비녀를 빼서 방바닥에 내려놓았다. 윤기가 흐르는 검은 머리가 스르르 풀려서 어깨를 덮었다.

"말하기 곤란하면 안 해도 좋아……"

진규는 번쩍번쩍 광이 나는 은비녀를 똑바로 바라보고 있으면 눈물이 터질 것 같아서 고개를 숙였다.

"진규는 누나가 모산에서 한 말을 벌써 잊은 겨?"

향숙은 진규가 괴로워하고 있는 모습에 가슴이 저렸다. 비녀를 머리에 꽂고 진규한테 당겨 앉았다. 진규의 손을 잡고 부드럽게 물었다.

"먼 말?"

진규는 울면 안 된다고 터져 나오려는 울음을 목 안으로 삼켰다. 그래도 눈가에 눈물이 그렁하게 맺혔다.

"누나는 사람한테는 시집을 갈 수 없는 몸여. 신한테 시집을 갔단 말여."

"누나 말을 기억하고 있응께 내 가슴이 아픈 거여. 그람 이 집하고, 저기 있는 저 장롱에 문갑에, 학산에도 몇 대 밖에 없는 텔레비죤은 뭔 돈으로 샀댜?"

상규는 말을 하지 않고 있으면 눈물이 터져 나올 것 같아서, 마른 침을 꿀꺽 삼키며 물었다.

"누나 이래봬도 돈 잘 벌어. 누나가 알고 있는 사람 중에 군인이 있는데 소장으로 전역을 해서 국회의원이 되신 분이 계셔. 그분 고향이 요 옆 동리거든. 그분이 누구한테 소문을 들었는지 모르지만 작년 팔월에 날 찾아왔구면. 그때는 여기서 안 살고 딴 데서 셋방을 은어서 신당을 차려 놨을 때여. 그래서 내가 정치계로 들어가면 크게 성공할 것이라는 말을 해줬구면. 그랬더니 참말로 작년 십일월 국회의원에 출마를 해서 당선이 됐잖여. 얼마 후에 부부가 날 찾아 왔구면. 보살님 말씀처럼 정치계에 입문을 했습니다. 내가 그동안 모아 놓은 돈이 있으니 소원을 말씀해 보셔, 돈으로 들어 줄 수 있는 것이라면 뭐든지 해 드릴 수 있으니까요, 라고 말하지 않겠어. 그래서 내가 앞으로 국민들한테나 잘해 주면 됐슈. 선녀대신님도 그걸 원하고 계셔유, 라고 딱 거절을 했지. 그랬더니 아! 그 국회의원이 나한테는 한마디 말도 안 하고 이 집에 이 살림이며, 바깥에 있는 영순이까지 턱 구해 놓으셨잖어. 그래도 난 절대로 내가 이 집에 들어가는 일은 없을 거라고 버텼지. 그래도 국회의원 사모님이 문턱이 닳도록 드나들며 사정을 하잖여. 그래서 하루는 정한수를 떠놓고 선녀대신님께 물어 봤어. 내가 그 집을 가야되나 말아야 하나 하고 말여. 그랬더니 선녀대신님께서 하시는 말씀이 제자는 앞으로 세상에서 큰일을 할라는 사람을 많이 도와야 하니까 품격을 높일 필요가 있다고 하시잖여. 그래서 이 집으로 들어오게 된 거여."

"그 국회의원이 딴 맘먹고 그라는 거 아녀?"

"나 같은 사람한테 흑심을 품으면 그 백배로 당하게 되어 있는 벱여. 그라고 의원님이나 사모님은 나를 생명의 은인만큼이나 생각하고 있구면."

"그랬었구먼, 난 그것도 모르고 얼매나 속이 상하든지……"

진규는 새삼스러운 얼굴로 방 안을 둘러본다. 처음 봤을 때와 다르게 장롱이며 화장대나 삼단서랍이 정겹게 다가왔다.

"진규야 니가 먼 맘을 먹고 그런 말을 하고 있다는 걸 말여. 이 누나는 잘 알고 있구면. 하지만 난 동생이 없어서 진규를 내 친동생처럼 생각하고 있어. 그라고 진규도 누나가 없잖여. 그랑께 나를 죽어 저승에 가서도 맘 변하지 않는 누나로 생각했으면 좋겠어. 진규 생각은 어뗘?"

향숙은 진규의 손을 두 손으로 꼭 잡으며 간절한 눈빛으로 바라본다.

"누나가 그렇게 생각을 한다면 난도 친누나로 생각할게."

진규는 향숙의 눈빛이 너무 간절해서 이 담에 커서 결혼을 하고 싶다는 말을 할 수가 없었다.

"고마워 진규야!"

향숙은 눈물이 울컥 쏟아지는 순간 진규를 확 끌어안았다.

"누나!"

향숙은 한복으로 몸을 가렸지만 스무 살의 여체를 숨길 수가 없었다. 진규는 뜨겁게 전해져 오는 향숙의 체온에 부르르 떨었다. 순간적으로 입 안에 뜨거운 침이 가득 고여 왔다.

"우리는 피를 나누지는 않았지만, 영혼을 나누어 가진 가족이여. 알겠지?"

"그려, 누나는 내가 죽을 때까지 돌봐 줄 텨."

진규는 가족이라는 말에 용솟음치던 정욕이 거짓말처럼 사라지는 것을 느꼈다. 입 안에 가득 고여 있는 침을 소리 나지 않게 삼키며 향숙으로부터 떨어졌다.

"고맙구먼. 난도 진규가 그런 말을 할 줄 알았어."

향숙은 또 눈물이 났다. 굳이 진규 앞에서 흐르는 눈물을 닦으려 하지 않았다. 어렸을 때부터 친동생처럼 자신을 따르던 진규다. 어려운 결정을 해준 것이 고마워서 눈물이 났고, 진규의 순수한 사랑을 받아주지 못하는 처지가 서러워서 눈물이 났다.

"누나, 울지마. 모산에 계신 부모님들도 내가 잘 모실 팅께 아무런 걱정하지 말고 건강에나 힘쓰고 있으면 되능 겨."

진규는 열아홉 살 밖에 안 되지만 향숙의 덩치에 비하면 어른처럼 컸다. 주머니에서 손수건을 꺼내 향숙의 얼굴을 흥건히 적시고 있는 눈물을 닦았다.

"이 수건은 우리가 형제가 된 기념으로 내가 평생 간직할 겨."

향숙은 눈물에 젖은 목소리로 진규의 손수건을 가만히 바라본다. 흔한 무명을 잘라서 가장자리의 천이 풀려나가지 않도록 실로 감칠질을 한 평범한 손수건이다. 너무 많이 빨아서 비단처럼 부드러워진 손수건에는 진규의 체취와 자신의 눈물이 묻어 있다. 평생 동안 간직하리라 생각하며 정성스럽게 접어서 서랍장 안에 넣어두었다.

"영동 손님, 이거시 석유 풍로유."

마당에서 영순이 자랑스럽게 말했다.

"남포처럼 생겼는데?"

영순이 자랑하고 있는 것은 남포등을 연상케 하는 모양이다. 남포처럼 유리통 안에 들어 있는 심지에 불이 붙어 있었고, 지붕에는 냄비가 얹혀 있다.

"맞아유. 남포처럼 밤에 불을 밝힐 수도 있슈. 요 위에다 다리미를 얹어 놓으면 다리미 대가 될 수도 있고유. 시방처럼 냄비를 얹어 놓으면 풍로처럼 사용할 수도 있슈. 대전에 사는 사람들 중에 잘 사는 집은 죄다 석유풍로를 한 대씩 갖고 있슈."

영순은 쪼그려 앉아서 불은 어떻게 붙이며, 석유는 요 구멍에다 넣는 것이며 요거는 손잡이고, 심지가 다 타면 새것으로 바꿀 수가 있다는 등 자랑을 했다.

"영순아, 진규는 너 보담 나이가 세 살 많응게 앞으로는 오빠라고 불러라. 알겠지."

"참말유! 저 같은 것이 오빠하고 불러도 되겠슈?"

영순이 두 손을 깍지를 긴 두 손에 힘을 주느라 부르르 떨며 물었다.

진규는 웃는 얼굴로 고개를 끄덕거렸다.

가대기꾼

꿈결인가 싶게 송미향의 놀라는 목소리에 번쩍 눈을 떴다.
옥천댁이 막 문을 열고 들어오고 있었다.
이게 꿈인가, 생신가?
옥색 한복을 곱게 차려 입은 옥천댁의 모습은 현실처럼 보이지가 않았다.
꿈속의 희미한 안개 속에서 다소곳하게 걸어오고 있는 것처럼 모여서 눈을 비볐다.

둥구나무 밑에 내려앉는 그림자가 유난히 검으면 들판에 있는 모가 땅 냄새를 맡았다는 증거다. 모를 심고 나서 초벌매기를 끝내고 나면 모산 사람들은 한낮에 낮잠을 즐기거나 둥구나무 밑에 멍석을 깔고 앉아서 이런저런 이야기로 시간을 보낸다.

아낙네들이나 중년층은 멍석을 차지하고 앉아 있지만 순배 영감이며 변쌍출이나 박평래는 그냥 앉아 있기만 해도 시원한 너럭바위를 차지한다.

순배 영감은 팔월 들어서 온몸의 기력이 자꾸 떨어지고 있는 것 같은 기분이 들었다. 지나간 달에만 해도 둥구나무 거리까지 오는 도중에 중간에서 쉰 적이 없었다. 요 며칠은 골목 가운데 멈춰서 길게 심호흡을 하며 숨을 고른 다음에야 걸음을 옮길 수가 있었다.

내가 죽을 때가 됐나? 하긴 너무 오래 살았어.

너럭바위 밑에는 오늘도 동네 사람들이 많이 나와 있었다. 멍석 위에서 낮잠을 자는 남정네들도 있었고, 모여 앉아서 두런두런 말을 나누며 실바람에도 몸을 비트는 들판을 바라보고 있는 아낙네들도 있었다.

"사람 입맛만큼 간사한 거시 읎는 거 가텨. 요새는 고만 봉초 냄새가 역겨워서 당최 곰방대에 손이 안 가."

순배 영감이 검은색 조끼주머니에서 금잔디 한 가치를 빼어 입에 물며 중얼거렸다.

"아따, 형님 집에 가면 노상 권련이 보루째 돌아댕기잖유. 사람들이 침 맞으러 올 때마다 갖다 주는 담배는 죄다 모아 놓았다가 난중에 북망산천 갈 때 싸 들고 갈튜?"

변쌍출이 너럭바위에 팔베개를 하고 길게 누워서 가물가물 조는 목소리로 물었다.

"그전에는 권련이 너무 싱거워서 입에 영 안 맞드니, 재작년 면장 초상을 치른 이후로는 봉초하고 권련이 있으면 권련 쪽으로 손이 간다니께."

"사시면 얼마나 사신다고 담배를 애껴, 있는 대로 피시다 가시면 그만이지."

박평래가 순배 영감이 들고 있는 담뱃갑에서 한 가치를 빼들며 말했다.

"태수 애비는 암만해도 면장이 살아있을 때보다 벌이가 들하지? 그 집에 올라갈 일이 별로 읎을 테니께 말여."

"형님은 맨날 보고도 몰라유. 태수 애비는 요새 아주 그 집에 가서 살아유. 면장님이 살아있을 때는 면장님이 나름대로 집안일을 챙겼잖유. 시방은 의원님은 정치한다고 영동이나 서울에 가 있응께 집안일을 챙길 남자가 읎잖유. 요새는 아주 그 집에 가서 살다시피 해유."

변쌍출은 일어나 앉아서 길게 하품을 했다. 다리를 쭉 펴고 양쪽 무릎을 두들겼다. 오늘은 학산 장날이다. 장기팔이 오늘은 장사를 하러 나가지 않았는지 촐래촐래 걸어 내려오고 있다.

"암만해도 면장님이 계실 때 하고 달라. 그때는 그 머셔, 일을 하면 매지가 있었잖여. 시방은 안 그려. 암만 일을 해도 매지가 안 나는 거 같아서, 일은 일대로 해도 이런저런 일이 자꾸 생기니께 심은 심대로 들고 ……."

박평래는 새삼스럽다는 표정으로 면장 댁의 솟을대문을 바라본다. 이병호가 살았을 때는 솟을대문을 바라보면 광채가 나는 것 같았다. 언제부터인지 솟을대문은 빛을 조금씩 잃어가는 것 같아서 이병호가 그립기만 하다.

"오늘이 학산 장날 아닌가? 기팔이는 오늘 돈 벌러 안 나갔구먼."

순배 영감이 마른 입맛을 다시며 중얼거렸다.

"큰아들 돈 잘 벌었다. 군대 가 있던 짝은아들 제대했겄다. 돈을 얼매나 번다고 안직까지 손을 꺼먹게 물들여 가면서 그 고생을 하고 있겠슈?"

변쌍출이 말과 다르게 아무래도 이상하다는 얼굴로 장기팔의 얼굴을 바라본다.

"짝은아들이 군대 간다고 와 있던 것이 바로 어제 같더니 벌써 제대를 했는가?"

"형님 요새 깜박깜박 하시능개벼. 아! 제대 한 지가 언진지 하도 오래
돼서 가물가물해유."

순배 영감은 변쌍출의 말에 기억을 더듬어 보느라고 고개를 갸웃거렸
다.

"허! 세월이 벌써 그렇게 됐남?"

"형님 그때 기팔이가 자식 자랑을 입이 마르도록 하는 머리, 팔봉이
애비하고 한바탕 할 뻔 했잖유……."

박평래는 장기팔이 가까이 다가오는 것을 보고 입을 다물었다. 땡볕
밑을 걸어오느라 빨갛게 익은 장기팔의 얼굴은 딱딱하게 굳어 있다.

'더워서 그라는 거 같지는 않고, 집구석에 먼 일이 생겼는가?'

권련인데도 자신도 모르게 곰방대처럼 뻑뻑 빨다가 갑자기 목이 막혀
서 얼굴이 시뻘겋게 달아오르도록 요란하게 기침을 했다.

"상규 할아부지가 왜 저란다?"

"사레 들렸나?"

"물 한 모금 자시지 않은 분이 먼 사레가 들려?"

멍석에 앉아서 졸리는 목소리로 이런저런 이야기를 주고받던 아낙네
들이 별일이라는 얼굴로 한마디씩 했다.

"영호 할아부지 오늘 장사 안 나갔는개벼?"

"집에 무슨 일이 있나?"

박평래의 요란한 기침소리에 수군거리던 아낙네들도 너럭바위에 걸
터앉는 장기팔을 바라본다. 모두들 오늘 장날인데 염색하러 왜 안 나갔
지 하는 눈치들이다.

"즘심들 자셨슈?"

장기팔이 건성으로 인사를 하고 너럭바위에 걸터앉았다.

"자식들 돈 버는 재미에 시간 가는 줄도 모르능개비구먼. 새참 먹을 시간에 즘심 찾는 걸 보니……"

변쌍출은 장기팔을 향해 돌아앉았다. 참나무장작처럼 굳어 있는 얼굴에 핏기가 없는 걸 보니 어디 아픈 것 같기도 하고, 또 어찌 보면 무슨 고민을 안고 있는 얼굴처럼 보이기도 한다.

"춘셉이 요새 집에 있는지 모르겄구먼."

"아침나절에 봉께 논에서 피 뽑고 있드만. 별일 없으면 집에 있겄지. 근데 춘셉이는 왜 찾는 거여?"

박평래는 아낙네들을 바라본다. 김춘섭 아내가 해룡네 옆에 앉아 있다. 김춘섭의 초가지붕 밑 댓돌에 남자 고무신이 있는 걸로 보아서 김춘섭은 낮잠을 자고 있는 모양이다.

"요새 방 한 칸 들이는데 돈이 얼매나 들까유?"

"방이라니, 워디다 방을 들여?"

순배 영감이 장기팔의 집이 있는 날망을 올려다본다. 울타리도 없는 마당 가장자리에 무슨 꽃이 무더기 무더기로 피어 있는 방 두 칸에 부엌이 딸린 초가집이다. 방을 한 칸 더 들인다면 터는 충분하겠지만 이유를 알 수 없다는 생각에 장기팔을 바라본다.

"자식들이 첩 읃어 준댜?"

박평래가 목소리를 죽여 물었다.

"이 사람 별 야기를 다 하는구먼. 첩을 들일라면 의원님처럼 학산에 집을 사든지 해야지, 조강지처가 있는 한마당에 두 집 살림을 할 택이 있나?"

변쌍출은 무언지 모르겠지만 일이 재미있어진다는 얼굴로 양반다리를 하고 자세를 반듯하게 피고 점잖게 말했다.

"시훈이가 식구들을 데리고 내려 온다잖유."

"시방 머라고 한 겨?"

변쌍출이 금방 얼굴 표정을 바꾸며 자기 일처럼 놀란 얼굴로 물었다.

"내 귓구녕이 이상 읎다면 시훈이가 식구들을 데리고 내려온다고 하든 거 같은데?"

"아! 글씨……"

장기팔은 생각만 해도 분하고 원통하다는 말을 끄집어냈다가 이내 입을 다물었다.

"먼 일이 있구먼. 시훈이가 춘셉이 큰아들처럼 팔목이 절단이라도 난 겨?"

변쌍출이 답답해 죽겠다는 얼굴로 물었다.

"춘셉이 아들은 철공소서 다친 거이고, 시훈이는 쌀장사를 하잖여. 팔목 날아갈 일이 읎잖여……"

"시방 내 심정 같어서는 차라리 팔목이 날아간 것이 나아. 글씨 무슨 일이 있었냐면 말유……"

장기팔은 입술에 침을 바르고 나서 담배부터 꺼냈다. 박평래가 얼른 성냥을 내밀었다.

"내가 말을 해야 하나 말아야 하나……"

"승질 급한 놈은 숨맥혀 죽겄구먼. 아! 먼 일이 있는데 자꾸 뜸을 들여."

순배 영감은 혀를 차느라 말을 하지 못했다. 변쌍출이 침을 꼴깍 삼키며 물었다.

"아여! 해룡네 거기 앉아서 안 바쁘면 막걸리나 두어 되 갖고 와봐. 아녀, 이랄 것이 아니라 우리 해룡네 집으로 가서 한잔 걸쳐유. 이래 죽으나 저래 죽으나 마찬가진데, 그 까짓 막걸리 몇 되 산다고 집구석 지둥뿌리가 달아나겄슈."

장기팔은 갑갑증이 나서 견딜 수가 없다는 얼굴로 적삼 고리를 풀고 호이호이, 적삼 자락으로 부채질을 하다 멈추고 순배 영감을 바라본다.

"허! 먼 일이 생겨도 단단히 생긴 모낭이구면……"

순배 영감은 그렇지 않아도 배가 출출하던 참이었다. 지팡이를 챙겨 들고 끙, 소리를 내며 일어섰다.

"시훈이 아부지가 먼 일이댜?"

해룡네가 엉덩이를 털면서 중얼거렸다.

"글씨 말여. 대낮부터 술을 찾는 걸 봉께 부부쌈을 했남?"

철용네는 걱정스러운 얼굴로 해룡네를 따라 일어섰다.

"아여! 춘셉이 좀 해룡네 집으로 오라고 햐."

박평래가 뒷짐을 지고 장기팔을 따라 가다가 문득 생각났다는 얼굴로 철용네에게 말했다.

해룡네 집에 도착한 장기팔은 더 이상 말을 할 기력도 없다는 얼굴로 천장만 쳐다보았다. 집이 들판 한가운데 있어서 뒷문과 술청 문만 열어 놓으면 둥구나무 밑에 앉아 있는 것처럼 시원하다. 순배 영감은 등이 가려웠다. 해룡이를 불러서 등을 긁어 달라며 방문턱에 걸터앉았다. 박평래와 변쌍출은 연신, 거 참! 거 참! 이라는 말만 되풀이 했다.

여름에는 막걸리가 잘 쉰다. 그래서 해룡네는 술독을 술청 안에 김장 독처럼 땅에 묻어 두었다. 여름에는 막걸리가 잘 쉬지가 않고 겨울에는 얼지가 않는다. 팔월에는 술독을 땅에 묻어 둔 것만으로도 불안해서 학산에 있는 아이스케이크 공장에서 얼음 덩어리를 사다가 띄어둔다. 그러면 막걸리도 차가워지고 얼음이 녹으면서 분량도 늘어서 일거양득이다.

"어따! 속이 짜르르 하네, 그려."

박평래가 벌컥거리면서 시원하게 잔을 비워내고 길게 트림을 했다. 안주로 내놓은 열무김치 국물을 한 모금 먹고 나서 장기팔을 바라본다. 변쌍출은 천천히 잔을 비우고 있다. 순배 영감은 몇 모금 마신 후에 잔을 내려놓는다. 어제 저녁나절에 시훈이 보낸 편지를 읽고 나서 밥을 먹었는지 안 먹었는지 기억도 안 나는 장기팔도 달게 잔을 비우고 나서 젓가락을 챙겨든다.

순배 영감은 장기팔이 입 열기를 기다리며 뒷문 밖으로 보이는 들판을 바라본다. 지나간 겨울이 유난히 춥더니 올해는 풍년이 들 징조인지 벼들이 화살촉을 심어 놓은 것처럼 단단해 보인다. 변쌍출은 천장을 바라본다. 검게 그을린 천장에서 내려 온 줄에 남포등이 매달려 있다. 장기팔은 빈속에 찬 막걸리 한 잔을 단숨에 쑤셔 넣었더니 얼굴이 시뻘겋게 달아오른다. 시뻘게진 얼굴로 숙이고 죄인처럼 물끄러미 바닥을 바라본다.

'밥 처먹고 맨날 노는 여자가 게을러터지기는.'

장기팔은 땅바닥을 바라보다 고개를 들어 남포등을 바라본다. 남포등의 유리는 자주 닦아 주어야 한다. 그래야 빛도 밝아지고 등유 소비도 줄어드는 법이다. 그런데도 남포등 유리를 닦은 지 한 달은 되는지 시커멓게 그을려 있다. 취기가 얼큰하게 도는 것을 느끼며 둥구나무 거리를 바라본다. 맨 몸뚱이 위에 소매를 걷어붙인 저고리를 걸친 김춘섭이 걸어오고 있다.

"오늘 학산 장날 아뉴?"

해룡네가 알맞게 익은 깍두기 접시를 탁자 위에 올려놓고 장기팔의 얼굴을 바라봤다.

"진종일 염색해 봐야 얼매나 벌었다고……"

장기팔이 빈 잔을 해룡네 앞으로 내밀며 혼잣말로 중얼거렸다.

"승질 급한 놈은 숨맥혀 죽겠구먼. 대관절 먼 일이 생겼길래 방 한 칸을 들이겠다는 거여?"

변쌍출이 평소와 다르게 진지한 목소리로 물었다.

"내 원, 이 말을 해야 하나 말아야 하나!"

"아! 승질 급한 놈은 지 승질을 견디지 못해서 죽겄어. 자꾸 뜸만 들이지 말고 어여 읊어봐."

변쌍출이 답답하다는 얼굴로 침을 튀기며 재촉을 했다.

"시훈이 놈이 사기를 당해서 쫄딱 망했다고 편지가 왔슈."

장기팔이 잔뜩 뜸을 들이고 있었을 때와 다르게 강 건너 불구경하는 목소리로 말을 하고 천장을 바라봤다. 시훈의 편지에 사기 당했다는 글을 읽은 순간 자신도 모르게 죄를 짓고는 못산다는 생각이 났었다. 열심히 땀을 흘려서 모은 돈으로 차린 쌀가게가 아니고, 미군부대에서 흘러나온 양담배며 화장품을 팔아서 모은 돈을 밑천으로 쌀가게를 차려서, 결국 사기를 당하고 마는구나 하는 생각이 들었기 때문이다.

"사기를 당하다니?"

해룡네가 궁금해서 견딜 수가 없다는 얼굴로 장기팔의 잔에 술을 쳤다.

"아, 글쎄!"

장기팔은 너무 억울해서 말이 나오지 않는다는 얼굴로 술잔을 들었다. 막걸리 몇 모금을 빠르게 마신 후에 다시 입을 열었다.

"큰놈이 작년 설에 내려와서 여관 사업을 하겠다고 말을 하드만유."

"여관 사업을 하겠다면, 그 머셔. 여관 쥔이 된다는 말 아녀? 돈 많이 번다는 말은 들었지만 서울에서 여관을 살 정도면 대단히 많이 벌었겠구면."

눈앞으로 펼쳐지는 논을 바라보고 있던 박평래가 술청을 향해 돌아앉으며 부럽다는 목소리로 말했다.

"저 혼자 여관사업을 한다면 누가 말리겠슈. 어떤 놈하고 동업을 한다고 하길래, 지가 동업은 절대로 안 된다고 그랬슈. 동업은 동기간에도 안 하는 법이다. 내가 이 나이 되도록 조선팔도에서 동업으로 성공했다는 사람은 못 들어 봤다, 라고 말유. 아, 그래도 그놈이 시간만 있으면 여관타령을 하지 뭐유. 처가 동네 출신인 어떤 놈이 쥐뿔도 없으면서 건물이 두 채씩이나 있다고 떠벌리고 댕긴 모냥유. 그놈이 시훈이한테 오십 만원씩 돈을 내설랑 여관을 같이 사서 동업을 하자고 시간만 있으면 술 사주면서 살살 부추긴 모냥유. 그놈 꾀에 넘어가서 결국 일을 저지르고 말았지 뭐유."

"일을 저지르다니? 그람 동업으로 여관을 하고 있다는 말여?"

박평래가 열무김치를 우물우물 씹다가 대충 삼키며 물었다.

"형님은 아까 말을 할 때는 워디 갔다 왔슈. 사기를 당했다고 했잖유. 사기를 당해도 보통 당한 것이 아닌 모냥유. 시방 알거지가 돼서 우습지도 않은 모냥유."

"그래서 옛말에 부모 말을 들으면 자다가도 떡이 생긴다는 말이 있잖여. 사정은 딱하게 생겼구먼, 하지만 아무리 쫄딱 망했다고 하지만 방 한 칸 은을 돈이야 남았을 거잖여, 딴 사람들은 그 돈이 읎어서 허리가 휘도록 농사짓고 살잖여. 어채피 서울에 터를 잡았응깨 인제 올라가는 사람들 보담은 세상 보는 눈이 있을 거잖여. 그 안목으로 우리 팔봉이처럼 성냥공장을 댕기던지, 서울역이나 남대문 시장에서 지게꾼을 하더라도 서울에서 살아야지, 여기로 내려와서 뭘 하겠다는 거여. 태수 애비가 면장 땅 열 마지기라도 내논다면 몰라도……"

변쌍출은 술잔을 들었다. 자고로 돈 자랑하지 말고 자식 자랑하지 말라고 했더니, 딱 맞는 말이구먼. 장기팔이 자식 자랑할 때는 멀쩡한 배가 뒤틀리고 아프더니 막상 사기를 당해서 쫄딱 망했다는 말을 듣고 나니까 안됐다는 생각이 들었다.

"왜 가만히 앉아 있는 나를 끌고 간다. 팔봉이 애비 말이 틀린 말은 아닐세. 딴 사람들은 자갈논이라도 팔아 서울로 못 올라가서 안달인데 여기까지 내려올 때야 먼 대책이 있었지 머."

"서울 올라가기 전에 손에 뚝살이 벡히도록 농사를 져 본 아도 아니고, 애비 따라서 염색이나 하던 아가 모산으로 내려올 때야 먼 대책이 있응께 내려 오겠다는 거겠지. 해룡네는 넘들 술 잔 빈 거는 잘도 보면서, 내 술 잔 빈 거는 안 뵈이는 모냥이지?"

"아이고, 영감님 죄송해유. 하도 엄청난 말이라서 잠깐 정신이 나갔었나 봐유."

해룡네가 평소 그녀답지 않게 혀를 차고 있다가 얼른 주전자를 들어서 순배 영감의 잔을 채웠다.

"어여 와, 탁주 한잔 하라고 불렀구먼."

김춘섭이 낮잠에서 덜 깬 얼굴로 들어섰다. 장기팔이 해룡네에게 빈 잔을 갖고 오라는 눈짓을 보냈다.

"방을 한 칸 들인다는 말이 먼 말이유?"

"시훈이가 내려 온다잖여. 무슨 여관을 한다고 설쳐 대더니 사기를 당해서 알거지가 다 됐댜. 그래서 모산에 내려와서 아부지하고 염색을 할 모냥여."

해룡네의 말에 다른 사람들은 모두 벌린 입을 다물지 못하고 장기팔을 바라봤다.

"해룡네는 명색이 술장사를 한다는 여자가, 술만 따라줘도 벌써 꼭지가 돌면 워떡하겠다는 거여. 우리 시훈이처럼 마냥 장사를 접겠다는 거여, 머여! 언지 시훈이가 염색한다고 그랬어. 독일이라는 나라에 광부로 간다고 하드만."

"독일이 워디 붙어 있는 나라여? 그라고 광부를 가면 강원도 황지나 정선 같은 데로 가야지, 머 장한 일 한다고 어느 구석에 붙어 있는지 생판 알지도 못하는 독일이라는 나라까지 간댜?"

변쌍출이 별일도 다 있다는 얼굴로 장기팔에게 물었다.

"학산 누가 그라든데 독일 석탄광업소에 취직을 할 광부들을 모집한다고 하드니, 시훈이가 거기를 간다는 말씀이신가유?"

"춘셉이 자네가 거길 워티게 아능 겨?"

변상출이 김춘섭에게 시선을 돌리고 물었다.

"학산 누구도 거길 갈라고 백방으로 손을 썼는데도 어렵다고 하데유. 노동청에 아는 사람이 있어야 갈 수 있데유. 시훈이는 서울에 살고 있응게 암만해도 학산 사람보다는 통로를 쉽게 알 수 있겠구만유. 시훈이 언제 내려 온데유?"

"방이 있어야 내려오든지 말 거 아녀. 방만 있으면 며느리하고 손자는 내려 보내고, 저는 지 동생하고 있음서 독일 갈 때까지 공사판이라도 댕겨서 돈을 번다고 하드만. 근데 독일가면 돈을 벌기는 버는 거여? 난 솔직히 어지 오후에 편지를 읽고 복창이 터져 죽는 줄 알았구먼. 시훈이 어머는 안직도 머리를 싸매고 둔너 있다믄 더 이상 할 말이 읎는 거지. 아까서야, 제우 정신을 차리고 편지를 다시 읽어 봤더니, 한 달에 우리나라 돈으로 이만삼천오백 원 가량을 받는다고 써 있더만. 난 도시 그 말을 믿을 수 없는데, 춘섭이! 참말로 거기서 먹고살고 워짜고 하믄 만 사천오백 원씩은 저금을 할 수 있다는데, 그 말이 참말여?"

"면서기들도 그라는데, 독일 가면 한 달에 받는 돈이 시훈이 아부지 말처럼은 된다고 하데유. 그람 그 뭐유. 방을 들이고 나면 일단 시훈이도 집에 내려오겠네유?"

"자꾸 시훈이 언제 내려 오냐고 묻는 걸 봉게 춘섭이 자네도 독일 갈 생각이 있는 모냥이구먼."

박평래가 열무김치를 우물우물 씹다 말고 삼키고 나서 물었다.

"갈수만 있다면이야 열 번이라도 가고 싶슈. 그란데 거기 갈라면 섬을 봐야 한다고 하든데유. 그 머여, 국사하고 영어 섬을 봐야 한다고 하든데 시훈이가 영어를 할 줄 아는가 모르겠네?"

김춘섭의 말에 순배 영감을 비롯해서 박평래와 변쌍출은 우리도 그점이 궁금하다는 얼굴로 장기팔을 바라봤다.

"시훈이가 중학교도 안 갔는데 무슨 놈의 영어여. 섬 본다는 야기는 안하고 돈을 좀 썼다는 말은 하드만."

"워녕 그려. 그랑께 경험도 없는 아가 뽑혔지. 시훈이가 내려오면 대관절 돈을 얼마나 써야 갈 수 있는지 그거라고 알아보고 싶구만유."

"우리 태수도 거기나 보낼까?"

박평래가 변쌍출을 바라보며 물었다.

"아여! 그 집에는 독일 안 가도 잘 먹고 잘 살고 있응께 그만두고 난도 시훈이 내려오면 볼일을 봐야겠구먼. 우리 팔봉이도 성냥공장 때려치우고 거기나 보내야겠네. 그랑께 일단은 춘섭이 자네가 낼부터라도 바짝 서둘러서 빨리 방부터 들이게. 그래야 시훈이가 하루라도 빨리 내려올 거 아녀."

"형님들이 하는 말을 듣고 가만히 생각해 봉께 은근히 승질 나는구먼. 나는 멀쩡히 돈 잘 벌고 있는 아들이 사기를 당해서 재산 다 말아 먹고, 팔자에도 없는 독일에 간다는 걸 생각하면 가슴이 아파 잠이 안 오는데. 암만 내 자식 아니라고 워티게 그런 말이 쉽게도 나온데유. 아여! 해룡네는 헛소리 쥐낄 줄만 알았지 춘섭이 온 지가 한참 된 것 같은데 안직까지 술을 안치면 장사를 하겠다는 거여. 말겠다는 거여."

"알았슈. 알았구만유."

장기팔이 버럭 소리를 질러도 해룡네는 입술을 삐죽거리지 않고 얼른 술 주전자를 들고 춘섭이 앞으로 갔다.

처음 가대기를 시작하는 이들은 창고에서 쌀가마니를 메고 오는 일을 한다. 어느 정도 숙련이 있는 가대기꾼들은 균형에 맞도록 창고나 트럭에 쌀을 적재하는 일을 한다. 트럭에 적재를 하면서 어느 한쪽이 기울게 하거나, 전체적 균형을 맞추지 않으면 트럭이 전복 될 수도 있어서 신중을 기해야 하는 까닭이다.

박태수는 털보와 함께 한 조가 되어서 쌀가마니를 트럭에 적재하는 일을 했다. 가대기꾼이 등에 메고 온 쌀가마니를 트럭위에 올려놓는다. 그러면 털보와 함께 호흡을 맞춰서 양쪽에서 갈고리로 쌀가마니를 찍어서 으얏차! 하는 구호 소리와 함께 차곡차곡 쌓았다.

다섯 대의 트럭에 쌀가마니를 실어 보내고 난 시간은 10월의 저녁 바람이 사나워지기 시작하는 컴컴할 무렵이다. 가대기꾼들은 모두 파김치가 되어서 창고 바닥에 주저앉거나, 쌀가마니에 걸터앉거나, 창고 벽에 기대어 지친 눈빛으로 서로를 응시했다.

창고 밖에는 윙윙거리며 바람이 울고 있지만 오후 내내 땀을 흘려서 몸은 더웠다. 저고리 옷고름을 풀어 버리고 근육질의 가슴팍을 드러내고 있는 이가 있는가 하면, 머리를 동여매고 있는 수건으로 아직도 흐르고 있는 목이며 얼굴의 땀을 닦는 이도 있었고, 만사가 귀찮다는 얼굴로 차가운 흙바닥에 큰 대자로 벌렁 누워 있는 이, 드디어 힘든 일을 끝냈다는 만족스러운 얼굴로 여유 있게 담배를 피우는 이도 있었다.

"자! 식당에 술하고 돼지고기찌개가 준비 되어 있으니까 어여 가자구."

소장 정상기가 담배를 입에 물고 나타나서 손뼉을 쳤다. 그 소리에 가대기꾼들은 슬슬 일어나서 머리카락이며 어깨에 묻어 있는 허연 먼지를 털어내며 식당으로 향했다.

"비싼 괴기 꿔 놓고 술 마시는 맛에 가대기를 하는 거지 머."

"그 맛도 없으면 가대기꾼으로 일을 할 수 있는감?"

가대기를 하는 날이 육체적으로는 힘이 드는 날이지만 입은 즐거운 날이다. 쌀가마니를 가득 실은 트럭이 출발을 한 다음에는 으레 식당에서 고기를 굽거나, 푸짐한 생태찌개에 막걸리가 말술로 나온다. 오후 내내 무거운 쌀가마니를 메고 나르느라 기운이 빠져서 다리가 후들후들거릴 지경이지만 어둠 속으로 퍼져 나가는 목소리들에는 생기가 넘쳐흘렀다.

"박형, 잠깐 나 좀 보세."

식당은 정미소와 붙어 있는 창고 건물 안에 있었다. 박태수가 정미소불이 꺼져서 어두운 길을 더듬어 가고 있는데 누군가 어깨를 툭 쳤다. 걸음을 멈춰서 보니 털보가 어둠 속에서 눈빛을 반짝거렸다. 하동호라는 이름보다 얼굴에 털이 많아서 털보라는 별명으로 더 많이 통하는 40대 중반의 남자다.

"이런 말을 해야 될지 안 될지 모르겠지만 말여."

식당 안에서 빠져 나오는 불빛 아래로 정상기와 전우팔이 들어가고 있는 모습이 보였다. 털보는 먼저 담배를 꺼내서 박태수에게 건네며 어둠 속을 두리번거렸다.

"난 심각한 야기는 딱 질색인 사람이여. 그랑께 쉽게 말햐."

"내 뭐 한 가지 물어 봄세."

"이 사람 뜸 들이는데 선수구먼. 나 이래뵈도 대나가나 함부로 입 놀리는 사람 아닝께 빨리 본론만 야기 해 봐. 선한 탁배기에 얼큰하게 끓인 돼지고깃국이 눈앞에 삼삼항께."

"내가 가대기질 하다 봉께 쌀가마니에 대창질을 한 표시 나는 것이 많던데 말여. 박형도 그런 눈치 챘는지 모르겄구먼. 아니면 내가 잘못 본 건지도 몰라서 얼른 말을 꺼내기 어렵구먼."

식당 앞을 밝히고 있는 불빛 밑으로 걸어 들어가는 사람들은 없었다. 땀이 식어서 등으로 파고드는 밤바람이 몸을 으슬으슬 떨리게 만들고 있었다. 박태수는 털보의 말에 자신도 모르게 주변을 두리번거렸다.

"내가 잘못 본거시 맞는감?"

"아녀, 난도 벌써부터 그런 생각이 들었지만 너무 엄청난 일이라 입을 다물고 있었구먼."

대창은 대나무를 칼날처럼 날카롭게 깎은 것을 말한다. 대창은 나락의 건조 상태를 점검할 때 나락가마니를 푹 쑤셔서 나락을 빼낼 때 사용한다. 용도를 다르게 해서 마음먹기에 따라서 얼마든지 가마니의 쌀을 빼 낼 수가 있다. 쌀 한 가마니는 열 말이다. 열 말의 쌀 중에서 한 한 되를 빼낸다고 해서 표시가 나는 것은 아니다. 쌀장사가 말질을 어떻게 하느냐에 따라서 몇 되 정도는 충분히 빼낼 수도 있기 때문이다. 또는 가정에서도 쌀가마니를 들여 놓고 나서 말을 사다가 확인해 보는 경우는 드물다. 쌀 한 가마니에서 한 되씩만 빼낸다고 해도 다섯 가마니면 한 말이고, 오십 가마니면 한 가마니를 뺄 수 있다는 결론이다. 합동정미소는 평균 재고량이 천 가마니 정도가 된다. 박태수는 가대질을 하면서 가끔 대창을 찌른 흔적을 발견했다. 하지만 발설을 하지 않은 이유는 만약 대창질을 한 것이 사실이라면 누군가는 감옥에 갈 수밖에 없다는 두려움 때문이었다.

"나만 잘못 본 거시 아니구먼. 내가 생각할 때는 소장하고 전우팔 그 작자가 암만해도 수상햐. 소장이 우리보다 봉급을 몇 배는 더 받기는 하지만 태평관에서 기생 껴안고 술 마실 정도는 아니잖여. 언젠가 봉께 소장하고 전우팔이 영동에 있는 태평관에서 술을 마시고 나오더라고."

"나도 뭔가 짚히는 거시 있구먼. 하지만 확실한 증거를 잡지 못해서 입 다물고 있는 거여. 그랑께 당분간은 입 다물고 있는 거시 좋을 거 가 텨."

박태수는 작년 언젠가 전상기와 전우팔이 변소 앞에서 주고받던 말이 생각나서 주변을 두리번거리며 말했다.

"더 크게 해먹기 전에 의원님한테 보고를 해야 하는 거 아녀?"

"현장을 잡아야 하잖여. 증거도 없는데 뭘로 보고를 한다는 거여?"

"내 생각이 틀림없다면 오늘 직원들 회식이잖여. 직원들이 모두 술에 곯아떨어졌을 때 대창질을 할 확률이 높다는 말일시."

"그람 의원님한테 시방 먼저 보고부텀 하고 숨어서 현장을 지켜보자 는 거여?"

"이런 젠장, 우리 둘이 확인을 하고 나서 보고를 하잔 말여. 내가 볼 때 소장은 형사들이 심문을 하면 얼마나 버틸지는 모르겠지만, 전우팔 같은 놈은 경찰서 끌고 가서 형사들이 귀통백이 두어 대만 휘갈겨도 열 서너 살 때 동네 씨암탉 잡아먹는 것까지 죄다 털어 놓을 걸."

털보는 어떡하든 박태수를 등에 업고 출세를 하고 싶었다. 주제 파악을 하라고 정상기처럼 소장 자리는 언감생심이다. 소문에 위하면 박태수 가족은 이동하 가족과 특별한 관계이다. 박태수가 쌀 도둑을 잡아낸다면 소장 자리를 차지 할 확률은 높다. 그렇게만 된다면 전우팔 자리를 꿰찰 수 있다는 생각에 목이 마르도록 속삭였다.

이튿날이다.

박태수는 평소와 다름없이 식당에서 아침을 먹었다. 정미소로 출근을 해서 사무실에 들려서 정상기를 만났다.

"오……오늘 하루는 셔야겠슈. 지……집에 볼일이 있어서……"

박태수는 어젯밤 창고에서 봤던 정상기의 얼굴이 떠올라서 고개를 들 수가 없었다. 쌀 전표를 한 장 한 장 넘겨가면서 주산을 놓고 있는 서기 유상복의 책상을 만지작거리며 더듬거렸다.

"목소리가 안 좋은 걸 봉께 집에 큰일이 생겼나보구먼. 오늘은 내 권한으로 출근 처리를 해 줄 모양이니까 내일 아침 아홉 시까지 들어오라구."

정상기는 이동하와 한동네 사람인 박태수를 다른 직원들보다 특별히 생각해 주고 있는 편이다. 이유도 묻지 않고 허락을 해 주며 기분 좋은 얼굴로 어깨를 툭툭 쳐줬다.

"고……고마워유."

박태수는 정상기의 특별한 배려가 오늘 따라 미안하기만 했다. 하지만 도둑질 하는 것을 털보와 함께 똑똑히 목격했으면서도 모르는 척 할 수는 없다고 생각했다. 이동하한테 음으로 양으로 신세진 걸 생각해서라도 보고를 할 수밖에 없었다. 이동하는 국회의원이라 영동 사무실에 있으라는 보장은 없다. 그래도 일단 영동에 있는 이동하의 사무실로 가 봐야겠다고 생각하며 밖으로 나갔다.

"박형, 의원님 만나면 내 야기도 좀 해 줘."

사무실 밖에서 박태수가 나오기를 기다리고 있던 털보가 곁을 지나가며 빠르게 속삭였다.

"여부가 있겄어."

박태수는 사무실을 흘끔 바라본다. 문이 닫혀 있는 것을 보니 정상기는 모르고 있는 것이 틀림없었다. 정미소를 나가면서 전우팔이 무엇을 하고 있는지 찾아본다. 전우팔은 정미기 앞에서 현황판을 들고 무언가를 체크하고 있다.

"어이, 박태수 씨!"

정미소에서 영동시내까지는 오 리 길이다. 박태수는 마치 자신이 도둑질을 한 것처럼 마음이 급했다. 서둘러 정미소를 빠져 나가려는데 전우팔이 부르는 소리가 들렸다.

"일 안 하고 워딜 가는 거여?"

"지……집에 볼일이 있어서 나가는 길유."

전우팔은 어제 대창으로 가마니를 찔러서 쌀을 빼낸 장본인이다. 손전등 불빛 안으로 대창으로 가마니를 쿡 찔러서 몇 번 흔드니까 수도꼭지에서 물이 쏟아지는 것처럼 대나무 구멍을 통해 쌀이 쏟아지는 광경이 선명하게 떠올랐다. 박태수는 전우팔의 모습이 오늘 따라 처음 보는 사람처럼 낯설게만 보여서 주춤 뒤로 물러섰다.

"박태수 씨 인제 보니까 안 되겄구먼. 집에 볼일이 있으면 보고도 안 하고 맘대로 나가도 되는 거여?"

"오늘 하루 쉰다고 소장님한테 말씀을 드렸는데유?"

"이 사람! 이거 참말로 안되겄구먼. 소장님한테만 보고 하면 장땡이여?"

전우팔이 박태수의 위, 아래를 노려보며 황당하다는 표정으로 말했다.

"어려? 왜 내가 전씨한테 보고를 해야 하는데?"

"오늘부터는 내가 이 방앗간의 부소장이란 말여. 그랑께 나한테 보고를 해야지."

"누가 부소장을 시켜 줬는데?"

박태수는 갈 길이 바쁘다. 털보가 전우팔에게 박태수가 붙들려 있는 모습을 보고 슬슬 걸어와서 물었다.

"뉘긴 뉘여. 소장님이 오늘 정식으로 발령을 내주기로 했단 말여."

전우팔의 발에 박태수와 털보는 서로의 얼굴을 마주 바라보며 어깨를 으쓱 거렸다.

"그람 시방이라도 부소장님께 보고를 해야겠구먼."

박태수가 이동하를 만나는 순간 늦어도 두 시간 안에 정상기와 전우팔은 수갑을 차고 경찰서에 앉아 있을 것이다. 털보는 한 치 앞을 모르는 놈이 깨춤을 추고 있다는 생각에 웃음을 참으며 박태수에게 눈짓을 보냈다.

"부소장님, 집에 급한 볼일이 있어서 오늘 하루는 셔야겠슈."

"그려, 그람 오늘은 결근이라 이거지."

전우팔은 옆구리에 끼고 있는 현황판을 들었다. 현황판에는 정미기 점검일지가 편철되어 있었다. 점검일지 귀퉁이에 박태수 결근이라고 썼다.

"소장님이 특별하게 봐 주신다고 했는데 결근이라뉴?"

"그려? 그람 일단 결근처리를 해 놓고 나서, 이따 소장님하고 상의를 해 본 후에 결정을 해야겠구먼. 잘 알았응께 다녀오게."

전우팔은 심각한 얼굴로 고개를 끄덕거리고 나서 점잖게 뒤로 돌아섰다.

"얼른 가 보게."

전우팔을 가소롭다는 얼굴로 바라보고 있던 털보가 박태수의 등을 떠밀었다.

10월이지만 바람 한 점 없는 날이어서 따뜻했다. 박태수는 잠시도 쉬지 않고 길을 재촉해서 영동에 도착했다. 곧장 이동하의 사무실이 있는 곳으로 갔다.

어느 정도 예상을 하지 않은 것은 아니지만 이동하는 서울에 있었다. 사무실 여도한과 자유당 사무실 때부터 비서로 있는 송미향이 앉아 있었다.

"모산 사는 박태수라고 하는 사람인데유. 시방 급한 일땜시 왔응께 의원님하고 전화 연결 좀 해 줘유."

"나한테 말하면 안 되겠슈?"

여도환이 박태수를 소파로 안내를 하며 물었다.

"의원님한테 직접 말씀을 드려야 하는 일인데유……"

"의원님 내일부터 일본 동경에서 열리는 올림픽 구경 가신다고 서울에 계십니다. 혹시 취직이라든지, 뭘 청탁하러 오셨으면 나한테 말해 봐유. 그람 내가 도와 줄테니까."

"의원님한테 직접 말씀을 드려야 하는데……"

"허허! 내가 여기 괜히 앉아 있는 것처럼 보여유? 내가 이래봬도 사무장요. 그래서 나한테 말을 하라는데 왜 말 귀를 못 알아듣겠슈?"

여도환이 소파 상석에 앉아서 올챙이처럼 튀어 나온 배를 슬슬 문지르다 짜증이 난다는 얼굴로 말했다.

송미향이 커피를 가져왔다. 박태수 앞에 커피 잔을 내려놓고 심심하던 중에 마침 잘됐다는 얼굴로 옆에 앉았다.

"그람, 모산으로 들어가서 사모님한테 말씀을 드리는 수벆에 읎겄구먼."

"사모님을 잘 아세요?"

송미향은 어딘지 모르게 낯설지가 않은 박태수의 모습을 살핀다. 소매가 긴 와이셔츠 차림에 검게 염색을 한 군복바지를 입었다. 군복바지에 어울리지 않게 번쩍번쩍 빛이 나도록 닦은 구두를 신고 있는 걸 보니까 농사를 짓고 있는 것 같지는 않았다.

"그런 거까지 말을 해 줄 필요는 읎응게 나는 이만 일어나야겄슈."

"어머, 그러고 보니 언젠가 의원님 만나러 오신 분이잖아요. 죄송해요 몰라봐서……"

"그럴 수도 있쥬 머."

박태수는 여도환의 얼굴을 바라본다. 덩치가 크고 우락부락하게 생기긴 했지만 악한 구석은 없어 보였다.

'전우팔은 도둑놈처럼 생겼남 밸도 읎이 전상기한테 살살거리는 살살이처럼 생겼잖여. 그래도 밤중에 도끼눈을 뜨고 쌀가마니를 뚫은 놈이잖여.'

여도환을 처음 보는 얼굴은 아니지만 믿을 수는 없다는 생각에 커피 잔은 건드려 보지도 않고 일어섰다.

"아이고! 가긴 어딜 간다고 그려유? 의원님한테 급하게 말씀 드릴 것이 있다고 해서 오셨으면 통화를 해야지. 송미향 씨 어서 서울 의원님

사무실에 전화 연결 좀 시켜 줘."

여도환은 박태수를 만만하게 볼 상대가 아니라고 생각했다. 내가 언제 거드름을 피웠냐는 얼굴로 일어서서 웃으면서 박태수를 다시 소파에 앉혔다.

"정미소에 근무를 하고 있슈?"

여도환은 박태수에게 한 갑에 삼십 원씩하는 상록수 담배를 꺼내서 정중하게 권했다. 와이셔츠 어깨며 머리카락에 쌀 먼지가 묻어 있는 것을 뒤늦게 발견하고 물었다.

"예."

박태수가 송미향이 교환을 통해서 서울 시외전화를 신청하는 모습을 바라보며 대답했다.

"정미소에 뭔 일이 터졌구먼."

"머……멀쩡한 방앗간에 먼 일이 터지겠슈."

전화를 끝낸 송미향이 다가와서 의원님은 회의 중이라서 한 시간 후에나 통화가 가능하다고 말했다. 박태수는 벽시계를 바라본다. 열한 시다. 정미소에 있었으면 감자든 찐빵이든, 국수든 새참을 먹을 시간이다.

"야! 이 신문 좀 봐. 눈물의 신금단이라는 기사 읽어 봤슈?"

"신문은 안 봤지만 라디오 뉴우스는 들었슈. 북한의 여자 육상 선수 신금단인가 하는 스물여섯 먹은 처자가 일본 도쿄에 있는 조선회관에서 한국에서 간 아부지를 만났다는……"

여도환이 묻는 말에 박태수가 나도 그 정도는 알고 있다는 표정으로 심드렁한 목소리로 말했다.

"아! 문제는 십삼 년 만에 처음으로 부녀가 상봉을 했는데 단 칠분 간

만났다는 겁니다. 여기 신문을 봉께, 아부지가 첨에 신금단을 끌어안고 조총련 간부들이 모르게 속삭였다고 하네유. 금단아 내 품으로 돌아와 자유를 찾아 가자. 내가 거기 북한으로 갈 수야 있니? 네가 와야지, 라고 말을 하니까 신금단 선수가 십사 년만 기다려 보오, 라고 수수께끼 같은 말을 했다네유."

여도환은 박태수가 들으라는 표정으로 소리를 내서 신문을 읽고 혀를 찼다.

"원래 빨갱이들은 눈물도 인정도 읊는 사람들이잖유. 부녀가 십삼 년만에 만났으면, 하다못해 밥 한 끼 먹을 시간이라도 줘야지. 난중에 아부지가 그 머셔, 우무슨 노 역인가 하는……일본 말을 안 쓴지 하도 오래 됭께 다 잊어 버렸구먼. 그려, 우에노 역장실에서 신금단을 끌어안았는데 딱 삼 분 만에 끝났다고 하데유. 신금단이도 너무 애달파서, 아바이, 아바이! 라고 울면서 기차를 탔다고 하데유."

"가만히 듣고 봉께 유식하셔. 방앗간에서 뭔 일을 하고 있슈?"

여도환이 신문에서 시선을 옮겨 박태수를 바라보며 물었다.

"가대기질을 하고 있슈."

"가대기질이라면?"

"쌀가마니나 나락가마니를 제무시에서 내려 창고로 옮기거나, 창고에 있는 쌀을 제무시에 싣는 일을 가대기질이라구 해유."

"내가 볼 때는 그런 일을 할 사람처럼은 뵈이지 않는데?"

"잘 봐줘서 고맙기는 한데 가대기꾼이 가대기꾼이지 딴 데 가남유. 신문에 좋은 기사 난 거는 없슈?"

"맨, 올림픽 야기 밖에 없슈. 우리나라 선수들이 이번에 선수하고 임원들이 이백이십육 명하고 기자들이 오십 명 참석하고 국민들이 오천 명 정도 참석을 한다드만유. 그 사람들이 오고가는 여비며 숙박비를 평균 삼백 불씩만 잡아도 돈이 굉장하다고 합니다. 막말로 이천 명만 잡아도 육십만 불 이래유. 요새 일 달러 당 삼백 원씩만 쳐도, 육십 만불이면 한 사람당 구만 원을 가져야 된다는 야긴데, 이천 명이면 대관절 얼매여?"

"얼른 계산해 봐도, 일억팔천 만원이네요"

"젠장, 우린 일억팔천 만원이 얼마나 큰돈인지 상상도 못하겠구먼, 하지만 구만 원이믄 요새 쌀값이 올라서 한 가마니에 사천 원씩만 잡아도 스무 가마니가 넘는 돈이잖여. 대관절 대여섯 식구가 일 년 내내 쌀밥으로만 먹어도 충분한 돈을 단 며칠 만에 쓰고 오는 사람들은 어떤 사람이댜?"

"우리 의원님 같으신 분 아뉴……"

여도환은 아침부터 몇 번씩이나 읽은 신문을 뒤적거리며 가끔 하품을 했다. 박태수는 연신 벽시계를 바라보며 이동하로부터 전화가 오길 기다렸다. 스물여섯에 결혼을 했지만 아이가 없어 스물여덟인 작년에 이혼을 한 송미향은 손거울을 받쳐놓고 속눈썹을 다듬으며 시간을 보냈다.

"어머! 사모님!"

박태수는 오늘 따라 거북이걸음으로 가고 있는 시계를 연신 바라보는 사이에 깜박 졸았다. 꿈결인가 싶게 송미향의 놀라는 목소리에 번쩍 눈을 떴다. 옥천댁이 막 문을 열고 들어오고 있었다. 이게 꿈인가, 생신가? 옥색 한복을 곱게 차려 입은 옥천댁의 모습은 현실처럼 보이지가 않았다. 꿈속의 희미한 안개 속에서 다소곳하게 걸어오고 있는 것처럼 모여서 눈을 비볐다.

"여……여기를, 워찌……"

박태수는 꿈이 아니고 현실이라는 생각에 놀라서 어쩔 줄 몰라 하는 얼굴로 손을 비볐다.

"저는 영동에 볼일이 있어서 왔지만, 인숙이 아부지는 먼 일로?"

옥천댁은 곁에 여도환과 송미향이 있는데도 은밀하게 박태수를 만나고 있는 것 같은 기분이 들었다.

'내가 왜 이라능 겨, 저이는 인순이 아부지 일뿐이잖여.'

잔기침을 하며 마음을 가다듬고 의식적으로 차분한 목소리로 물었다.

"의원님한테 급하게 말씀을 드릴 일이 있다고 찾아오셨슈."

여도한이 하마 같은 덩치에 어울리지 않게 봄바람이 살랑거리는 목소리로 말했다.

"마……마침 잘됐구만유. 어채피 사모님도 아셔야 할 일잉께 조용히 드릴 말씀이 있구만유."

"그람, 저쪽으로 들어가유. 그렇지 않아도 인숙이 아부지 한번 만나 뵐려고 했는데 잘 됐네유."

옥천댁은 박태수가 뭔가 중요한 일이 있어서 찾아 왔을 것이라고 생각하며 이동하 사무실을 손짓했다. 이동하 사무실 앞에는 <민주공화당 국회의원 이동하>라는 팻말이 붙어 있다.

"사모님 차는 뭘로 드시겠습니까?"

"전 괜찮아유. 차 뭘로 드실래유?"

"아……아까 마셨슈."

송미향은 그녀답지 않게 얌전하게 인사를 하고 뒷걸음을 쳐서 사무실을 나갔다. 박태수는 옥천댁과 단둘이 있게 되니까 기분이 이상해졌다. 괜히 뒷머리를 문지르면서 사무실 안을 둘러보았다. 예전에 와 봤을 때보다 눈이 부실 정도로 호화스러웠다. 소가죽소파에는 비단 방석이 누워있고, 창문을 등지고 있는 푹신한 회전의자 앞에는 고급마호가니 책상이 턱 차지하고 있다. 책장에는 세계문학전집을 비롯해서 전집류 책이 가득 차 있고, 장식장에는 도자기 두 점이 있고, 벽에는 백호 크기의 액자 안에는 말 다섯 마리가 질주를 하고 있었다.

"앉으세유."

"예……."

박태수는 몇 년 전에 귀신에 홀린 듯 옥천댁을 따라서 영동까지 나갔던 기억이 떠올라서 얼굴이 붉어졌다. 주춤거리는 몸짓으로 의자에 앉아서 시선을 어디다 둘지 몰라서 마른침만 꿀꺽꿀꺽 삼키며 손가락을 만지작거렸다.

"아까 집에서 나올 때 봉께 사과나무가 엄청 좋데유."

"좋으면 뭐해유. 툭하면 태풍에 뽑혀 나가거나 얼어 죽고 마는데. 하여튼 그놈의 과수원만 생각하면 복통이 터져 죽겠다니께유."

박태수는 과수원만 생각하면 저절로 화가 난다는 얼굴로 볼을 실룩거렸다.

"아녀유. 제가 볼 때는 이번에는 틀림없이 잘 자라서 수확을 할 수 있을 거 같아유. 그랑께 너무 상심하지 마셔유."

"그렇게만 된다면 더 할 말이 없쥬, 머."

박태수는 옥천댁이 부드럽게 미소를 짓는 통에 얼굴이 화끈 거려서 슬그머니 고개를 돌렸다.

박태수가 시선을 돌리니까 옥천댁도 할 말이 없었다. 괜히 사무실 안을 천천히 둘러보다가 자신도 모르게 박태수를 바라본다. 얼굴은 물론 목덜미까지 빨간 것을 보니까 자신을 여자로 생각하고 있는 것 같았다.

"승철이 애비한테 긴하게 드릴 말씀이라는 거시 무슨 말여유?"

옥천댁도 그러면 안 된다고 생각하면서도 박태수가 자꾸 남자로 보였다. 그럴수록 일부러 박태수의 얼굴을 똑바로 바라보며 말했다.

"사……사모님께서 먼저 말씀을 하셔유. 저를 볼라고 하는 이유가 뭔지……"

옥천댁과 다르게 박태수의 눈에는 옥천댁은 이병호의 며느리도 아니고 국회의원 이동하의 아내도 아닌, 소나기가 억수같이 쏟아지는 날 꿈결같은 시간을 보냈던 여자로 밖에 보이지 않아서 시선을 고정시킬 수가 없었다.

"다름이 아니고유, 우리 승우가 이학년 때부텀 영동에서 학교를 다니고 있잖아유. 근데 자꾸 인숙이도 영동에서 학교를 같이 댕기게 해달라고 떼를 쓰지 뭐예유. 츰에는 몇 번 그라다 말겠지, 하고 살살 달래 봤는데 그게 아니더라구유. 하도 노래를 부르길래 나이가 들면 잊어 지겠지 하는 생각에 삼학년이 되믄 인숙이도 델고 오자, 그랬거든유. 그랬드니 이놈이 고걸 안 잊어 먹고 시방까지 기억을 하고 있지 뭐예유. 요새는 내년에 인숙이를 영동으로 데리고 오지 않으면 학교를 가지 않겠다고 떼를 쓰는 통에 안남댁이 아침마다 씨름을 한데유. 오늘은 아주 학교를 안 가겠다고 버틴다는 전갈을 받고 이렇게 영동까지 나왔구만유……"

옥천댁은 박태수가 얼굴을 들지 못하는 이유가 자신 때문일 것이라는 생각이 들어서 가슴이 떨렸다.

"그럼 워틱한데유? 모산 집을 두고 영동으로 이사를 나올 형편도 못되는데……"

"이런 말씀 드리기가 죄송하지만……저……인숙이를 저희가 데리고 있으면 워티겠슈. 먹는 밥이야 숟가락 하나만 더 있으면 되는 거고, 집이 학교 근처라 즈덜끼리 손잡고 댕기면 될 거 같어서유."

"저야, 사모님이 그렇게만 해 주신다면 백번 찬성 할 일이지만……"

"인숙이 아부지만 찬성을 한다면, 인숙이 어머한테도 따로 말씀을 디려 볼 생각유."

"상의를 해 봐야겠지만 반대 할 명분이 없겠쥬. 당사자인 인숙이야 좋다고 팔짝팔짝 뛸 거이고"

"그렇게 생각해 주신다면 참말로 고맙구만유……"

옥천댁은 박태수를 한 남자로 생각하면 안 된다고 생각하고 있었는데도 어느 틈에 손바닥에 촉촉하게 땀이 배어 있다는 것을 알았다. 아녀, 내가 시방 먼 생각을 하는 거여. 이라면 안 되는 거여. 슬그머니 핸드백에서 손수건을 꺼내 손바닥을 닦고 있는데 노크 소리와 함께 송미향이 들어왔다.

"의원님 전화 연결 되었어요"

송미향이 마호가니 책상 위에 있는 전화기의 수화기를 들며 박태수에게 말했다.

"의……의원님, 저 박태수유……"

박태수는 송미향이 머뭇거리고 있는 것을 보고 옥천댁을 바라봤다. 옥천댁이 미소를 띤 얼굴로 송미향을 밖으로 내보냈다.

"소장님하고 전우팔이라는 직원이 창고에 있는 쌀을 훔쳐 파는 걸 봤슈. 저 혼자 본 것도 아니고 털보라고……이름이 하동호라고 하는데유, 둘이 똑똑이 봤구만유. 그라고 봉께 작년에도 둘이 트럭으로 쌀을 실어 냈다는 말도 들은 거 가튜……예……대창으로 찔러서 쌀을 빼드만유……소장은 몰라도 전우팔은 대가 약해서 형사들이 인상만 써도 다 털어 놓을 거유……"

이동하는 박태수가 예상했던 것처럼 수화기를 씹어 먹을 것처럼 화를 냈다. 그것에 그치지 않고 당장 경찰서장에게 전화를 걸어서 전상기와 전우팔을 유치장에 쳐 넣고 말겠다며 이를 갈았다. 박태수는 공범이라도 되는 것처럼 진땀을 흘리며 이동하가 묻는 대로 대답을 했다.

"전화 좀 바꿔 줘 봐유……"

박태수가 통화하고 있는 내용을 듣고 난 옥천댁이 수화기를 돌려받았다. 간단하게 영동에 온 이유를 말하고 나서 정미소는 고향사람이 맡는 것이 좋다며 박태수가 소장을 맡아야 한다고 말했다.

"아! 안 돼유, 제가 감히……"

옥천댁 옆에서 통화 내용을 듣고 있던 박태수는 깜짝 놀라며 수화기를 잡고 있는 옥천댁의 손을 잡고 말렸다.

"그람유! 인숙이네야 우리하고 남도 아닝께 애초부터 소장으로 앉혔으면 이런 일도 안 생겼을 거잖아유. 그렇게 알고 전화 끊을께유."

박태수가 손을 잡는 순간 옥천댁은 흠칫 놀랐다.

'이이가 워짤라고?'

소나기가 억수같이 쏟아지는 날 외양간 앞이 번쩍 떠올랐으나 내색은 하지 않았다. 태연한 표정으로 말을 하며 박태수의 눈치를 살폈다.

'내……내가 시방 먼 짓을 한 거여!'

박태수는 황송하게도 옥천댁의 손을 잡았다는 걸 뒤늦게 알고 소년처럼 얼굴을 붉히며 얼른 손을 내렸다.

"전화하는 내용 들었쥬? 그 사람들은 승철이 애비가 오늘 중으로 처리를 한다고 했슈. 그렇게 알고 당장 오늘부터 정미소를 책임져 주셔유."

옥천댁은 박태수의 얼굴이 붉어진 이유를 알 것 같았다. 덩달아서 가슴이 떨렸다. 내가, 시방 먼 생각을 하는 거여. 이내 박태수에게 향하는 마음을 다그쳐 잡으며 차분하게 말했다.

"지가 배운 것이 있어야쥬……."

"방앗간 일이 별건가유? 회계 문제는 유 서기가 있응께, 나락 들어오고 나가는 것만 똑바로 셈하면 되는 거잖유. 어렵겠지만 저를 봐서 좀 맡아 줘유."

"사모님이 그렇게 말씀하신다면 당연히 지가 책임을 져야겠쥬……."

박태수는 저를 봐서 책임져 달라는 말이 가슴을 찌르르 울리는 것을 느끼며 마른 침을 꿀꺽 삼켰다.

철용이

여핀네가 남편 알기를 꿔다 놓은 보릿자루처럼 여깅께
집안 꼴이 이 모양 요 꼴로 흘러가지.
느덜은 밤도 깊었는데 잠 안 잘 겨?
철준이도 낼 이발소 출근할라믄 일찍 자야 할 거잖여.
영숙이 넌 숙제 읎어?

별도 달도 없는 그믐밤이다.

학산에 일을 나갔던 김춘섭은 얼큰하게 취해서 집 앞에 도착했다. 방에서 희미하게 불빛이 빠져 나와 뜰팡을 어스름하게 비추고 있다. 내가 왔다는 것을 알리기 위해 크음! 하고 헛기침을 했다. 평소 같았으면 문을 열고 맞는 철용네가 인기척이 없다.

이 여자가 어디 밤 마실 갔나?

정지를 바라보니까 때 아니게 닭 삶는 냄새가 솔솔 풍겼다. 그러고 보니 아궁이에 불씨도 벌겋게 남아 있다.

"웬 닭여? 오늘 지사는 아닐긴데……

김춘섭은 혼잣말로 중얼거리며 방문을 열었다. 방 안에는 철용네만 있는 것이 아니다. 철준이, 철재, 영숙이까지 말똥말똥한 얼굴로 앉아 있는데 방 안 분위기가 왠지 모르게 무겁게 와 닿았다.

"아들은 저 혼자 퇴원해서 정처 없이 어디론가 사라졌다는데, 애비라는 사람은 날이면 날마다 술타령이나 하고……"

김춘섭이 집안 분위기가 왜 이러냐고 물어보려는 찰나였다. 철용네가 먼저 코맹맹이 목소리로 말을 하다 말고 저고리고름으로 눈자위를 찍었다.

"뭔 일 있었냐?"

김춘섭이 방 안에 들어가니까 그림자가 천장을 덮었다. 아랫목에 앉아 있던 철준이와 철재가 윗목으로 갔다. 그 자리에 앉는 순간 그림자도 벽으로 미끄러져 내려왔다.

"큰오빠한테 편지 왔어. 나흘만 있으면 퇴원을 한댜. 하지만 오빠 데리러 서울 올 필요 없댜. 혼자 퇴원해서 서울에서 살기로 결심했다능겨. 그 말 듣고 어머 시방까지 울었잖여. 저녁도 안 먹고……"

철준이와 철재는 풀이 죽은 표정으로 서로의 얼굴만 바라 볼 뿐 말을 하지 않았다. 영숙이 철용네처럼 젖은 목소리로 말을 하다말고 손바닥으로 얼굴을 가리고 울기 시작했다.

"철용이가 편지 보냈냐?"

"편지 등잔 밑에 있잖유……"

김춘섭이 놀란 목소리로 묻는 말에 철준이가 등잔 밑을 가리켰다.

"뭐라고 편지를 써 보냈길래, 온 집안 식구들이 이라능 겨……"

김춘섭은 술이 깨는 것을 느끼며 등잔불 밑에 있는 편지를 끌어 당겼다. 등잔불 앞으로 엉덩이를 옮겨 앉아서 봉투 안에 들어 있는 편지지를 꺼냈다. 빨간색 줄이 쳐져 있는 편지지에 연필로 눌러 쓴 철용의 글씨를 보는 순간 코끝이 찡해져 와서 큼! 하고 헛기침을 하며 편지를 읽기 시작했다.

아버님, 어머님 그동안 만수무강하셨습니까? 가을 타작은 잘 했는 걸로 알고 있습니다. 불초소생은 부모님이 걱정해 주시는 덕분에 상처가 완전히 아물어서 퇴원을 앞두고 있습니다. 저의 불찰로 인해서 부모님께 씻을 수 없는 걱정을 끼쳐 드린 것을 생각하면 지금도 소자는 눈물이 앞을 가립니다.

동생들한테도 형으로 오빠로 행세도 못 할 것을 생각하면 면목이 없어서 가슴이 아픕니다. 하지만 앞으로는 일절 저에 대한 걱정은 손톱만큼도 하시지 말기 바랍니다. 저는 여러 날 동안 고민해 보고, 또 고민한 결과 경훈이 형님하고 같이 난곡동에서 살기로 했습니다. 경훈이 형님이 거기서 장사를 하는데 제가 팔이 한쪽 없어도 아무런 지장이 없다고 합니다. 외려, 모산에 내려가 봐야 팔병신이라고 놀림만 받고, 부모님께 걱정을 끼쳐 드릴 것이라고 말을 하는데 저도 그 점에는 동감을 하고 있습니다. 하오니 역부러 시간을 내서 서울에 오시지 않아도 됩니다.

그동안의 입원비는 공짜나 마찬가지지만 완전히 공짜는 아니고 쪼끔 나왔습니다. 그건 제가 난중에 갚기로 하고 경훈이 형님이 부담을 하기로 했습니다. 그렇게 아시고 불초소생이 반드시 성공하여 금의환향하는 그날까지 부디 몸 건강히 오래오래 사시길 바랍니다.

불효자 철용 드림

205

추신

　그리고 이 편지를 읽을 철준이, 철재, 영숙이는 내 말을 잘 들어라. 이 못난 형이 한때의 실수로 인해 시방은 너희들 앞에 떳떳하게 나타날 수는 없다. 그러나 나는 하늘이 두 쪽 나는 한이 있드래도 반드시 성공한 모습으로 너희들 앞에 나타날 것이다. 그러니 그동안 아버님, 어머님 말씀 잘 듣고 몸 건강하게 지내길 바란다.

못난 형, 오빠로부터

　김춘섭은 편지지를 든 손을 등잔불 밑으로 힘없이 내리며 짤막하게 한숨을 내쉬었다. 장기팔의 둘째 아들 경훈이 그동안 병원에 몇 번 들렀다는 점은 소식을 들어서 알고 있었다. 경훈이는 장기팔의 말에 의하면 해병대에서 제대를 한 후에 무슨 장사를 하고 있는데 그럭저럭 밥벌이는 하고 있다고 한다. 외팔이로 시골에서 힘들게 농사를 지으며 사는 것보다는 서울에서 장사로 제 앞가림을 하는 것도 괜찮을 것 같은 생각이 들었다.

　아녀, 장사는 아무나 하는 것이 아니잖여. 그 순해 빠진 놈이 뭔 장사를 한다는 거여. 외려 경훈이한테 신세만 지다가, 난중에 의가 상하면 워턱햐. 경훈이한테도 쫓겨나서 저 혼자 떠돌게 되믄 팔도 한짝 읎는 놈이 뭘 해 먹고 산댜. 외려, 츰부터 내가 데리고 살다가 달달 봉사도 짝이 있다고, 워디 적당한 데 장가보내서 그럭저럭 살게 하는 거이 낫지……

　생각해보니까 경훈이하고 같이 있는 것이 좋을 것이라는 생각이 들었다. 그러나 다른 한편으로 생각해 보면 경훈이와 같이 있는 것이 옳은 방법은 아닐 것 같았다. 차라리 모산으로 데리고 내려와서 장사를 시켜도 내가 데리고 다니면서 시키는 것이 현명한 방법이 될 것 같다는 생각이 들었다.

"당신이 시방 말은 안 해도 뭘 생각하고 있는지 다 알아유. 철용이가 모산 내려와 봤자, 지대로 농사도 못 지을껭게 날망집 아들하고 같이 있는 것이 낫다고 생각하고 있을규. 하지만 이븐에는 돌아가신 시어머님이 살아 오셔서 말씀을 한다고 해도 절대로 양보 못해유. 오늘 낮에 상규네한테 설 전에 주기로 하고 천 원 꿔 왔슈. 암탉은 내일 병원에 갈 때 들고 갈라고 철준이가 모아 놓은 돈으로 순배 영감네 가서 사 왔슈. 하늘이 두 쪽 나는 한이 있드래도 낼은 새벽참에 서울 올라갈 참유. 가서 워떤 일이 있드래도 철용이 손을 잡고 내려올 모양잉게 그렇게 알고 있으믄 될규."

김춘섭이 편지를 읽는 동안 못마땅한 표정으로 바라보고 있던 철용네는 말을 하기 전에 마른 침부터 꿀꺽 삼켰다. 김춘섭을 바라보던 시선을 방문 쪽으로 옮기면서 단호하게 말했다.

"여핀네가 남편 알기를 꿰다 놓은 보릿자루처럼 여깅게 집안 꼴이 이 모양 요 꼴로 흘러가지. 느덜은 밤도 깊었는데 잠 안 잘 겨? 철준이도 날 이발소 출근할라믄 일찍 자야 할 거잖여. 영숙이 넌 숙제 읾어?"

김춘섭은 철용네의 말에 반박하고 싶지는 않았다. 하지만 아이들 앞에서 굳이 티를 낼 것이 뭐냐는 생각에 혀를 차면서 문 앞으로 가서 앉았다. 담배를 꺼내 입에 무는데, 이 모든 것이 내가 무능한 탓이라는 생각이 불쑥 들었다. 왈칵 눈물이 쏟아질 것 같아서 크음! 하고 천장을 바라봤다.

"내가 뭐라고 했슈? 서울 가기 싫은 아들 억지로 보내서……고집 펴서 서울 보낸 거 까지는 좋아유, 서울 생활이 싫다고 눈물의 편지를 보냈을 때는 저도 다 생각이 있어서 그런 편지를 보냈을 거잖유……그때 그만 못 이기는 척 데리고 내려 왔으면……"

"좌우지간 우리나라 여핀네들은 지난 야기 끄집어내고 눈물 적선하는 데는 죄다 선수들이랑께. 아! 깨진 바가지에 물 담을 수 있어? 뻐스 지나간 다음에 암만 손을 들어 봐. 뻐스가 되돌아오는지? 편지를 읽어 봉께 정처 읎이 어디로 떠난다는 야기도 없드만. 경훈이하고 같이 있고 싶다는 아를 당분간은 그냥 뒤도 될……"

김춘섭은 철용이를 데리고 오는 쪽으로 마음이 기울어져 있었다. 철용네가 하는 말을 듣고 버럭 화를 냈다.

"아부지, 이런 말씀을 드리기는 뭐 하지만 지 생각에는 형이 다시 서울로 올라가는 한이 있드래도 일단 집에 와서 몸보신 좀 했으믄 좋겠슈. 지가 이발소에서 들었는데 팔 다치고 그런 데에는 참깨구리 고기가 좋데유. 집에 와 있으면 철재하고 둘이서 틈틈이 벌똥골 골짜기에서 깨구리도 잡고, 겨울에는 산에 올미를 놔서 산토끼 같은 것도 잡아서 몸보신 부텀 하는 것이 중요하다고 봐유. 어채피 군대는 못 강께, 그 담에 서울로 올라가서 편지에 나와 있는 것처럼 경훈이 형하고 무슨 장사를 하든지, 워디 한 손이 읎어도 할 수 있는 극장에서 표 받는 데라든지 그런데 취직을 하는 것이 좋을 거 가튜."

철준이 김춘섭의 눈치를 보면서 목이 잔뜩 잠긴 목소리로 말했다. 고개를 숙이고 있는 철재는 눈물이 방바닥에 떨어져서 손가락으로 문지르다 고개를 벽 쪽으로 돌렸다.

"난도 큰오빠가 보고 싶어. 오빠 팔이 없으면 워뗘. 팔이 있어야 오빠

고, 팔이 읎다고 오빠가 아닌 거는 아니잖여. 서울 가서 놀다가 사고가
난 것도 아니잖여. 고생고생만 하다가 다쳤는데 머가 면목이 없다는 건
지, 난 도시 이해를 할 수가 읎구먼."

"자식들이 애비보다 낳구먼. 딴 때는 몰라도 낼은 서울 갈 팅께 그렇
게 아슈. 느덜은 어여 넘어가서 자라."

김춘섭은 자식들까지 나서서 한 마디씩 하는 통에 뭐라고 말을 할 수
가 없었다. 에이! 나만 나쁜 아부지가 됐구먼, 이라고 중얼거리며 벌떡
일어나서 문을 열고 마당으로 나갔다.

"변소 갈라고 나온 겨?"

김춘섭이 홧김에 방에서 나오기는 했지만 마땅하게 갈 곳이 없어서
우두커니 서 있을 때였다. 윤길동이 주전자를 들고 골목에서 나오며 물
었다.

"워딜 가능 겨?"

"잠이 안 와서 해룡네 집에 탁주 한 되 받으러 가는 질여."

"잘 됐구먼. 나도 딱 한 잔이 부족해서 잠이 안 오던 참이었는데."

김춘섭은 자신도 모르게 등잔불빛이 어설피 빠져 나오는 방문을 노려
보고 윤길동이 있는 곳으로 걸어갔다.

"요새는 상규 아부지가 없응게 둘이 단짝이 됐구먼."

해룡네가 인기척에 방문을 열었다가 김춘섭과 윤길동이 들어서는 것
을 보고 밖으로 나왔다.

"탁주 한 되 줘. 그라고 여기 주전자에도 한 되 채워주고"

"여기서 마시고 가면 그만이지, 뭐 할라고 또 받아 가능 겨?"

"나만 잠이 안 오는 것이 아니고 향숙이 어머도 마찬가지여. 혼자만

술 냄새 풍기고 갔다가는 쫓겨날 껴. 철용이 땜시 그라는구먼. 철용이는 언지쯤 퇴원을 한댜?"

윤길동이 막걸리 한 대접을 달게 비우고 나서 총각김치를 먹으며 물었다.

"편지가 왔잖여, 수일 내 퇴원한다고 말여."

김춘섭은 학산에서도 일을 하는 틈틈이 막걸리를 마셔서 윤길동처럼 급하지가 않았다. 새끼손가락으로 막걸리를 슬슬 저으면서 우울하게 대답했다.

"병원비도 솔찮지?"

"철용이가 다쳤다고 했을 때 올라가서 며칠 있었잖여. 영등포시립병원에는 하루 평균 구백 명에서 천이백 명 정도 환자가 온다드만. 그중에서 팔십 프로 이상이 꽁짜 환자랴. 입원비는 별 문제가 없는데 진짜 문제는 시방부텀여. 병원 안에 있을 때야, 맨 보이는 사람들이 교통사고로 다리가 도망가고, 건축 현장에서 떨어져 허리를 못 쓰고, 철용이 마냥 팔이 절단된 사람들 백에 읎잖여."

김춘섭은 윤길동의 빈 잔부터 채워주고 나서 자기 잔을 들었다.

"그려, 병원에 가면 멀쩡한 사람보담 아픈 사람이 많은 것은 당연지사지."

윤길동이 김춘섭의 말을 이해할 수 있다는 얼굴로 고개를 끄덕끄덕거렸다.

"내 생각에는 여기로 내려오는 것보다는 도시에 있는 거시 날 거 가텨. 철용네 말을 들어 봉께 손모가지만 날아간 것이 아니고 팔뚝이 날아갔담서. 그 손으로 모를 심겄어? 아니면 나무를 하겄어? 그기 아니면 가마니를 짰겄어. 하지만 도시에서는 할 일이 많잖여. 그 머여. 망태기를 메고 댕김서 넝마를 주워⋯⋯."

"해룡네, 술맛 떨어지게 할 텨?"

김춘섭이 막걸리를 마시다 말고 술잔을 탁 소리가 나도록 내려놓으며 해룡네를 노려봤다.

"난도 크게 걱정할 필요는 읎다고 봐. 당장 학산 면소재지만 가 봐도 전쟁통에 다친 상이군인들이 한두 명이 아니잖아. 모두 장가 잘 가서 자식들 잘 키움서 살아가고 있잖여. 영동읍내 버스 정류장에는 양쪽 다리가 없는 이도 구두를 닦음서 지 밥벌이는 하고 있잖여. 표고 골목 초입에 있는 담배 가게 하는 이도 한쪽 팔이 없는 이가 하고 있는 거잖여. 내 말은 츰에는 가슴이 무너지다 못해 찢어지겄지만 그렇게 살다보면 나름대로 다 지 살길을 찾기 마련이란 말일씨. 하지만 우리 향숙이는⋯⋯."

윤길동은 차마 말을 잇지 못하겄다는 얼굴로 술대접을 노려보다가 덥썩 들어서 벌컥벌컥 들이키기 시작했다.

"향숙이는 뭐가 부족햐. 얼굴이며, 마음씨며, 키며, 머 하나 부족한 것이 읎지. 그런데도 시집도 못가고 뭇사람들을 상대로 점이나 쳐 주고 살고 있는 것을 생각하면 원통하다 못해 칼을 입에 물고 칵 죽고 싶겄지. 하지만 사람 팔자는 하늘 벢에 모른다고 또 누가 알아? 언제 어느 시에 맘이 변해서 멀쩡하게 살게 될지도?"

"난도, 그거 하나 믿고 하루 밥 세 끼 먹고 있구먼. 그런 희망도 읎으면 나나 향숙이 어머 둘 다 무슨 낙으로 밥알을 씹겄어."

"꼬막네가 그라는데, 향숙이만큼 신이 제대로 든 무당도 읎다고 하드만. 그날 안 봤어? 신 어머라고 큰소리치던 꼬막네가 향숙이 앞에서 예이! 예이! 용서해 주서유, 제발 한 번만 용서해 주서유, 라고 바들바들 떨었잖어. 그런 아가 쉽게 지 정신으로 돌아 오겄어?"

김춘섭과 윤길동이 어두운 표정으로 한숨 섞인 말을 주고받는데 해룡 네가 끼어들었다. 그녀는 나하고는 아무런 상관이 없다는 얼굴로 야무 딱지게 말했다.

"술 다 들었으면 그만 일어날까?"

"그려. 한 되 더 먹을라고 했더니 술맛이 싹 달아나 버렸구먼."

김춘섭은 윤길동이 묻는 말에 주머니를 뒤졌다. 막걸리 한 되 가격이 요즘은 5원이 올라서 30원이다. 십 원짜리 석 장을 한 장씩 헤아려 술청 위에 내려놓았다.

영등포역에서 내린 철용네는 김춘섭처럼 택시를 타지 않았다. 김춘섭 이 나중에 택시 운전사에게 속은 것을 알고 바가지로 욕을 퍼부으며 걸 어서 영등포역에 도착했던 것처럼 행인들에게 묻고 물어서 중마루에 있 는 시립영등포종합병원에 도착했다.

닭이며 사과에 찐 계란이며 사이다가 들어 있는 보따리를 들고 한걸 음에 뛰는 듯 들어간 병실에 철용이는 없었다. 옆 침대 환자에게 물어 보니까 마당에서 운동을 하고 있을 것이라며 말해줬다.

서울에서 살면서도 등신질은 혼자 도맡아 하고 있구먼. 날씨도 오뉴 월 날씨도 아니고 몸도 성치 않은 놈이 먼 놈의 운동이여……

철용네는 철용이를 반드시 데리고 내려가야 한다는 생각이 더 굳어졌 다. 철용이는 나뭇잎이 밥풀만하게 붙어 있는 버드나무 밑 벤치에 앉아 있었다. 찬바람에 버드나무 가지만 황량하게 흔들리는 것이 아니었다. 팔이 없는 철용의 환자복 소매도 허무하게 흔들리고 있었다. 철용네는 바람에 허무하게 흔들리는 팔소매를 보는 순간 눈물이 콱 쏟아져서 얼른 철용이에게 달려가지 못하고 병원 모퉁이로 숨어들었다.

어이그, 못난 놈! 저기 혼자 앉아 먼 청승을 떨고 있는 거여.

철용네는 찬바람이 나부끼는 건물 모퉁이에 숨어서 눈물을 닦아내고 또 닦아내고 침을 삼켰다. 옷매무새까지 대충 다듬고 나서야 천천히 걸음을 옮겼다.

"어머! 어머가 여기까지 웬일이여! 내 편지 못 받아 봤어?"

철용은 치마저고리 입은 어떤 여자가 자기 앞으로 걸어오고 있는 모습을 바라봤다. 가깝게 다가오는 모습이 철용네라는 것을 안 순간 깜짝 놀라며 일어섰다.

"너는 오뉴월도 아니고, 바람도 찬데 여기서 무슨 청승을 떨고 있는 거여. 어여 안으로 들어가자."

"경훈이 형이 오기로 했단 말여. 병실에서 가만히 앉아 있는 것도 답답하고 해서 나와서 기다리고 있는 참여. 근데 어머는 내 편지 못 받아 본 겨?"

"편지를 받아 봤응께 올라 왔지, 어여 들어가자"

철용네는 철용의 손을 잡고 병원 쪽으로 향했다.

"편지에 뭐라고 써 있는데? 철준이가 읽어 줬어? 철재가 읽어 줬어?"

철용이가 철용네가 잡은 손을 풀며 도저히 이해가 되지 않는 다는 얼굴로 물었다.

"경훈이 언지 온다고 했냐?"

철용네가 다시 철용의 손을 잡고 병원으로 향하며 물었다.

"올 때가 됐응께 나가서 기다리고 있었지. 내가 편지에는 분명히 서울에 올라올 필요가 읎다고 썼는데, 누가 읽어준 겨?"

철용이 철용네가 잡은 손을 풀고 서울에 온 이유를 말하지 않으면 움직이지 않겠다는 얼굴로 앞을 가로막았다.

"느 아부지가, 서울 가서 너를 데리고 오라고 해서 왔다. 됐냐?"

"참말로 아부지가 나를 데리고 내려오라고 했단 말여?"

철용이는 철용네가 등을 떠미는 대로 걷다가 멈춰서 믿어지지 않는다는 얼굴로 물었다.

"느, 아부지는 눈물도 피도 읎는 사람인줄 알았냐? 다, 너 잘 되라고 그라는 거지. 맘속으로야 지 새끼 미워하는 애비가 이 세상에 워디 있냐? 그랑께 퇴원해서 딴 데 갈 생각지 말고 이 어머하고 같이 기차 타고 내려가자."

철용은 어느 해인가 영등포역 근처에 있는 여인숙에서 김춘섭과 하룻밤을 보내던 날이 생각났다.

"니가 우리 집 장남이여. 장차 니 동생들은 니가 공부도 갈키고 시집 장가도 보내야 할 막중한 책음이 있는 사람이란 말여. 그랑께 고생이 되드라도 참고 있어봐. 내 말 무슨 말인지 잘 알겠지?"

그해 겨울 좁고 더러운 여인숙에서 김춘섭이 그 말을 하지 않았다면 그 다음 날 영동행 기차를 탔을 것이다. 영동에 내려갔으면 팔을 잃어버리지도 않았을 것이다. 하지만 김춘섭의 말은 뼈에 아로새겨야 할 만큼 지극히 당연한 말이었기에 마음을 바꾸고, 그 다음 날 영등포역에서 김춘섭을 배웅하고 철공소로 갔었다.

"너 줄라고, 닭 삶아 왔구먼. 어디 조용한 데 읎냐?"

철용네가 병원 안으로 들어서서 좌우를 두리번거리며 물었다.

"병실에서 딴 사람들하고 나눠 먹으면 되잖여."

"야, 좀 봐. 내가 닭을 대여섯 마리 삶아 왔는지 아녀. 너 혼자 먹으면 딱 맞을 한 마리여. 닭 한 마리 갖고 누구 코에 붙여?"

병원 복도에는 환자복을 입는 환자들이며, 간호원, 문병을 온 사람들이 많았다. 철용네가 그들을 바라보며 작은 목소리로 속삭였다.

"집에서도 원래 닭 한 마리 삶으면 온 식구들이 먹었잖여. 그라고 다른 환자들도 집에서 이런 거 갖고 오믄 같이 나눠 먹는단 말여."

철용이 철용네가 들고 있는 보따리를 빼앗아서 병실 쪽으로 걸어가는데 경훈이 등 뒤에서 부르는 목소리가 들려왔다.

"아줌마, 언지 오셨슈!"

경훈이 등을 돌리는 철용네를 보고 어머니를 만난 것처럼 반갑게 물으며 다가갔다.

"어이구, 경훈이는 서울 사람 다 됐구먼."

철용네는 처음에는 경훈을 몰라봤다. 가까이 다가와서 인사를 꾸벅하는 경훈을 뒤늦게 알아보고 손을 잡았다. 가죽잠바에 기지바지를 입고 번쩍번쩍 빛을 내는 구두를 신은 경훈을, 학산이 아니라 영동 시내에 내놔도 손색이 없을 정도로 일류 신사처럼 보였다.

"언지 오셨슈? 고향에는 별일 없쥬?"

"암만, 날망 형님네도 모두 잘 계셔. 아부지도 여전히 건강하시고 느 형수랑 조카도 잘 있구먼. 참말로 거리에서 암말 읎이 그냥 지나가믄 몰라 보겄구먼. 시방 워디서 오는 질여?"

"여기서 이러고 있을 것이 아니라, 어디 식당 같은 대로 가유. 안직 점심 안 드셨쥬? 철용이 넌도 안직 점심 안 먹었지?"

"점심시간 지난 지가 언진데 안직 안 먹어. 형은 점심 전이구면. 어머도 기차 타고 오느라 점심 못 먹었겠구면."

"그럼, 요 앞에 있는 식당으로 가자. 지난번에 너하고 먹은 갈비탕 어뗘?"

"여기 닭 한 마리 쌂아 왔는데?"

철용네가 철용이 들고 있는 보따리를 받아서 들어 보였다.

"그건 나중에 병실에서 먹기로 하고, 식당으로 가유. 저는 아침을 늦게 먹어서 아직 점심 전이거든유."

"그랴. 그럼."

철용네는 어차피 경훈에게 할 말도 있고 해서 잘 됐다는 얼굴로 따라나섰다.

경훈이 앞장서 들어간 식당은 갈비탕을 전문적으로 파는 곳이었다. 벽에는 갈비탕 그림이 붙어 있고, 가격표가 붙어 있었다.

"여기 갈비탕 특으로 시 그릇 줘유."

경훈 일행이 자리를 잡고 앉으니까 하얀색 위생복 상의를 입은 십대 중반의 소년이 보리차 주전자를 들고 와서 뜨거운 보리차를 한 컵씩 따라 주었다. 경훈이 손을 슥슥 비비며 호기스럽게 주문을 했다.

"갈비탕은 영동에서 그 언젠가 민의원 선거 때 한 번 먹어봐서 알았는데, 특은 뭐여?"

"특은 보통보담 갈비가 두세 개 더 들어가는 거유."

철용이 자랑스럽게 말했다.

"그람, 갈비탕 특은 얼매씩여?"

"오십 원씩유. 여긴 병원 앞이라 배짱 장사유. 이 근처에는 별로 먹을 데도 읎고……"

"겨! 경훈아, 그람 두 그릇만 시켜라. 세 그릇이면 백오십 원이잖여. 백오십 원이믄 쌀이 반 말여. 쌀 반 말이믄 모산에 있는 우리 다섯 식구가 메칠이나 먹을 양식여. 마침 여기 닭도 있고 찐 달걀도 있응께, 어여 취소를 해라. 응?"

철용네가 천부당만부당하다는 얼굴로 서둘러 보따리를 풀기 시작했다.

"어머! 우리가 시방 양산 갱변에 놀러 나옹 겨? 이른 데서는 음식 싸 가지고 와서 못 먹게 햐."

철용이 철용네가 급하게 풀어 놓은 보자기를 싸느라 한 손으로 허둥거리는 것을 본, 철용네는 온몸의 기운이 한꺼번에 빠져 나가는 것을 느꼈다.

어이구!, 이 등신아! 워쩌다 그 멀쩡한 손을…….

두 손으로 보자기를 싸는 것도 사각의 중심을 잡아야 한다. 한 손으로 여기 있는 보 귀퉁이를 가운데 가져다 놓고, 저쪽에 있는 귀퉁이를 모아서 네 군데 귀퉁이를 한가운데 모으기는 했지만 한 손으로는 묶을 수가 없을 거 같았다. 웬걸 고개를 숙이더니 입을 이용해서 보따리를 묶는 모습을 보고 있으려니까 얼굴이 뜨겁도록 눈물이 났다.

"어머, 멀쩡한 사람이 보따리는 싼 거 보다 잘 쌌지? 병원에서 이런 거도 다 훈련을 했구먼. 어채피 한 손으로 살아갈라믄 이런 거는 아무것도 아녀……"

철용은 만족한 얼굴로 고개를 들었다. 철용네가 치맛말기로 눈물을 찍어내는 모습을 보고 슬그머니 말꼬리를 흐렸다. 철용네가 왜 우는지 이유를 알 것 같았다. 옆으로 바짝 붙어 앉아서 멀쩡한 팔로 어깨를 껴안았다.

"어머, 어머가 운다고 이미 땅 속에 묻혀 있는 팔이 살아서 다시 내 팔에 붙어 버리는 거는 아녀. 난도 츰에는 얼마나 울었는지 몰라. 하지만 백날을 울어도 소용이 읎어. 어머가 이렇게 운다고 해서 없어진 팔이 생긴다믄 천 날은 못 울라고 하겄어? 난 어채피 이렇게 살아가라는 운명을 타고 태어난 놈여. 내가 철공소에 안 댕겨도, 딴 데서 있어도 사고가 났을 거란 말여. 그랑께 나를 생각한다믄 어여 눈물 그쳐. 어머가 서울까지 와서 이런 식당에 앉아서 철철 울고 있으면, 한강다리로 달려가서 팍 떨어져 죽고 싶을 정도로 내 가슴이 찢어진다는 거 왜 몰라?"

"그려, 그려. 안 울 껴. 안 울 팅게 넌도 울지마. 어머한테는 울지 말라고 해 놓고 넌 왜 우능 겨? 그만 울고 어여 뜨거운 오차나 마셔."

철용네는 철용이가 한 팔로 잡은 어깨를 다독거려주며 하는 말에 더 이상 울고 싶어도 울 수가 없었다. 농사를 짓느라 투박하고 뭉텅해진 손으로 철용의 눈가에 그렁하게 맺혀 있는 눈물을 닦아주었다.

"아줌마, 철용이 말이 맞아유. 그랑께 앞으로도 철용이 땜시 더 이상 울고 짜고 하지 말아유. 당사자인 철용이가 얼마나 미안하고 죄스럽겄슈. 그래서 하는 말인데, 철용이 편지 받아 봤쥬?"

"그려, 너하고 상의를 해서 보낸 편진개비구먼."

철용네가 코맹맹이 목소리로 대답을 하며 경훈이를 향해 바로 앉았다.

"대충 눈치를 봉께, 아줌마가 서울 올라오신 이유는 철용이를 데리고 갈라고 오신 거 가튜. 하지만 그건 짧은 생각유. 좀 멀리 생각하믄 말유. 철용이를 진짜로 위한다믄 서울에서 터전을 잡게해야해유. 모산에서는 한 손으로 할 수 있는 일이 밭매고 가실에 꼬치대나 뽑고, 모심을 때 못 줄이나 잡는 일밖에 읎잖유. 하지만 서울에서는 한 손으로 일을 해서 벌어 먹고살 수 있는 방법이 쌔고, 쌨슈. 이런저런 장사부텀 시작을 해서, 얼매든지 있슈. 그랗게 지 말만 믿고 철용이는 서울 두고 내려 가셔유."

"겨⋯⋯경훈이 니 말도 일리가 있구면. 그⋯⋯그렇지만 서울이라는 데가 니 생각처름 그릏게 만만한 데가 아니잖여. 니가 생각하는 것츠름 된다면이야, 더 이상 할 말이 읎지만 두 눈 똑바루 뜨고 있는데도 코⋯⋯ 코 베간다는 데가 서울이라는 데잖여. 그러다 잘못되기라도 하믄 워턱햐?"

철용네는 영동에서 여덟 시간 동안 기차를 타고 올라오면서 철용이가 두말도 없이 자신을 따라서 영동행 기차를 탈 수 있게 만들 수 있는 구실을 수십 가지나 궁리했었다. 하지만 경훈이 말을 들어 보니까 수십 가지 궁리가 한 가지도 생각나지 않았다. 더듬거리는 목소리로 철용의 눈치를 살피며 말했다.

"어머, 아부지가 머라고 했는지 알어? 난 우리 집안의 장남여. 우리 집 지둥뿌리란 말여. 내가 중심이 되지 못하믄 동생들도 지멋대로 살아 간단 말여. 그런 내가 팔이 이렇게 됐잖여. 내가 성공을 할라믄, 서울에서 살아야 한단 말여. 옛말에도 있잖여. 말은 나서 제주도로 보내고, 사람은 나서 서울로 보내란 말이 왜 생겼겄어? 사람은 제대로 대우를 받을라믄 사람들이 많이 사는 서울에서 살아야 한다는 거여. 내가 모산에서 일등해 봐야, 학산 면소재지 나가믄 제우 모산 사람일 뿐여. 하지만 서울 인구가 및 명인지 알아? 삼백만 명이 넘구먼, 서울에서 그냥그냥 살아가도 영동사람보담 더 잘 살 수 있단 말여."

"아줌마, 막말로 해서 팔 병신이 많아도 서울에 많아유, 모산에는 철용이 하나 밖에 읎잖유. 여자들이 시집을 와서 팔병신이 하나 밖에 읎는 모산 사람에게 가겄슈? 아니믄 수천 명이나 되는 서울 팔병신에게 가겄슈?"

갈비탕이 나왔다. 철용네는 철용을 마냥 품 안의 자식으로 생각해서는 안 된다는 생각이 들었다. 경훈이 거들고 나서니까 더 이상 할 말이 없었다. 이럴 줄 알았다면 상규네에게 돈까지 빌려서 서울에 올 필요가 없었다고 생각하며 수저를 들었다. 엊저녁부터 거의 끼니를 굶다시피 시간을 보냈다. 갈비탕의 구수한 김이 뜨겁게 코끝을 스쳐가는 순간 시장기가 돌았다.

제10장

1
9
6
5
년

프락치

고현수는 흰색와이셔츠와 카키색잠바가 주고받는 말을 듣고만 있을 수가 없었다.
놈들은 마음만 먹으면 백인경 정도는 간단하게 팔아넘길 수 있을 것이다.
그녀의 삼촌이 과거 도경 형사과장이었지만 자유당 시대의 인물이다.
거리낌 없이 자신들이 원하는 대로
요리를 할 것이라는 생각이 드는 순간 목이 콱 메었다

설날이다.

박태수네 집은 작년보다 살림 형편이 훨씬 좋아졌다. 하지만 상규네
는 집안의 장남인 상규가 군대에 가서 고생하고 있는데 우리끼리 잘 먹
을 수 없다는 생각에 오히려 작년보다 검소하게 차례상을 차렸다.

박태수는 면장 댁을 비롯해서 순배 영감이며 변쌍출 등 몇몇 집에 세
배를 한 후에는 계속 집에만 있었다. 저녁나절에야 김춘섭이며 윤길동
이며 오씨와 어울려 해룡네 집에 가서 늦게까지 술을 마셨다.

설날 밤부터 눈바람이 휘날리기 시작하더니 다음 날은 제법 쌓였다.

눈이 그치고 햇볕이 났다. 눈을 가늘게 뜨고 들판을 바라보면 은가루
를 뿌려 놓은 것처럼 반짝반짝이는 눈가루가 불꽃처럼 튀어 하늘로 올

라갔다. 둥구나무는 바람이 불 때마다 거인의 휘파람 소리를 토해내며 눈덩이를 털어냈다. 처녀의 뱃살처럼 순백하기 그지없는 너럭바위에 눈덩이가 퍽 하고 떨어지면 눈이 파편처럼 튀었다.

보통날 같으면 아침을 먹은 후에는 이런저런 일로 골목을 오가는 사람들이 있게 마련이다. 오늘은 서로 바깥에 나가지 않기로 약속을 한 것처럼 굴뚝마다 하얗고 누런 연기가 모락모락 피어오르고 있지만 골목은 텅 비었다. 새벽부터 뛰어다닌 개 발자국만 드문드문 찍혔다.

상규네는 구정 다음 날이라고 게으름을 피우지 않고 평소처럼 일찌감치 아침상을 치웠다. 소쿠리에 어제 차례상에 올렸던 밤이며 대추, 곶감 오징어, 가오리 포 등을 담아서 사랑방 앞으로 갔다.

"잠 안 오시믄 곶감 드시러 오세유. 애비가 할 말이 있다네유."

상규네가 마당에 고무신 발자국을 찍어 가며 사랑방 앞으로 갔다. 방문을 여니까 박평래는 벽에 기대어 무언가를 생각하고 있었고, 청산댁은 뜨끈뜨끈하게 군불을 땐 온돌방에 팔베개를 하고 누워 있다.

"애비가 머 할 말 있댜?"

박평래는 말없이 일어섰다. 청산댁이 일어나 앉으며 물었다. 사랑방은 온 식구가 들어가 앉기에는 비좁았다. 그래서 가족회의가 있을 때는 항상 안방을 이용하기 때문에 묻는 말이다.

"인숙이 땜시 할 말이 있능개뷰."

햇볕이 있지만 둥구나무 가지를 흔드는 바람은 시리도록 차가웠다. 상규네는 청산댁이 먼저 안방으로 들어갈 때까지 마당에 서 있다가 들어갔다.

박평래가 방 안으로 들어가자 아랫목에 앉아 있던 박태수가 일어나

윗목으로 갔다. 윗방에 있던 진규와 인자, 인숙이도 건너왔다.

"아버님 드시라고 밤을 쪘슈. 한번 잡사 봐유."

소쿠리를 가운데 두고 가족이 빙 둘러 앉았다. 상규네가 밤 껍질을 까서 박평래에게 권했다. 청산댁은 곶감을 손톱으로 떼서 조금씩 맛있게 먹었다. 진규는 오징어 다리를 뜯고, 인자와 인숙이는 뒷문 앞에 앉아서 양쪽 손가락에 걸친 실로 매듭을 만들어 가기 시작했다. 처음에는 인자가 사각형을 만들었다. 그것을 받은 인숙이 사각형에 X자를 넣은 것으로 발전하고, 네 줄이 여덟 줄로 변해가는 동안 진지하게 상대방이 하는 것을 지켜봤다.

"아부지, 지가 정초부텀 이런 말씀 드리는 것은 머 하지만 꼭 부탁드릴 것이 한 가지 있슈."

진규가 허리를 구부정하게 숙이고 밤을 까고 있는 박태수에게 말을 걸었다.

"섬이 언지라고 했냐?"

박태수가 밤을 입 안에 톡 털어 넣고 씹으며 엉뚱하게 물었다.

"이 달 삼십 일에 봐유."

"섬은 자신 있냐?"

"충남대학교 국문과가 삼대 일이라고 하든데, 길고 짧은 건 대봐야 알겄지만 최선을 다해 볼 생각유."

"진규야, 애비에게 묻고 싶은 말이 머여?"

청산댁이 곶감을 손톱으로 떼며 물었다.

"지가 알아 봤는데유. 금성라디오 한 대가 육천 원 정도 한다고 하데유."

"그래서?"

박태수가 밤을 까다 말고 고개를 들고 진규를 바라봤다.

"좀 심이 들기는 하지만 할아부지한테 라디오 한 대 사 드렸으믄 좋겠슈. 요새 날이 추워서 마실 댕기시는 것도 심이 들고, 종일 집에만 계시면 심심하잖아유. 라디오가 있으믄 친구분들도 놀러 오셔서 세상 돌아가는 뉴우스도 같이 들으시고 밤에는 연속극도 들으면 좋을 거 가텨유. 그라고 날이 풀리믄 너럭바위에 들고 나가서 친구분들하고 같이 들으면 좋잖아유."

"육천 원이 아 이름인 줄 아냐?"

박태수가 어이가 없다는 표정으로 물었다.

"아뉴. 진규 말이 맞아유. 지가 딴 데 신경을 쓰느라 그 생각을 못했구만유. 진규가 이따가라도 날이 풀리면 영동 가서 라디오 존 걸로 한 대 사 와라. 학산에서 사믄 아무래도 비쌀 테니께 뻐스 타고 영동 나가서 사오는 것이 차비도 빠질 껴."

"오늘은 공일이잖유. 날 가서 사 올게유."

"괜찮다. 영동 갔다올라믄 한나절 갖고는 힘들잖여. 대학 셤이 코앞에다가 왔는데 셤 잘 보라고 보약은 시켜주지 못할망정 뭔 심부름이여. 그라고 난 라디오 안 들었어도 시방까지 잘 살아 왔응께 그른 신경 쓰지말고 올게는 여하튼 과수원에 사과낭귀 심을 계획이나 짜 놔."

박평래는 라디오를 사준다는 말에 눈물이 날 정도로 좋으면서도 뒤로 물러나 앉으며 손을 내저었다.

"영감은 먼 말을 그렇게 해유? 에미가 언지 경우에 틀린 짓을 하는 거 봤슈? 에미가 진규 셤 걱정하믄 영동까지 심부름을 시키겄슈. 하루 정도는 공부를 안 해도 대학 섬에 자신 있게 붙을 수 있다는 판단이 성께 심부름을 시키는 거잖유. 그려 진규 덕분에 이 할미도 라디오 연속극이라는 것이 위티게 하는 건지 좀 들어 보자."

"할머, 우리 라디오 사는 거여?"

인숙이와 실놀이를 하고 있던 인자가 눈을 반짝이며 물었다.

"인자야, 너는 라디오 방송 들을 시간 읎어. 읎는 돈에 고딩학교를 보냈으면 죽어라 하고 주산 연습을 해도 은행에 못 들어가. 요새 주산 연습 좀 하냐?"

인자는 학산에 있는 학산상고 입학시험에 합격했다. 3월부터 학교에 다녀야 한다. 상규네가 밤을 까서 청산댁에게 내밀며 물었다.

"어뜬 일이 있어도 하루에 두 시간씩은 하고 있구먼. 그라고 고등학생이 되믄 요새 어떤 노래가 유행이 되는지 정도는 알고 있어야 하는 거아녀?"

"고딩학교에서는 유행가 배운다는 말은 못 들어 봤구먼. 못된 송아지 궁뎅이서 뿔 난다고 학교 입학도 하기 전에 엉뚱한 짓하믄, 학교고 머고 다 때려치우고 어머하고 과수원 농사나 할 생각햐. 알았어?"

인자는 중학교 3학년이 되면서 몸이 부쩍 성숙했다. 단발머리가 아니고 머리를 기른다면 여염집 처녀처럼 보일 정도로 얼굴도 뽀얗다. 상규네는 인자가 행여 공부를 게을리 할지도 모른다는 생각에 눈을 부릅뜨고 다그쳤다.

"알겠구먼. 어머는 별거도 아닌 거 같고 승질내고 그랴. 정초부텀……"

인숙이는 상규네가 화가 나면 정말로 학교를 못 다니게 할지도 모른다는 생각에 얼른 꼬리를 내렸다.

"떡 줄 사람은 생각도 안 하고 있는데 짐칫국부터 마시고 있구먼."

박태수가 어이가 없다는 얼굴로 지켜보고 있다가 코웃음을 쳤다.

"당신한테는 손 안 벌려도 라디오는 사 줄 팅께 그렇게만 알고 계셔유."

"애미 생각이 정 그릏다믄 내가 육천 원을 내주마."

박평래의 말이 끝나자마자 청산댁이 이건 또 무슨 벼락 치는 소리여라는 얼굴로 시선을 돌렸다.

"아부지한테 그런 큰돈이 워티게 있데유?"

청산댁 못지않게 놀란 박태수가 물었다.

"작년에 면장님 공덕비 세울 때나, 이런저런 때 의원님이 주신 돈을 좀 모아 놓은 것이 있다. 육천 원은 넘을 껴. 그렇게 이왕 영동 나간 김에 느 할머 좋아하는 사탕도 좀 사오고, 진규 너도 짜장면이나 우동 같은 거 한 그릇 사 먹고 오니라."

박평래가 점잖게 하는 말에 박태수는 할 말이 없었다. 가랑이 사이에 두 손을 넣고 아우성을 치며 울고 있는 둥구나무가 서 있는 쪽의 방문을 물끄러미 바라봤다.

"라디오는 한 대 사기로 결정을 했고, 나한테 하고 싶은 말이 머여?"

박평래가 모처럼 이 집안의 어른으로서 할 일을 했다는 표정으로 박태수에게 물었다.

"인숙이를 영동으로 보내기로 했잖유."

"그랬지?"

박평래는 상규네만 바라보고 있었고 청산댁이 대답했다.

"근데, 진규 자는 인숙이가 학산에서도 공부를 잘하는데 머 하러 영동에 보내느냐고 반대를 해서유."

"그기 무슨 소리여?"

박평래는 진규가 반대를 하는 곡절이나 들어 보자는 표정으로 그냥 바라보고만 있었다. 청산댁이 얼토당토않은 말이라는 얼굴로 진규를 바라봤다.

"할머, 인자도 올게 삼월 이믄 고등학생유. 인숙이가 학산에서 공부를 못하는 것도 아니고, 우리 집에도 충분히 갈킬 수 있잖유. 근데 왜 영동으로 보낼라고 하는지 저는 이해를 할 수가 없슈."

"에미야, 자가 시방 먼 말을 하고 있는 거냐?"

청산댁은 진규의 논리에 논리적으로 반문을 할 수가 없었다. 이해를 할 수 없다는 얼굴로 상규네를 바라봤다.

"진규 너는 똑똑해도 안직 아여. 학산서 일등을 해도 영동 가믄 중간 벽에 못햐. 그래서 사람은 나서 서울로 보내고, 말은 제주도로 보내라는 말이 있잖여. 그렇게 어머나 아부지 말대로 영동으로 보내자."

상규네는 인숙이가 대학교를 졸업하고 선생이 되길 원하고 있었다. 그러려면 아무래도 학산보다는 영동이 낫다는 쪽으로 생각을 하고 있었다. 조용히 타이르는 목소리로 말했다.

"공부 좀 못하믄 어뗘유. 학산에서 일등만 해도 학산 중학교는 일등으로 들어갈 수 있잖유. 인자처럼 상고 가서 졸업하고 워디 취직을 하든지. 대학을 졸업하고 선생 같은 걸 해도 충분히 행복하게 살 수 있슈. 그란데 머 하러 인자 제우 삼학년에 들어가는 아를 객지생활하게 만든데유?"

"아부지, 지가 말씀을 따로 드리지 않아도 이해가 가쥬?"

박태수가 박평래를 바라보며 말했다.

"글쎄, 워티게 들으믄 진규 말이 맞는 거 같기두 하고 또 면장님 댁을 생각하믄 영동으로 보내는 것이 옳구⋯⋯."

"아따, 에미 말이 백번 천번 맞는 말유. 생각해 볼 것도 읎슈. 그라고 애비가 옥천댁하고 약속을 했다잖유. 올게부텀 영동으로 보내자고 말여유." 청산댁이 별걸 다 걱정한다는 표정으로 말했다.

"작은오빠, 난도 영동서 승우하고 같이 학교 댕기고 싶구먼."

인자가 인숙이를 바라보며 너도 한마디 하라고 눈짓으로 말했다. 인숙이가 기다렸다는 얼굴로 말했다.

밤이 늦은 시간이다.

애자는 누군가 뒤를 따라 오는 것 같은 기분이 들어서 걸음을 멈췄다. 거의 동시에 뒤에서 따라오는 인기척도 들리지 않았다.

'너무 마셨나?'

뒤로 돌아서 보면 가로등 불빛만 골목을 외롭게 밝히고 있을 뿐이다. 밤 9시까지 대학 친구들과 무교동에서 낙지볶음에 소주를 마셨다. 취해서 바람 소리를 인기척으로 들었을 거라고 생각하며 다시 걷기 시작했다.

'혹시?'

이번에는 조금 전보다 더 선명하게 발자국 소리가 뒷덜미를 움켜잡았다. 하이힐 소리 같기도 하고 구둣발자국 소리 같기도 한 것이 빠르게 다가오고 있었다. 요즈음 밤거리에 강도가 자주 출현한다는 뉘우스를 봤던 것이 떠올랐다. 취기가 한꺼번에 달아나는 기분에 서둘러 뛰는 걸음으로 집으로 향했다.

'대관절 누구야!'

뒤를 돌아다보고 싶은 생각이 목구멍을 간질간질거렸다. 뒤를 돌아다보면 강도가 있을지 모를 일이다. 마스크를 쓰고 달빛에 시퍼렇게 날이 선 단도를 내보인다면 오금이 저려 그 자리에 주저앉고 말 것 같았다. 그래서 온몸이 땀에 젖는 것을 느끼며 무조건 뛰었다. 대문이 보였다.

"애자 씨!"

애자가 초인종을 누르며 자신도 모르게 걸어왔던 골목을 향해 돌아서는 순간이었다. 숨차게 따라 온 백인경이 숨가쁘게 다가섰다.

"지……지금 제 뒤를 따라 오신 분이?"

애자는 백인경이 걸어온 골목을 살폈다. 멀리 가로등 불빛이 아스라하게 골목을 비추고 있을 뿐 인기척은 없었다.

"뒷모습이 애자 씨처럼 보였는데……혹시 아니면 어쩌나 해서 그냥 따라 왔어"

"어휴, 전 어떤 수상한 남자가 뒤를 따라 오는지 알고 막 도망 왔잖아요"

애자는 가슴을 쓸어내리며 웃었다.

"승철이는?"

마당의 불이 켜지고 춘임이 대문을 열어 주었다. 애자가 백인경의 손을 잡고 대문턱을 들어서면서 물었다.

"재오라는 친구 집에서 자고 온다고 전화가 왔슈. 한 다섯 시쯤 됐나?"

231

"내일도 거기서 직접 학교를 간데요?"

"죄송해유……"

춘임은 승철의 외박이 자신의 책임이라도 되는 것처럼 고개를 숙이며 미안해했다.

"괜찮아요 승철이가 정신을 못 차리고 있는 거지 춘임 씨가 잘못한 것은 없잖아요 아버지는요?"

"안직 안 들어오셨슈. 저녁 안 자셨지유? 빨리 저녁 올릴까유?"

춘임이 애자에게서 백인경에게 시선을 옮기며 물었다.

"언니, 아직 저녁 전이죠 전 무교동에서 친구들과 술 한잔 하면서 대충 때웠거든요."

"기차에서 뭘 좀 사 먹었어. 그냥 커피나 한잔 줘."

애자는 춘임에게 자신도 커피를 마시겠다고 말을 하며 방으로 들어갔다. 방 안의 불을 켜고 마당에 서 있는 백인경에게 어서 들어오라고 손짓을 해 보였다.

백인경은 망설이지 않고 애자의 방으로 들어갔다. 애자의 방은 고현수가 승철의 과외 선생을 할 때 자주 와 본 곳이라 낯설지가 않았다. 그런데도 낯선 방에 온 것처럼 방 안을 두리번거리며 앉았다.

"승철이는 어느 대학에 간데?"

백인경이 기억하기는 승철은 고등학교 3학년이다. 고현수가 포기를 했을 정도로 공부하고는 거리가 멀다는 점은 알고 있었다. 못 보던 기타한 대가 책상 옆에 세워져 있는 것을 바라보다 갑자기 생각이 났다는 얼굴로 물었다.

"대학에 안 가고 만화를 그리고 싶다고 하는데 아직 모르겠어요 어느 때는 국문과에 들어가서 소설가가 되고 싶다고 하는가 하면, 또 어느 때는 그냥 군대나 일찍 갔다 와서 장사나 하겠다고 하니까 종잡을 수가 있어야죠. 아무래도 정신이 들 때까지 재수를 시켜야 할 거 같아요."

"승철이 담임 선생님은 만나봤어?"

"승철이 선생님도 내년에 졸업을 시키지 말고 삼학년 한 해를 다니는 것이 좋을 거 같다네요. 아부지 체면도 있는데 무슨 초급대학 같은 데 들어갈 수는 없다며 한 해 더 열심히 공부를 해서 사년제 대학에 다니라고 추천을 하네요."

애자는 승철의 담임이 중위권 대학에 청강생으로 등록을 시켜도, 나중에 학사증서를 받을 수 있다고 했지만 승철이가 반대를 해서 부득불 재수를 하게 되었다는 말은 차마 할 수가 없었다.

"한 해 더 다니는 것보다 재수학원에라도 다니는 것이 낫지 않을까?"

"현수 오빠도 학원 다니면 승철이가 나쁜 아이들과 어울려 댕기느라 공부에 더 취미를 잃을지도 모르니께, 차라리 학교를 더 댕기는 것이 낫대요."

"재작년에 의원님 선거하시느라 고생 많았지? 선거 기간에 현수 씨하고 영동에 인사하러 내려갔었는데 너무 바뻐서 그냥 간단하게 인사만 드리고 올라왔어."

"저는 아버지가 국회의원이 되시든지, 말든지 별로 상관 안 해요. 그랬는데 정치 운이 있어서 그런지 또 당선이 되셨더라구요."

"선거가 어떻게 운으로 되나? 얼마나 노력을 많이 해도 떨어지는 수가 많은데……"

"제가 볼 때 아버지는 운으로 당선이 되신 것 같아요. 자유당을 탈당

하시니까 사일구가 터졌고, 계엄기간에는 또 민주공화당에 입당을 하셔서 또 무난히 당선이 되신 것 같아요. 만약 민주당으로 계속 남아계셨으면 누군가 민주공화당으로 출마를 했을 것이고 아버지는 떨어지셨을 거잖아요."

춘임이 커피를 가지고 들어왔다. 애자는 백인경이 밤늦게 급하게 왔을 때는 고현수의 신변에 문제가 있어서 일 것이라고 생각하며 일어섰다. 거실로 나가서 이동하가 마시다 남겨 둔 시바스리걸을 들고 왔다.

"커피에다 조금 타 마시면 기분이 안정될 거예요. 원래 미국사람들은 위스키를 만병통치약으로 알고 있잖아요. 그렇다고 저 친미주의자 아니에요."

애자가 먼저 자신의 커피에 시바스리걸을 탄 다음에 백인경을 향해 들어 보였다. 백인경은 말없이 시바스리걸을 받아서 커피에 한 모금 정도 분량을 탔다.

"자, 이제. 현수 오빠에 대해서 들어 보기로 할까요?"

"어머! 내가 현수 씨 때문에 온 걸 어떻게 알았어?"

커피에 탄 시바스리걸 몇 모금에 얼굴이 홍당무가 되어 버린 백인경이 놀란 얼굴로 반문했다.

"오늘은 토요일도 아니잖아요. 언니는 내일 학교에 출근을 해야 하는데도 이 시간에 대전서 서울까지 급하게 왔을 때는 또 다른 이유가 있겠어요."

백인경은 대학을 졸업하고 고시공부를 포기했다. 지금은 대전에 있는 중학교에서 선생을 하고 있다. 애자는 기분 좋게 취기 밀려오는 것을 느끼며 빈 커피 잔에 시바스리걸을 조금 더 따랐다.

"현수 씨가 행방불명이 되었어. 삼일 동안 계속 연락이 안 돼. 그래서 현수 씨하고 같이 다니시는 분들에게 수소문해 보니까 아무래도 석관동에 끌려간 것 같다고 해서 무서워 죽겠어."

백인경은 말을 하기 전에 방문을 열었다. 바깥의 동정을 살피고 나서 애자한테 바짝 붙어 앉아서 귓속말로 속삭였다.

"석관동에 끌려갔다면 중앙정보부에 끌려갔다는 말이에요? 현수 오빠가 왜 중앙정보부에 끌려가요? 간첩도 아닌데……혹시, 대일굴욕회담 반대 데모 같은 거 했나요?"

요즘 대학생들 사이에서 데모를 하다 걸리면 석관동에 있는 중앙정보부에 끌려가서 죽도록 맞는다는 소문이 돌고 있다. 애자는 샌님처럼 생긴 고현수가 중앙정보부에 끌려갔을 리는 없다는 생각에 백인경이 더 놀랄 정도로 큰 소리로 물었다.

"그동안 휴학을 하고 쭉 고등고시 공부를 했었거든. 일차는 몇 번이나 붙었는데 매번 이차에서 떨어졌어. 그래서 고등고시를 포기하고 올해 사학년으로 복학을 했거든. 졸업하고 신문기자가 되겠다고 했었는데, 그동안 데모를 했었던 것 같아. 이럴 줄 알았으면 학교에 휴직을 내는 한이 있더라도 따라다니면서 데모를 못하게 말려야 했었는데……"

백인경은 그예 눈물을 뚝뚝 떨어트리며 고개를 숙였다. 고현수의 친구들로부터 아무래도 현수가 석관동에 끌려간 것 같다는 말을 듣고 난 후에, 중앙정보부에 끌려가게 되면 어떻게 되는지 여기저기 알아보았다. 국어 선생의 말에 의하면 무섭도록 끔찍한 곳이다. 중앙정보부는 조선 시대 때 충신에게 주리를 틀어서 거짓자백을 받아 내는 것 이상으로 고문을 하는 무서운 곳이라며 고개를 살래살래 흔들었다. 역사 선생은 자기 친구 중의 한 명은 수석을 놓치지 않았던 인재였는데 석관동에 끌려 갔다 온 이후 더러운 세상 하직하겠다며 스님이 되었다고 안타까워하기 도 했다. 어떠한 연유로 데모를 시작했는지 모르겠지만 고등고시 2차 시험에서 계속 낙방을 한 이후로 마음의 상처도 견디기 힘들 것이다. 지금 이 시간에도 고문을 받고 있다는 걸 생각하면 가슴이 천 갈래 만 갈래로 찢어지는 것처럼 아팠다.

"오빠를 무척이나 사랑하고 있군요."

"현수 씨도, 그리고 나도 우리는 첫사랑이야."

"영화 같군요……"

"문제는 현수 씨의 행방을 모른다는 거야. 땅으로 꺼졌는지 하늘로 올라갔는지 모르고 있으니까 무서워서 죽겠어. 내가 알고 있는 것은 현수 씨가 한일회담 반대 데모에 앞장섰다는 것뿐이거든. 나는 그것도 모르고 사랑하는 남자의 편지만 기다리고 있었어. 이렇게 한심 할 수가 있나. 정말이지 내 자신이 미워서 견딜 수가 없어."

"조선 시대 선비들의 기개라는 것이 있잖아요. 오빠처럼 순진한 사람이 한번 아니라고 생각하면 세상이 두 쪽 나는 한이 있더라도 아닌 거잖아요. 나는 오빠의 그런 성격이 부러워요. 저는 솔직히 한일회담이 성사되든지, 말든지 상관 안 하거든요……"

애자는 어깨를 들썩이며 숨죽여 목메어 울고 있는 백인경에게 다가갔다. 그녀의 어깨를 끌어안았다. 고현수의 해맑은 얼굴이 떠오르면서 눈물 한 줄기가 주르르 흘러내린다. 사랑이라는 것은 한 우산을 쓰고 함께 길을 가는 것이다. 강풍에 우산이 찢어지면 찢어진 우산을 함께 쓰고 가고, 가랑비가 내리면 콧노래를 부르면서 같이 가는 것이 사랑일 것이다.

마음속에 고현수를 한 남자로 간직하고 있으면서도 정치적인 문제에 대해서는 천성적으로 동행하고 싶지 않아서 안타까움에 흘러내리는 눈물이었다.

"내가 어떻게 도와 드리면 되죠?"

거실에 있는 초인종이 울리는 소리가 났다. 애자는 이동하 일 것이라고 생각하며 백인경 모르게 눈물을 닦아내고 나서 고개를 들었다.

"의원님은 현수 씨가 지금 어디에 있는지 알아내실 수 있을 거야. 의원님한테 현수 씨를 데려다 달라고 부탁 좀 드려봐. 제발 부탁이야. 현수 씨만 데려다 주시면 그 은혜는 죽어도 잊지 못할 거야."

커피에 시바스시걸을 타 마신 백인경의 얼굴은 잘 익은 사과 색깔이었다. 어느 틈에 노을이 가신 하얀 백인경의 얼굴에는 눈물이 흥건하게 묻어있을 뿐이었다. 애자는 손수건으로 백인경의 눈물을 닦아주고 나서 너무 슬퍼하지 말라고 다독거려주었다.

"아버지가 힘이 되어 주실 수 있다면 기꺼이 해 주실 거예요 아버지도 현수 오빠를 남다르게 생각하고 계시니까 너무 괴로워하지 마세요."

이동하가 거실로 올라서는 인기척이 들려왔다. 애자는 백인경이 고현수 때문에 괴로워하고 슬퍼하는 모습이 자신의 가슴속에서는 질투의 눈물이 되어 흐르는 것을 느끼며 천천히 일어섰다.

창고는 분명히 아니었다. 그냥 붉은 회색의 시멘트를 발라 놓은 직사각형의 커다란 상자일 뿐이었다. 삿갓을 쓰고 있는 백 볼트짜리 전구는 눈이 부셔서 천장을 바라볼 수가 없었다. 실눈을 뜨고 간신히 고개를 들어보면 삿갓으로 차단된 빛에 천장에는 자유가 묻어 있는 것처럼 어둠이 깔려 있을 뿐이다.

고현수는 창고 안에 끌려 들어온 이후에 어둠을 본 적이 없었다. 바깥에서의 어둠은 시간의 흐름에 따라서 자연스럽게 다가와서 온 세상을 품에 안는 평온한 현상이다. 회색빛 철문이 가로막혀 있는 이곳에서의 어둠은 동경의 대상으로 다가왔다. 캄캄해지면 잠을 잘 수 있을 것이다. 캄캄해지면 그리운 사람의 얼굴을 그려낼 수 있을 것 같았다. 캄캄해지면 어디서부터 잘못이 됐고, 언제부터 내가 여기로 끌려왔는지 기억을 더듬어 볼 수 있을 것 같았다. 그러나 짧은 머리에 까만 선글라스를 쓴 남자들은 어둠속에 방치해 두지 않았다. 어둠은커녕 눈을 감는 기색만 보여도 철문이 열리고 사내들이 차갑게 웃으며 걸어 들어왔다.

"고현수, 여기가 호텔인 줄 아나?"

"짜식 아직 멀었군."

재미있는 게임이라도 하는 것처럼 이죽거리는 사내들은 사람을 때리는 데 이골이 난 기술자들이다. 천근만근으로 무겁게 내려앉는 눈꺼풀을 단번에 끌어 올리는 방법을 너무나 잘 알고 있었다. 푸줏간에 걸려 있는 돼지처럼 사람을 거꾸로 매달아 놓고 고춧가루를 탄 물을 코에 들이 붓는 고문은 차라리 부드러운 편이다. 눕혀 놓고 얼굴에 젖은 수건을 덮어 버린 다음에 주전자로 물을 붓는 고문은 숨을 쉬지 못해 폐가 폭발해 버릴 것 같은 고통의 연속이다.

그보다 견디기 힘든 것은 전선줄을 양쪽 새끼손가락에 감은 다음에 물을 먹이는 방법이다. 새끼손가락을 감은 전선줄을 군인들이 사용을 하는 야전용 전화기에 연결을 시키고, 손잡이를 빙빙 돌릴 때마다 수천 가닥의 가는 철사로 온몸을 날카롭게 휘갈겨 버리는 것 고통이 뇌를 후려갈긴다. 회초리로 얻어맞은 개구리처럼 온몸을 부들부들 떨다가 기절을 해 버리면 왜 고통스러워하지 않았느냐며 속삭이고 다시 전화기 손잡이를 돌릴 때는 인간이 인간을 얼마나 증오 할 수 있는지, 어금니가 부서지도록 느낄 수가 있다. 전선을 생식기에 대고 손잡이를 돌릴 때는 인간도 얼마든지 회초리에 맞은 개구리처럼 펄떡펄떡 온몸을 퍼덕일 수 있다는 점을 여실히 느낄 수가 있다.

"이 안에서 나는 절대주야. 너희들처럼 똑똑한 수재들을 맘먹기에 따라서 천당으로 보내 줄 수도 있고, 지옥으로도 보내 줄 수 있는 전지전능한 신이란 말이다. 한 가지 분명한 것은 고집을 피워봐야 말짱 황이라는 것. 결국 네놈은 내가 원하는 대로 길들여 질 것이라는 것. 따라서 고집을 피우면 피울수록 결국 네놈 육신만 찢어진 걸레조각처럼 되어 버린다는 점이다."

사내들은 자신의 입으로 말하지 않아도 절대적인 권력을 가지고 있는 신과도 같은 존재들이었다. 그들은 영동에서 홀로 농사를 짓고 있는 어머니에 대해서, 대전에 있는 중학교에서 근무를 하고 있는 백인경에 대해서, 친구들의 동향에 대해서, 무엇보다 몇 번씩이나 고등고시 시험에서 떨어졌다는 걸 훤히 알고 있었다. 그들이 궁금해 하는 것은 고등고시를 포기하고 진로를 판, 검사에서 신문기자로 바꾼 이유에 대해서 자신들의 원하는 질문과 해답에 서명하길 원하고 있었다.

"이제 정신이 좀 드나?"

고현수는 눈은 뜨고 있었지만 아득하면서도 혼곤한 잠 속에 빠져 들었다. 철문이 열리는 소리에 잘 훈련된 신병처럼 번쩍 눈을 뜨고 상자 안으로 들어서는 사내들을 바라봤다. 흰색와이셔츠에 검은색 선글라스를 쓴 사내가 서류 파일을 손가락 끝으로 잡고 앞뒤로 흔들며 들어왔다. 그 뒤에 따라 들어오는 카키색잠바도 검은색 선글라스를 쓰고 있었다.

"슬슬 시작해 볼까?"

카키색잠바는 길게 하품을 하며 의자에 앉아서 구경이나 하겠다는 얼굴로 팔짱을 꼈다. 흰색와이셔츠는 고현수의 앞에서 주머니에 있는 담배와 성냥을 꺼내 놓았다. 의자에 앉기 전에 목을 빙빙 돌리고, 팔을 휘둘러 근육을 풀고, 손가락을 깍지 껴서 우두둑 소리가 나도록 관절을 풀며 의자에 앉았다.

"뭣 좀 먹었나? 요 근처에 설렁탕을 기가 막히게 하는 집이 있는데 한 그릇 시켜 줄까?"

흰색와이셔츠가 담뱃불을 붙이면서 물었다.

"대답이 없는 걸 보니 아직 며칠 더 굶어도 끄떡없겠군."

고현수는 흐릿한 시선으로 검은색 선글라스를 바라봤다. 그는 어차피 고현수의 대답 같은 것은 기다리지도 않았다는 얼굴로 담배 연기를 내뿜었다.

"생각 좀 해 봤나?"

흰색와이셔츠가 볼펜으로 책상을 리드미컬하게 두들기며 물었다.

"몇 번이나 같은 말을 반복해야 합니까? 저는 허준학 하고는 친하지도 않고, 허준학이 무얼 하고 있는지도 모릅니다. 그냥 우연히 데모에 참석했을 뿐입니다. 우연히 데모에 참석한 대학생이 대한민국에서 나 혼자 뿐은 아니지 않습니까?"

고현수는 흰색와이셔츠의 얼굴을 똑바로 기억하기 위해 고개를 흔들었다. 눈을 질끈 감았다 뜨니까 흐릿한 시야가 밝아지면서 흰색와이셔츠의 얼굴이 천천히 다가왔다. 검은색 선글라스를 쓰고 있어서 눈은 어떻게 생겼는지 알 수가 없었다. 긴 구레나룻이 이국인을 연상케 하는 얼굴이다.

"다시 한 번 묻겠어. 아직도 생각이 안 나나?"

"사진도 본 적이 없는 생판 모르는 사람을 어떻게 기억합니까?"

서울대학생인 허준학은 한일회담반대 데모를 주동적으로 이끌어 가고 있다. 고현수도 허준학과 몇 번 만나서 같이 술을 마시면서 한일회담을 왜 반대해야 하는지 많은 학습을 받았다. 그뿐이었다. 허준학의 사상도 모르고, 허준학이 어느 동네에 살고 있는 것도 모른다. 허준학이 무엇을 좋아하는지도 모르고, 무엇을 싫어하는 것도 모르는 상황에서 사내들의 요구대로 사내들의 요구대로 허준학을 끌어 들일 수는 없다는 생각에 흰색와이셔츠의 얼굴을 똑바로 쳐다봤다. 처음에는 증오심을 키우기 위해서 흰색와이셔츠의 얼굴을 쳐다봤고, 지금은 죽는 그 순간까지 흰색와이셔츠를 가슴 속에 있는 뼈에 새기기 위해서 쳐다봤다.

"중요한 것은 네가 아무리 거짓말을 해도 우린 속아 넘어가지 않는다는 거지. 여기서 개죽음 당하지 않으려면 지금이라도 생각을 바꿔 먹는 것이 좋을 거야."

"내가 하고 싶은 말은 나는 아무런 잘못이 없다는 점입니다. 저는 운동을 하고 싶어도 할 형편도 못 됩니다. 당신들도 알고 있지만 영동에는 저만 믿으며 살고 계시는 어머님이 계십니다."

"너는 잘못한 것이 없지만 이곳에 오는 순간 이미 잘못을 한 거야. 내가 나갈 수 있는 유일한 방법은 니 잘못을 용서 구하는 길밖에 없어. 괜히 고집을 피워봤자 너만 다쳐."

사내들은 고현수를 사냥개로 만들기 위해서 이미 뒷조사를 모두 마쳤다. 별다른 친척도 없고, 머리가 좋아서 서울대학에 다녔다. 갑작스러운 아버지의 사업부도로 의가사 전역을 하고 고시 공부를 하다 포기를 했다. 운이 안 좋아서 2차에 연거푸 떨어지고 홀어머니를 생각해서 신문기자가 되려고 노력을 하는 평범한 대학생이라는 점도 잘 알고 있었다. 홀어머니가 있다는 것을 제외하면 천애고아나 다름없는 고현수는 프락치의 자격으로는 최상급이라고 판단하고 거리에서 납치해서 이곳으로 데리고 온 것이다. 이미 시나리오는 나와 있고, 고현수는 어차피 자신들이 만든 시나리오 대로 움직이게 되어 있다는 생각에 바쁠 것 없다는 얼굴로 이죽거렸다.

"우리나라 대학생 중에 데모를 한 학생이 저 혼자 밖에 없습니까? 수십만 명이 굴욕외교 반대 데모를 했습니다. 설령 민주주의 나라인 이 땅에서 저 혼자만 데모를 했다고 해도 법에 걸립니까? 대한민국 헌법 제이십일 조에는 엄연히 표현의 자유가 보장되어 있습니다……"

"법을 공부했다는 놈이 표현의 자유보다 폭력의 자유가 앞선다는 걸 모르고 있는 모양이군."

카키색잠바가 길게 하품을 하며 호숫가에 앉아 낚싯줄에 붙어 있는 빨간 찌를 바라보는 표정으로 말했다.

"당신들은 내 생명을 끊어야 할 거야. 만약 내가 살아서 나가면 가만히 있을 거 같아? 당장 학교에 달려가서 내가 여기서 당한 고문을……"

"뭔가 착각을 하고 있는 모양인데 네놈은 데모 때문에 끌려 온 것이 아냐. 네놈은 멀쩡한 시민한테 시비를 걸어서 폭력을 행사한 죄로 끌려왔단 말야? 증거가 어디 있냐고? 당연히 증거가 없지. 그러나 판사 앞에 가면 네놈이 종로에서 술에 취해 선량한 시민에게 폭력을 행사했다는 걸 본 증인이 참석하게 되겠지."

"증인이 열 명이 아니라 천 명을 동원시키더라도 진실은 승리하게 되어 있다는 걸 모릅니까?"

"아직 진실의 참맛을 모르는 모양이군. 진실의 참맛이라는 건 때리면 아프다는 거지."

고현수가 입을 다물기도 전에 카키색잠바가 의자에서 일어났다. 고현수는 자신도 모르게 몸을 웅크렸으나 소용이 없었다. 카키색 잠바는 구둣발을 들어서 굽으로 고현수의 등짝을 힘껏 찍어 버렸다. 고현수가 외마디 비명을 지르며 의자에서 나동그라지자 지체하지 않고 발로 짓이기기 시작했다. 고현수는 맞는데 이골이 난 사람처럼 온몸을 태아처럼 웅크리고 공처럼 굴러가면서 카키색잠바의 발길질을 고스란히 받아 들였다.

"이 새끼 이거 왜 이리 약해?"

"원래 이런 놈이 헛소리를 잘 지껄이잖아."

카키색잠바가 얼굴이 땀에 흠뻑 적도록 내갈기는 발길질에 고현수는 기절을 해 버리고 말았다. 흰색와이셔츠가 휘파람을 불며 밖으로 나가서 양동이에 물을 담아가지고 왔다. 축 늘어져 있는 고현수의 머리를 향해 양동이 물을 부어 버렸다.

"다시 시작해 볼까?"

간신히 정신을 차린 고현수는 사내들이 시키지 않았는데도 의자에 앉았다. 밖은 지금 낮인지 밤인지 분간을 할 수가 없었다. 시간이 몇 시 인지도 짐작할 수가 없었고, 자신이 왜 사내들에게 무자비하게 폭행을 당해야 하는지도 알 수가 없었다. 물에 빠진 생쥐 같은 모습으로 의자에 앉아서 초점 없는 시선으로 사내가 질문하기만 기다렸다.

"지금 이 시간에 네놈의 어머니는 무슨 생각을 하고 있을까. 아, 네놈의 상상력에 힘을 불어 넣어주기 위해서는 지금 현재 시간이 몇 시라는 걸 먼저 알려 줄 필요가 있겠군. 지금 시간이 밤 두 시쯤 되었을 거다. 지금 이 시간에 영동에 있는 네놈의 어머니는 바느질을 하고 있을까? 네놈이 여기서 개처럼 얻어맞고 있는 줄은 까마득하게 모르고 단꿈을 꾸고 있는지도 모르겠군. 어쩌면 잠이 오지 않아서 네놈을 위해 기도를 하고 있을 줄도 모르겠군. 우리 아들 서울대학에 갔으니까 졸업해서 훌륭한 사람이 되게 해달라고? 착한 며느리를 만나서 행복하게 살며 손자 손녀 쑥쑥 낳게 해달라고?"

흰색와이셔츠가 차갑게 웃으며 하는 말에 고현수는 눈을 감았다. 어머니의 얼굴이 희미하게 떠올랐다. 뜨거운 눈물이 주르르 흘러내렸으나 이내 이를 악물며 눈을 뜨고 눈물을 삼켰다.

"좋은 생각이 났어. 백인경 그 가시나 이 새끼 애인이니까 사상도 불순할 거잖아. 그년을 끌어다 족치면 되겠군. 보나마나 이 새끼 데모하고 다닐 때 뒷바라지 했을 거잖아. 끌어다 족쳐보고 나올 것이 없으면 창신동 창녀촌 같은 데 팔아먹어 버리면 되잖아……"

"그 여자는 아무 잘못도 없어! 만약 죄 없는 그 여자까지 괴롭힌다면 내가 죽는 한이 있더라도 네놈들을 그냥 두지 않겠어."

"원래 이런 약골을 좋아 하는 년들이 헤픈 법이잖아, 안 그래?"

"아무래도 만족을 못하니까 나처럼 강한 놈을 좋아 하겠지. 지금 당장 데려와야겠군. 지금 몇 시야?"

"잠깐!"

고현수는 흰색와이셔츠와 카키색잠바가 주고받는 말을 듣고만 있을 수가 없었다. 놈들은 마음만 먹으면 백인경 정도는 간단하게 팔아넘길 수 있을 것이다. 그녀의 삼촌이 과거 도경 형사과장이었지만 자유당 시대의 인물이다. 거리낌 없이 자신들이 원하는 대로 요리를 할 것이라는 생각이 드는 순간 목이 콱 메었다

"뭐야?"

"잠깐만……"

고현수는 다시 눈을 감으며 치를 떨었다.

"이 새끼 이거 꼭 바쁠 때 지랄한다니까. 뭐야? 나 지금 대전 가야 하니까 빨리 말해."

흰색와이셔츠가 담뱃재를 톡톡 털면서 이죽거렸다.

"좋습니다. 제발 그 여자만은 건들지 말아 주세요. 당신들이 시키는 대로 뭐든 할 테니까 제발 그 여자만……"

고현수는 사랑하는 여자를 위해서는 결국 타협을 하는 수밖에 없다는 생각이 들면서 눈물이 앞을 가렸다.

"역시 배운 놈은 판단이 현명해. 자, 담배부터 한 대 피우고 천천히 생각해 보자구."

흰색와이셔츠가 어깨를 들썩이도록 웃으며 담배를 내밀었다.

"고현수, 넌 임마. 이 순간부터 팔자가 확 폈어. 골치 아프게 공부하지 않아도 네놈이 원하는 곳에 취직도 할 수 있고, 유학을 가고 싶으면 공짜 유학도 갈 수가 있어."

카키색잠바는 의자를 들어서 고현수 옆으로 옮겼다. 지루한 게임은

끝이 났다는 얼굴로 고현수의 어깨를 다독거려주며 부드럽게 속삭였다.

"여기다 서명을 하면 됩니까?"

고현수는 이왕 결정을 내렸다면 단 일분이라도 지옥 같은 창고에서 빠져 나가고 싶었다. 흰색와이셔츠 앞에 있는 서류파일을 끌어당기며 말했다.

"급하게 서둘 이유는 없어. 어차피 오늘은 집에 갈 수가 없어. 오늘은 우리와 함께 호텔에서 푹 자고 내일 아침에 집에까지 데려다 줄 모양이니까 느긋하게 생각해. 정신 좀 번쩍 들게 커피 한잔 하겠어?"

"커피는 내가 가져오지."

흰색와이셔츠의 말에 카키색잠바가 기분 좋은 얼굴로 일어서서 밖으로 나갔다.

"일단 여기다 서명을 하고 한 이틀 푹 쉬었다 모레쯤 남대문에 있는 사무실로 나가 봐. 김이라는 사람이 보냈다고 하면 거기 있는 회원들이 자세하게 알려 줄 거야. 너는 머리가 좋으니까 하부조직 보다는 기획위원회 쪽에 일을 하게 될 거야. 자, 커피를 마시면서 요 부분부터 천천히 읽어 봐."

카키색잠바가 금방 커피를 들고 들어왔다. 고현수는 이곳에 와서 물만 마시고 굶은 뒤라서 커피를 마시고 싶지가 않았다. 그런데도 자신도 모르게 커피 잔을 들고 한 모금 마셨다. 뜨거운 커피가 들어가면서 속이 찌르르 울렸다. 얼굴을 찡그리며 가슴을 부여안고 통증이 멈추기를 기다렸다.

노크 소리도 없이 문이 열렸다. 회색 양복에 노타이 차림의 대머리가 들어왔다. 흰색와이셔츠와 카키색잠바는 벌떡 일어나서 사내 앞으로 가며 인사를 했다.

"이 학생이 고현수라는 학생인가?"

고현수는 대머리도 검은색 선글라스를 쓰고 있어서 그의 표정을 읽을 수가 없었다. 사내들에게 반말을 하는 것으로 보아서 그들의 상관일 것이라는 추측이 들 뿐이었다. 대머리가 구석으로 카키색 잠바를 데리고 갔다.

"고현수 서류에 사인을 하기 전에 이것부터 읽어 봐."

흰색와이셔츠가 파일을 뒤져서 <규약서>라고 타자되어 있는 부분을 손가락으로 가리켰다.

고현수는 어차피 사내들이 원하는 대로 전향(轉向)을 할 바에는 철저하게 전향을 해버리겠다고 생각하며 식은 커피 잔을 비웠다. 내장을 갈라 버릴 것처럼 통증을 주던 커피의 뒷맛이 서글프도록 단맛으로 남는 것을 느끼며 규약서를 읽기 시작했다.

청년사친연구회 규약서

1. 회의교육 훈련활동을 통한 비밀은 생명으로 엄수하며 배신을 할 때는 생명을 바친다.

2. 상부의 명령은 생명을 걸고 무조건 절대적으로 복종을 한다.

3. 반공을 제 1로 삼고 혁명과업수행에 전략을 경주한다.

– 생략 –

규약서의 내용은 YTP(ytuth thought party)라 불리는 일명 청사회(靑思會)의 회원에 가입할 시에 지켜야 할 주요 규약들이었다.

그래, 내 잘못이 아냐. 시대적 흐름에 편승을 할 뿐이지. 나중에 성공을 해서 얼마든지 사회에 보상을 해 줄 수 있겠지.

고현수는 자신도 모르게 길게 심호흡을 했다. 학원 프락치라는 말이 더 익숙한 청사회의 실체는 공공연한 사실이다. 그리고 청사회는 철저하게 피라미드식의 점조직으로 운영이 되고 있어서 누구 회원이고, 간부인지는 알 수가 없다는 것. 일단 가입을 하면 죽는 그날까지 모든 비밀을 지켜야 하고, 만약 탈퇴를 한다면 죽음을 각오하고 있어야 한다는 것. 전국적이 조직망으로 운영이 되고 있는 청사회를 운영하는 자금이 어디에서 나오며, 어떻게 사용이 되고 있다는 것은 극소수의 기획의원들만 알고 있다는 것을 알고 있었다.

대머리가 나간 후에 사내들이 가까이 다가왔다. 고현수는 백인경의 얼굴이 선명하게 떠오르는 것을 느끼며 이를 악물고 규약서 하단에 서명을 했다.

"혹시 박 장군을 아나?"

흰색와이셔츠가 만족한 얼굴로 규약서의 서명을 확인하며 물었다.

"박 장군이라고 하면 알 턱이 있나? 박광호 국회의원이라고 해야 알지. 그분하고는 어떻게 아나?"

대머리는 카키색잠바의 직속상관이었다. 대머리는 소장으로 예편을 한 박광호 국회의원으로부터 전화가 왔다며, 고현수를 그만 내보내라는 지시를 하러 왔었다. 카키색잠바는 고현수가 지독히 운이 나쁜 놈이라고 생각했다. 대머리가 십 분만 일찍 들어왔어도, 고현수가 청사회에 가입하지 않았을 것이라고 생각하며 노란색 필타가 달린 양담배를 통째로 내밀었다.

"제가 알고 있는 국회의원은 이동하 의원님뿐입니다."

고현수는 이동하보다 애자의 얼굴이 먼저 떠올랐다. 애자가 자신이 여기 와 있다는 걸 알리는 없다는 생각에 고개를 들고 카키색잠바를 바라봤다.

"그렇군……자, 우리 앞으로 자주 만나게 될 테니 악수나 하지. 나 중앙정보부에 근무를 하는 박광원이라는 요원일세."

카키색잠바는 더 이상 말을 하지 않고 고개만 끄덕거렸다. 흰색와이셔츠가 대충 감이 잡힌다는 얼굴로 선글라스를 벗고 손을 내밀었다. 고현수는 엉겁결에 손을 내밀었다. 그리고 인간 백정처럼 험악하게 생겼을 줄 알고 있었던 박광원의 눈매가 너무 선하게 보여서 깜짝 놀랐다.

족보

인제 우리 집도 옛날처럼 돈 걱정 읎이 살 날이 왔슈.
자식 취직했고, 당신도 대종회 일을 하면 먹고사는 걱정은 안 해도 되겠네유.
참말로 이동하 국회의원님은 우리 식구의 은인이유.
사람이 개돼지 하고 틀린 것은 바로 은혜를 잊지 않는다는 점유.
제 말 무슨 말인지 아셨쥬?

학산 장날이다.

모산 사람들은 가까운 양산장보다 거리가 먼 학산장을 이용한다. 양산장에는 금산 상인들만 오지만, 학산에는 영동이며 무주 상인들까지 몰려오기 때문에 규모면에서 훨씬 컸다. 학산장이 국민학교 운동회 날처럼 붐빈다면, 양산장은 국회의원이나 대통령 선거 유세 날 정도로 비유를 할 수가 있다.

사돈 따라 장에 간다는 말이 있는 것처럼 장날이 되면 괜히 마음이 설레는 사람들이 많았다. 학산장터에서 염색을 하는 것을 업으로 하는 장기팔이 일찌감치 지게에 장작이며, 염색을 하는데 필요한 도구들을 지고 나가면 황인술도 슬슬 장보러 갈 채비를 하기 시작한다.

"장터에 꿀을 숨겨 놓은 것도 아니고 첩을 심어둔 것도 아닐 건데, 장인 제삿날은 가뭄에 콩 나듯 참석하면서 장날마다 한 번도 빠지지를 않구면. 농사일이 없는 겨울이라면 몰라도 요새처럼 바쁠 때는 한두 번 빠진다고 누가 잡아먹는 것은 아닐 텐데 말여."

황인술이 노타이 차림에 양복을 껴입고 구두를 닦고 있는 모습을 바라보며 광일네가 투덜거렸다.

"꿀이야 숨겨 놓을라면 벽장에 숨겨 놓는 것이 정상이고, 첩을 심을 형편만 된다믄 이까짓 모산에서 살까. 학산이나 영동에 터를 잡고 장사를 하든지, 무슨 사업을 하든지 하면서 살아가지……"

황인술은 광일네의 말에 봉산댁의 얼굴이 생각났다. 동네에서 무심히 지나칠 때는 그냥 동네 아줌마 일 뿐이다. 하지만 영동의 여인숙이나 학산의 태화루 뒷방에서 옷을 벗겨 놓으면 뜨거운 불덩이가 따로 없다. 와락 껴안으면 가슴속으로 파고들 것처럼 몸부림을 치는 그 모습을 보노라면 당장 오늘 죽는 한이 있더라도 파김치를 만들어 놓아야 속이 시원할 지경이다. 오랜만에 봉산댁이나 만나야겠다고 생각하니까 저절로 웃음이 나왔다.

"허! 저이가 웬일이랴? 학산에 첩을 숨겨 놓은 것이 틀림읎구먼."

광일네는 황인술이 화를 낼 줄 알았다. 화를 내기는커녕 빙긋이 웃는 얼굴을 보니까 수상쩍다는 생각이 들어서 혀를 찼다.

"남편 볼일 보러 가는데 초장부터 초 칠 껴?"

황인술은 생각 같아서는 보기 좋게 귀빰을 올려붙이고 싶었다. 하지만 짓고 있는 죄가 있어서 두 눈을 부릅뜨는 것으로 그쳤다.

"언지는 볼일 보러 안 갔슈? 태화루에서 짜장 한 그릇 사 먹는 것도 큰 볼일이나 되는 것츠름, 으스대는 양반이……."

"자꾸 초 칠 껴? 오늘 내가 뭐 하러 가는 줄 알아?"

"장날잉게 가는 거 아뉴?"

"내가 암말도 안하고 그냥 가서 좋은 소식 있으면 깜짝 놀래켜 줄라고 했드니 여핀네가 주둥이가 싸서 안되겠구먼. 면사무소에 들려서 금순이 소식을 알아볼라고 가는 길여."

"그……금순이."

광일네는 금순이라는 말에 갑자기 목이 콱 막혀 오면서 온몸의 기운이 다 빠져 나가는 것 같았다. 서 있을 수가 없어서 비틀거리다가 마루에 걸터앉으며 중얼거렸다.

"그려! 누가 그라는데 요새는 주민등록법이 엄해서, 객지에서 한 달이상 있는 사람들은 동사무소나 면사무소에 가서 주민등록을 해야 한다는 거여. 안 그라믄 벌금을 내야 한다능 겨. 우리 금순이가 잘 있으면 어디선가 주민등록을 했을 거 아녀."

황인술은 자신도 모르게 말을 해 놓고 생각해 보니 오늘은 면사무소에 가서 주민등록등본을 떼 봐야겠다는 생각이 들었다.

"주민등록법이 뭔지는 모르겠지만, 그런 법이 있다는 걸……왜……왜인제 알았대유? 그것도 이 동리에 젤 똑똑하다고 자부하는 양반이?"

광일네는 입 안이 하얗게 말라 버려서 연신 입술을 핥고 있다가 엉덩이를 들썩거리며 물었다.

"허! 주민등록법이 생긴 것이 작년 올해가 아녀. 몇 해 전에 생겼다는 겨. 하지만 그동안 유야무야 했응게 난도 신경을 들 썼지. 요새는 주민등록 검사가 심하다고 항게 한번 헛일 삼아 가보는 거지."

"허! 딴 사람을 찾는 것도 아니고, 둘도 아니고 하나 밖에 읎는 딸을 찾는 일이 워째서 헛일이유? 남들이 들으믄 제정신이 아니라고 웃겄네. 웃겄어."

"내참, 내 말 뜻은 면사무소 가서 주민등록을 뒤져 보믄 정확히 찾는다는 보장이 읎응께 하는 말이잖여."

"그 아들에 그 애비구먼. 장남이라는 놈은 제 동상 소식 좀 알아 오라고 서울을 보냈더니, 얼마나 술을 처먹었던지 영동역에서 내려야 할 놈이 김천역까지 갔다가, 꺼꿀로 기어 올라오지 않나? 명색이 면서기라는 놈이 그런 벱이 있으면 제 에미한테 이런이런 벱이 생겼응께 지가 눈여겨보고 있을게유, 라고 말을 해 주길 하나. 애비라는 사람은 그런 벱이 있다는 걸 알았으면 해마다 가는 것이 아니고 날마다라도 가 봤어야 애비 노릇을 하는 거지. 딸년은 워디 가서 죽었는지 살았는지 꿈에도 안 보여서 새벽마다 눈물로 잠을 깨는데……어이구! 이놈의 팔자도 더러운 팔자지. 전생에 무슨 죄를 지었길래, 서울로 돈 벌러 간 딸년은 죽었는지 살았는지 소식이 없고, 애비라는 작자는 허구한 날……"

광일네가 마룻바닥을 치면서 통곡을 하기 시작했다.

"이걸 그냥! 에이, 내가 참고 말지."

황인술은 불끈 쥔 주먹으로 광일네의 얼굴을 날리려고 쳐들었다가 이빨이 갈리는 얼굴로 그냥 돌아섰다.

"장날마다 먼 볼일을 보러 가는지 모르겄지만, 장 보러 가는 것의 백분지 일만 신경을 써도 금순이가 죽었는지 살았는지 소식은 알 수 있을 규. 오늘은 학산가시걸랑, 열 일을 제치고 면사무소에 가서 그 주……주민등록분가 하는 걸 뒤져 봐유. 아는 이 만나 술타령하느라 깜박 잊고 그냥 들어오면 나 죽는 꼴 보게 될 팅게."

광일네는 내가 언제 통곡을 했느냐는 얼굴로 삽짝 앞에까지 따라 나서서 신신당부를 했다.

"오늘은 장 보러 안 가능개비지?"

황인술은 곧장 둥구나무 거리로 나가지 않았다. 봉산댁 집에 무슨 볼일이 있는 것처럼 당당하게 들어가서 지나가는 말처럼 물었다.

"즘심 시간 지나서 두세 시쯤에 태화루에 갈 팅게 짜장면이나 한 그릇 사 줘유."

봉산댁은 당당한 황인술과 다르게 바깥 동정을 살피며 작은 목소리로 속삭였다.

"그려, 그람 내가 면사무소에 들려서 알아봐 줄 팅게 이따 보던지 햐."

황인술은 합죽 웃음을 짓다 돌아설 때는 혹여 누가 엿볼지도 모른다는 생각에 큰 소리로 말을 하며 마당을 나갔다.

둥구나무 밑 너럭바위에는 동네 사람들 몇몇이 나와 있었다. 황인술은 그들에게 일부러 다가가서 시방 장에 가는 길인데, 무슨 심부름 시킬 것이 있으면 말해 보라고 했다.

"나도 장 귀경이나 갈까?"

"돈이 있어야 장 귀경을 가지. 세상에 돈 한 푼 없이 장에 갔다가 쫄쫄 굶고 걸어오는 것만큼 비참한 거는 읎어."

황인술은 그들이 주고받는 말을 뒤로 하고 봄에 유람 삼아 강둑을 거니는 사람처럼 느긋하게 출발을 했다.

저 멀리 양산 가는 완행버스가 뿌연 먼지를 달고 지나간다. 15원 주고 버스를 타는 것보다 걷는 것이 편하다.

학산에 도착을 한 그는 곧장 면사무소로 갔다. 광일이는 오전부터 출장을 갔는지 눈에 보이지 않는다.

"황 서기는 출장을 갔남유?"

"나오셨슈? 오늘이 장날이라 출장을 안 갔을긴데, 워디 갔지? 담배 피러 나가지는 않았을텐데……"

호적계 직원은 황인술이 묻는 말에 광일의 자리를 바라보며 혼잣말로 중얼거렸다.

"그 뭐유. 주민등록법이라는 것이 있다고 하든데……"

"원래 생기기는 육십이년 유월 이십일부터 시행이 됐슈. 하지만 별 다른 것이 없슈. 그냥 법만 바뀌었을 뿐이지. 옛날 기류법하고 별 차이가 없슈. 이사를 갔으면 십사 일 이내에 반드시 주민등록을 옮겨야 한다는 것이 좀 다른 뿐이지……"

"기……기류법이라믄?

"모산 구장님이 기류법도 모르면 워틱해? 원래 기류(寄留)라는 말이 남의 집에 얹혀산다는 말이잖유."

"그……그거야 일제시대 때부터 있던 법이잖여. 객지에 나가서 구십일 이상 살 일이 있으면 그 동네에 호적을 신고해야 하는 법 아녀?"

황인술은 기류법이 예전의 법이라고 짐작하고 더듬거리는 목소리로 아는 척 했다.

"워녕 그려. 모산 구장이 구장님들 중에 젤 유식하다는 말을 들었는데 기류법도 모르신다는 것이 이상하다 생각했지. 뭣 땜시 오셨슈? 황 서기 보러 오셨남유?"

"주민등록 등본이라는 것이 있다고 하던데, 그거 한 통 떼러 왔구먼."

"그런 거는 직접 오시지 말고 황 서기 시키면 될 건데 역부러 오셨남 유?"

"오늘 학산 장이잖어. 겸사겸사해서 왔구먼. 면사무소에서 딴 볼일도 있구 해서……"

황인술은 주민등록등본을 떼서 호적계 직원 앞에서는 보지 않았다. 대수롭지 않다는 표정으로 착착 접어서 양복 안주머니에 넣고 밖으로 나갔다.

장날이라서 거리며 장터에는 사람들이 많았다. 어디 음식점 같은 곳에 가서 혼자 앉아 있기에는 멋쩍고, 변소에 들어가서 봐야겠다는 생각에 장터 구석에 있는 공중변소 안으로 들어갔다.

이것이 대관절 워디로 간 겨?

막상 주민등록등본을 살펴보려니까 가슴이 떨렸다. 겨우 초등학교만 졸업하고 식모살이를 떠난 금순이의 앳된 얼굴이 떠오르면서 콧등이 시큰거렸다. 침을 꿀꺽 삼키며 품 안에 넣어 두었던 주민등록등본을 꺼내서 천천히 펴 보았다. 퇴거가 되어 있지 않다는 것을 확인하고 나니까 한숨 끝에 눈물이 흘렀다.

등신 같은 놈이 서울까지 갔으면 하룻밤을 묵는 한이 있드래도 찾아볼 때까지 찾아보고 내려와야지……

어린 금순에 대한 그리움은 금방 광일에 대한 원망으로 변했다. 눈물도 나지 않았다. 형편이 돌아가면 내가 한번 올라가 보던지, 무슨 수를 세워야겠다고 생각하며 변소를 나왔다.

서울 충정로 대로변에 있는 삼층 건물 앞에는 많은 사람들이 모여 있었다. 노인들은 대부분 재색이나 흰색 두루마기에 중절모를 쓴 정장차림이었다. 넥타이를 맨 정장차림에 중절모를 쓴 중년들도 많았다. 반팔 와이셔츠를 입은 사람들은 단정하게 바지를 입고 윤이 번쩍번쩍 나도록 닦은 구두를 신었다.

2층으로 올라가는 계단 양쪽에는 수십 개의 화환이 일렬로 늘어섰다. 입구 가까운 쪽에는 대형 화환에는 국회의원 이동하라는 띠가 달려 있다. 그 옆으로는 국회의원 원갑룡, 국회의원 박광호를 비롯해서 곡성 이씨 부산 종친회 등 전국 주요 도시 종친회장의 이름이 적힌 화환 수십 개가 8월의 뜨거운 햇볕 아래 도열해 있었다.

3층 대종회 사무실은 50평이 넘었다. 이동하가 구상을 한대로 국회 상임위원회 사무실처럼 중앙에 길이가 5미터나 되는 원목 책상이 차지하고 있다. 책상 양쪽에는 전국 시도 지부장 숫자만큼의 가죽 회전의자가 늘어져있다. 사무국장과 여비서의 책상도 고급으로 구비했고, 전화며 장식장에 서가까지 반드시 있어야 할 자리를 차지하고 있어서 누가 봐도 꽤 많은 돈이 들었다는 걸 알 수 있을 정도였다.

사무실 한쪽은 칸막이를 만들어서 회장실을 따로 만들었다. 이동하는 창문 아래로 건물 앞에 모여 있는 종친들을 바라봤다. 전국에서 올라온 지부의 간부들은 나름대로는 지역에서 유지급들 일 것이다. 하지만 대종회 입장에서 내려다보면 한낮 지역의 지부장이나, 총무에 불과하다는 생각이 들면서 어깨에 힘이 들어가는 걸 느꼈다.

"회장님, 영동 전화 연결 되었습니다."

노크 소리와 함께 이십대 초반의 이종미가 사무실로 들어와서 미소를 지었다.

"수고했네."

이동하는 부드럽게 웃어 보이며 책상 앞으로 갔다. 회전의자에 앉아서 서울 하늘을 바라보며 수화기를 들었다. 의원님 사무장입니다. 여도환의 목소리가 흘러 나왔다. 민주당 윤상배의 선거사무장을 하다가 부정선거 단속법으로 구속이 된 유진표가 오늘 출감을 했다는 보고를 했다.

"그 자식 너무 일찍 나온 거 아녀?"

이동하는 유진표가 만기를 채우지 않고 나왔다는 말을 듣고 나니까 분하기만 했다.

"원래 이십육개월을 선고 받았잖습니까? 경찰서 정보과에 알아보니까 초범이라서 육개월 정도 감형을 받았다고 하데유."

"유진표 그놈 골치 아픈 놈이니까 계속 동향을 감시해야 될 겨. 다른 일은 없나?"

이동하는 회심의 미소를 지으며 점잖게 물었다. 여도환은 일주일 후에 군민체육대회가 있는데 군청에서 꼭 참석해 달라는 연락이 왔다는 것과 양산면장이 딸 시집보내는데 주례를 서 달라는 연락이 왔다는 것과 문기출로부터 긴히 보고 드릴 것이 있으니까 영동에 내려오면 꼭 좀 시간을 내달라는 연락이 왔었다고 말했다.

'그놈이 또 웬일이야?'

문기출이 긴급한 보고를 드리겠다면 유진표에 대한 정보일 가능성이 많다. 지난번 선거에도 문기출의 정보 제공이 없었다면 당락에 문제가 있을 뻔했다. 여도환에게 문기출을 수소문해서 전화를 연결시키라고 지시를 한 후에 회전의자에 파묻혔다.

"시원한 밀감 주스 좀 가지고 왔습니다.

이종미가 밀감 주스에 얼음을 탄 유리컵을 들고 들어왔다.

"고맙구먼."

이동하는 가슴까지 시원해지는 밀감 주스를 한 모금 먹고 나니까 눈물이 주르르 흘러내리면서 이병호의 얼굴이 떠올랐다.

"사람은 근본이 중요한 거여. 니가 중앙 정치판에서 성공을 할라믄 우신 족보부텀 만들어야 햐. 서울 을지로 어디를 가 보믄 곡성 이씨 종친회 사무실이 있다고 하드라. 거기 가서 전쟁통에 족보를 잊어 버렸다고 함서 돈 좀 쓰면 명문가 집안에 편입을 할 수 있는 모냥여. 그래야 니가 난중에 큰 인물이 되면 곡성 이씨 종친회장이라도 해 먹을 거잖여."

원래 곡성 이씨였는데 집안에 배운 사람이 없어서 족보가 없는지, 이병호의 말대로 6·25사변 중에 족보가 없어졌는지, 원래 족보도 없는 상놈집안인데 성이 이씨다 보니까 전주 이씨나 경주 이씨처럼 흔하지 않는 곡성 이씨라고 스스로 자처를 했는지는 모른다. 하지만 그것이 중요하지는 않다. 죽음을 코앞에 두고도 자식이 잘되길 기원하며 반드시 족보를 만들어야 한다는 이병호에 대한 그리움이 파도처럼 밀려왔다.

아부지, 두고 보세유. 아부지 자식 이동하가 우리 집안을 대한민국에서 둘째 가라믄 서러워 할 명문집안으로 맨들어 버릴 팅게유.

이동하는 밀감 주스를 마저 마셔 버렸다. 두 눈을 부릅뜨고 창문 밖으로 보이는 하늘을 바라봤다. 구름 몇 점이 느릿하게 남쪽으로 흘러가고 있다. 사무국장의 말에 의하면 전국적으로 퍼져 있는 곡성 이씨 종친회가 십만 명이 넘는다고 한다. 대통령 선거 때 십만 표를 모을 수가 있다면, 장관 자리 한 개쯤은 원할 수 있을 정도로 힘이 있는 자리다. 문제는 대종회를 운영하는데 들어가는 비용이 적지 않다는 점이다.

까짓것 돈이 문제여? 권력이 중요하지. 돈을 얼매든지 맨들면 되지만, 권력은 돈이 암만 많다고 해도 방법이 읎으면 맨들 수 없는 거잖어.

대종회를 운영하는데 필요한 건물 임대료며, 직원들 인건비, 종친들 접대비며 회의비 등을 아무리 적게 잡아도 일 년에 백만 원 돈은 우습게 들어갈 것 같았다. 하지만 정미소에서 나오는 돈이나, 모산의 땅에서 나오는 돈은 한 푼도 건들지 않아도 일 년에 백만 원 만드는 것은 식은 죽 먹기나 마찬가지라는 생각에 저절로 주먹에 힘이 들어갔다.

"의원님, 영동에서 전화가 왔습니다."

이종미 대신 대학에서 정치학을 전공한 보좌관 차승태가 들어와서 정중하게 말했다.

"아래 준비가 됐는지 알아 봐."

이동하는 짤막하게 지시를 하고 보좌관이 들어주는 수화기를 받았다. 문기출과 연결된 전화였다. 문기출은 교도소에서 출소를 한 유진표가 의원님에게 용서를 빌 겸해서 꼭 만나보고 싶다고 말했다.

"그 친구 이제야 정신이 들었능개비구면. 하여튼 머리 나쁜 것들은 꼭 몸이 고생한당게. 요새 세상이 어떤 세상인데 아무것도 아닌 일을 갖고 개수작을 부려, 부리긴……내가 내려가서 난중에 전화한다고 전해 주게."

이동하는 유진표보다는 문기출이 들으라는 목소리로 말을 하고 나서 수화기를 내려놓았다.

정각 11시가 되자 3층에서 대종회 간부들이 이동하를 앞세워 내려왔다. 이동하는 건물 앞에 모여 있는 전국종친회 지부장들과 일일이 악수를 하면서 명함을 나누어 줬다. 그동안 곡성 이씨 대종회 사무국장 이차복이 주요 간부들에게 흰색 장갑을 한 켤레씩 나누어 줬다.

"지금으로부터 곡성 이씨 대종회 사무실 개소식을 거행하도록 하겠습니다. 그러니 각 종친회 회장님들께서는 요 앞으로 모여 주시기 바랍니다."

2층으로 올라가는 계단 옆에는 하얀 옥양목으로 감싼 입간판이 붙어 있었다. 옥양목 윗부분의 양쪽에는 광목으로 꼰 길다란 줄이 이어져 있었다. 이동하를 비롯한 간부들이 천천히 간판 앞으로 모여 들었다.

"우리 자랑스러운 곡성 이씨 현판이 드러나면 우레와 같은 박수를 부탁드립니다."

구청 총무과장 출신인 이차복의 카랑카랑한 목소리로 말을 하며 이동하에게 눈짓을 보낸다. 이동하는 점잖게 줄을 잡고 뒤로 한 걸음 물러선다. 여기저기서 잔기침 소리가 흘러 나왔다.

<곡성 이씨 대종회 사무소>라는 글씨는 유명서예가한테 돈을 주고 썼다. 그것을 음각한 은행나무판이 모습을 드러내자 요란하게 박수 소리가 울려 퍼졌다. 이동하도 장갑을 낀 손이 아프도록 박수를 쳤다.

'아부지, 드디어 곡성 이씨 대종회장이 됐슈. 아부지가 몇 해만 더 살아계셨더라면 이 자식과 함께 저 간판을 봤을뀨. 아부지, 저승에서라도 곡성 이씨들을 만나면 대종회장이 내 아들이라고 맘껏 자랑을 하셔유.'

족보에 이름 석 자가 올라 있는 것도 보지 못한 채 저 세상으로 간 이병호의 얼굴이 떠올라서 눈가에 눈물이 배어 나왔다. 다른 사람들이 보지 못하도록 슬쩍 눈물을 닦아 내고 나서 반대편에서 줄을 잡고 있던 부회장 앞으로 가서 손이 아프도록 악수를 했다.

"회장님 참말로 큰일 하셨습니다. 회장님이 아니면 서울시내 한복판에 이렇게 번듯한 대종회 사무실을 마련할 꿈이라도 꾸겠습니까? 회장님 덕분에 우리 곡성 이씨도 큰소리치게 됐습니다."

"당연히 해야 할 일을 한 것 뿐유."

이동하는 싱긋이 웃으며 현관입구에 붙어 있는 현판의 글씨를 천천히 읽어 본다.

'그려, 인제부터 시작이여. 아부지, 아부지 아들 동하가 세상을 휘어잡아 볼 팅게 두고 보셔유.'

장갑을 벗고 현판을 부드럽게 쓰다듬어 본다. 니스를 칠해 미끌미끌한 감촉이 늙은 이병호의 손을 잡았을 때처럼 따뜻하다.

"하여튼 우리 곡성 이씨 문중에서 대단한 인물이 난 거는 사실유. 제가 족보를 좀 볼 줄 아는데, 조선 시대 이후로는 회장님이 최고로 출세를 했슈. 문익공파 대표가 체신부 차관을 몇 개월 역임한 인재가 있기는 한데 자유당 시절에야 파출소 순경이 경찰서장으로 승진하던 시대 아뉴. 엄밀하게 따져 보면 이선 국회의원이신 회장님이 우리 곡성 이씨 문중의 자랑이라 이겁니다."

"출세는 무슨……"

이동하는 시방부터 시작인데 라는 말을 목구멍 안으로 삼키고 나서 돌아섰다. 사무국장은 사진을 찍어야 하니까 이 앞으로 모이라고 손나팔을 불어서 소리를 쳤다. 지역에서 올라온 사람들끼리 모여서 담배를 피운다, 핏대를 올리며 족보를 따진다, 자기 파 자랑을 하느라 정신이 팔려 있는 종친들은 쉽게 모이지 않는다.

"우리 종친이 전국적으로 약 십만 명은 됩니다. 나중에 대통령 선거를 할 때 십만 표면 당락을 결정지을 수 있는 표라 이겁니다. 회장님 제가 드리는 말씀이 뭔 뜻인지 이해하시겠쥬?"

"명색이 국회의원인데 그 정도 감도 못 잡으면 안 되쥬."

"당연하시겠죠 좌우지간 제가 이 한 몸 다 받쳐서 충성을 할 모양 잉게 앞으로 잘 좀 부탁드립니다."

이한모는 나이가 열댓 살이나 어린 이동하 앞에서 두 손을 맞잡고 넙죽 인사를 했다.

"아이구, 부회장님이 저보다 촌수도 높으신데 이라시면 안 되쥬."

이동하는 황송하다는 얼굴로 뒷걸음치면서도 대통령 선거 때 십만 표를 좌우지할 수 있다는 말이 온몸을 짜릿하게 전율하는 걸 느꼈다.

"사무국장, 빨리 기념사진 찍고 연회장에 가야지."

사진사가 삼각대를 세우고 카메라를 설치하고 있었다. 이한모는 이동하 앞에서 굽실거릴 때와 다르게 교감선생에게 지시를 하는 목소리로 말을 하고 뒷짐을 졌다.

"하여튼 당신은 회장님한테 간 쓸개 다 빼줘야 우리 집안이 살 수 있을 팅게 알아서 하세유."

이한모는 오늘 아침에 넥타이를 매고 있을 때 옆에서 양복 상의를 들고 있던 아내가 하던 말이 생각났다. 아내의 말이 아니더라도 이동하를 만난 것은 장마에 휩쓸려 내려가다가 구조를 당한 것만큼이나 행운이다. 자식이라고는 달랑 하나 밖에 없는 외아들이다. 아들이 사업을 하겠다고 퇴직금을 몽땅 털어먹은 뒤라서, 종친회 족보 만드는 일로 끼니를 연명하고 있던 중에 이동하를 만났다.

"육이오 때 족보를 들고 피난을 갔었잖유. 대구 어디선가 인민군들한 테 쫓기는 통에 족보를 통째 잊어버렸슈. 가까운 일가들이 있으면 워티 하든지 촌수를 찾아 들어갈 수가 있을 텐데 돌아가신 아버님이 독자라 서 말여유……."

이동하는 족보를 복원시켜 달라며 거금 십만 원을 내놓았다. 십만 원 이면 교장이 열 달 동안 근무를 해야 탈 수 있는 돈이다. 학교 다닐 때 야 큰돈이 아니다. 실업자가 되고 보니 쌀을 야매로 사도 스물다섯 가마 나나 살 수 있는 돈이라는 생각이 드는 순간 두 눈이 번쩍 떠질 정도로 반가웠다.

족보에다 이동하의 호적을 끼워 넣는 일은 식은 죽 먹기나 마찬가지 고 누워서 떡먹기만큼은 쉽다. 그렇게 간단한 일을 하는데 거금 십만 원 을 받는 것만 해도 황송할 지경이다. 사업에 실패한 후에 당구장에서 시 간을 보내고 있는 장남을 서울시청 공무원으로 떡 하니 취직을 시켜줬 다.

"암만해도 팔은 안으로 굽는다고, 같은 동향인끼리 대종회를 운영해 나가는 것이 세상사는 이치 아니겠슈. 그래서 드리는 말씀인데 교장 선 생님께서 수석 부회장직을 맡아 주셔야겠슈."

이동하의 배려는 거기서 끝나지 않았다. 부회장들은 문정공파, 문익공 파, 판서공파, 총청공파, 양정공파의 대표들이다. 원래는 부회장끼리 회 의를 해서 회장도 뽑아야 하고 수석부회장도 뽑아야 한다. 그러나 명분 보다는 실리가 앞장서는 것이 현실이다. 이동하는 국회의원이라는 직함 도 대단한데 대종회 사무실을 얻고 집기 일체를 구입했다. 앞으로 대종회 사무실 운영비는 물론이고 사무국장과 여직원 봉급까지 책임을 진다는 약속을 했는데, 체신부 차관출신이라고 해서 지원금을 내놓지 못하는 이상 자격이 없다. 당연직 회장이 된 이동하가 은밀히 불러내서 수석부회장직을 맡아 달라고 부탁했다.

"인제 우리 집도 옛날처럼 돈 걱정 읎이 살 날이 왔슈. 자식 취직했고, 당신도 대종회 일을 하면 먹고사는 걱정은 안 해도 되겠네유. 참말로 이동하 국회의원님은 우리 식구의 은인이유. 사람이 개돼지 하고 틀린 것은 바로 은혜를 잊지 않는다는 점유. 제 말 무슨 말인지 아셨쥬?"

수석부회장으로 확정이 된 날 아내는 오랜만에 닭을 잡았다. 반주로 정종까지 곁들여 마신 후에 눈물을 글썽이며 몇 번이나 당부를 했었다.

곡성 이씨 종친회원들은 현판 앞에서 기념사진을 찍고 나서 근처에 있는 한일관으로 자리를 옮겼다.

한일관의 대연회장에 오십 여명의 종친들이 양쪽으로 도열해 앉았다. 상석에는 이동하가 앉았다. 양쪽에는 부회장들이 포진했고, 간부들 순서대로 앉아서 연회가 시작되기를 기다렸다. 사무국장 이차복이 대종회사무소를 개소하기까지의 과정을 조목조목 나열하고 나서 회장님의 기념사가 있겠다며 박수를 유도했다.

이동하는 열화와 같은 박수를 받으며 일어섰다. 처음 국회의원이 됐을 때 국회에서 임명장을 받을 때만큼 감격적이지는 않았지만 가슴 뭉클한 감동이 가슴에서 목구멍으로 타고 올라와서 가볍게 기침을 했다.

"감사합니다. 시방 소개를 받은 이동하라고 합니다. 에! 저는 그렇게 생각해유. 뿌리가 없는 나무는 존재할 수가 없다라고 말입니다. 하지만 요새 사람들을 보면 돈만 있으면 최고라고 생각하는 경향이 많은 거 같다 이거유. 그러나 암만 돈이 많으면 뭐 합니까? 부모가 없는 자식이 워티게 생길 수가 있겄슈. 솔직히 이 자리에는 우리 일가들만 모여 있응께 터놓고 말씀을 드린다면 저희 아버님은 생전에 곡성 이씨 자손이라는 점을 매우 자랑스럽게 생각하셨슈. 오죽 하셨으면 돌아가시기 전에 유언으로다, 니가 난중에 국회의원이 되면 어뜬 일이 있더래도 곡성 이씨 대종회를 반드시 맨들어야 한다고 하셨겄슈. 저는 아버님의 유언을 받들어서 어떤 일이 있더래도 곡성 이씨 대종회를 만들겠다고 결심을 했슈. 그 결과로 오늘 여러 종친 어른들을 모시고 곡성 이씨 대종회 사무소를 개소한 점에 대해서 대단히 영광으로 생각합니다⋯⋯"

이동하는 이병호가 운명을 할 때의 모습이 떠올라서 목이 메어 말을 계속할 수가 없었다. 손수건을 꺼내서 눈물을 훔치는 사이에 이차복이 박수를 유도했다. 감동하는 표정으로 이동하의 말을 경청하고 있던 종친들이 망설이지 않고 손바닥이 아프도록 박수를 쳤다.

"저는 국회의원 이동하의 이름을 걸고 이 자리에서 약속을 드리겠슈. 우리 대종회 사무소가 개소된 것은 시작에 불과 합니다. 앞으로 장학회도 맨들 예정이고, 서울에도 대종회 학사를 지어서 지방에서 서울로 유학을 온 곡성 이씨 대학생들이 무료로 이용할 수 있도록 하겠습니다. 또한 곡성 이씨 기금을 조성해서 반드시 십 년 안에 곡성 이씨 대종회 단독 건물을 짓도록 노력하겠슈. 그렇게만 된다면 우리 곡성 이씨는 대한민국에서 제일 탄탄하고 잘 나가는 대종회가 될 것으로 믿습니다. 마지막으로 전국 최고의 대종회로 발전하기 위해서 이 한 몸 다 받쳐 노력할 것을 약속드리며 기념사에 갈음하고자 합니다. 감사합니다."

이동하는 스스로가 생각을 해도 멋진 기념사라는 생각에 잔기침을 하며 꾸벅 인사를 했다.

"회장님의 발전을 위하여 박수!"

이한모가 다시 한 번 큰 소리로 외치자 천장이 들썩거릴 정도로 박수 소리가 터져 나왔다.

민주공화당 영동지구당 사무실에서 어정쩡하게 시간을 보내고 나온 유진표는 곧장 윤상배가 기다리고 있을 청주옥이라는 작은 음식점으로 향했다. 골목 안에 들어 있는 청주옥은 한정식을 전문으로 하는 아담한 음식점이다.

"빨리 온다고 했는데……좀 늦었습니다."

윤상배는 여주인을 상대로 술을 마시고 있었다. 유진표는 황송하다는 얼굴로 인사를 하고 자리에 앉았다.

"자네는 그만 나가 보지."

윤상배는 여주인을 내보내고 나서 말없이 잔을 비웠다. 유진표에게 잔을 건네고 묵묵히 술을 따랐다.

"의원님……"

유진표는 이십 개월 동안이나 억울하게 옥살이 한 것이 떠올라서 눈물이 솟구치려고 해서 말을 삼켰다.

"아무 말 말게."

"제가 지금 어디서 오는지 아십니까?"

유진표는 잔을 비우고 윤상배에게 돌렸다.

"이동하 사무실에서 오는 길유."

윤상배가 뜻밖이라는 얼굴로 말을 잇지 못하고 유진표를 바라봤다.

267

"옛말에 미운 놈 떡 하나 더 주라는 말도 있지 않습니까. 무엇보다 놈에게 복수를 하려면 놈을 안심시켜야 한다는 생각에 용서를 빌려갔슈. 그랬더니 문기출 그 배신자가 전해 주는 말이 이동하가 영동에 내려오면 전화를 한다고 했습니다."

윤상배는 유진표가 뭔 뜻으로 하는 말인 줄 잘 알겠다는 얼굴로 고개를 말없이 고개만 끄덕끄덕거렸다.

"생각하기로 치자면 칼을 입에 물고 엎어져 죽어야 할 노릇이지만 꾹 참고 이십육개월 형을 받고 딱 이십개월 살았슈. 겨울에 얼음장 같은 마루방에서, 한여름에 찜통 같은 감옥 안에서 콩밥을 먹을 때마다 이동하 그놈에게 어떤 식으로 복수를 하느냐만 생각했슈. 인제 저는 남은 인생의 목적은 이동하 그놈뿐이 아니고, 그놈 가족이 파멸하는 모습을 보는 것 밖에 없습니다. 그것이 제 남은 인생에서 필생의 목표입니다."

윤상배가 다시 술을 따라줬다. 유진표는 안주도 먹지 않고 강술을 연거푸 마시면서 트림도 하지 않고 입술을 닦지도 않았다. 목구멍을 타고 들어가는 소주 맛이 썼지만 인상도 쓰지 않고, 자세를 흐트리지도 않았다. 화를 내지도 않았고 이를 갈지도 않았다. 처음에는 감정이 복받쳐서 눈물이 날 것 같았지만 목소리에 힘이 들어가지도 않았다. 바람 한 점 불지 않는 고요한 호수처럼 흔들리지 않고, 한밤중에 조용히 책을 읽는 목소리로 차분하게 말했다.

"사무장이 구속되기 전에만 해도 이동하는 노골적으로 각 동리 이장들한테 돈 봉투를 돌리고 회식을 시켜줬지 않은가. 우리 선거 운동원들이 신고를 했어도 현장에 나와 보지도 않고, 사진을 찍어서 신고를 했더니 조사도 안 했네. 차일피일 미루다가 선거가 끝나고 나니까 혐의 없음으로 종결처리 해 버렸지 않은가? 그런데도 사무장은 문기출 그 작자한 테 줬다가 돌려받은 이십만 원짜리 영수증과, 중학교 친구들한테 저녁 한 끼 산 걸 가지고 부정선거법으로 이십육개월씩이나 선고를 하고……그것도 한참 선거가 막바지에 이를 때까지 기다렸다가 구속을 시킨 걸 생각하면 내 마음은 편했겠는가? 이래도 과연 우리나라가 민주주의 냐 이걸세. 대한민국 헌법이라는 것이 과연 살아 있나 이걸세."

유진표는 대답을 하지 않고 고개를 숙였다. 윤상배가 눈을 질끈 감고 팔짱을 끼며 다시 입을 열었다.

"그 추운 겨울날 마룻바닥에서 자려면 얼마나 고생이 심했겠는가? 삼 복더위 때 가만히 앉아만 있어도 땀이 줄줄 흐르는 여름에는 더 얼마나 더웠겠는가? 명색이 민의원 출신인 내가 사무장이 끌려가는 모습을 보 고 손 한번 쓰지 못하고 속수무책으로 바라만 보고 있어야 하는 내 가 슴은 또 얼마나 찢어졌겠는가? 나도 내 자신이 너무 비참하고 무능해서 정치고 사업이고 다 때려치우고 머리 깎고 절에 들어가려고 결심을 했 었네……"

"의원님 그건 절대로 안 됩니다. 의원님 같으신 분이 계셔야 이 나라 정의가 바로 섭니다. 제가 비록 큰 힘은 되어주지 못할망정 이 한 몸 다 받쳐서 의원님을 돕겠습니다. 하오니 절대로 정치를 포기하시면 안 됩 니다. 돌아오는 선거에는 보란 듯이 이동하를 물리치고 국회로 등원을 하셔야 합니다."

윤상배가 끓어오르는 분노를 참을 수가 없어서 침통한 표정으로 고개 를 숙이는 순간이다. 유진표가 얼른 무릎을 꿇고 앉으면서 천부당만부 당한 말을 더 이상 하지 말라는 표정으로 고개를 조아렸다.

"솔직히 선거가 끝나고 단양에 있는 어느 절에 들어가서 이 개월 동안 고민을 많이 했었네. 하지만 사무장을 위해서라도 내가 정치를 포기하면 안 된다는 생각이 들었네. 그래서 이놈의 정권이 언제까지 가는지 내 두 눈으로 똑바로 지켜볼 결심으로 하산을 했네. 그러니 우리 설령 계란으로 바위를 치는 한이 있더라도 이 땅의 민주주의 회복을 위하여 열심히 뛰어보세."

"저는 호적에 빨간 줄이 그어진 전과자지만 떳떳합니다. 제가 무슨 도둑질을 하거나 남한테 해코지를 하고 돈을 빼앗는 강도질을 한 것도 아니고, 사기를 쳤거나, 이동하처럼 첩질을 한 것도 아니고, 유부녀와 붙어먹은 짓을 한 것도 아닙니다. 저는 엄연히 정치탄압을 받았습니다. 그래서 이 땅의 진정한 민주화 운동을 위해 이 한 몸 던지기로 결심을 했습니다. 옛말에 한 번 실수는 병가지상사라고 했지요. 두고 보십시오. 제가 이동하뿐만 아니라 그 가족이 파멸시키고 말겠습니다. 이동하 그 빨갱이 같은 놈이 제 아무리 공화당 끗발을 쥐고 있더라도 가정이 파탄나면 절반은 패배한 것이나 마찬가지가 될 것입니다."

"천 리 길도 한 걸음부터, 자 심기일전하는 의미에서 우리 건배하세."

"감사합니다, 의원님."

유진표는 두 손으로 술잔을 번쩍 들어서 윤상배의 잔에 부딪쳤다.

"자, 이거 약소하네. 사무장이 그 안에 들어가 있는 동안 내가 자주 사람을 보내기는 했네. 이건 출옥 기념으로 주는 거니까 받아 두게."

유상배가 오만 원짜리 수표 여섯 장이 들어 있는 봉투를 점잖게 내밀었다.

"감사합니다. 의원님, 정말 감사합니다."

유진표는 뜻밖의 호의에 눈물이 콱 솟았다. 봉투의 촉감으로 보아서 수표가 들어 있다. 한두 장도 아니다. 만 원짜리 수표라면 몇 만 원이고, 오만 원짜리라면 이십 만원 이상일 것이라는 생각이 들면서 감동의 눈물이 흘러내렸다.

모산의 가을걷이는 타작을 끝내고 나면 얼추 끝이 난다. 하지만 아낙네들이 할 일은 많이 남아 있다. 호박은 따서 얇게 썰어 햇볕에 말려야 하고, 아직 익지 않은 고추를 따서 소금에 절여서 지고치를 담그고, 깻잎은 반듯하게 펴서 열댓 장씩 지푸라기로 묶어서 끓인 간장에 담가두는 일이나 햇볕 좋은 날 마당에 멍석을 깔고 무말랭이도 말려야 한다. 무엇보다 첫얼음이 얼기 전에 김장을 하여야 한다.

상규네는 충남대학교 국문과에 시험을 봤다가 떨어진 진규와 함께 오늘 아침부터 둥구나무 앞에 있는 논 반마지기에 마늘을 심었다. 점심을 먹고 다시 마늘을 심으러 가기 위해 진규는 지게를 마당 가운데 세워놓았다. 오후에 심을 마늘씨가 담겨 있는 자루를 지게 위에 얹고 일을 하다가 목이 마르면 마실 물을 뜨러 주전자를 들고 샘가로 갔다.

진규는 샘에서 떠 온 물주전자를 지게에 걸고 정지를 바라봤다. 상규네는 부엌에서 점심 먹은 그릇을 설거지 하고 있었고, 문이 활짝 열려 있는 사랑방 문턱에 걸터앉은 박평래는 한가롭게 담배를 피우고 있었다. 등 뒤로 보이는 청산댁은 목침을 베고 누워있다.

"어머, 천천히 올라오세유. 내가 먼저 가서 심고 있을 모양이니께."

"나도 갈란다. 집에 있어 봤자, 잠만 오고 뼈마디만 쑤싱게 나가서 일을 하는 것이 편햐."

진규의 말에 박평래가 담배를 재떨이에 눌러 끄고 일어섰다. 방 안에 있는 삼베 수건을 길게 접어서 허리 뒷춤에 찌르며 청산댁을 바라본다. 점심 먹은 지 삼십 분도 안 되는데 코를 골며 자고 있다. 처음 보는 모습은 아니라는 표정을 지으며 돌아서는데 편지 배달부가 자전거를 타고 와서 멈췄다.

"우리 집에 편지 온 거 있슈?"

진규가 지게를 지려고 주저앉아서 한쪽 무릎을 땅에 대고 물었다.

"군대 간 이 집 큰아들이 보낸 편지왔슈."

편지 배달부는 자전거를 세웠다. 핸들에 매달려 있는 우편가방에서 편지 한 통을 꺼내들었다.

"형한테 편지 왔슈?"

진규는 얼른 지게작대기를 이용해서 지게를 세웠다.

"우리 상규한테 편지가 왔어?"

박평래가 볼 때만 해도 코를 골며 자는 척하던 청산댁이 벌떡 일어나서 문 앞으로 기어가며 반가움이 넘치는 목소리로 물었다.

상규네는 편지 배달부를 흘끗 바라보고 나서 설거지를 계속했다. 음식 찌꺼기가 있는 구정물은 텃밭에 뿌리고, 가마솥 뚜껑 위에 내려앉은 재를 행주로 훔쳐내고, 몽당비로 정지바닥을 깨끗하게 쓸어서 아궁이 안으로 밀어 넣는 것으로 설거지를 끝냈다.

"어여 읽어 봐, 어여!"

신발을 신는 둥 마는 둥 마당으로 뛰어 나온 청산댁이 진규의 손목을 잡고 뜰팡에 앉았다. 박평래도 마음이 급하기는 마찬가지였다. 하지만 짐짓 아무렇지도 않은 듯 하늘을 쓰윽 바라보고 나서 너럭바위를 바라본다. 너럭바위에는 올해 들어 부쩍 늙어 보이는 순배 영감과 변쌍출이 궁금해서 견딜 수가 없다는 얼굴로 이쪽을 바라보고 있다. 혜룡네는 대낮부터 졸린지 길게 하품을 하며 멀리 방천길을 바라보고 있다. 잔기침을 하고 뒷짐을 지며 진규가 있는 곳으로 슬슬 걸어갔다.

"어머! 형이 월남 갔다!"

상규네는 치마에 손에 묻은 물기를 닦으며 정지 밖으로 나갔다. 웬만하면 방에 들어가서 읽지, 라고 말을 하려고 할 때였다. 편지를 읽던 진규가 벌떡 일어서며 놀란 목소리로 말했다.

"월남? 월남이 어디유?"

청산댁이 덩달아 놀란 얼굴로 박평래에게 물었다.

"그……글씨, 월남이라믄 시방 전쟁을 하고 있는 나라를 말하는 건가?"

박평래가 자신도 모르게 너럭바위에 앉아 있는 순배 영감과 변쌍출을 바라보며 진규에게 물었다.

"예, 그 월남에 가고 있데유. 상규 형이 말여유."

"방으로 들어가자. 아버님하고 어머님도 들어오셔유."

상규네는 갑자기 다리가 휘청 거릴 정도로 온몸의 기운이 빠져 나가는 것을 느꼈다. 비틀거리는 몸을 바로 세우고 고무신을 벗었다.

"시방 진규 자가 하는 말이 군대 간 상규가 월남을 갔다고 하잖여?"

변쌍출이 놀란 얼굴로 순배 영감에게 물었다.

"내 귀에도 분명히 상규가 월남에 갔다고 하는 말로 들렸슈."

해룡네가 모처럼 귀를 즐겁게 만드는 소문을 들었다는 얼굴로 말했다.

상규네는 청산댁에 이어서 박평래까지 방 안으로 들어오자 방문을 닫았다. 한낮이지만 편지를 읽기에는 어두웠다. 뒷문을 활짝 열고 츰부터 찬찬히 읽어 봐, 라고 침착한 목소리로 말했다.

"부모님 전상서.

부모님 그동안 별고 없으셨는지요. 할아버지, 할머니도 몸 건강하게 하루 세 끼 잘 드시고 계시는 줄 믿고 있습니다. 진규도 공부 열심히 하고 있고, 인자, 인숙이도 공부 열심히 하면서 부모님 말씀 잘 듣고 있는 것으로 믿고 있습니다.

불초소생 소자는 나라의 부름을 받고 군대에 소자도 벌써 상등병이 되어서 열심히 근무를 하고 있습니다.

이렇게 갑자기 편지를 드리게 된 점은 불초소생 소자 군대 와서 느꼈는데 그동안 참말로 암 생각 없이 소심하게 살았다는 생각이 들었습니다. 진짜로 남자답게 살라고 뜻한 바가 있어서 월남에 가게 되었습니다. 월남에 가려면 아무나 가는 것이 아닙니다. 여러 가지 시험을 거쳐서 합격을 해야 갈 수 있습니다. 다행히 저는 중학교를 중퇴한 학력도 있고, 군대 오기 전에 면사무소에서 급사로 일한 경력이 있어서 그런지 합격을 하였습니다.

지난 한 달간 모 부대에 모여서 집중적으로 훈련을 받고 내일은 월남으로 출발을 합니다. 시월 십삼일 인천항에 도착하여, 빠르면 사박 오일, 늦어도 오박 육일 후면 월남 사이공에 도착할 것이라고 합니다.

월남에 도착하면 월급도 많이 준다고 합니다. 월급 타는 대로 무조건 고향으로 송금을 해 준답니다. 그 돈으로 진규 대학도 가고, 인자, 인숙이 학비로 써주시면 대단히 고맙겠습니다. 끝으로 불초소생은 무사히 살아서 귀국 할 테니 너무 상심하시지 말기를 바랍니다.

그럼, 이만 불초 소생 월남으로 떠나면서 쓰는 편지를 마치겠습니다. 할아버지 할머니도 안녕히 계십시오

불효자 박상규 드림

추신 : 저를 낳아주시고 길러 주신 부모님께 속이고 월남에 지원한 점은 참말로 죄송하게 생각합니다. 넓으신 아량으로 용서해 주시길 바랍니다."

진규는 편지를 읽고 나서 언제부터인지 모르게 흐르기 시작한 눈물을 닦으며 상규네를 바라봤다. 상규네는 조각처럼 미동도 하지 않고 뒤안에 피어 있는 국화꽃을 바라보고 있다. 박평래는 담뱃불을 붙이고 멍한 표정으로 방문을 바라본다. 청산댁은 아직도 무슨 영문인지 알 수 없다는 표정으로 무언가 말을 하려고 입술만 남남거리고 있다.

"아버님, 상규가 월남에 간다네유."

한참 만에 상규네가 조용히 고개를 돌려서 박평래를 바라보며 영동 어디서 불이 났다는 목소리로 말했다.

"난도 들었다. 그런데 거길 왜 간다냐? 거긴 시방 월남군하고 월맹군하고 싸우고 있다는 나라가 아니냐? 옛날 우리나라 육이오 사변츠름 말여. 내 말이 틀렸냐?"

"사변이라니?"

청산댁이 이제야 뭔가 감이 잡힌다는 얼굴로 박평래에게 반문했다.

"사변도 몰라? 오십년 대 초반에 북한 빨갱이들이 쳐들어 왔잖여. 말하자면 월맹이 빨갱이들이고, 월남은 남한여. 그 꼴로 서로 싸움을 하고 있단 말여!……가만 있어 봐. 에미야, 상규가 시방 그……그 나라로 갔단 말이냐?"

박평래는 답답하다는 표정으로 청산댁에게 말을 하다 말고 깜짝 놀란 얼굴로 상규네를 향해돌아 앉았다.

"그렇다네유."

"야 좀 봐. 너 시방 그걸 말이라고 하는 겨? 상규가, 우리 집 장손이 언제 파리 목숨이 될지도 모르는 전쟁터에 갔다는데 에미라는 년이 제우 그렇게 뻑에 말을 못하겄어?"

청산댁이 파르르 떨며 상규네에게 삿대질을 했다.

"그람, 워틱해유. 시방쯤은 월남 가는 배 안에 있을 텐데 여기서 배 있는 데까지 날아가서 상규를 델고 올까유? 솥단지 싸 들고 청와대 앞으로 가서 진을 치고 살면서, 충북 영동군 학산면 모산에 사는 박상규는 우리 집 장손잉께 월남에서 데려다 달라고 엎드려 빌어유? 아니면 그 자리에서 손가락이라도 깨물어 혈서라서 써유? 지가 할 수 있는 일이 암것도 읎잖유. 그란데 절 보고 워쩌라는 거유. 지가 이 자리에……"

"어머! 왜 그랴?"

진규는 상규네가 청산댁에게 대드는 모습을 처음 봤다. 마치 그동안 가슴 속에 쌓여 있던 한을 한꺼번에 풀어내려고 작심이나 한 것처럼 대드는 모습에 깜짝 놀라서 손을 잡아당기며 말렸다.

"야. 야 좀 봐. 제 자식이 월남갔다고 실성을 했나, 시방 제정신여……"

청산댁도 처음 보는 상규네의 화난 얼굴에 놀라서 자신도 모르게 뒤로 물러앉으며 기어들어가는 목소리로 말했다.

"에미 말이 맞다. 시방은 우리가 할 수 있는 것이 암것도 읎다. 언지 시간 내서 송림사 주지 공혜 스님을 찾아가서 몸 건강히 돌아오게 해달라고 축원이나 드려 달라고 햐. 시방은 상규가 월남에 갔을 때하고 어디 하나 탈 난 데가 읎이 똑같은 몸으로 돌아오게 해달라고 기도하는 수백에 읎어."

"난, 아뉴. 난 못 그래유. 진규야 너 얼른 양산우체국 가서 느 애비한테 즌화 좀 걸어라. 시방 니 형이 월남에 갔응게, 빨리 집으로 와서 워티게 수를 내든지……."

"내가 내동 하는 말을 듣고도 자꾸 며느리 가슴을 대못으로 쿡쿡 찔러 꺼? 며느리는 시방 기분이 좋아서 앉아 있는 줄 알아? 당신보다 열배 백배 더 이상 가슴이 찢어지고 있지만 참고 앉아 있잖여. 아무리 푼수 없는 걸로 치면 해룡이보담 한 수 위라고 하지만, 시방 그걸 말이라고 하는 거여?"

"아뉴. 어머님 지가 잘못했슈. 상규가 아무런 상의도 안하고 저 혼자 결정을 해서 월남에 가고 있다는 편지 내용을 듣고 나니까 저도 모르게 그만……."

"허! 난 도시 믿을 수가 읎구먼. 진규가 월남을 간다믄 몰라도, 상규 그 물렁텅이가 월남을 간당게 도시 믿을 수가 있어야지."

"아버님은 상규 속을 몰라서 그려유. 상규 가가 얼매나 속이 깊은지 몰라유. 군대 가는 날……."

상규네는 눈물이 터져 나올 것 같아서 더 이상 말을 이어 갈 수가 없었다.

"군대 가는 날 월남에 간다는 말을 했단 말여! 상규 앞에서 그런 말이 나왔으믄 당장 그날 야기를 해야지, 우리 집 장손이 월남에 간다는데도 그냥 혼자만 알고 있었단 말이지. 어이구! 집안이 망할라믄 하루아침이라고 하드니……"

"입 닥치고 가만있지 못하겄어? 설마 에미가 그런 일이 있었는데도 시방까지 입을 다물고 있었겄어?"

"형 군대 갈 때는 우리나라 군인들이 월남 안 갔슈."

상규네는 숨죽여 우느라 말을 하지 못했다. 진규가 청산댁에게 좀 가만히 있으라는 손짓을 해 보였다.

"그 해 사과나무가 죄다 얼어 죽었잖유. 상규 그놈은 사과나무가 얼어 죽었는데도 말 한마디 안 했잖유. 근데 그놈이 맘속으로는 너무 승질이 나고 원통해서 비봉산에 올라가서 혼자 통곡을 했다잖유……"

상규네는 눈물을 깨물며 벌떡 일어서서 수건을 챙겨 들었다.

"허! 상규, 그놈이!"

박평래는 상규네의 말을 듣는 것만으로도 눈물이 치솟아 올라서 기가 막힌 얼굴로 천장을 바라봤다.

"오늘은 언간하믄 집에서 쉬지 그랴?"

청산댁이 내가 언제 상규네를 몰아부쳤냐는 듯이 슬픔이 진하게 묻어 있는 목소리로 말했다.

"아뉴, 집에 있는다고 월남에 가고 있는 상규가 돌아오는 것도 아니잖유. 진규 너는 양산우체국 가서 아부지한테 전화 좀 햐. 이런 일은 아부지도 알고 있어야 할 거잖여."

상규네는 목이 착 가라앉는 목소리로 말을 하고 방문을 열었다. 언제 어떻게 말이 퍼졌는지 둥구나무 밑에는 동네 사람 이십여 명이 서 있었다. 마당을 서성거리고 있던 광일네가 하얗게 질린 얼굴로 빠르게 다가왔다.

"사……상규 월남 갔다면서? 그기 사실여?"

"안직 월남에 도착한 것은 아뉴. 시방 월남 가는 배 안에 있는 건 사실유."

상규네는 담담한 목소리로 대답하며 둥구나무 거리를 바라봤다. 모를 심다 온 차림으로 보이는 황인술의 모습도 보였다.

"그람, 우리 광성이도 월남에 갔다능 겨?"

"편지 왔슈?"

"아니."

"그람 안 갔을거유."

상규네는 진규의 지게 위에 얹혀 있는 삼태기를 내렸다. 호미와 괭이를 챙겨 들고 있는데 방에서 느닷없이 청산댁의 통곡소리가 흘러 나왔다.

"아이구! 이 일을 워쩐댜, 어떤 호랭이 물어가도 시원찮을 인간이, 우리 착한 장손을 꼬셔서 월남으로 데려갔댜. 아이구, 상규야, 아무리 철이 없기로서니 전쟁터를 간다는 것이 왠 말이여. 아이구! 천지신명님도 무심하시지, 그 험한 전쟁에서도 손가락 하나 다친……"

"이 할망구가 미쳤나! 주딩이 다물지 못하겠어?"

박평래의 고함소리에 청산댁의 목소리가 뚝 끊겨져 버리고 숨죽여 우는 목소리가 새어 나왔다.

"좌우지간, 또 한 번 헛소리 쥐껴봐. 그땐 내가 아주 작심하고 주딩이를 뭉게 버릴 팅께."

박평래가 입술에 거품을 물고 밖으로 나왔다. 마당에 서 있는 광일네를 발견하고 괜히 하늘을 바라봤다. 어흠! 헛기침을 하며 둥구나무 거리로 슬슬 걸어갔다.

"상규가 월남에 갔다는 거여?"

박평래가 너럭바위에 앉자 황인술이며 윤길동이 다가 왔다. 변쌍출이 그 말을 하기 위해 애가 타 죽겠다는 얼굴로 물었다.

"그렇다네."

박평래가 마음속으로 길게 숨을 들이마셨다가 내쉬고 대답했다.

"상규, 그놈 대단하네. 워티게 월남 갈 생각을 다 했을까?"

"구장은 뭔 말을 그렇게 한댜?"

박평래가 어이가 없다는 얼굴로 물었다.

"우리 광성이 같은 아는 월남에 가라고 앉혀 놓고 빌어도 못 갈 아유."

"허! 구장은 월남이 뭐하는 나란지 알기나 하고 하는 말여?"

"그걸 왜 몰라유. 시방 거기 월맹하고 월남하고 전쟁이 붙었잖아유. 지난 삼월에는 비둘기 부대가 갔고, 이번 달 초에는 해병대 청룡부대가 갔고, 지난 이십이일에는 육군의 맹호부대가 갔데유."

"구장은 어째 그렇게 소상하게 알고 있댜?"

박평래가 언제 화를 냈느냐는 얼굴로 물었다.

"아! 면사무소에서 주최하는 이장단 회의 때 면장님이 하는 말을 들어서 알지, 지가 워티게 알겄슈."

"그람, 그 머셔. 그 나라는 시방 전쟁중이라고 하든데 위험하지는 않을까?"

박평래가 간절한 눈빛으로 물었다.

"그건 모르겠고, 한 달 월급이 대단하다고 하데유. 이등병 월급이 딸러로 사십이 딸러래유. 군대 생활 좀 오래했으믄 오십 딸러까지 준다고 하데유. 상규는 오십 딸러는 받을 뀨."

"오십 딸러면 대관절 우리 돈으로 얼매랴?"

둥구나무 거리에 있던 사람들이 모두 너럭바위에 앉아 있는 박평래며 순배 영감과 변쌍출이며 황인술을 에워쌌다. 변쌍출이 그 문제가 가장 중요하다는 얼굴로 물었다.

"미국 돈 일 딸러가 우리 돈으로 삼백 원이 넘는다고 하데유. 삼백 원씩만 쳐도 십 딸러면 삼천 원, 오십 딸러면 삼오십오 해서 만오천 원씩 받는 셈이네유. 먹고 자고 담배 피고 다 공짜로 해 줌서 만오천 원씩 준다면 괜찮은 거 아뉴?"

"난, 또 뭐라고? 구장은 만오천 원 줄 팅께 불구덩이로 들어가라면 들어가겠어? 남 일이라고 그릏게 쉽게 말하믄 못 쓰는 거여."

황인술이 하는 말을 숨을 죽이고 경청하고 있던 박평래가 어이가 너무 없어서 황당하다는 표정으로 말했다.

"태수 아부지는 뭔가 오해를 하고 계시는 모냥인데, 월남 간다고 다 죽는 거는 아뉴. 만약 그릏다면 나라에서 우리 군인들을 남의 나라 전장터에 보내겠슈?"

"이……이런, 내가 말을 말아야지."

박평래는 죽는다는 말에 가슴이 찌르르 울려서 말을 할 수가 없었다.

팽하니 일어나서 자기 집 쪽으로 걸어갔다.

"지가 듣기에도 구장님이 너무 심한 말을 했슈. 상규 할아부지 심정이 심정이 아닐 텐데, 왜 죽는다는 말을 해 갖구선……"

다른 여자들과 다르게 황인술 옆에 바짝 붙어 서 있던 해룡네가 얼굴을 찡그리며 말했다.

"해룡네는 가서 술이나 팔아, 왜 요새는 해룡이 얼굴이 통 안 뵈이는 거여? 어디 먼 데로 데릴사위라도 보냈나?"

"구장님이 학산서 노시니께, 우리 해룡이가 안 뵈이는 거지. 멀쩡한 해룡이가 왜 이 판에 나와야 한다."

"해룡네, 시방 말이 그기 뭐요. 논다니, 논다니, 우리 집 양반이 아여? 학산가서 놀게."

광일네가 삿대질까지 섞어 가며 해룡네를 다그쳤다.

"가만 있어봐. 구장, 그람 왜 엄한 나라 전장터에 우리 군인들을 보내야 하는 것도 알고 있겠구먼?"

잠자코 듣고만 있던 순배 영감이 점잖게 물었다.

"이게 워티게 남 일유. 나라에서 국가 발전을 위해 결정한 일인데. 군인들만 월남에 보내는 것이 아니래유. 군인들이 월남에 가서 먹고 자고 싸우는데 필요한 물자를 죄다 한국에서 보낸다잖유. 쉽게 말해서 김치며 고추장이며, 군복이며 머머 해서 한 이백 가지를 수출한다고 하데유. 그만큼 딸라를 벌어들이는 거쥬."

"허! 구장 말을 들어 봉께, 태수 애비가 서운할 만도 하구먼. 돈은 국가가 벌고, 목숨은 국민이 버리는 꼴 아닌가?"

"내 참, 영감님이 그릏게 말씀을 하시믄 지가 뭐라고 대답을 해야 하남유."

　황인술은 순배 영감이 혀를 차며 하는 말에 얼른 할 말이 생각나지 않아서 마른입을 쩝쩝 다셨다.

횡재

젠장, 오늘 더럽게 끗발 안 오르는구먼.
구레나룻이 두 끗짜리 패를 내던지며 인상을 썼다.
황인술은 담배를 입에 문 채 불은 붙이지 않고 모직잠바의 패가 뭔지 지켜봤다.
야, 난 초장 끗발이 개 끗발이라는 말을 믿었었는데 아닐 수도 있구먼.
모직잠바가 믿을 수가 없다는 얼굴로 네 끗짜리 흙싸리 패를 힘없이 내던졌다.

장터에 어둠이 내려앉으면서 귀가 시릴 정도로 바람이 매웠다. 무싯
날인데도 장터에 있는 선술집이며 식당에는 손님들이 가득 차 있다. 대
목장날처럼 풍성한 기운이 감돌고 있는 장터 한가운데는 술장사나 식당
을 하는 사람 몇몇이 장작을 추렴해 와서 화톳불을 피웠다. 별 하나 없
는 캄캄한 밤을 바쁘게 오가는 사람들이 화톳불 주변으로 금방 모여 들
었다.

장터에 있는 선술집이나 식당에서 뜨거운 물에 덥힌 생두부에 막걸리
로 저녁을 때웠거나, 돼지고기를 듬뿍 썰어 놓고 두부에다 배추를 넣어
끓인 국밥에 소주를 반주로 마셨거나, 담배 등급을 낮게 받아서 점심부
터 홧술을 마시느라 저녁을 걸렀거나, 성주옥의 구석방에서 벌어지는

화투판에 끼었다가 탈탈 털고 구전으로 이삼십 원 얻어 나오긴 했지만 아직 미련이 남아서 서성거리는 사람들이 캄캄한 밤하늘을 바라보고 있다.

"내가 내년에도 담배 농사를 지면 우리 아부지 아들이 아니고 개새끼여. 담배 농사를 짓는 비용은 작년보담 삼십 프로나 올랐잖여. 근데 일 킬로 평균 가격은 외려 작년보담 십오 원이나 내린 백오십육 원 이랴? 그건 약과여. 작년만 해도 충분히 일등급 받을 수 있는 담배를, 올핸 죄다 삼등급 아니믄 사등급이라는 것이 말이나 되능 겨?"

화톳불 옆에 서 있으면 엉덩이가 뜨거우면 얼굴이 춥고, 얼굴이 화톳불에 화끈화끈거리면 엉덩이가 추운 법이다. 뒤로 돌아서 장터를 바라보고 있던 잠바차림의 사십대 남자가 불을 향해 돌아서며 이가 갈리는 목소리로 내뱉었다.

"허어! 작년까지는 농림부에서 관할을 했응게 쫌 적자를 보는 한이 있더라도 지대로 쳐 줬지만, 올게부텀은 관할권이 전매청으로 넘어 갔잖유. 게다가 올게 담배 농사가 풍년잉게 눈에 뵈이는 것은 죄다 일등급이요. 예산은 한정되어 있응게 그럴 수뻮에 읎는 거 아뉴?"

"전매청에서 나오신 분유?"

황인술이 화톳불에 벌겋게 달아 오른 얼굴로 하는 말에 누군가 조용히 물었다.

"전매청에서 나온 사람이 왜 여기 서 있겄슈? 저기 성주옥 안에서 한참 상다리가 부러지게 대접을 받고 있겄지."

"거기는 삼등짜리라도 받은 걸 다행이라고 생각하슈. 삼등이면 그래도 백구십 원 돈이 되잖우, 난 오십육 원짜리 칠등 받은 것이 수두룩 해유. 내가 내년에도 담배 농사를 짓는다믄 우리 아부지 자식이 아니고 개 자식이우."

황인술 건너편에 서 있는 사십대 중반의 남자가 씹어 삼키는 목소리로 투덜거렸다.

"여기 서 있는 사람들 중에서 내년에도 담배 농사짓겠다고 생각하는 사람 한 명도 읎을걸. 우리 동리 사람들은 담배 농사 손 놓은 지가 십 년은 넘어. 담배 농사가 현금 만지는 재미는 있지만 수납해 보면 말짱 도루묵이드라고 농사를 짓기 전에 계산대로 나온다면이야 그만한 농사도 읎지. 하지만 막상 수납해 보믄, 조합비 띠고, 조합에 이런저런 잡부금 띠고, 포 띠고 차 띠고 나믄 손에 남는 거는 제우 돈 만 원이랑게. 사람 등골은 등골대로 빠지고 수중에 떨어지는 돈은 읎는데 머 할라고 담배 농사를 짓댜."

황인술은 하늘을 쳐다봤다. 첫눈이 올 시기는 아니다. 그런데도 싸락눈이라도 휘날릴 것처럼 귓전을 스쳐가는 바람이 맵기만 하다.

"난 누군가 했드니 모산 구장님이시구먼. 그려, 모산에는 국회의원을 배출한 동네라 그런지 생각하는 거시 현명하구먼. 난도 내년에는 메밀을 심는 한이 있드래도 담배 농사는 작파 할겨. 모산 구장님도 말했지만 담배 농사 져 봤자 포 띠고 졸 띠고 나면 남는 것은 빚뿐에 읎어. 내가 올게 네 단을 심어서 십오만오천오백육 원을 했어. 근데 비료대 삼천팔십구 원에, 재료대 이천구백팔십구 원, 조세공과금 천사백사십원 하며 머띠고, 머띠고 해서 총 공제액이 이만사천백삼십일 원여. 거기다 외상수납 삼십프로 사만육천육백오십일 원은 달랑 전표 한 장으로 받고, 총 받을 금액이 팔만사십오 원이드만. 팔만사십오 원도 내 겟주머니 다 들어오면 내년에도 담배 농사 짓겄어. 봄에 연초조합에서 대부 받은 거 삼만 원 갚고 봄부터 먹고 사느라 여기저기서 빌린 돈 갚고 낭께 내 손에 들어오는 것이 달랑 천이백 원 돈여. 이런 형편이니 담배 농사 짓겄어. 담배를 안 심고 콩을 심었어 봐, 당장 공제금 이만사천 원 돈이 읎잖여. 이건 담배 농사짓는다고 노력은 배로 하고, 겟주머니 들어오는 돈은 달랑 돈 천 원뿐이니 먼 재미로 살겄어.”

군용 야전잠바를 입은 남자가 화톳불 앞에 쪼그려 앉아서 불붙은 장작 쪼가리로 담뱃불을 붙이며 울화통이 터진다는 목소리로 말했다.

“그래도 거기는 전표 금액이 사만 원 돈잉께 내년 봄이면 형편이 피겄네. 나는 되려 만원 돈을 물어내야 할 판여. 워티게 된 거시 일등급은 십분의 일 밲에 안 나오고 죄다 삼등급 아니면 오등급이랑께. 내가 볼 때는 최하 이등급은 되겄드만. 삼등급 아니면 육등급이나 칠등급으로 나옹께 사람 미치고 팔짝 뛰겄더라고.”

“그 동리는 와이로를 안 썼나 보구먼. 그 동네 총대가 뉘지 내년에는 돈 좀 쓰라고 햐. 내가 어느 동리라고 말을 할 수는 없지만, 어느 동리는 집집마다 삼천 원씩 걷었다잖여. 총 십만 원을 맨들어서 연초조합장한테 찔러 줬더니 워떤지 알아? 돈 낸 것보다는 대여섯 배는 이익을 본 거 같드랴. 담배 임자가 볼 때도 오등급 예상한 걸 턱 하니 사등급을 주더라니께 더 이상 말이 필요 읎는 거지 머.”

황인술이 화톳불 앞으로 돌아서서 허리를 숙여 넓적다리 안쪽을 문지르며 말했다.

“우리도 그 생각을 왜 안 했겄어. 근데 작년만 해도 농산물검사소 직원만 매수를 했으면 됐잖여. 근데 올게부터는 농림부 직원하고 전매청 직원하고 해서 세 명이 검사를 한다고 했응께 와이로가 안 통하는 줄 알았지."

중절모를 쓴 남자는 저녁에 정육식당에서 고기를 구워 소주를 마셨다. 아직도 손님들이 법석거리고 있는 정육식당을 바라보며 입맛을 다셨다.

"츠……돈 싫다는 놈 봤남? 내가 아는 그 동리도 츰에는 올게부텀은 세 군데서 나와 검사를 항께 부정이 읎을 줄 알고 와이로를 안 쓸라고 했어. 근데 그 동네에서 사는 사람 중에 엽연초 조합 서기가 있단 말일씨. 그 동리 구장이 그 서기한테 물어 봉께, 대뜸 하는 말이 시 군데가 아니고 열 군데서 나와 봐유. 돈 준다는데 싫다고 하는 사람 있는가, 라고 말했다여. 그 말이 먼 말이겄어. 등급 맥히는 것을 무슨 기계로 하는 거시 아니고 순전히 사람 눈으로 하는 경께, 저 꼴리는 대로 등급을 매길 수 있다는 거잖여."

황인술은 답답하다는 목소리로 말을 하며 성주옥을 바라본다. 이번에 담배 검사원으로 나온 농산물검사소 직원이며, 농림부직원이며, 전매청 직원은 성주옥에서 투숙을 하고 있다. 각 동네에서 온 담배 총대들이며, 이장들이며, 면서기들, 농촌지도소 직원들이 어울려 기생들을 옆에 끼고, 노세노세 젊어서 놀아, 늙어지면 못 노나니, 젓가락으로 상 모서리가 부셔져라 두들기며 술을 마시고 있을 것이다. 그 안에 광일이도 섞여 있다.

"아부지, 요번 담배 수납할 때 부탁할 거시 있으면 지한테 말씀하셔유. 농촌지도소 직원하고 저하고 아주 친하거든유."

모산 사람들은 담배 농사를 짓지 않는다. 그런데도 장터에서 머물고 있는 이유도 광일이한테 소개를 해 줄 물주를 만나기 위해서이다. 오늘은 담배 수납 첫날이다. 누군가 달라붙을 것이라는 생각에 노골적으로 미끼를 늘어 트렸다.

"와이로를 쓰고 싶어도 통로를 알아야 쓰지. 맹탕 모르는 사람인데, 나 어느 동리 총대유. 돈 십만 원 줄 팅께 우리 동리 담배 등급 좀 잘 멕여 쥐유 하면 돈을 받것어? 그 돈이 쥐약인지도 모르는데?"

중절모 옆에 있는 남자가 황인술 옆으로 와서 검정 고무신을 신은 발끝으로 불타고 있는 장작을 불 속으로 밀어 넣으며 말했다.

"나래도 안 받지……하지만 다 통하는 수가 있지."

불이 환하게 켜져 있는 정육식당 안에서 싸움이 벌어졌는지 고함소리가 퍼져 나왔다. 몇몇이 일어서, 다투는 남자들을 양쪽으로 갈라놓았다. 한 사람이 밖으로 나와서 정육식당 안에 있는 사람에게 삿대질을 하며 욕을 해댄다.

"멋 때문에 싸운댜?"

"담배수납가 땜시 싸우것지."

"싸울 힘이 남아 있는 걸 봉께 돈 좀 벌었는개비구먼."

"쌈 귀경한 지도 오래 됐구먼."

정육점 안에 서 있던 남자가 주위사람들의 만류를 뿌리치고 밖으로 뛰어 나온다. 둘은 금방이라도 주먹질을 할 것처럼 서로 삿대질을 해대며 욕설을 내뱉는다. 화톳불을 에워싸고 있던 사람들이 심심하던 차에 잘 됐다는 얼굴로 정육점을 향해 슬슬 걸어가기 시작했다.

"아까, 누가 그라는데 모산 구장님이라면서유. 나 댓말 사는 공대식유."

황인술은 쌈 구경 따위는 관심 없다는 얼굴로 화톳불 앞에 쪼그려 앉았다. 옆에 서 있던 남자가 쪼그려 앉으면서 말로 인사를 했다. 황인술은 남자를 바라본다. 이름은 알 수 없지만 댓말인가 하는 동네에 살고 있는 남자로 안면은 있다.

　　"워녕, 그려. 댓말 사는 사람이라는 건 알겠는데, 이름이 얼른 생각나지 않아서 긴가민가했었는데 내 기억이 맞구먼. 담배 농사를 많이 졌슈?"

　　"올게는 맘먹고 오 단이나 했슈. 그란데 오늘 나와서 등급 멕이는 꼴을 가만히 귀경해 봉께 담배를 수납해야 말아야 하나 고민이 돼서 집에도 못 들어가고 이라고 있는 판유. 내가 볼 때 전체적으로 등급을 약하게 주는 거 같든데 구장님이 뵈기는 워떤거 가튜?"

　　"육 단이믄 천팔백 평을 졌다는 말인데 대단하구먼. 등급을 한 등급씩만 못 받아도 몇 만원이 왔다갔다 하겠네. 그 동리 구장이 담배 총대도 보고 있는 걸로 알고 있는데 와이로 좀 써야겠네."

　　"우리 동리 구장이 얼매나 융통성 없는지는 잘 아시잖유. 학산면 구장들 중에서 융통성 없기로 치자면 일등은 도맡아 할 양반유. 그 덕분에 비료대를 떼먹는다든지, 봄에 농자금 나오는 거 가로챈다든지, 면에서 배급 나오는 거 중간에서 해 먹는 일은 없지만, 와이로 쓰고 그런 거는 술에 물 탄것츠름 맹탕유. 그래서 요번 수납부텀 총대를 제가 하기로 했잖유. 헌데, 멀 알아야 면장도 해 먹는다고 쥉일 다리 아프도록 넘들 수납하는 거 귀경만 할 줄 알았지, 워디에 돈을 써야 하는지. 돈을 쓰면 얼마나 써야 하는지 쥐뿔도 모르겠슈. 그래서 하는 말인데 워디 가서 초근하게 쇠주나 한 잔 하면 했으면 좋겠는데……"

공대식은 일어서서 조용한 선술집이 있는지 둘러본다. 장터 주변에 있는 식당들 중에 문 닫은 식당은 한 군데도 없다. 모두 불을 환하게 켜 놓고 있는 걸로 보아서 손님들이 있다는 증거다. 정육식당 앞에서 다투던 사람은 다시 정육식당 안으로 들어갔는지 구경 갔던 사람들이 화톳불을 향해 걸어오고 있다.

"허긴 댓말 구장 융통선 읎다는 거 학산면 구장들 사이에서 모르는 사람 읎지. 언진가 구장단에서 단체로 원족을 가는데 말여. 면장님이 그 날 돼지를 한 마리 잡을 계획잉께 그 전날부터 굶고 오라고 농을 한 적이 있었구먼. 근데 댓말 구장은 참말로 그 전날부텀 굶고 왔잖여. 저녁 하고 아침 두 끼를 굶었응께 즘심때 얼매나 배가 고팠겄어. 그날 돼지괴기를 얼매나 먹었는지 설사병이 걸려서 꼬박 열흘을 죽다 살아났다고 하드만."

황인술은 공대식을 따라서 걸으면서 조용한 선술집은 어차피 찾기 힘들 거라고 생각했다. 차라리 성주옥에 가서 빈방 하나 차지하고 앉아 먹는 것이 빠르다고 생각하면서도 말은 하지 않았다.

"학산면 면서기들이 일하기 젤 좋은 동리가 댓말이라고 하잖유. 올게 보리 경작 면적이 얼매나 되냐? 마늘은 몇 정보를 심었냐? 비료는 얼매나 필요하냐? 물어보기만 하면 한 마지기도 안 틀리게 대답한다잖유. 그래서 입맛대로 더하기 빼기만 해서 군청에 보고만 하면 된다잖유."

공대식은 싸전 앞에 있는 선술집 앞에서 멈췄다. 유리창 틈으로 안을 살펴본다. 드럼통을 반으로 잘라 만든 화덕 몇 개가 있는 홀 안에 손님들이 북적거린다. 그 옆에 있는 해장국집도, 소전거리에 있는 설렁탕집도, 채소전 거리에 있는 개장국집에도 마을 단위로 몰려온 손님들이 웃고 떠들면서 술을 마시고 있다.

"그라지 말고 성주옥으로 가지, 외려 이런 날은 거기가 조용할 껴."

"역시 구장님은 생각하는 것이 틀려. 진작 말씀하시지 그랬슈."

밤이 늦어도 장터에는 보름날 윷놀이를 할 때처럼 많은 사람들이 오가고 있었다. 장터 주변에 사는 아이들도 덩달아서 서성거리고 있다. 화톳불 주변에는 더 많은 사람들이 검은 망토를 걸친 유령들처럼 서 있다. 공대식과 황인술은 어둠속에서 하얗게 웃으며 성주옥으로 향했다.

성주옥의 큰 방에는 예상했던 것처럼 담배 검사를 나온 전매청직원이며, 농림부 직원들하고 농촌지도소 직원들이 학산면 유지들과 섞여서 큰 소리로 떠들며 술을 마시고 있다. 구석방에는 노름판이 벌어졌는지, 찔러! 찔러! 난 들어가. 가보여! 가보, 하는 목소리가 새어 나온다. 또 다른 방에는 몇 명이 기생 한 명을 앉혀 놓고 술을 마시는지, 여자 목소리는 하난데 와와거리며 웃는 남자들 목소리는 여럿이다.

구석방으로 들어간 황인술은 모레 있을 댓말 동네 수납을 할 때 등급을 잘 받게 해달라는 조건으로 공대식에게 십만 원을 받았다. 검사원들에게 돈을 건네려면 맨 입으로 건넬 수가 없고, 술을 마셔야 한다는 말로 이만 원을 더 받아냈다.

"좌우지간 십만 원보다 몇 배 이익을 보면 된 거 아녀?"

황인술은 공대식하고는 꼭지가 돌도록 술을 마시고 싶지가 않았다. 거래가 끝난 이상 밤이 더 늦기 전에 모산으로 들어가 봐야 한다며 일어섰다.

"등급이 잘나왔는지 잘못 나왔는지는 워티게 확인을 한데유?"

"허허, 담배 농사 한두 해 져 보나. 남들 등급 받는 거 하고, 그 동리 사람들 담배 등급 받는 걸 확인해 보면 금방 알 수 있잖여.”

“하여튼 잘 부탁해유. 등급이 잘 나오면 난중에 또 사례를 할꺄. 우리 이래봬도 시시하게 뒤끝이 읊는 놈은 아닝께.”

“그려, 난도 모레 나와 볼 팅게 그날 보자구.”

황인술은 공대식의 등을 툭툭 쳐 주고 대문 앞에서 헤어졌다. 모산까지는 십 리 길이다. 지금 삼거리로 가면 양산 가는 완행버스 막차가 있을 것이다. 모처럼 공돈도 생겼는데 다리거리까지 편하게 가고 싶었다. 오줌이나 누고 나서 기분 좋게 출발할 생각으로 변소로 향했다. 화톳불 옆에서 들어 보니까 검사원들한테 십만 원 정도는 찔러줘야 약발을 받는 모양이다. 광일이가 농촌지도소 직원을 잘 알고 있다고 하니까 오만원 정도만 찔러줘도 효과가 있을 것이다. 광일이 놈도 농촌지도소 직원하고 한 잔 해야 할 것이다. 이만 원을 주고 나도 오만 원이 고스란히 남는다고 생각하니까 오줌발도 오늘 따라 시원했다.

“도! 났구먼 도! 났어.”

“돈 만 원 벌기 우습네. 워티게 된 심판이 그쪽에서 선을 잡았다믄 무조건 도가 나는 거여.”

“내가 생각해 볼 때 시방까지 곗주머니에 들어간 돈이 한 이십 만원은 넘을 껴. 연달아 세 판이나 도가 났잖여.”

황인술은 변소에서 바지 혁대를 채우며 나오다가 노름방 앞에서 걸음을 멈췄다. 쪽마루 앞에 있는 고무신이며 운동화 구두, 군화까지 섞여 있는 신발이 대여섯 켤레는 넘어 보인다.

‘집구석에 들어가 봐야, 마누라가 잔소리만 할 것이고 귀경이나 하고 갈까?’

황인술은 잠바 안주머니에 넣어 둔 돈 봉투의 묵직한 촉감을 기분 좋게 느끼면서 방문을 열었다.

"또 손님 오는구먼."

군용 담요를 가운데 깔아 놓고 빙 둘러 앉아 있던 사람들이 일제히 시선을 돌렸다. 윗목에는 술상이 차려져 있다. 술상 앞에 앉아서 소주잔을 들고 있던 남자가 혼잣말로 말했다.

"누가 그렇게 끗발을 날린다. 밖에서 들어 봉께 학산면 돈을 죄다 끌어가는 것처럼 야기 하드만."

황인술은 노름판에 끼지 않고 술상 앞에 앉았다.

"얼굴이 많이 익는데, 워디 사는 양반인지는 모르겄구면."

털실로 짠 모자를 쓴 남자가 황인술에게 소주잔을 내밀며 말을 걸었다.

"이 밤중에 영동사람이 올까. 다 학산면이나 양산면 사는 사람들이지. 난도 그쪽 양반 얼굴을 알만하구먼. 난 양산쪽에 살아유."

황인술은 자신의 신분을 밝혀서 좋을 것이 없다는 생각에 딴전을 피웠다.

"그려, 그쪽 워디 사는 양반 같드라. 난 범하리 사는 최가유. 한 판 하실라고 들어 온 거유?"

"우리는 귀경하는 거는 좋아하지만 노름에는 원래 소질이 없슈."

"노름이 별 건가? 돈 놓고 돈 먹기지 머. 난 담배를 석 단이나 했는데 뗄 거 다 떼고, 제할 거 다 제하고 낭께 달랑 돈 만 몇 천원 남드만. 그거라도 들고 집구석으로 달랑달랑 걸어갔어야 하는데 화딱지가 나서 기냥 들어갈 수가 있어야지. 동리 사람 몇 명이 오십 원씩 걷어서 탕수육에 짬뽕에 고량주 좀 마셨구먼. 그쯤에서 돼지고기나 몇 근 끊어서 집구석으로 갔어야 하는데 여기 와서 저이한테 다 부조하고 낭께 돈 삼십 원 남네 그려."

황인술은 잔을 비우고 털모자에게 권했다. 털모자가 술을 받으면서 검은색 모직잠바를 입은 남자를 가리켰다.

"허 남들이 들면 나 혼자 돈 다 땄다고 하겄네."

모직잠바는 콧방귀를 끼면서 능숙하게 화투를 섞어서 착착착 소리가 나도록 바닥에 패를 깔았다.

"오천 원 났어."

"오천 원의 다섯 배면 이만오천 원으로 도가 나는 건가?"

모직잠바 건너편에 앉은 턱수염이 텁수룩한 구레나룻이 군용 담요 밑에서 오백 원짜리 뭉치를 꺼내며 물었다.

'시방 이 사람들이 머 하고 있는 거여?'

황인술은 판돈을 오천 원 났다는 말에 술이 번쩍 깨는 기분이다. 구장단에서 회식을 하거나 하룻밤을 유숙해야 하는 관광지로 놀러 갔을 때 섯다나 도리짓고땡을 한두 번 쳐 본 것이 아니다. 도리짓고땡은 다섯 장의 패를 돌려야 한다. 석장으로 10이나 20을 만들고 나머지 두 장으로 끗수를 본다. 그런데 가만히 보니까 도리짓고땡식 섯다를 하고 있다. 판돈을 많이 나봐야 백 원 넘기는 것을 보지 못했다. 그 오십 배를 거침없이 논다고 생각하니까 딴 세상에 온 것 같은 기분이 들었다.

"두말하믄 잔소리. 이만오천 원이지."

황인술은 판돈을 본다. 구장들끼리 섯다나 도리짓고땡을 칠 때는 판돈이 많아야 백 원, 아니면 십 원이나 십 원짜리를 들고도 침을 삼키면

295

서 초상집에 돈 빌리러 가는 얼굴로 고민하기 일쑤다. 그 오십 배의 판돈을 아무렇지도 않다는 표정으로 말하는 모직잠바나 구레나룻이 딴 나라 사람처럼 보였다.

"길게 갈 거 읎이 한 판에 끊어 먹지 머."

모직잠바가 자신의 패를 확인하고 나서 담배를 입에 물며 말했다.

"그랴, 그기 좋겠구먼. 난 초짜에 천 원 갔어."

"딴 사람들도 어여 가. 남은 돈은 내가 아도 할 팅께."

바닥에는 넉 장의 패가 깔려 있었다. 그 위에다 한 장씩을 얹어서 끗수가 높은 숫자가 이긴다. 끗수로는 가보가 가장 높고, 족보는 풍하고 흑싸리인 장사부터 알리라고 하는 한 끗 솔자하고 두 끗 매조가 있다. 땡은 일땡부터 삼팔광땡이 있다. 장땡을 받으면 선은 두 배를 줘야 하고, 삼팔광땡을 잡으면 네 배를 주는 방식이다. 패를 노려보던 사람들이 삼천 원을 갔다. 구레나룻이 마지막으로 이천 원을 풍짜 화투 밑에 찔러 넣었다.

"땡이면 무조건 졌어."

모직잠바가 담배를 입술 끝에 물고 자신의 패를 주먹 안에 감추며 말했다.

"알리를 잡은 모양이구먼. 나는 이팔 멍통여."

구레나룻이 여덟 끗 팔광과, 두 끗 매조를 바닥에 던지며 말했다.

"난 여덟!"

"젠장, 난 따라지여."

"어제 똥 꿈을 꾼 것도 아인데 오늘 웬일이댜."

모직잠바가 주먹 안에 감추고 있던 패를 내보였다. 구레나룻이 예측

했던 것처럼 솔 광하고 메조를 내던지고 나서 돈을 모두 끌어갔다.

'허! 담배 몇 모금 피울 새에 쌀 한 가마니를 사고도 남을 돈을 끌어 가는구먼.'

황인술은 평소에는 꿈도 꾸지 못할 거금이 오가는 노름판에 앉아 있다는 생각이 들면서도 조금씩 구미가 당기기 시작했다.

"판 올려. 한 판에 만 원씩 다섯 배로 하자구."

모직 잠바는 세 판 만에 노가 났다. 첫 판에 오천 원을 따고, 두 번째 판은 그 두 배인 만 원을 땄다. 세 번째 판에는 판돈이 만오천 원으로 늘어났다. 구레나룻이 만 원을 아도하는 통에 삼만 원을 따는 것으로 패를 구레나룻에게 넘겼다. 구레나룻이 오백 원짜리 스무 장을 착착 헤아려서 고리를 보는 신사복 상의를 입은 남자에게 건넸다.

"판이 너무 커. 다섯 배면 오만 원이잖여.

"그람 얼매씩 가라는 거여?"

"얼매씩 가는 거야는 지 맘대로지 천 원을 가든, 오천 원을 가든지 혼자서 짤라 먹든지. 노름판에서 돈 많은 놈이 대빵이잖여."

구렛나룻이 신사복에게 넘겨주고 남은 오백 원짜리 뭉치를 반으로 접어서 잠바 안주머니에 찔러 넣으며 말했다.

"까짓것 해보자구. 어채피 버린 몸, 화끈하게 주고 가지 머."

"거기 앉아 있는 양반도 귀경만 하지 말고 들어와유."

고리를 보는 신사복이 황인술을 바라봤다.

"심심풀이 삼아 한 번만 해 볼까."

황인술은 오만 원이라는 말에 가슴이 덜컹 내려앉았다. 그려! 따면 오만 원이고, 꼴면 만 원이잖여. 까짓것 이래도 죽고 저래도 죽을 판에 한

번 해 보는 거지 머. 자신도 모르게 입술을 혀로 핥으며 판에 끼어들었다.

"족보는 표준 족보유. 가보 위에 장사고, 알리 위에 땡유. 장땡은 두 배, 삼팔광땡은 네 배. 만원 아도 했을 때 받아 내는 돈이 사만 원이라 이거유."

고리를 보는 신사복이 황인술이 들으라는 목소리로 말했다.

"자 골라서 가슈."

구레나룻이 능숙하게 화투 넉 장을 바닥에 깔았다

황인술은 오백 원짜리 두 장을 꺼내 들었다. 돈을 든 손이 떨리면서 갑자기 목이 말랐다. 마른 침을 삼키면서 어디를 갈까 패를 노려봤다. 모직잠바가 망설이지도 않고 한 끗짜리 솔에 오천 원을 얹었다.

'그려, 저 사람이 오늘 끗발이 좋드라.'

막상 돈을 놓으려니까 떨렸다. 잔기침을 하며 모직잠바가 놓은 돈 위에 천 원을 얹어 놓았다.

"기똥차게 피해서 갔구면."

모직잠바가 찍은 한 끗짜리를 뺀 나머지 석 장 중에 열 끗짜리 풍은 비워두고, 다섯 끗 난초하고 네 끗 흑싸리에 이천 원씩 갔다. 선을 보는 구레나룻이 장 짜를 먼저 까 봤다. 장땡이다. 패를 노려보고 있던 사람들이 일제히, 에이! 하는 탄성을 내질렀다. 구레나룻은 좋아 죽겠다는 얼굴로 육천 원짜리부터 깠다.

"육천 원짜리만 잡으면 이천 원 딴다. 가보구먼……"

고리가 실망한 얼굴로 말했다.

"가보 죽어!"

구레나룻이 신이 난 얼굴로 자신의 패를 내보였다. 일곱 끗짜리 홍싸리가 두 장, 칠 땡이다. 다른 사람들은 더 이상 볼 것도 없다는 얼굴로 돈을 걷어서 고리한테 바쳤다.

"자, 판돈이 이만 원여. 이만 원 짤라 먹지 머."

구레나룻이 모직잠바를 슬쩍 바라보고 나서 군용 담요에 착착착 소리가 나도록 패를 깔았다.

"내가 만원 가지. 나머지 만 원은 노놔서 가슈."

모직잠바는 아직은 여유가 있다는 얼굴로 오백 원짜리를 착착 헤아려서, 우린 한번 찍으면 죽을 때까지 찍는 승질여, 라고 말하면서 한 끗짜리 솔 자에 갔다.

"그람, 나도 이천 원을 가야 하능건가?"

황인술은 천 원을 잃고 나니까 가슴이 떨리면서 은근히 기분이 안 좋았다.

'까짓것 돈 만 원 잃어도 사 만원이 남잖여.'

오백 원짜리 넉 장을 헤아려서 패를 분석해 봤다. 남은 석장의 패는 다섯 끗 난초, 열 끗 풍, 여덟 끗 팔 광이 깔렸다. 확률로 봐서는 모직잠바가 간 한 끗짜리 솔이 제일 높다. 흑싸리를 더 하면 세뻥이가 되고, 국진 아홉이 오면 구뻥이가 되고, 두 끗짜리 메조가 오면 알 리가 된다. 상대적으로 땡을 잡아 봤자 뻥 땡 밖에 되지 않는다는 취약점을 안고 있다. 열 끗 풍은 네 끗짜리가 들어오면 가보 위에 있는 장사가 될 확률을 안고 있고, 같은 풍이 오면 장땡을 잡을 수 있다는 결론이 나온다. 팔광에다 놓으면 삼광만 온다면 삼팔광땡이다. 삼팔광땡은 네 배로, 팔천 원이다. 그 대신 한 끗짜리 여섯 끗짜리 국광이 들어오지 않는다면 끗수로 이기기는 힘든 패다. 그려, 통 크게 놀아 보지 머. 이천 원을 여덟 끗 팔광 위에 턱 얹어 놓고 팔짱을 꼈다.

"삼팔광땡을 잡아 보자는 속셈이구먼. 난 짝게 먹고 가늘게 쌀텨."

"나는 장땡이나 잡아 볼까."

"전부 만육천 원이잖어. 안직 사천 원 더 남았응께 화끈하게 짤라 먹지 그랴. 팔 광에 가신 분 아도 찍어 봐유."

고리가 돈을 부채처럼 펼쳐서 황인술 앞에 흔들어 보이며 바람을 잡았다.

"내가 천 원 더 가지."

다섯 끗 난초 위에 천 원 짜리 한 장이 더 얹어졌다. 다른 사람들이 약속이나 한 것처럼 황인술을 바라봤다.

"그려, 일찍 죽으나 늦게 죽으나 죽는 거는 매한가지지 머."

황인술은 삼천 원을 더 얹었다. 가만 있어봐. 내가 시방 머 하는 짓여. 오천 원이면 쌀을 한가마니 사고 남을 돈이고, 내년 보릿고개 때 밀가루 7포를 사면 수제비며, 칼국수에, 찐빵을 배부르게 먹을 수 있는 돈이다. 얼떨결에 오천 원을 배팅하고 나니까 슬그머니 후회가 됐다. 액수를 줄이는 것이 좋다고 생각하고 있을 때 이미 또 한 장의 패가 착착 깔렸다.

"난 죽었어."

모직잠바가 만 원씩이나 간 사람답게 제일 먼저 패를 까 보고 나서, 기세 좋게 찌를 때와 다르게 굳은 얼굴로 짧게 내뱉었다.

"구땡 밑으로 다 죽어."

구레나룻이 아홉 끗 국진 두 장을 내보이며 히죽 웃었다.

'젠장, 돈 오천 원이면 봉산댁을 영동으로 불러내서 몇 날 며칠 동안

화끈하게 놀 수 있는 돈인데……'

황인술은 자신의 어리석음을 탁하며 자신의 패를 끌어 당겼다. 팔광 뒤에 있는 숫자가 똑같은 팔이라고 해도 팔땡 밖에 안 된다. 판에 끼어서 몇 분 사이에 육천 원이 날아갔다고 생각하며 힘없이 팔광을 밑으로 끌어 내렸다. 사꾸라라고 부르는 삼자가 스르륵 모습을 드러냈다.

'설마!'

순간 주변의 소음이 일제히 가라앉아 버렸다. 마른 침을 꿀꺽 삼키며 팔광 패를 아래로 끝까지 내려 봤다.

"진짜로 삼팔광땡이네."

황인술은 너무 놀라서 말이 나오지 않았다. 옆에서 황인술의 화투장을 쪼고 있던 남자가 어이가 없다는 얼굴로 말했다.

"선무당이 사람 잡는다는 말은 들어 봤어도, 판에 끼자마자 두 판 만에 삼팔광땡 잡는다는 말은 츰 들어 봤구먼. 이기 뭐여. 죽 쒀서 개주는 것도 아니고……고리는 얼매나 땔까? 한 천원 땔까."

고리는 가지고 있던 돈 삼만 오천 원을 모두 황인술에게 몰아주고 나서 손을 털었다.

"아무리 위아래가 없는 노름판이라고 하지만 듣는 귀가 드럽구먼. 제우 삼팔광땡 한 번 잡았다고 개새끼에 빗댄다는 건 너무 하는 거 아녀?"

황인술은 벼랑 끝에 서 있다가 구름다리를 탄 기분이 바로 이런 기분일 거라고 생각하며 고리가 내미는 돈을 받았다.

'흐흐……이런 기분으로 노름을 하는 모양이구먼.'

육천 원을 잃는가 했는데 도리어 삼만사천 원을 따고 나니까 방 안에 앉아 있는 모든 사람들이 바보 등신처럼 보였다. 주머니를 뒤져서 백 원짜리 지폐 한 장을 고리로 내밀며 잘게 웃었다.

"놋돈을 이만 원으로 올리지."

두 판도 넘기지 못한 구레나룻이 황인술을 바라보며 나지막한 목소리로 말했다.

"그려, 고리짓고땡에서는 어채피 판돈 올리는 재미로 하는 거잖여! 이만 원에 다섯 배면 십 만원이구먼. 인제사 고리 뜯는 기분이 나겄구먼. 이번 판에 노가 나면 고리로 무조건 천 원씩 띠는 거여."

황인술은 이만 원을 모두 잃어도 만사천 원은 딴 셈이라는 생각에 이만 원을 고리에게 건네줬다.

"고리만 띠지 말고 안주하고 술 좀 더 시켜."

혼자 앉아서 술만 마시고 있던 털모자가 빈 소주병을 흔들어 보였다.

"그려, 다 먹고살자고 하는 짓인데 머. 동태찌개하고 소주 서너 병 더 갖다 달라고 햐."

고리는 기분 좋게 말하며 황인술이 패를 섞은 모습을 지켜본다. 화투 패를 섞는 소리가 리드미컬하다. 화투를 영 안 쳐본 사람은 아니라고 생각하며 황인술이 내민 지폐를 둥글게 말아 쥐었다.

판에 깔린 패는 두 끗짜리 메조, 다섯 끗짜리 난초, 일곱 끗짜리 홍싸리, 세 끗짜리 삼광이다. 황인술은 자신의 패는 확인하지 않고 다른 사람들이 어떤 패를 선택하는지 지켜봤다. 모직잠바가 다섯 끗짜리 난초에다 만 원을 갔다. 구레나룻도 세 끗짜리에다 오천 원을 놓았다가 이내 만 원짜리 쪽으로 합류를 했다.

"한 군데 만오천 원 가면 너무 큰 거 아녀?"

다른 사람들은 이천오백 원씩 가자고 서로 상의를 하고나서 두 끗짜리하고 일곱 끗짜리에 갔다. 털모자가 큰 소리로 술과 안주를 주문하고 나서 긴장한 얼굴로 중얼거렸다.

"만오천 원짜리만 잡아! 만오천 원짜리만 잡으면 이기는 거여."

고리는 누가 선을 잡든 선의 편을 든다. 신사복은 선이 이겨야 고리를 뜯는다는 생각에 침을 꿀꺽 삼키며 만오천 원짜리를 노려봤다.

"자, 슬슬 까봐."

황인술은 자신의 패를 까 봤다. 가보다. 만오천 원짜리만 잡으면 된다는 생각에 다른 패는 바라보지도 않았다.

"이기 뭐여."

구레나룻이 어이가 없다는 얼굴로 패를 내던졌다. 다섯 끗 난초하고 여덟 끗짜리 팔광이다. 더하면 세 끗이다.

"그건 가져와."

황인술은 나머지 이천오백 원짜리 두 몫은 모두 잃어도 된다는 생각에 안도의 한숨을 내쉬었다.

"나는 망통여."

"나는 여덟!"

"자, 판돈이 사만 원으로 늘었구면. 한 사람 앞이 만 원씩 가면 되겠네. 오래 끌 것 없이 이번 판으로 끝내지 머."

고리가 돈으로 손바닥을 탁탁 치면서 바람을 잡았다.

"그려, 만 원씩 가 보지."

"그쪽은 아직도 안 꼴았지?"

구레나룻이 모직잠바에게 물었다.

"인제 본전여."

모직잠바가 안주머니에서 돈뭉치를 꺼내며 굳은 목소리로 말했다.

"본전이 몇 십만 원인지 모르겠구면."

"노름꾼 맘이지 머."

황인술은 패를 깔고 나서 한껏 여유를 부렸다.

두 번째 판도 황인술이 모두 이겨서 판돈은 금방 팔만 원으로 뛰었다. 판돈을 잘라 먹으려면 팔만 원을 모두 가야 한다. 만 원씩 가게 되면 선이 모두 잃어도 사만 원이 남는다는 결론이다. 모두들 긴장이 된다는 얼굴로 황인술이 늘어놓은 패를 쳐다보며 마른 침을 삼켰다.

"시간 읎어. 화끈하게 한 번에 짤라 먹든지, 한 번에 짤라 먹기에 배가 부르면 두 번에 짤라 먹어."

고리가 빨리 패를 선택하라고 바람을 잡고 나서 털모자에게 술을 한 잔 달라고 했다. 털모자가 얼른 소주를 한 컵 따라서 내밀었다. 깍두기까지 젓가락으로 집어서 고리 입에 넣어주고 긴장한 얼굴로 판을 지켜봤다.

황인술은 자신의 패를 한 손에 쥐고 담배를 입에 물었다. 고리가 얼른 성냥을 그어서 내밀었다. 네 개의 패 중에 두 개만 잡아도 본전이다. 자신처럼 누군가 삼팔광땡을 잡으면 팔만 원을 내주고 손을 털면 그 뿐이다.

'그려, 까짓것 이만 원 잃어 봤자. 만오천 원 땄응께 걱정할 거 읎어.'

마음을 편하게 먹으려고 했지만 입 안의 침이 바짝 마르도록 긴장이 됐다. 이만 원이면 쌀이 네 가마니를 사고도 돈이 남는다. 쌀 네 가마니면 가족이 겨울을 날 수 있다는 입술이 타는 것 같아서 혀로 핥으며 판을 지켜봤다.

"사이좋게 만 원씩만 가지."

구렛나룻이 오백 원짜리를 착착 헤아려서 만 원을 던졌다.

"난 이만 원 갈려."

모직잠바가 이만 원을 가서 놓돈은 육만 원으로 늘었다. 황인술은 이번 판에 모두 잃는다 해도 놓돈 이만 원은 남는다는 생각에 안도의 한숨을 내쉬었다.

"이쪽은 삥땡, 여기는 가보, 이쪽은 구삥이, 어따 이번에 판 넘겨야겠구면. 여기는 오땡이여."

고리가 일일이 패를 확인하고 나서 기운 빠진다는 목소리로 돈을 나누어 줄 준비를 했다.

"화투는 까 봐야 안다는 말 못 들어 봤는개비지."

황인술 육 만원을 잃어도 한 판 더 선을 잡을 수 있다는 생각에 패를 가볍게 까 봤다. 국진 두 장이 겹쳐 있다는 걸 확인하고 화들짝 놀랐으나 이내 아무렇지도 않다는 얼굴로 한 장씩 바닥에 찰싹 소리가 나도록 내 갈겼다.

"니기미! 화툿판에서 끗발 나기 시작하면 하느님도 못 말린다고 하드니. 바로 이 사람을 두고 하는 말이구면."

이번에는 이겼다고 생각하는 사람들은 하나같이 어깨를 축 늘어트렸다. 고리가 놀라움을 감추지 않은 얼굴로 돈을 걷어가며 말했다.

"노 났어. 십사 만원으로 노 났응께 고리는 이천 원 뜯어야 겠구면."

고리가 한 뭉치나 되는 오백 원짜리 중에서 이천 원을 떼어 내고 내밀었다.

"선 한 번 더 봐. 이번에는 십만 원으로 올리지."

모직잠바가 입술을 잘근잘근 씹으며 품에서 오백 원짜리 한 뭉치를 꺼내며 말했다.

"십만 원은 너무 많고 팔만 원만 놔."

구레나룻도 군용 담요 밑에 숨겨 놓았던 돈 뭉치를 꺼내서 담요 위에 올려놓았다. 담배를 입에 물면서 털모자에게 소주 한 잔을 달라고 했다.

"팔만 원의 다섯 배면 사십 만원이 되는 건가?"

신사복이 황인술에게 내밀었던 돈을 다시 끌어 당겼다. 큰 방에서 장구소리와 함께 기생들이 한겨울에 때 아니게, 어야디야, 어야디야, 뱃놀이 가잔다, 라며 뱃노래를 합창을 하는 소리가 퍼져 나왔다. 고리가 손가락에 침을 퉤퉤 뱉어서 돈을 헤아리며 말했다.

"젠장, 돈 무서우면 화투판에 앉지를 말아야지. 난 이만 원 갈 팅게 나머지는 알아서들 햐."

"그놈의 끗발 얼마나 가는지 한번 갈 때까지 가 보자, 나도 이만 원 갈텨."

모직잠바와 구레나룻이 한마디씩 하며 돈을 헤아렸다.

"난 막판이여. 따면 계속하는 거고, 꼴으면 손 털고 일어서는 거여."

"전부다 이만 원씩 가는데 나 혼자만 쪽팔리게 만 원 갈수는 읎지."

놓돈이 팔만 원으로 늘어나니까 모두들 입을 다물었다. 긴장한 얼굴로 돈을 헤아려서 황인술이 패 깔기를 기다렸다. 고리가 얼른 소주를 한 잔 따라서 안주와 함께 황인술에게 권했다. 황인술은 천천히 소주 한잔을 비우고 나서 패를 깔았다.

"장땡!"

구레나룻이 급하게 패를 깔았다. 열 끗짜리 풍 두 장으로 군용 담요를 냅다 내갈기고 나서 술상 앞으로 갔다. 스스로 잔을 채워서 소주 한잔을 들이켰다. 손으로 깍두기를 집어서 우적우적 씹으며 회심의 미소를 지었다.

"장땡이면 두 배니께 사만 원을 줘야 하는 거 아녀."

고리가 맥이 빠진다는 얼굴로 말했다.

"나는 또 땡이네 사 땡."

"나는, 가보."

모직잠바가 가보도 충분히 이길 수 있다는 얼굴로 말했다.

"젠장 전부다 이기면 장땡 잡은 보람이 읎잖여."

구레나룻이 좋다가 말았다는 얼굴로 이만 원을 끌어갔다.

"내꺼는 볼 필요도 읎구먼. 따라지여."

황인술은 이럴 줄 알았다는 얼굴로 자신의 패를 내보이고 나서 입술을 핥으며 남은 한 명을 바라봤다.

"이기 머여. 쿠사잖여!"

마지막 사람은 황인술의 패가 따라지는 걸 알고 무조건 이겼다는 생각에 패를 확 뒤집었다. 아홉 끗 국진과, 네 끗 메조가 겹쳐서 펼쳐졌다.

"쿠사면 패를 다시 돌려야 하는 거잖여."

구사면 이번 판은 무효이고 패를 다시 돌려야 한다. 고리가 도저히 믿어지지 않는다는 얼굴로 혀를 찼다. 구레나룻과 모직잠바는 어이가 없다는 얼굴로 구사를 잡은 남자를 노려봤다. 쿠사를 잡은 이는 얼굴이 금방 벌겋게 달아올랐다.

"화툿판에서 끗발나기 시작하면 하느님도 못 말린다고 했잖여."

황인술도 믿어지지 않는다는 얼굴로 구사를 확인했다.

'어젯밤에 내가 돼지꿈을 꿨나? 대관절 이게 워티게 된 노릇이여.'

화투를 섞는 손가락이 미세하게 떨려서 잔기침을 하며 패를 깔았다.

"올 담배 농사 진거 여기서 다 꼬나 박아 보자."

구사를 잡은 남자가 이만 원을 반으로 접어서 침을 퉤 받아서 이마에 찰싹 붙였다가 패를 노려봤다.

"젠장, 이만 원 따는가 했더니 도로 아미타불이 되어 버렸구먼."

황인술은 두 손으로 자신의 패를 움켜잡았다. 다른 사람이 패를 엿보지 않도록 손바닥으로 가리고 한쪽 눈을 감았다. 이빨을 지그시 악물고 패를 펼쳤다. 앞 장은 난초 다섯 끗이다. 여섯이나, 일곱, 여덟, 아홉 만 나오지 않으면 최소한 여섯 끗 이상일 것이라고 생각하며 최대한 천천히 앞장을 밑으로 내렸다. 꼭대기 부분에 빨간색 띠와 난초의 끗 부분이 보인다.

'오땡이다!'

가슴이 덜컹 내려앉는 것을 느끼며 더 밑으로 내려 보았다. 틀림없는 오땡이라고 생각하며 담배를 입에 물었다. 목이 타는 것 같아서 털모자에게 손가락으로 소주 한잔 달라고 까닥거렸다.

"오늘 집 한 채 살 돈은 너끈히 따것구먼."

황인술의 오땡을 잡을 만한 패는 나오지 않았다. 고리가 황인술의 끗발을 도저히 말일 수가 없다는 얼굴로 고개를 살래살래 흔들며 판에 깔려있는 돈을 끌어 모았다.

"개평 좀 주지."

털모자가 안주 접시를 황인술에게 내밀며 말했다.

"노름판에서 중간에 개평주면 끗발 식는다는 말도 못 들어 봤는개비지."

　황인술은 신사복이 쥐고 있는 돈을 바라봤다. 십육 만원이면 신사복의 말대로 읍내 중앙통은 힘들어도 변두리에 집 한 채를 살 수 있는 돈이다.

　"젠장, 앉은 자리에서 이십 만원이나 날렸어."

　"나도 십이삼 만원은 나간 거 가텨."

　모직잠바와 구레나룻을 제외한 두 명이 뒤로 물러나 앉으며 담배를 입에 물었다.

　"세 명에서 칠 수는 없잖여. 낱장으로 몰아주기 하는 거 어뗘?"

　모직잠바가 품안에서 오만 원 뭉치 두 개를 꺼내어 군용 담요 위에 던졌다.

　"놓돈에다 사만 원 더 얹어서 이십만 원 만들어 봐. 이십만원 빵 단한판으로 끝내는 걸로 하지. 꼴아도 그만 따도 그만인 딱 한판으로 말여."

　구레나룻도 품 안에서 오만 원 뭉치 하나를 꺼냈다. 이 주머니 저 주머니에서 꺼낸 돈을 헤아려서 오만 원 뭉치 하나를 만들어서 십만 원을 바닥에 내려놓았다.

　"까짓것. 따면 삼십사만 원 따는 거고, 잃어 봤자 육만 원이면 나쁘지는 않겄네."

　황인술보다 고리가 구미가 당긴다는 목소리로 말했다.

　"그려, 화투판에서는 암만 돈을 따 봐야 문지방 넘기 전에는 큰소리치지 말라고 했잖여. 한번 튕겨 보지 머. 낱장보기라면 그 머셔. 한 장으로 끗수 보기를 하자는 거 아녀?"

"왜 아녀. 내가 선 볼 텅께 돈 내놓으셔."

황인술은 마치 꿈을 꾸는 것처럼 들어맞는 끗발을 믿어 보기로 하고 사만 원을 더 내놓았다. 고리가 오만 원 뭉치 네 뭉치를 군용 담요 한가운데 포개 놓았다. 화투를 치는 손에 땀이 나서 손바닥을 바지에 문질렀다.

"햐! 판돈이 이십만 원이구먼."

"판이 너무 큰 거 아녀?"

"누가 따든지 개평 받는 거는 문제 없겠구먼."

구레나룻과 모직잠바는 말이 없었다. 구경꾼들이 한마디씩 하며 바짝 긴장한 얼굴로 고리가 패를 돌리기를 기다렸다. 황인술도 긴장이 돼서 견딜 수가 없었다. 스스로 소주를 따라서 마셨다. 오늘 이래저래 적지 않은 술을 마셨다. 그런데도 취하기는커녕 술을 마시면 마실수록 달게 만 느껴졌다.

'야! 이런 기분으로 노름을 하능개비구먼.'

한 잔으로 갈증을 가라앉힐 수가 없어서 한 잔 더 따라서 마시고 나서 고리가 던져주는 패를 천천히 집었다.

"젠장, 오늘 더럽게 끗발 안 오르는구먼."

구레나룻이 두 끗짜리 패를 내던지며 인상을 썼다.

황인술은 담배를 입에 문 채 불은 붙이지 않고 모직잠바의 패가 뭔지 지켜봤다.

"야, 난 초장끗발이 개끗발이라는 말을 믿었었는데 아닐 수도 있구먼."

모직잠바가 믿을 수가 없다는 얼굴로 네 끗짜리 흑싸리 패를 힘없이 내던졌다.

"허! 제우 다섯 끗으로 먹었단 말여?"

황인술은 다섯 끗이었다. 너무 놀라서 입만 턱 벌리고 눈만 끔벅끔벅 거렸다. 털모자가 어이가 없다는 얼굴로 탄식을 터트렸다.

'비……비료대부터 갚아야겠구먼.'

얼추 계산을 해도 사십삼만 원 정도 딴 것 같다. 고리를 육만 원 정도 내놓아도 삼십삼 만원을 따게 되는 셈이다. 돈을 끌어당기는 손바닥에 금방 땀이 진득하게 배어 나오는 것을 느꼈다.

이튿날 싸락눈이 얇게 깔렸다. 하늘은 흐리고 둥구나무 우는 소리가 황인술의 방 안에까지 들려 왔다.

황인술은 어젯밤에 어떻게 집에 왔는지 기억이 나지 않았다. 주머니에 오십만 원 돈이 들어 있어서, 행여 노름꾼들이 뒤를 쫓아와 칼로 위협을 하거나, 해칠지 모른다는 생각에 일부러 면사무소로 갔다가, 다시 장터로 갔다. 누가 뒤를 따르는지 촉각을 세우고 장터를 한 바퀴 돈 다음에 다시 삼거리로 갔다. 태화루는 그 시간까지 손님들이 북적거리고 있었다. 짬뽕 한 그릇에 고량주를 한 독구리 마신 후에 바깥으로 나간 것 같았다. 그 이후로는 택시를 타고 둥구나무 거리까지 왔는지 뱃노래를 부르며 걸어왔는지 기억이 나지 않았다.

"세상 오래 안 살아도 당신한테 살림에 보태 쓰라고 돈을 받아 보기는 난생 처음유. 대관절 얼매를 받았길래 나한테 삼만 원씩이나 내놓고 살림에 보태 쓰라고 큰소리를 친 거유?"

황인술은 어제 얼마나 술을 마셨는지 머리가 깨지는 것 같았다. 시원한 김치국물을 반 대접이나 마시고 담배를 입에 물었다. 막 담뱃불을 붙이는데 광일네가 살갑게 물었다.

"무슨 돈?"

"생각이 안 나유?"

광일네가 놀란 얼굴로 물었다.

"아! 그 돈."

황인술은 아무리 생각해도 기억이 나지 않았다. 광일네가 이상하게 생각할 것 같아서 아는 척은 했지만 머리만 아플 뿐이었다.

"인제, 생각이 나는 모양이구면. 자고 있는 광일이를 깨워서 농촌지도소 직원을 만나 오 만원을 주라고 했잖유. 댓말 동리 담배 등급 좀 좋게 해 주라고 말유. 그 뿐이 아니라 이만 원을 따로 줌서, 성주옥에서 농촌지도소 직원이며 전매청 직원하고 한 잔해야 약발이 빠를 거라고 한 말 생각나쥬?"

"왜 생각이 안나! 그라고 나서 당신한테 삼만 원 줬잖여. 내가 등신인줄 알아?"

황인술은 비로소 어스름하게 기억이 났다. 자신도 모르게 어제 입고 갔던 잠바를 바라봤다. 못에 얌전히 걸려 있다. 그 안에 사십만 원 돈이 들어있을 것이라고 광일네한테 무슨 죄를 지은 것처럼 가슴이 벌렁벌렁 떨려서 자신도 모르게 큰 소리로 말하고 돌아앉았다. 방문 밖으로 푸른 새벽바람이 불고 있다.

"알았슈. 알았슈. 속도 안 좋을 팅께, 선한 짐칫국을 끓여 들일까? 아니믄 철용이네집에 가서 콩나물 좀 읃어다 얼큰한 콩나물 국 좀 끓여 들일까?"

광일네는 황인술이 다른 날처럼 술에 취해 꼭두새벽에 들어 와서 큰 소리 쳤으면 한 대 얻어 맞는 한이 있더라도 잔소리를 했을 것이다. 오늘은 그렇지 않았다. 오히려 봄바람이 살랑거리는 목소리로 물었다.

"짐치국물이나 한 그릇 더 떠 와."

황인술은 막걸리에 소주에 고량주까지 짬뽕을 했더니 입 안이 소태처럼 썼다. 댓바람에 학산 나가서 얼큰한 해장국이나 먹을 속셈으로 퉁명스럽게 말했다.

"짐칫국물도 떠다 드리고 콩나물국도 얼큰하게 끓여 드릴 팅게 쪼금만 참아유."

광일네가 방문을 여니까 희멀겋게 밝아 오는 새벽에 싸락눈이 휘갈기고 있었다. 광일네는 다시 방문을 닫았다. 수건으로 목도리를 하고 저고리 위에 광일이가 사다 준 나일론 잠바를 껴입고 다시 나갔다.

황인술은 기다렸다는 듯이 얼른 일어났다. 어제 그렇게 술을 마셨는데도 집에 내놓을 돈하고 숨겨야 할 돈을 각각 주머니에 넣어 두었다. 주머니가 불룩하도록 채워져 있는 현금다발을 얼른 꺼냈다. 오만 원 뭉치며 빠르게 헤아려 보니 사십만 원이다. 나투리가 이삼 만원은 넘어 보였다. 그것을 반으로 재빠르게 갈라서 각각의 주머니에 넣었다. 옷을 두들겨서 겉으로 표시가 나지 않도록 해 놓고 얼른 방문 앞에 가서 앉았다.

그려, 일단 밀린 비료대부터 한 푼 남기지 않고 청산하는 거여! 아니지 가실 나락 타작을 끝냈을 때도 아니고, 내가 담배 농사를 짓는 것도 아닌데, 느닷없이 삼만 원이 넘는 돈을 갚겠다고 나서면 강 서기가 날 이상하게 볼 거 아녀. 그려, 맞아 이 겨울에 비료대를 독촉 할리는 읎고,

일단 워디다 돈을 감춰 뒀다가 내년 봄에나 슬쩍 갚아야겠군. 자! 그람 비료대로 넉넉잡아서 오만 원 정도 떼어 놓아도 삼십칠팔 만원이 넘는 돈이 남잖어. 그걸로 뭘하지? 땅을 사! 에이, 노름에서 딴 돈으로 땅 산 놈치고 잘 사는 놈 못 봤어. 그람 뭘 하지? 젠장, 돈이 읎어도 걱정, 있어도 걱정이구먼. 제우 삼사십 만원 갖고도 이렇게 골치가 아픈데 이동하처럼 몇 천만 원 가지고 있는 놈은 워티게 세상을 살아 간다? 인제 보니께, 이동하도 보통 놈은 아니구먼. 다시 봐야겠어……

광일네가 문을 여는 기척에 자신도 모르게 헛기침이 나온다. 방문이 열리면서 마당이 한눈에 들어온다. 한층 밝아진 시야 속으로 보이는 마당에 싸락눈이 제법 깔려 있다. 다른 날 같으면 엄동설한에 온몸을 위축시키는 불청객이다. 하지만 오늘은 쌀가루를 뿌려 놓은 것처럼 보인다.

황인술은 아침밥상 앞에서 광일이에게 댓말 사는 공대식에게 특별하게 부탁을 받았다, 올해 담배 등급을 후하게 해 줘야, 내년에는 댓말 뿐이 아니라 다른 동네에서도 부탁을 해 올 것이다, 농촌지도소 직원이며, 농림부와 전매청 직원들에게 확실하게 대접을 해 줘라, 돈이 부족하면 얘기해라 얼마든지 주겠다. 가만히 보니까, 일 년 내내 뼈 빠지게 농사를 짓는 것보다 담배 수납 때 몇 건만 확실하게 하면 돈 몇 십만 원쯤 우습게 챙길 수 있을 거 같다. 너도 장가를 가려면 학산에 집을 사야 할 것이 아니냐, 이럴 때 못 챙기면 네 월급 가지고는 평생 집 못 산다. 그러니 애비 말대로 쓸개는 집에 두고 출근해서, 손바닥이 종이짝이 되도록 아부를 떨어서 댓말에서 수납하는 담배 등급을 확실하게 올려주면 그게 소문이 나서 손님들이 저절로 몰려온다, 라고 일장 훈시를 했다.

"광일아, 아부지 말이 하나도 틀린 것이 읎다. 난도 아침을 하면서 가만히 생각해 봉께, 말 몇 마디만 잘하면 쌀 및 가마니가 저절로 굴러 들어오는 길은 이 방법 뵈에 읎는 거 가텨. 그릏다고 도둑질 하는 것도 아녀. 우리가 안 하믄 딴 사람이 챙길 거고, 결국 누군가 하게 될 터이니, 안 하는 놈이 등신이라는 생각이 들더라. 그렁께 여하튼 니가 말을 잘해서 아부지 말대로 하면, 내년 봄에는 쌀 걱정 읎이 보낼 수 있겄드라."

황인술의 장황한 말이 끝나자마자 광일네도 차근차근한 목소리로 광일이에게 말했다.

"아부지, 일단은 지가 힘 닿은 데까지 해 볼 모양잉께 너무 걱정하지 마셔유."

광일이가 황인술이며 광일네가 하는 말이 구구절절 옳다는 얼굴로 듣고 있다가 말했다.

"그려, 난 너만 믿겠다. 광배 요새 나무하러 다니느라 힘들지. 내가 용돈 좀 줄 모양잉께, 철재하고 어디 양산이나 학산에 있는 중국집 같은 데 가서 탕수육에 짜장면을 사 먹던지, 식당에 가서 먹고 싶은 거 좀 사먹어라."

황인술은 내가 할 일은 다 끝났다는 생각에 콩나물국물을 들이키고 나서 일어섰다. 주머니에서 오백 원짜리 한 장을 꺼내 광배에게 턱 내밀었다.

"아부지, 잘 쓸게유."

광배는 밥을 먹다 말고 벌떡 일어나서 돈을 받았다. 돈을 받고 나서도 믿어지지 않는다는 얼굴로 돈의 앞뒤를 살펴봤다.

"어이구, 인자 우리 집도 을매가지 않아서 상규네 부럽지 않게 살겄구먼. 이럴 때 금순이라도 있었으믄 얼마나 좋아."

광일네는 황인술이 자식에게 용돈을 그것도 거금 오백 원짜리를 척 내미는 황인술이 너무 위대해 보여서 눈물이 났다.

"옘병, 잘 나가다 삼천포로 나간다고 하드니. 오늘츠름 좋은 날……"

황인술도 광일네의 말을 듣고 보니까 금순이가 부쩍 보고 싶었다. 화를 벌컥 내기는 했지만 말을 잇지 못하고 문 앞을 향해 앉았다.

제11장

1
9
6
6
년

도로 아미타불

내 생각도 구장 생각하고 가뎌.
솔직히 나로 말 할 거 같으믄 내 돈이라도 공덕비를 세우고 싶은 사람여.
하지만 열 질 물속은 알아도,
한 치도 안 되는 사람 속은 모른다고.
의원님이 워떤 생각을 하고 계신지는 모르잖여.

노을은 저 건너 산기슭으로부터 소리 없이 나가와서 들판을 날름 집어 삼켰다. 들판을 집어 삼킨 노을이 잠깐 한눈을 파는 사이에 어둠은 빠르게 온 동네를 적셔놓고 말았다. 여기저기서 등잔불이 켜지고 둥구나무 밑에서 후다닥 뛰어 다니던 아이들은 제 구멍으로 들어가는 물고기들처럼 모두 사라졌다.

오늘은 농협조합에서 타 가지고 온 영농자금을 배분하는 날이다.

황인술은 오후 3시 무렵 10만원이 들어 있는 돈 봉투를 품 안에 간직하고 농협조합 앞을 떠났다. 농협조합에서 멀지 않은 삼거리에 도착하니까 자신도 모르게 걸음이 멈춰졌다. 고개를 돌려 보니 태화루 앞이다. 영농자금은 어차피 저녁나절에 배분을 해 주기로 공지를 했다. 모산까

지는 빠르게 걸어가면 사오십 분, 보통 걸음으로 걸어가면 한 시간 거리
다.

태화루 앞으로 슬슬 걸어가서 유리창에 낀 성에를 손가락으로 밀어내
고 홀을 살펴봤다. 중앙에 있는 난로 위의 주전자에서 허연 김이 모락모
락 피어오르고 있을 뿐 손님들이 없다. 그러고 보니 영농자금을 탈 순서
를 기다리느라 점심도 못 먹었다.

옘병! 이래도 한 세상 저래도 한 세상이지 머.

황인술은 갑자기 시장기가 감도는 것을 느끼며 태화루 안으로 들어갔
다. 방에 앉아 있던 장락이가 어서옵쇼! 라고 외치며 나온다. 진 사장은
웃는 얼굴로 꾸벅 인사를 하고 다시 신문을 읽기 시작한다.

"오늘 영농자금 타는 날인데 이 집은 왜 이리 조용하댜?"

"오늘 영농자금 나왔슈? 장락아 외상장부 가져 오니라."

황인술이 중얼거리는 말에 신문을 읽던 진 사장이 놀란 얼굴로 막 보
리차 주전자를 드는 장락이를 불렀다.

"오늘 저녁 바쁘게 생겼네유. 원래 영농자금을 받는 날은 밤에 손님들
이 몰려 오거든유."

장락이 황인술 앞에 있는 잔에 보리차를 따라 주었다.

"학산면 소재지는 영농자금이 돈 백만 원은 넘쥬?"

황인술은 짬뽕곱빼기와 고량주를 한 병 주문했다. 뜨거운 보리차를
후후 불어가며 외상장부를 펼쳐보고 있는 진 사장에게 건성으로 물었다.

"학산은 농사짓는 사람들이 별로 읋잖유, 가만 있어 보자. 모산 구장
도 외상값이 쫌 있구먼. 말 나온 김에 주고 가시지."

황인술은 이럴 줄 알았으면 딴 데 가서 술국에 따뜻한 막걸리나 마시

고 갈 걸이라고 후회를 했다.

"젠장, 안직 개시도 안했는데 외상값부터 갚게 생겼네. 얼매유?"

"전부다 천이백칠십 원 이구먼. 이십 원은 깎아 줄 팅께 천이백오십 원만 내유."

"천 원 갚을 모양잉께 이백칠십 원은 담에 봐유. 오늘 먹을 짬뽕하고 고량주 값도 장부에 적어 두고."

"예, 예. 알았습니다."

진 사장은 황인술의 말을 기분 좋게 받아들이며 다시 외상장부를 보기 시작했다.

태화루를 나온 황인술은 한 잔 더하고 싶은 아쉬움을 안고 얼굴을 사정없이 때리는 찬바람 때문에 고개를 푹 숙이고 걷기 시작했다.

젠장, 그때 영동만 안 나갔어도…….

손이 시러워서 주머니에 넣으니까 두툼한 지폐 뭉치에 손이 닿는다. 지폐뭉치를 손으로 감싸는 순간 40만원이 넘는 돈을 가지고 영동에 갔던 날이 떠오른다.

학산에 나가는 길에 귀띔을 한 봉산댁을 영동주차장에서 만났다. 봉산댁은 학산이 아니라 영등에 나온다고 제법 옷차림에 신경을 썼지만 영동읍내에서 보니까 영락없는 학산 촌띠가 아낙네처럼 보였다. 하지만 학산이 아니라 먼 영동에서 본다는 것 하나만으로 더 새롭게 보이기도 했다.

"대관절 무슨 일이래유? 차비를 백 원씩이나 주시면서 읍내로 나오라고 하시고?"

"우리가 읍내에서 한두 번 만나는 사이여?"

봉산댁의 몸은 다른 날과 다르게 불덩이처럼 뜨거웠다. 저고리 안으로 손을 집어넣었더니 부르르 떨면서 거머리처럼 달라붙었다.

"여기서는 안 되야. 일단 밥을 먹고 어디 여관이나 여인숙 같은 곳으로 가서. 오늘은 맘껏 즐겨 봐."

"한 번만, 한 번만 껴안아 줘 봐유."

"그려, 그려."

봉산댁이 눈물을 흘리며 간절하게 사정을 하는 통에 꽉 껴안아 주었다.

그날은 여관에서 3시까지 머물렀다. 배가 고파서 중국음식점에서 난 자완슨가 하는 음식을 시켜 소주를 마신 후에 얼큰해져서 여관방을 나왔다. 문제는 여관 마당에서 일어났다. 행여 누가 볼세라 봉산댁을 먼저 내보내고 5분쯤 머무르다 방을 나섰다.

"이게 누구랴?"

학산 성주옥에서 빈털터리가 되도록 털린 모직잠바가 변소에서 나오다가 놀란 얼굴로 멈췄다.

"어따! 이런 데서 만나네."

"뭔 일로 이런 데를 행차하셨는지는 모르겠지만, 시방 한참 땡기고 있는 중인데 손목 좀 풀고 가쥬?"

모직잠바가 바짝 붙어서서 담배를 권하면서 손가락으로 화투장 쪼는 흉내를 내보였다.

"뭘 땡기는데? 엿 공장 있는감?"

"선수끼리 이러지 맙시다. 노름꾼 끗발은 하느님도 못 말리는 거 아뉴?"

"그럼 머. 잠깐 손목 좀 풀고 갈까?"

어차피 굴러들어 온 돈이다. 딱 오만 원만 잃고 가자는 생각이 들었다. 여관 골목 저만큼에서 찬바람을 맞으며 서성거리고 있는 봉산댁에게 다가갔다. 급하게 만날 사람이 있으니까 먼저 버스 타고 내려가라고 등을 떠밀었다.

"여기가, 학산서 유명한 분유. 마침 마당에서 만나서 델고 들어 왔슈."

여관방 안에는 대여섯 명이 둘러앉아서 도리짓고땡을 하고 있었다. 구석에는 중국집에서 시켜 먹은 음식그릇이며, 빈 소주병에 찌개 냄비 등이 어지럽게 널려 있었다.

"이거 차비나 하슈. 그라고 난도 옛날에 농사를 져 본 놈이라서 측은지심에 하는 말인데, 웬만하믄 이런 데 끼지 마슈. 여긴 죄다 조상대대로 물려받는 땅 팔아먹고, 집 팔아먹고 갈 데까지 간 놈들만 있는 자리유. 이건 워디 가서 쇠주나 한 잔 하시고 차비나 하슈."

여관방 안에 있는 꾼들한테 수중에 있는 돈을 탈탈 털리기까지 삼십 분도 걸리지 않았다. 그것을 증명이라도 하듯 차비조로 던져 준 오백 원짜리 두 장을 들고 이게 꿈인가 생신가 휘청거리는 걸음으로 버스 정류장에 도착하니까 봉산댁이 탄 버스가 막 출발을 하고 있었다.

황인술은 찬바람을 뚫고 십 리 길을 걸었더니 술기운이 말갛게 달아나 버렸다. 사랑방에는 성질 급한 몇몇이 벌써 와서 이런저런 잡답을 나누고 있었다.

"추운데 고생했슈?"

김춘섭이 윗목에 앉아 있다가 말을 걸었다.

"이렇게 고생해도 수고 했다는 말 한 마디 해 주는 사람은 읍고, 먼

꾼은 허리가 휘도록 농사 져도 돈 벌었다는 말은 못 들어 봤구먼. 그랑께 답답한 것이 없으면 농자금 안 받으면 되는 거여. 자, 슬슬 시작해 보지 며. 구차섭 씨 올게 배당액이 삼천이백 원여. 받을 텨 말 텨?"

황인술은 여기저기서 터져 나오는 불만만 듣고 있다가는 밤을 새울 것 같아서 큰 소리로 말을 끊었다.

"온 식구 황달 걸려서 송장 치르지 않을라면 받을 수밖에 읎지 며."

문 앞에 서 있던 사십대가 한숨을 내쉬며 문지방에 걸터앉았다.

"다음은 김춘섭이구먼. 농사가 늘었응께 육천오백 원 배당이 됐구먼. 어짜?"

"오백 원 채워서 칠천 원 주면 안되남유?"

"춘셉이 양심 좀 있어 봐. 여기 이천칠백 원 짜리도 있어."

김춘섭은 황인술의 말에 두말을 할 수가 없었다. 구석자리에서 엉금엉금 기어서 황인술 앞으로 갔다. 오른쪽 엄지손가락에 인주를 듬뿍 찍어서 장부에 찍었다. 돈을 받아서 대충 확인을 하고 구석자리로 갔다.

"오씨 형님은 올게도 삼천 원유. 불만 없쥬?"

"있을 턱이 있남?"

"팔봉이 아부지는 삼천 원유."

"그랴, 그 돈이라도 있어야 봄을 낭게 감지덕지 해야지 며."

"박길수 씨는 사천이백 원."

"위째, 작년보다 짝아?"

"그걸 내가 위티게 알아유. 배당을 하다 봉께 그렇게 된 거지. 유진배 씨 사천팔백 원."

"이백 원 채워 주면 안 되겠슈?"

"아까 내동 춘섭이한테 하는 말을 못 들었나? 나는 뭐 다른 돈 십 원 이라도 더 주고 싶지. 한동리 사람들한테 덜 주고 싶겄슈. 장기팔 씨 삼 천오백 원."

"머셔? 시훈이 아부지도 영농자금을 받나?"

"허어! 작년에는 영농자금 안 받으러 온 사람처럼 말하면 내가 뭐라 고 답변을 해야 하능 겨. 작년에도 받고 그 앞전 해에도 받는 사람한 테……"

장기팔은 밭농사만 두 마지기 정도 짓고 있다. 황인술은 이백 원 수수 료를 제한 삼천삼백 원만 내밀었다. 장기팔은 이미 약조가 되어 있는 터 라 금액을 확인도 안 하고 돈을 받아갔다.

"봉산댁 삼천 원이구먼."

황인술은 다른 사람과 다르게 장부를 보는 척하며 봉산댁의 얼굴은 바라보지 않았다.

"고마워유."

봉산댁은 겨울이 되면 황인술이 갚아 줄 공돈을 받는 입장이라서 자 신도 모르게 인사를 했다.

"아따, 봉산댁은 별 소리를 다 하는구먼."

"글씨 말여, 세상 오래 안 살아도, 연말이 되면 이자 붙여서 갚아야 할 농자금을 배당 받으면서 고맙다는 인사를 하는 사람도 있구먼. 근데 웬 금반지여?"

"아! 이……이거유. 친정에 갔더니, 올케 언니가……"

"저런, 얼매나 불쌍했으며 시누한테 금반지를 선물 했을까."

"자! 다 끝난 긴가? 한 잔씩 할 사람은 남아 있고 볼일 끝난 사람들은 어여들 가 봐유."

황인술이 여기저기서 별 이상한 꼴을 본다고 수군거리는 말을 제압할 생각으로 장부로 방바닥을 딱딱 쳤다.

"외상으로는 소도 잡아먹는다는데 해룡네 집에 가서 한 잔 할까?"

"팔자 좋은 소리 하고 있네. 외상은 갚으면 그만이지만 농자금은 이자까지 붙여줘야 할 돈여."

"젠장 돈을 보면 기분이 좋아야 하는데, 변소간에 갔다가 밑 안 닦고 나온 것처럼 왜 이렇게 찝찝한지 모르겠구먼."

사람들이 어둠 속으로 무거운 발걸음을 돌리고 있지만 방 안에 있는 몇몇은 볼일이 남아 있는 사람들처럼 멀뚱히 천장을 바라보거나 마당을 바라봤다.

"워뗘? 떡 본 김에 제사지낸다고 한 오십 원씩 걷어서 한잔 할까?"

영동자금 배당이 끝나지 갈만한 사람은 모두 갔다. 황인술이 장부를 덮으며 혼잣말로 중얼거렸다.

"당장 낼 아침 땟거리가 읎더라도 갯주머니에 돈 있응게 한잔씩 해야지 머."

김춘섭은 백 원짜리 한 장을 꺼내서 황인술에게 내밀었다. 윤길동이며 오씨도 당연한 표정으로 백 원짜리를 내밀고 거스름돈을 챙기거나, 미리 준비를 해 가지고 온 오십 원을 내밀었다.

해룡네는 황인술로부터 오늘 영농자금배당이 있을 것이라는 통보를 받았었다. 돼지고기와 두부를 사다가 김치를 넣고 걸쭉하게 김치찌개를 만들어 놓았다. 밥도 새로 지어서 황인술 일행이 방에 들어서자마자 금방 먹을 수 있도록 상에 차려 놓았다.

"어따, 해룡이는 요새 머 바쁜 일이 있나. 벌써부터 퍼질러 자는 걸 봉께 요새는 몸이 엄청 대근한 개벼."

해룡이는 윗목에 자리를 잡고 코를 골며 자고 있었다. 먼저 방으로 들어간 황인술은 멍석을 마는 것처럼 해룡이 깔고 자는 담요로 몸을 감싸서 벽으로 밀어 부쳤다.

"아까 누가 말했지만 농사는 지면 질수록 손해 가벼. 작년에는 세멘 한 포에 백팔십 원 했거든. 근데 올해는 이백삽십 원 돈여. 그라믄 얼른 계산을 해도 오십 원 올른거잖여. 하지만 쌀값은 공지시가로는 삼천사백 원씩 똑같지만, 작년에 농자금 갚으라고 독촉을 하는 머리 삼천 원도 못 받았잖여. 그랑께 농사는 지면 질수록 손해란 말이 나올 만 하잖여."

김춘섭이 주전자를 들어서 한 잔씩 따라 주면서 입을 열었다.

"작년 쌀값 떨어진 것은 전국적으로 농협 빚을 갚을 요량으로다 홍수 출하를 해서 그렇다는겨. 생각해 봐. 쌀 먹는 사람은 정해져 있는데 전국적으로 쌀이 한꺼번에 나옹께 쌀값이 떨어질 수밖에 없잖여."

윤길동은 늦은 저녁으로, 그것도 매콤하면서도 얼큰한 김치찌개 냄새를 맡으니까 속에서 꼬르륵거리는 소리가 나는 것 같았다. 막걸리 한 잔을 달게 마시고 나서 돼지고기 한 점을 순갈로 떠서 후후거리며 먹었다.

"뉘우스에도 나오드만. 작년에 농자금하고 농림자금을 백 프로 수금했다는 거여. 연체를 하면 연체이자가 삼부육할이야. 그것도 부족해서 집 안에 빨간딱지를 부친다. 법원에 경매를 신청한다. 농협 직원들이 눈에 불을 켜고 날뛰니까 농민들이 위탁하겄어. 고리채를 얻으면 배보다 배꼽이 더 큿께, 당장 명년 봄에 굶어 죽는 한이 있드래도 집안에 있는 쌀을 팔아서 농협 빚을 갚을 수밖에 없잖여. 그것 땜시 민주당에서는 꽝

장한 모냥여. 연체이자를 낮추던지, 농자금 상환 기간을 늘려야 한다고 말여. 틀린 말은 아니지, 길동이 말대로 곡식 값은 떨어지고 물가는 오르는데 뭔 수로 돈을 갚는단 말여.”

오씨가 급하게 막걸리 잔을 비우고 황인술에게 권했다.

“쌀값은 제자리걸음을 하고 있는데 다른 물가는 하늘 높은 줄 모르고 오르고 있응게, 그런 현상이 나오잖유. 막말로 재작년에는 사십오킬로짜리 유한 비료 한 포를 살라믄 쌀 일곱 되 값도 안 들어갔슈. 하지만 올개 유한비료 한 포에 얼매유?”

김춘섭이 막걸리잔을 들고 황인술에게 물었다.

“싸……쌀값으로 치자면 열한 되에서 두 홉 빠지는 돈은 줘야 할 걸.”

황인술이 뜨거운 돼지고기를 먹느라 훌훌거리며 삼키느라 더듬거리며 말했다.

“거 봐유. 당장 농사를 짓는데 읎어서는 안 되는 비료대는 사십 프로 이상 올랐는데 쌀값은 제자리잖유. 이런 형편이니 쎄가 빠지도록 농사를 져 봤자, 지면 질수록 손해 보는 것이 바로 농사유.”

“그래도 우리 동리는 형편이 난 편여. 솔직히 요번에 농자금 나오는 것도 우리 동리보다 더 큰 동리도 칠팔만 원 밖에 배당을 못 받았어. 하지만 우리 동리는 명색이 국회의원이 사는 동리라 그런지, 아니면 이동하 의원님이 한 마디 했는지는 모르겠지만 십만 원씩이나 받았잖여. 그래서 우리가 더 더욱 이동하의원님을 팍팍 밀어 줘야 하는 거여. 형님, 내 말이 틀렸슈?”

황인술이 기분 좋은 얼굴로 오씨의 등을 소리 나게 쳤다.

“그려, 세상사는 것이 워디 정석대로만 살 수 있나. 정석대로 살라면 오늘 농자금도 받으면 안 되는 거여. 아까 누가 말한 것처럼 한 해라도 농자금을 안 받으면 쌀을 제값으로 받을 수 있잖여. 헌데 그놈의 농자금을 갚을라면 하는 수 없이 또 쌀을 헐값에 팔아야 하고, 쌀이 없응게 또 농자금을 받아야 하고 그러다 봉게 살찌는 것은 농협직원 들 밖에 없고, 우리는 허리띠 졸라매고 살면서 이자내기 바쁘잖여.”

“그려 못 배운기 한이라면 한이지 머. 그렇다고 이 나이에 등잔불 밑에 앉아서 하늘천 따지 할 수도 없는 일이고 난 이렇게 살다가 그냥 죽을 텨.”

윤길동은 향숙이를 무당의 길로 보내고 난 후로는 세상을 보는 눈이 초연해졌다. 방문 앞에 앉아서 뭔가 생각을 하고 있는 해룡네에게 술잔을 권하며 편하게 말했다.

“상규네는 둘째 아들이 대학을 들어 갔다메?”

해룡네가 윤길동이 따라 주는 술을 받으면서 입을 열었다.

“난 그 집을 보면 참말로 세상 살맛 안 나. 워티게 된 것이 그 집은 안 되는 거시 없어. 방앗간에 가대기꾼으로 댕기던 태수는 어느 날 갑자기 소장으로 벼락출세를 하지 않나? 이병호가 죽고 낭께 둥구나무 거리 열마지기 논이 돌아오지 않나. 딴 집 아들은 군대갔다믄 집이 돈 끌어다 쓰기 바쁜데, 상규는 척 월남을 가서 매달 만삼천 원씩 착착 송금을 하지 않나. 우리 집 철용이 어머는 할 줄 아는 거시 밥하고 빨래하고 바가지 긁는 재주 밖에 없는데, 태수 처는 또랑가에 삼천 평짜리 과수원을 맨들지 않나. 또 그 머셔. 국민핵교벡에 나오지 않은 진규 그놈은 턱하니 충남대학교에 합격을 하지 않나. 우리 같은 놈은 제우 밥 먹고 입에 풀칠하는데 정신이 없어서 자식새끼들을 국민핵교도 간신히 갈기코 있

김춘섭과 두런두런 말을 주고받고 있던 윤길동이 물었다.

"농사를 천오백 평 내외로 짓는 사람들한테 해당이 된다는구먼."

모산에서 밭이라면 몰라도 자기 논을 가지고 있는 사람은 없다. 김춘섭이 말은 하지 않고 황인술이 술 취한 거 같지 않으냐는 표정으로 윤길동을 바라봤다.

"구장은 시방 면장 댁한테 올라가서 해야 할 야기를 여기서 하고 있는 거 아녀? 이 방에 앉아 있는 사람 중에서 천오백 평 땅을 가지고 있는 사람이 워디 있다고?"

"논만 야기하는 거시 아니고 밭도 해당 된다는 거여."

"밭?"

김춘섭은 밭도 해당된다는 말에 귀기 솔깃해졌다.

"그림의 떡여, 돈 빌릴 때는 좋지만 갚을 생각해 봐. 비료대금이며 농자금에 농림자금 몇 천원도 갚을라면 허리가 휘는데 십만 원 갚을 생각해 보란 말여."

"하긴 그려."

김춘섭은 윤길동의 말을 듣고 보니까 짧은 시간 동안 꿈을 꾼 것 같아서 쓰게 웃었다.

"아참! 말이 나온 김에 지가 한마디 하겠슈. 아까 우리 집에서 순배 영감님이 한마디 하신 것 땜시 생각난 말인데 말유……."

황인술은 방 안에 있는 사람들의 시선이 자신에게 집중되는 것을 느끼며 일단 막걸리 잔을 시원하게 비웠다. 학산에서 마신 고량주 기운이 이제 올라오는지 얼큰하게 취기가 돈다.

"뭔 말을 할라고 그릏게 뜸을 들이는 거여?"

"딴기 아니고 말유. 솔직히 이 방에 있는 분들 중에 돌아가신 면장 어른한테 좋은 감정을 갖고 계신 분은 춘셉이 빼놓고는 안 계실규. 하지만 이미 돌아가신 분, 미운정도 정이라고 말유. 그래도 그분 땜시 우리가 목숨 줄을……"

"잠깐만유. 구장님이 시방 먼 말씀을 하실라고 하시는지는 모르겄슈. 하지만 말에 뼈가 있는 거 가튜?"

황인술이 하는 말을 가만히 듣고 있던 김춘섭이 화가 난 표정으로 말했다.

"춘셉이, 나 그렇게 쩨쩨한 사람 아녀. 그랑게 내 말 끝까지 들어 봐. 원래 조선말은 끝까지 들어 봐야 무슨 말인지 안다고 했잖아. 좌우지간 우리가 그분 그늘 밑에서 살아 온 거는 사실 아뉴. 그래서 생각해 낸 건데, 우리 동리 앞에도 돌아가신 면장 어른 공덕비를 하나 세우자 이거유. 어뜌?"

"공덕비를 워티게 동리 앞에 세우자는 건가?"

순배 영감이 몇 잔 술에 붉어진 얼굴로 물었다.

"물론 영감님 심정은 다 이해 해유. 하지만 그 양반도 이 세상 사람이 아니잖유."

"공덕비를 세우고 안 세우고는 동리 사람들찌리 상의를 할 문제지만 말여. 원래 공덕비는 묘 옆에 세우는 거여. 동리 앞에 세우는 것은 송덕비란 말여."

"그람 영감님은 찬성하시는 거유?"

"내동 말하지 않았남? 동리 사람들이 찬성하믄 세우는 거고, 반대하믄 못 세우는 거라고 말여."

순배 영감은 이병호가 죽은 뒤로 이병호에 대한 응어리도 땅에 묻혀 버린 줄 알았다. 하지만 황인술이 송덕비를 세우자는 말을 듣고 나니까 죽었던 응어리가 다시 살아나는 것 같아서 자신도 모르게 화가 난 목소리로 말했다.

"솔직히 우리가 의원님 땅을 부쳐 먹고 사는 것은 부정할 수 없는 사실유. 하지만 송덕비를 세울 만큼은 아니라고 봐유. 송덕비를 세울 정도라면 동리를 위해서 큰일을 했다거나, 경주 최부자처럼 가뭄 때 곳간을 풀어 베풀었다거나……"

"그람, 춘셉이 자네는 반대를 하겠다는 건가?"

"지가 언지 반대를 한다고 했슈. 말이 그렇다는 말이지."

"딴 분들도 반대하시는 분 읎쥬. 그람 지가 언지 일부러 시간을 내서 의원님을 만나 말씀을 드려 보겠슈. 그건 그렇게 매듭짓기로 하고…… 에! 해룡네 술 주전자가 빈 거 가텨."

황인술은 사람들의 얼굴을 한 명 한 명 바라봤다. 하나 같이 마땅치 않지만 불만을 드러내고 못하고 있는 벌레 씹은 얼굴이다. 하지만 이런 일은 일사천리로 이끌어야 한다는 생각에 결정을 해 버렸다.

— 2부 6권에 계속 —

대하장편소설 **금강** 제5권

초판 1쇄 발행 2014년 3월 28일

지 은 이 한만수

펴 낸 이 최종숙
펴 낸 곳 글누림출판사

책임편집 이태곤
편　　집 권분옥 이소희 박선주 이양이
디 자 인 이홍주 안혜진
마 케 팅 박태훈 안현진
관　　리 이덕성

주　소 서울시 서초구 동광로46길 6-6(반포4동 577-25) 문창빌딩 2층(우137-807)
전　화 02-3409-2055(대표), 2058(영업), 2060(편집)
팩　스 02-3409-2059
전자메일 nurim3888@hanmail.net
홈페이지 www.geulnurim.co.kr
등록번호 제303-2005-000038호(2005.10.5)

정　가 13,000원
ISBN 978-89-6327-242-9 04810
　　　978-89-6327-237-5(전15권)

표지 디자인 · 디자인밥 출력/인쇄 · 성환C&P 제책 · 동신제책사 용지 · 에스에이치페이퍼

* 이 도서의 국립중앙도서관 출판시도서목록(CIP)은 서지정보유통지원시스템 홈페이지(http://seoji.nl.go.kr)와
　국가자료공동목록시스템(http://www.nl.go.kr/kolisnet)에서 이용하실 수 있습니다.(CIP제어번호: CIP2014007699)